큰 늑대 ◀ 파랑

큰 늑대 파랑

윤이형 소설집

창비

차 례

스카이워커

그 벽은 376번 버스 종점에서 내려 지방도로를 끼고 이십분쯤 걸으면 나오는 곳에 있다. 버스 안에는 사내아이의 손을 잡은 지친 표정의 할머니 한분, 그리고 나를 빼고는 승객이란 없었다. 할머니와 아이는 종점에서 두 정류장 앞, 교도소가 있는 정류장에서 내렸다. 차가 텅 비자 기사는 백미러로 나를 흘끔 보고는 다시 시선을 앞쪽으로 돌렸다.

버스에서 내려 걷는 도중에 견인된 차량들이 줄지어 늘어선 공터를 지나쳤다. 도시의 서쪽에서 끌려온 차량들은 모두 그곳에 모이는 듯했다. 길에는 군데군데 수수한 빛깔의 들꽃이 피어 있었다.

지방도로가 끝나는 곳에 검문소가 있었다. 지나가는 차는 보이지 않았다. 검문소 양옆에는 연한 회색으로 칠해진 거대한 벽이 펼쳐져 있었다. 높이가 삼십 미터쯤 되고, 사방 일 미터 정도 간격으로 동그란 구멍이 무늬를 이루며 찍혀 있어 거대한 비스킷을 연상시키는, 짐작보다 예쁜 벽이었다. 나는 유리가 그려준 약도의 설명을 떠올렸다. 검문소에서 왼쪽으로 백 미터. 걷는 동안 나는 일정한 간격으로 벽에 흔적이 있다는 걸 발견했다. 붉은 글씨로 도장작업을 한 위에 다시 회색 페인트를 덧칠한 흔적이었다. 주의:방사능.

마중나온 사람들은 열 명이 조금 넘었는데 나이도, 인종도 다양해 보였다. 그들은 벽이 하늘과 맞닿는 부분에서 십 미터쯤 떨어진 곳에 모여서 있었다. 태양이 벽 끝에, 그들의 머리 바로 뒤에 있었다. 나는 손가리개를 만들어 이마에 대고 그들 쪽으로 걸어갔다.

그들은 다닥다닥 박힌 못들처럼 수직으로 벽 위에 서 있었다. 곧게 펴진 그들의 몸이 지표면과 평행선을 이루면서 그림자를 만들었다. 순간적으로 그들이 나를 향해 쏟아져내리는 게 아닌가 싶었으나 아무 일도 일어나지 않았다. 나는 천천히 다가가 벽을 마주보고 흙바닥에 주저앉았다. 다리를 쭉 펴고 눕자 스니커 밑창이 단단한 회색 벽에 닿는 게 느껴졌다. 그들이 내 쪽으로 다가왔다.

나는 다리에 힘을 넣고 똑바로 섰다.

그러자 조금 전까지 땅이던 것이 벽이 되었다. 벽이던 것이 땅으로 변했다. 현기증 같은 건 나지 않았다. 나는 새로운 중력을 발아래로 느끼며 서 있었다. 등뒤의 흙바닥을 팔로 밀면서 천천히 그들 쪽으로 걸음을 옮기자 유리가 웃으며 다가와 인사했다.

"프리벳."

유리 곁에 서 있던 혜민이가 몇걸음 다가왔다. 주저하는 표정이었다. 나는 혜민이가 더 오기 전에 등에 묻은 흙먼지를 털었다. 유리는 내가 알아들을 수 없는 드러시아어를 몇마디 더 했다.

"안 올 줄 알았어."

혜민이가 나를 보며 말했다. 그게 유리의 말인지, 혜민이의 말인지 궁금했다. 그들 가까이에 서 있는 일은 근사했다. 그들이 가진 능력이 내게는 없다는 사실은 아무런 문제도 되지 않았다, 아주 잠깐 동안. 무리 속에서 열예닐곱살 정도로 보이는 흑인 소년이 들고 있던 생수병 뚜껑을 열어 물을 마셨다. 물은 생수병 속에, 회색 벽과 정확히 평행인 수면을 만들며 반쯤 차 있었다.

*

어떤 사람들은 최초의 기억으로 그 사람의 정신세계를 판단할 수 있다고 믿는다. 혜민이가 들려준 얘기다. 아버지에게 맞는 어머니를 본 것이 태어나서 처음 지니게 된 기억이라면 그 사람은 성인이 되어서도 폭력과 억압이 만든 정신적 외상에서 완전히 자유로워지지 못한다, 무슨 이유론가 방에 혼자 갇혀 있었던 게 최초의 기억이라면 외로움과 폐소공포증에 시달릴 확률이 높다, 뭐 그런 이론이다. 나는 그런 얘기를 다 믿지는 않는다.

내 첫번째 기억은 부모님의 침대에 올라가서 천장에 머리가 닿도록 펄쩍펄쩍 뛰고 있었다는 것이다. 세살이나 네살 때쯤이었던 것 같다. 부모님은 두 분이 결혼할 때 산 그 하늘색 침대를 무척 좋아하셨다. 스프링이 빵빵하고 쿠션도 폭신해서 한번 누우면 좀체 일어나기 힘들다고 하셨던 것 같다. 나는 엄마아빠가 아끼는 그 침대 위에서 시도때도없이 뛰었다. 그럴 때면 천장 벽지의 분홍색 꽃무늬가 와그르르 소리를 내며 어지럽게 눈앞으로 쏟아졌다. 수만 개의 알사탕이 머리 위로 부서져내리는 것 같았다.

나는 다른 아이들보다 키가 작았다. 몸이 가볍고 몸놀림이 빨라 둔해 보이진 않았지만 조그맣고 얼굴에도 특징이 없어서 유치원에서나 학교에서나 눈에 띄는 아이는 아니었다고 한다. 그리고 언제나 깡충깡충 뛰며 돌아다녔다고 한다. 관심을 끌려고 그랬던 거 아니냐? 아버지는 가끔 그렇게 말하며 나를 놀렸다.

그것—내 생활터전이자 전문분야이고, 어떤 사람들은 내 존재이유라고 생각하는—의 공식 명칭은 트램펄린이다. 나는 최근에 그것을 일컫는 세계 각국어들이 모두 비슷한 어감을 지니고 있다는 사실을 알았다. 방방, 팡팡, 퐁퐁, 당당, 콩콩, 캉캉. 드물지만 '랑랑' '창창'도 있고 '황황'도 있다. 모두 '트램펄린'보다는 적절한 이름이라고 생각한다. 몸이 허공으로 솟구칠 때의 그 설명하기 힘든 기분을 표현하면 어찌됐든 이응 발음이 들어가야 자연스럽다. 총소리 같긴 하지만 어릴 때 내가 살던 동네에선 그게 '탕탕'이었다.

여섯살 때 놀이공원으로 탕탕을 처음 타러 간 날 이후 내 인생은 나도 모르게 정해져버렸다. 조각조각 기운 오렌지색 방수 천에 발을 올려놓고 힘껏 구르는 순간, 그건 나를 장전하고 하늘 높이 쏘아올렸다. 짐작하지 못한 방향으로 말이다.

나는 친구들과 노는 것도 잊고 탕탕만 타러 다녔다. 나중에는 거의 매일 갔다. 용돈의 대부분이 탕탕 아저씨의 주머니로 들어갔다.

학년이 올라가도 내가 공부에 흥미를 보이지 않고 집에서도 하루 종일 탕탕 노래만 불러대자 부모님은 대담한 결정을 내리셨다. 열두살이 된 나를 트램펄린 코치님에게 데려간 것이다. 그때 이십대 중반이던 코치님은 걱정 반 기대 반인 부모님의 하소연을 찬찬히 듣더니, 나를 유소년용 연습장으로 데리고 가셨다.

"저 위에서 뛰는 게 좋니?"

"죽을 만큼요."

"그럼 한번 올라가서 뛰어보렴."

나는 심장이 요동치는 것을 느끼며 운동화를 벗고 트램펄린 위로 올라갔다. 주위에 늘어서 있던 아이들의 눈길이 내게 쏠렸다. 연습장 천장에는 쇠로 만든 둥그런 기둥이 하나 있었다. 나는 내가 세상에서 가장 단단하고 무거운 총알이라고 상상하며 온몸의 체중을 한껏 실어 발을 굴렀다. 휙— 기둥이 바로 눈앞에 다가왔다. 나는 그것을 두 팔과 다리로 힘껏 감싸안았다. 지현아! 밑에서 어머니의 비명이 들려왔지만, 조금도 무섭지 않았다. 어딘가에서 탄성과 함께 휘파람소리가 들려왔다. 나는 작고 자유롭고 거칠 것 없는 한마리 원숭이였다. 세상 모든 것이 내 몸 아래 있었다.

*

어머니는 아침마다 용경(龍經)을 꺼내 몇페이지씩 읽으신다. 가죽으로 만든 케이스가 있고, 시력이 좋지 않은 사람들을 위해 큰 서체로 인쇄한 판본이다. 나도 몇번 그것을 읽어본 적이 있다. 그때 세상의 악이 절정에 달해 검은 악마가 하늘로 솟아오르니, 그가 내뿜은 불길로 땅 위에 있는 것의 십분의 칠이 재와 먼지로 변하고 살아 있는 것의 십분의 칠이 힘없이 스러짐이라. 바다는 피로 변하고 하늘은 악마의 구름으로 뒤덮여 얼어붙은 죽음이 세상천지에 뚝뚝 떨어짐이라. 몇년이 흐르도록 겨울만 계속되어 풀과 나무는 열매를 맺지 못하고 동물들은 새끼를 배지 못하며 피와 고름이 사방으로 흐르니 세상이 종말에 가까움이라. 그때 하늘의 어두운 장막을 뚫고 희고 거대한 용이 날아오니, 그 날개가 세상을 다 덮을 만하고 온몸은 사람이 감히 쳐다볼 수 없을 만큼 형형한 광채로 빛남이라. 두 눈의 이글거림은 보석의 원광(原鑛)과 같고 이빨의 날카로움은 무쇠와 같아 용서가 없음이라. 그가 입을 벌려 숨을 들이마시니, 하늘을 뒤덮은 검은 구름이 순종하는 집짐승들처럼 그의 몸속으로 빨려들어감이라. 그가 날개를 크게 움직여 허공을 치니 그곳에 푸른빛이 돌아오고 가려 있던 태양이 제 빛을 되찾음이라. 그가 땅으로 내려오매, 땅위의 사람들이 두려움을 이기지 못하고 뿔뿔이 흩어짐이라. 그의 숨결이 닿는 곳마다 꽃들이 다시 피어나고 언 강물이 녹아 흐르며 죽어 넘어진 동물들이 일어나 걷고 뛰어놂이라. 마침내 백성들 중 용기있는 자 몇몇이 그에게 다가가 이름을 물으니, 하늘과 땅과 바다를 뒤흔드는 목소리로 그가 대답하매 나는 드라키스이니 너희를 멸망에서 구해줄 자이니라.

많은 사람들은 칠백팔십이년 전 일어난 핵전쟁 직후 지구를 구하고 이 별을 재건한 것이 희고 거대한 용 드라키스라고 여전히 믿는다. 어머니도 그런 사람들 중 한명이다. 어머니와 종교 이야기를 할 기회가 몇번 있었지만, 나는 그때마다 입을 다물었다. 엄두가 나지 않았다. 아버지는 어머니를 따라 몇년간 교회에 다니셨지만, 지금은 당신의 뜻에 따라 무교로 돌아서셨다. 우리 부모님은 타인의 신념을 함부로 비난하거나 믿음을 강요하는 스타일은 아니다. 하지만 어머니가 아직도 내가 교회에 나가기를 은근히 기대하신다는 것을 나는 안다. 내 경기가 있는 날이면 어머니는 따뜻한 아침밥을 지어 먹이시고는, 내 손을 꼭 붙잡고 기도를 하신다. 용신(龍神)님께 올리는 기도다. 원정경기가 있어 공항으로 가야 하는 날이면 침묵 속의 기도는 두 배로 길어진다.

이제 더 많은 사람들은 지구의 재건을 도와준 초월적인 존재가 용신 드라키스가 아니라 먼 은하계 저편에서 날아온 프로메사인들이라고 믿는다. 프로메사인들은 폐허가 된 지구에 자신들의 문명 일부를 전수해주었다. 몇몇 기술은 너무 혁신적이고 난해해서 실용화할 수 없었지만, 그들이 없었더라면 지구가 이렇게 빨리 문명의 모습을 되찾을 수 없었으리라는 것이 중론이다.

어떤 사람들은 여전히 그런 이야기를 믿지 않으며, 프로메사 원조론이 지구중심주의에서 나온 난쎈스라고 비난한다. 그들의 주장을 듣다보면 거기에도 충분히 일리가 있다. 프로메사인들이 엄청난 세월과 에너지를 들여 찾아온 별이 하필이면 핵전쟁 직후의 지구일 리가 있을까? 그들이 대체 무엇 때문에 지구에 왔을까? 은하계 다른 곳으로 향하다가 우연히? 탐사 차원에서? 동정심에서? 외계 문명의 구성원들이 언제부터 그렇게 한가한 사람들이었는가? 식민 행성으로 삼지도 않고, 자원을 착취하지도 않으면서—하긴 당시엔 착취할 자원이라는 게 전혀 없었겠지만—단지 도와주고 싶어서 자신들의 문명을 전수해주고, 아무 보상도 요구하지 않고 떠났다고? 우주는 박애주의로 넘치는 따뜻하고 아름다운 공간이었군. 그들은 그렇게 말하며 코웃음친다. 핵전쟁 직후 지구인들은, 이 부분이 가장 큰 미스터리라고 나는 생각하지만, 용신 드라키스에 대해서도 프로메사인들에 대해서도 어떤 과학적 증거도 남겨놓지 못했다. 어쩌면 용신도 외계인들도 존재한 적이 없었을 거라고 나는 가끔 생각한다. 사람들은 기적적으로 문명을 재건하는 데 성공했고, 자신이 믿고 싶은 것을 골라 믿었을 뿐이라고.

그러나 사람들이 믿는 것은 세계에 영향을 미친다.

초기 드라키스교는 극단적인 근본주의 신앙에 가까웠다고 한다. 사제들이 보기에 중력을 벗어나 땅 위로 올라가는 것, 하늘을 나는 모든 것은 악이었다. 비행은 새들과 날벌레들과 용들만의 몫이었다. 하늘을 날고자 하는 인간은 신의 뜻을 거스르는 오만한 자로 치부되었다. 설마, 그럼 비행기는 어쩌고? 비행선은? 그것들 없이 어떻게 여행을 해? 내가 입을 딱 벌리고 반문하자 혜민이는 고개를 저으며 말을 이었다.

"지금부터 불과 오십년 전에는 공항 통관대에도 사제가 서 있었다는 거 알아? 여권에 찍어주는 도장이 용 문양이었고, 비자보다 신의 심판관들이 내리는 판단이 더 중요한 기준이었어. 자격이 없다고 판단되는 사람은 비행기를 탈 수가 없었다고. 어떤 기준으로 그 자격을 정했는지는 알 수 없지만. 스포츠도 종교에서 자유롭지 못했어. 지금은 그런 관행이 없어졌지만, 옛날에는 구기종목 경기장에도 반드시 사제들이 참석했다고 해. 축구공이건 야구공이건 탁구공이건, 날아다니는 공은 모두 사제의 축성을 받아야 쓸 수 있었다는 거야.”

“믿을 수가 없어.”

“너, 다이빙이라는 거 들어본 적 있어?”

아니, 내가 대답했다.

“핵전쟁 전에는 다이빙이라는 스포츠가 있었어. 수영복을 입고 높은 판자에 올라서서 물로 뛰어내리는 거. 올림픽 정식 종목이기도 했어. 그런데 지금은 없어졌지. 그 이유에 대해서도 의견이 분분한데, 선수가 물에 뛰어드는 광경이 세상의 종말을 연상시켰기 때문이라는 얘기가 제일 많아. 핵폭탄. 꽝, 소리가 나고, 파편이 튀고, 비슷하지 않아?”

미쳤어! 나는 하마터면 소리칠 뻔했다. 스포츠는 스포츠잖아. 대체 무슨 권리로 지상에 존재하는 스포츠를 없애? 나는 그렇게 말하려다 입을 다물어버렸다.

내게 슬럼프가 찾아온 건 혜민이와 그런 대화를 한 지 얼마 지나지 않아서였다. 코치님은 늘 다음 동작에만 집중하라고 말씀하셨다. 끝났을 때 온몸이 뻐근하게 쑤셔오고 죽도록 배가 고픈 그 느낌만 남을 때까지 머리와 온몸을 텅 비우라고 하셨다. 그래서 나는 그렇게 했다. 나는 얼굴에 흐르는 짠 땀과 공중으로 뛰어오를 때 손끝과 발끝의 모양, 팔이 놓인 위치, 근육들이 당기는 느낌, 다리가 허공을 가르는 소리, 다음 동작, 다음 동작, 그리고 또 다음 동작, 실수하지 말아야 하는 다음 동작만 생각하던 아이였다. 다른 건 아무것도 보이지 않았고 느껴지지도 않았다.

그게 어려워지는 날이 올 거라고는 꿈에도 생각해본 적이 없었다.

*

전쟁 이전의 시대에 트램펄린은 처음에는 아이들의 놀이였고, 나중에는 스포츠로 발전했다고 한다. 지금 트램펄린은 스포츠이면서 종교의식이다. 어떤 사람들은 그것을 종합 엔터테인먼트라고 부른다. 맨 마지막 말에는 동의하기 힘들다. 어떤 엔터테인먼트가 관객 하나 없이 진행되는가.

트램펄린 유료 관객이 줄어든 건 어제오늘의 일이 아니다. 내가 선수로 데뷔했을 때부터 트램펄린은 사양길에 접어들기 시작했다. 지금 트램펄린을 사랑하는 건 선수들과 사제들 같은 관계자들뿐이다. 여전히 드라콜림픽 정식 종목이긴 하지만, 텔레비전에서든 경기장에서든 경기를 보는 사람들이 내 주변에는 없다. 옛날에는 그렇지 않았다고, 나이 많은 선배들은 말한다. 그들은 트램펄린에 올라서는 순간 경기장을 가득 메운 관중들의 함성이 일제히 잠잠해지는 몇초, 그 숨막히는 정적과 고요의 순간을 사랑했다고 회상한다. 허공에서 몸을 거꾸로 회전하는 동안 사방에서 조용히 터져나오던 탄성과, 루틴을 끝내고 제자리에 섰을 때 쏟아지던 박수갈채의 달콤함을 잊지 못한다. 사람들은 용신을 믿었다. 선수들도 자신들의 사명을 믿었다. 그때 트램펄린은 사람들과 신 사이에 놓인 다리였다. 관중들은 기쁨을 느끼며 선수들에게 환호성을 퍼부었다. 선수들은 좋은 점수를 받았을 때, 자신이 뛰어났다는 것보다 신의 눈에 자신이 흡족했다는 사실에 뿌듯함을 느꼈다. 그런 시간들이 있었다고 했다. 전설 같은 이야기이다.

나는 다시 다이빙에 대해 생각한다. 트램펄린에도 핵폭탄을 연상시킬 만한 여지는 충분히 있다. 베드를 밟고 허공으로 솟구친 몸은 필연적으로 바닥으로 떨어지게 되어 있다. 물 위로 떨어지는 인간의 몸이 끔찍한 기억을 상기시킨다면, 베드 위로 떨어지는 몸은 그렇지 않은가? 그러나 트램펄린은 조금 다른 방식으로 살아남았다.

트램펄린이 일차적으로는 용신 드라키스를 위한 의식이라는 걸, 나는 데뷔하고 나서 알았다. 우리가 하는 모든 동작이 드라키스신의 움직임을 모방해 만들어진 것이라는 사실은 더 나중에 알았다. 재미없는 학교공부와 무료한 일상에서 해방된 열두살 소녀는 그저 많은 사람들이 지켜보는 가운데 무대에 올라 높이 뛰어오르고 싶다는 생각밖에 없었다. 처음으로 경기에 나가던 날, 코치님은 내게 하얀 선수복을 가져오셨다. 꼬리같이 나풀거리는 흰색 장식이 달린, 연미복처럼 생긴 옷이었다. 그때는 그 옷만큼 마음에 드는 게 없었다. 무대감독들이 나를 위해 쎄트를 설치하는 게 보였다. 코디네이터들이 다가와 내 얼굴에 비늘을 그려넣는 동안 코치님이 중얼거리던 말이 떠오른다. 긴장하지 말고, 평소처럼만 해라. 용틀임할 때 동작을 크게 하는 것 잊지 말고. 네 공중제비는 최고다. 하지만 용틀임도 중요해.

용틀임은 보통 공중제비와 공중제비 사이에 삽입되는 동작이다. 선수마다 천차만별의 동작을 사용하므로 뭉뚱그려 설명하기는 어렵다. 당신이 트램펄린 경기를 본 적 있다면 숨가쁘게 이어지는 공중제비 사이에 선수들이 순간적으로 허공에 머물러 정지동작을 취하는 걸 봤을 것이다. 어떤 선수는 사냥감을 붙잡는 호랑이처럼 사지로 허공을 움켜잡고, 어떤 선수는 머리를 아래로 하고 거꾸로 된 십자 모양을 취하며 떨어져내린다. 가장 일반적인 동작은 한 팔을 높이 쳐들고 머리를 뒤로 젖히면서 반대편 다리를 한껏 뒤로 차올려 쳐든 손과 함께 모으는 것이다. 용틀임에는 그밖에도 다양한 형태의 동작들이 있고, 나는 그것들을 한번씩은 모두 시도해보았다. 경기 루틴은 최초의 준비 점프를 제외하고 모두 스무 번의 점프로 구성되는데, 모든 선수는 스무 번의 점프 사이에 반드시 다섯 번 이상의 용틀임 동작을 넣어야 한다. 용틀임은 사제들로 구성된 심사위원단이 가장 중점을 두고 평가하는 부분이며, 그 동작이 얼마나 독창적이고 우아한지에 따라 경기 순위가 결정된다고 해도 과언이 아니다. 나는 심사위원들의 눈에, 그리고 어딘가에 존재할지도 모르는 용신의 눈에 내 동작이 매번 다르게, 그리고 매번 우아하게 보이게 하려고 최선을 다했다. 십이년 동안. 그리고 지쳐버렸다.

조금 더 솔직하게 말해볼까? 나는 경기 내내 웃어서는 안된다는 트램펄린의 룰을 별로 좋아하지 않는다. 나는 웃는 것을 좋아하는 사람이고, 긴장했거나 반대로 무언가를 제대로 해냈을 때는 씩 웃음을 짓는 게 좋다. 다른 선수들을 볼 때도 마찬가지다. 굳은 얼굴로 트램펄린에 올라가는 동료를 보고 있으면 저 사람이 그만 실수해서 밖으로 떨어져 다치지나 않을까 하는 찝찝한 마음이 먼저 든다. 하지만 경기중에 선수들은 웃을 수 없다. 신에게 바치는 엄숙한 의식이기 때문에. 모든 경기 하루 전날 선수들은 자신의 지역 교회에 들러 신의 축복을 받아야 한다. 형식적인 절차지만, 사제가 머리에 손을 얹고 용경 구절을 암송할 때마다 딴생각이 드는 건 어쩔 수 없다.

나는 경기 때 얼굴에 하는 용비늘 분장이나, 하얀색 일색인 선수복을 좋아하지 않는다. 최근에 규정이 바뀌어 선수복에 약간의 무늬를 넣을 수 있게 됐지만 여전히 색깔은 흰색에서 벗어날 수 없다. 가끔은 녹색이나 푸른색 옷을 입고 점프하고 싶은 날도 있는 법이다. 트램펄린 선수들은 인종과 나이, 국적을 불문하고 대체로 비슷비슷한 얼굴을 하고 있다. 머리를 짧게 자를 수도, 파마를 할 수도 없다. 초기 드라키스교 여사제들이 지켰던 계율 때문이다.

옛날에는 트램펄린에 스프링을 사용했기 때문에 십 미터 이상 뛰어오르기 어려웠다. 하지만 지금은 스프링 대신 '루브'라는 신물질을 쓴다. 루브의 탄성은 스프링의 두 배 이상이다. 연습 때 내가 올라간 최고 높이는 이십팔 미터였다. 물론 그만큼 올라가는 건 무척 위험하고 어려운 일이다. 이십 미터까지는 아무렇지도 않지만 이십오 미터를 넘어가면 죽을 것 같다는 느낌이 혈관 속에 차오른다. 하지만 그걸 이기고 더 올라갈 때의 기분은 말로 표현하기 어렵다. 몸의 내부와 외부가 순간적으로 바뀌는 듯한 느낌. 온몸의 세포가 팍, 터져버리는 기분. 그러나 모든 경기에서 선수가 올라갈 수 있는 최고 높이는 십오 미터로 정해져 있다. 건물 삼층 정도의 높이. 전쟁 전의 인류는 몸의 구조가 우리와 달라 그 높이에서 최대의 공포를 느꼈다고 한다. 더 높이 점프하면 실점의 요인이 된다.

내 몸은 지혜다. 너희는 내 비늘을 떼어 너희가 잃어버린 것들을 되찾는 데 쓰라. 너희는 하늘과 땅을 대함에 다시는 자만하지 말라. 나보다 높아지려 하지 말라.

드라키스는 지혜가 담긴 자신의 비늘을 뜯어내 인간들에게 나누어주었고, 인류는 문명을 되찾았다. 용신은 이제 죽었지만, 나는 관객이 열 명도 되지 않는 텅 빈 경기장에서 베드에 올라갈 때마다 보이지 않는 희고 거대한 용의 이글거리는 시선을 느낀다. 자만하지 말라. 그러나 그 계명을 따르기에 내 베드는 너무 좁았다.

*

'그들'의 존재를 알게 된 건 작은 신문기사에서였다. 스포츠면 맨 하단에 박스기사가 하나 있었고, 거기에 '탕탕'이라는 단어가 있었다.

······5년 전 용한국으로 이주해 구 방사능 오염지역인 서용특별시 지평구 통전2동에 사는 드러시아인 유리 알렉세예비치 보긴스키(28) 씨는 자신의 트램펄린을 '탕탕'이라 부른다. 그는 트램펄린 선수로 정식 데뷔한 적은 없지만 뜻을 같이하는 사람들과 모임을 만들었고, 체육관에 모여 경기를 한다. '벽 너머'에서 그들이 여는 경기의 특징은 무엇보다 종교적 엄숙함에서 자유롭다는 것이다. 그들은 사제가 아니라 순수한 스포츠 애호가들로만 심사위원단을 구성하고, 서로의 경기를 평가한다. 놀라운 것은 그들의 경기 방식이다. 그들은 경기장 바닥뿐 아니라 천장에도 트램펄린을 설치하고, 자유롭게 그 사이를 넘나든다. 말 그대

로 꼭대기에서 땅으로 점프하는 것이다. 어떻게 그런 일이 가능한지는 알 수 없지만 흥미로운 사실이 아닐 수 없다. 누가 알겠는가, 그들이 먼 옛날 지구를 찾아왔다는 프로메사인의 후손들일지.

나는 그 기사를 믿지 않았다. 그들의 경기 동영상을 찾아보기 전까지는.

그들은 단순한 트램펄린 선수들이 아니었다. 그들은 중력을 마음대로 다룰 수 있는 사람들이었다.

*

벽 너머는 아주 오래전 방사능 위험 일등급으로 지정된 지역이었다. 정부는 사람들의 접근을 막기 위해 길이 오 킬로미터, 높이 삼십이 미터의 장벽을 건설했다. 대지에 남아 있던 방사능이 모두 사라진 다음에도 그 벽은 철거되지 않고 남았다. 초기 드라키스교 시대에는 불신자로 박해받던 사람들이 벽 너머로 이주해갔다고 한다. 그다음부터는 다른 사람들도 여러 가지 이유로 벽을 넘어가 살기 시작했다. 내가 아는 건 거기까지였다. 그들이 어떤 사람들인지 알아낸 건 꼬박 사흘간의 검색을 통해서였다.

내가 흥분해 얘기를 꺼냈을 때, 혜민이는 복잡한 표정을 짓고 있었다.

"그 사람들은 정말로 자기들이 프로메사인의 후손이라고 믿는

대."

"그래?"

"외계인이 지구인들 사이에 씨를 뿌렸다는 거야. 프로메사인들에게는 중력을 자유자재로 다루는 능력이 있었대. 그리고 지금 거기 사는 사람들도 그렇다는 거야. 넌 믿어져? 그 사람들한테는 중력이 아무것도 아니래. 갑자기 빌딩 위로 확 뛰쳐오를 수도 있고 하늘로 거꾸로 올라갈 수도 있대. 그리고…… 그 드러시아인, 너 내가 보내준 동영상 봤지? 유리 알렉세예비치라는 그 사람. 아무리 봐도 눈속임은 아닌 것 같았어. 천장에 정말로 네 대의 베드가 매달려 있었잖아. 그렇게 높이 점프한다는 건, 그래, 그건 연습하면 돼. 하지만 그 사람은, 천장으로 뛰어오르는 게 아니라 빨려올라갔어. 난 분명히 봤어. 그 사람, 천장의 베드를 억지로 찍고 내려오는 게 아니라 거기서 땅을 향해 점프했다고. 중력이 땅이 아니라 천장의 베드 아래 있는 것처럼."

"………"

"그 동영상을 본 뒤로 미쳐버릴 것 같아. 나도 그렇게 하고 싶어. 중력을 그렇게 극단적으로 조롱하는 거. 날고 싶은 방향으로 나는 거. 방향을 바꿔버리다니, 정말 믿을 수가 없어. 그런 사람들이 같은 하늘 아래 살고 있는데 어떻게 아무도 관심이 없지? 넌 알고 있었어, 그런 사람들이 있다는 거?"

알고는 있었어, 혜민이는 그렇게만 대답하고 더이상 말하지 않았다. 혜민이는 내 십년 친구이고, 활발하게 활동하는 트램펄린 해설가였다. 내가 경기에서 좋은 성적을 내거나 그러지 못하거나, 혜민이는 어머니가 자궁암 수술을 받으셨던 날을 제외하고는 언제나 내 경기를 보러 와주었다. 하지만 나는 경기 때문에 혜민이의 어머니 장례식에 참석하지 못했다. 혜민이의 목소리는 멜로디와 가사양쪽이 또렷이 귀에 들어오는 음악 같았다. 정확히 말하면 방송으로 듣는 것보다 내 옆에서 말할 때의 목소리가 조금 더 좋았다. 차분하고 낭랑한 목소리였지만 약간의 비음이 섞여 어린애 같은 느낌이 났는데, 방송으로 들어보면 그 부분이 과장되어 진짜 혜민이목소리 같지 않았던 것이다. 마이크 앞에 앉은 혜민이는 내 경기에 대해 언제나 호의적인 평을 써주었다. 내 동작의 우아함과 단아함에 대해. 내가 성공한 여덟 바퀴 반의 공중제비와 맹수의 몸놀림같기도 하고 백조의 몸짓 같기도 한 용틀임 동작의 능숙함에 대해.

내가 좀더 눈썰미있는 사람이라면 그날 혜민이가 짓고 있던 낯선 표정의 의미를 알아챘을 것이다. 하지만 그날 나는 아무것도 보이지 않았다. 내 눈앞에선 딱 한 가지 영상만 무한 반복재생되고 있었다. 유리 알렉세예비치의 경기. 높이 솟은 경기장 천장에 매달린 베드를 밟고 땅을 향해 있는 힘껏 점프하던 그의 동작. 그리고 그를 잡아당기던 하늘.

*

체육관에 나가는 대신 집에서 연습을 시작했다. 코치님에게는 몸이 좋지 않아 당분간 쉬겠다고 둘러댔다. 마주 보는 두 개의 벽에 트램펄린 두 대를 하나씩 붙이고 못으로 단단히 고정했다. 방향을 조금이라도 바꿔보는 게 첫번째 목표였다. 나는 바닥에 놓인 메인 베드에서 연거푸 공중제비를 하면서 조금씩 왼쪽으로 움직여 간 다음, 구부린 몸을 단번에 쫙 펴면서 발로 왼쪽 베드를 구르려고 시도했다. 하지만 보기 좋게 바닥에 너부러지고 말았다. 보호 매트를 깔아놓지 않았다면 심하게 다칠 뻔했다. 벽과 벽 사이가 너무 멀었다.

처음부터 왼쪽 베드에서 시작한다면 어떨까? 한쪽 발을 왼쪽 벽에 올려놓고 다른 발을 끌어올리면서 순간적으로 베드를 차는 거다. 몇번의 실패 끝에 생각한 것과 비슷한 모양으로 움직일 수 있었다. 처음 방법보다는 쉬웠다. 하지만 벽을 차고 튀어오르는 순간 몸이 심하게 균형을 잃었다. 메인 베드 위로 떨어지긴 했지만 반동이 약했고, 중력은 육중하게 내 몸을 잡아끌었다. 그리고 메인 베드에서 왼쪽 벽의 베드로 돌아갈 방법이 없었다.

나는 몸을 움츠리는 정도를 바꿔가면서 실험을 계속했다. 확실히 몸을 둥글게 말수록 벽에 가깝게 다가갈 수 있었다. 동작에 속도를 붙인다면 더 쉬울 것 같다는 생각이 들었다. 당분간 양옆의 벽은 잊고 메인 베드에서만 연습하기로 했다. 나는 힘차게 베드를 차고 올라 더 빠르게 공중제비를 하는 데 몰두했다. 내 몸이 광속으로 회전하는 작고 둥근 공처럼 느껴질 때까지 허공에서 돌고 또 돌았다.

한달이 하루처럼 갔다. 어느날 아버지가 연습실 문을 열고 물으셨다. 괜찮으냐고.

나는 온몸이 땀에 전 채 베드에 누워 천장을 바라보았다. 괜찮지 않았다. 나는 '그들' 중 하나가 아니었다. 노력해서 되는 게 아니라는 생각이 수도 없이 왔다갔다. 나는 천근 무게로 내 몸을 끌어내리는 중력을 내게서 떼어놓을 수가 없었다.

몇달이 더 지나갔다. 그리고 조금은 괜찮다는 생각이 드는 날이 찾아왔다.

*

넉 달 만의 경기였다. 나는 덤덤한 표정으로 베드에 올라가 섰다. 심사위원들은 내 양옆에 설치된 두 대의 트램펄린에서 눈을 떼지 못하고 의아해하는 표정을 짓고 있었다. 좀 우습지만, 베드의 수에 관한 규정은 어디에도 없었다. 두 대 이상의 베드에 대해서는 아무도 생각해본 적이 없었고, 굳이 규정을 만들어넣으려고도 하지 않았던 것이다. 다른 선수들이 극적인 연출을 위해 설치하는 쎄트─주로 용경에 나오는 예언자들이나 드라키스신의 모습을 그려넣은 것이 많다─대신에 나는 철골구조물을 세우고 거기에 베드를 두 대 더 설치했을 뿐이었다. 무대감독들은 그것을 쎄트라고 생각했는지 아무 제지도 하지 않았다. 다른 선수들을 확인하느라 잠시 자리를 비운 코치님은 경기 시작 직전에야 돌아왔고, 그제야 뭔가 이상하다는 걸 알아차렸다. 코치님은 손을 들어올려 나를 불렀지만 너무 늦었다. 방송에서 내 이름이 흘러나왔다.

나는 어느 때보다 충분한 시간을 들여 준비 점프를 했다. 그리고 네번째 점프부터 공중제비에 가속을 붙였다. 다섯번째로 점프한 다음 재빨리 연속 공중제비를 하며 왼쪽으로 날아갔다. 왼쪽 베드에 발이 닿았을 때 마음속에서 주먹 하나를 꽉 쥐는 것처럼 '중력이 내 발밑에 있다'고 믿었다. 균형이 무너지기 전에 잽싸게 몸을 움츠리며 다시 공중제비에 들어갔다. 몸이 탄환처럼 회전하며 메인 베드 위를 가로질러 날아갔다. 오른쪽 베드가 발아래 있다고 느껴질 때 세차게 다리를 뻗었다. 이번에는 중력이 오른쪽 벽 위에, 내 발밑에 있었다.

스무 번의 점프가 끝나고 내 몸은 다시 메인 베드 위에 똑바로 섰다. 턱 밑으로 땀이 흘러내렸다. 웃고 싶었지만 필사적으로 참았다. 사제들은 경기를 잠시 중단시켰다. 당혹. 그들의 표정은 너무나 정직하게 그걸 드러내고 있었다. 나는 생각했다. 해냈어.

그날 경기에서 나는 최하점을 받았다. 거기까지는 예상하던 바였다. 나는 스무 번의 점프 동안 단 하나의 용틀임 동작도 넣지 않았던 것이다.

하지만 예상하지 못한 게 하나 있었다.

그날 내가 한 일 때문에 베드 수에 관한 규정이 생겼다. 두 대 이상의 베드를 놓을 수 없다는 조항이 트램펄린 규칙에 새롭게 추가된 것이다.

추가된 건 하나 더 있었다. 용틀임 동작을 루틴에 넣지 않을 경우 선수 자격을 영구히 박탈한다는 조항이었다.

*

경기를 본 몇몇 기자들이 인터뷰를 청해왔다. 나는 벽 너머의 탕탕 선수들에 대해 이야기한 것이 그렇게 우스꽝스러운 방식으로 기사화될 거라고는 생각하지 못했다. 기사 속에서 내가 말하고 있었다. 드라키스신은 죽었고 트램펄린도 썩어버린 지 오래예요. 우리는 탕탕의 순수한 즐거움을 되찾아야 합니다. 중력을 거슬러 비상하는 일의 자유로움을 너무 오래 잊고 살아왔어요. 벽 너머의 사람들은 다릅니다. 그들의 종교는 자유로움 그 자체입니다.

더 웃기는 건, 내가 실제로 그런 말들을 했다는 거다. 나는 영웅심에 들떠 반쯤 넋이 나간 상태였다. 나는 드라콜림픽에서 금메달을 대여섯 개쯤 딴 선수처럼, 후계자를 몇명이나 키워낸 베테랑처럼, 경험할 수 있는 것은 다 경험해본 은퇴 직전의 트램펄린 선수처럼 말했다.

어머니는 아무 일도 없는 것처럼 나를 대하셨다. 그러나 나는 어머니의 표정에서 분명하게 읽을 수 있었다. 걱정 속에 단단히 눌러놓았으나 배어나오지 않을 수 없는 감정. 그건 딸에 대한 실망이었다.

흥분이 가라앉는 데에는 며칠이 걸렸다. 사제들은 냉담한 무관심으로 일관했다. 코치님이 전화를 걸어 한달간 출전정지가 떨어졌다는 사실을 알려주었다. 넌 어차피 관심도 없겠지만. 코치님은 차갑게 말을 이었다.

"네가 답답해한다는 건 오래전부터 알았다. 하지만 꼭 그렇게까지 말해야 했니? 넌 이 일을 하는 사람들 전체를 모욕하고 조롱했다. 사제들만을 말하는 게 아니야. 네 동료들, 선배들과 후배들, 그리고 겉으로 드러내지는 않아도 오랫동안 트램펄린을 좋아해온 사람들, 그 전부를 비웃었어. 네 생각이 나와 다르다는 건 알겠다. 하지만 그 사람들이 뭘 잘못했니? 네가 믿지 않는 신을 여전히 섬긴다고 그게 썩은 거야? 네가 뭔가 착각을 하고 있는 것 같은데, 종교는 변하는 게 아니야. 너 기독교 알지. 전쟁 전에 있던 종교 말이다. 그 신자들이 십자가 모양이 마음에 들지 않는다고 별 모양으로 바꿨다는 얘기 들어본 적 있어?"

"하지만, 트램펄린은 스포츠이기도 하잖아요. 드라키스신을 믿는 사람들도 있겠죠. 하지만 전 아니에요. 우리 팀 선수들도 아니고요. 그런데 믿는 척하면서 베드에 올라가죠. …… 전 즐거움 때문에 그걸 시작했는데."

"난 안 그랬을 것 같니? 나도 처음부터 용신 따위는 믿지 않았어. 하지만 난 다른 걸 믿었다. ……네 선배들은 아무도 너처럼 경기를 쉽게 생각하지 않았어. 내 생각에 네가 있을 곳은 아무래도 여기가 아닌 것 같구나."

통화를 끝내고 나는 이불 속으로 파고들었다. 며칠 동안 방에서 나가지 않았다.

한달이 지나 코치님에게서 다시 전화가 왔다.

나는 묵묵히 경기에 출전했다. 여덟 개의 용틀임 동작을 넣어 루틴을 마무리했다. 열 명의 선수들 가운데 내 성적은 정확히 가운데였다. 비교적 젊은 축에 속하는 심사위원들이 동정표를 던졌음을 알 수 있었다.

그날 내 경기는 지금껏 해온 것 중 최악이었으니까.

그리고 며칠이 지나지 않아 뜻하지 않은 곳에서 연락이 왔다.

유리 알렉세예비치 보긴스키였다.

*

유리 알렉세예비치는 우리말을 꽤 했지만, 아주 잘하지는 못했다. 나는 드러시아어를 전혀 몰랐기 때문에 우리는 용한국어와 드라카연방어를 섞어가며 더듬더듬 얘기를 했다.

"당신, 지-현, 경기 봤어요. 비디오. 기사."

그러지 않았으면 좋았을 텐데.

"그래요."

"훌륭,했어요. 만나고 싶다고 생각했어요. 당신, 신기록 보유자라면서요. 챔피언. 공중제비."

"아뇨, 용국연합 선수들에 비하면 상대가 안돼요. 그날…… 난, 그냥 당신들을 흉내냈어요. 난 당신들처럼 할 수 없어요."

"우리, 알아요? 탕탕, 알아요?"

"어릴 때 엄마나 과자보다 좋아하던 말이 탕탕이었는걸요."

그는 무척이나 신기해했다. 다른 나라에서 같은 단어를 사용하고, 그 단어에 같은 애정을 느끼며 자라난 사람이 있다는 사실에. 푸른 눈을 지닌 그가 미소를 지었다. 꽤 잘생긴, 오랫동안 단단하게 다져진 운동선수의 얼굴이었다. 나는 호기심을 참지 못하고 물었다.

"당신들은 중력을 마음대로 바꿀 수 있죠?"

"춤-력?"

"그래비티(gravity). 땅이 잡아당기는 힘. 뉴턴."

"아, 그래비티, 중-력. 바꿀 수 있어요. 웨이브(wave). 마음대로 할 수 있어요."

"웨이브? 파장? 중력파를 말하는 건가요?"

"웨이브. 빌딩, 건물, 벽, 탕탕, 그런 데 웨이브 있어요. 바꿀 수 있어요. 웨이브 바꾸면 방향이 바뀌어요. 바뀌면 빌딩이 잡아당겨요."

한참의 이야기 끝에 알 수 있었다. 내 예상이 옳았다. 그들은 중력파를 순간적으로 증폭할 수 있었다. 눈에 보이지는 않지만 지구상의 모든 사물은 고유한 중력파를 발산하고 있다. 지구의 중력에 비해 너무 미미하기 때문에 드러나지 않을 뿐이다. 그것을 감지해 순간적으로 극대화할 수 있다면, 그들이 하는 것처럼 허공을 자유롭게 오가며 하늘에서 땅으로 점프할 수 있다. 천장에 매달린 트램펄린 베드가 발산하는 중력파를 순간적으로 뻥 튀기면 말 그대로 천장을 향해 떨어질 수 있다. 하지만 지구 중력보다 크게? 믿기 힘든 일이었다. 그러려면 아주 엄청난 힘이 필요할 텐데.

"몸무게가 어떻게 돼요?"

"육십, 사? 육십오. 육십오 킬로그램."

전혀 이상할 게 없는 몸무게였다.

"그런데 어떻게?"

"어떻게? 원래부터. 태어날 때부터. 할 수 있었어요."

"당신, 혹시 프로메사인의 후손이에요?"

그는 잠시 말이 없었다.

"그런 말, 하는 사람들 있어요. 근데 진짜인지 우리는 몰라요."

"다들 그렇다고 하던데요."

"우리가 모르는데, 그 사람들이 알까요?"

유리가 웃었다.

"너무 오래전 일이에요. 프로메사, 외계인, 그런 건 몰라요. 드러시아, 용한국, 탕탕은 알아요."

"당신 부모님도 당신 같은 능력이 있어요?"

아니, 그는 짧게 대답했다.

"우리 아버지는 내가 하는 거 싫어했어요. 트램펄린, 좋아했어요. 선수 하라고 했어요. 근데 나는 별로. 나는 다른 거, 탕탕 하고 싶었어요. 그래서 드러시아 떠났어요. 아버지, 작년에 돌아가셨어요. 우리 아버지 이름이 알렉세이였어요. 유리 알렉세예비치 보긴스키, 내 이름인데, 그게, 알렉세이-에비치. 내 이름 속에, 아버지 있어요. 아버지 돌아가실 때 나는 못 봤어요."

나중에 알게 된 사실이지만, 그는 꽤 부유한 집안의 장남이었다. 트램펄린 선수가 되라는 부모의 설득을 뒤로하고 어린 나이에 정처없는 여행을 떠났다고 했다. 자신과 같은 사람들을 찾기 위해서였다. 그는 뉴드라카와 리자던, 마드라키스와 드라크테르담에서 그런 사람들을 찾아냈다. 하지만 그들 곁에 정착할 수는 없었다. 그들은 탕탕에 아무 관심이 없었다.

용한국은 그저 우연히 들른 곳이라고 그는 말했다. 그는 오랜 여

행에 지쳤고, 아무것도 아는 게 없는 낯선 도시에 틀어박혀 쉬고
싶다는 마음으로 동양의 이국땅으로 날아왔다. 그리고 숙박비가
싼 게스트하우스를 찾아 서용시 변두리를 헤매다가 벽의 존재를
알게 됐다. 그 벽 너머에 자신이 찾는 종류의 사람들이 모여 공동
체를 이루고 살고 있다는 사실도.

벽 저쪽의 사람들은 관심사도 욕망도 아주 다양하다고 했다. 벽
이쪽 사람들과 마찬가지로. 그들 가운데 탕탕에 관심있는 사람들
을 찾아내고, 협력을 구해 시설을 갖추는 데 삼년이 걸렸다. 다행히
지평구에는 전쟁 당시 대피시설로 사용된 텅 빈 피라미드 모양의
건물 몇채가 남아 있었다. 벽과 마찬가지로 그냥 놔두는 쪽보다 철
거하는 쪽이 비용이 더 들기 때문에 버려진 곳들이었다. 그곳들 중
하나를 개조하는 데 그는 남은 돈 대부분을 썼다.

몇시간의 대화 끝에 가장 커다란 호기심 하나가 남았다. 웨이터
가 세번째로 커피를 리필해주고 갔다.

"지금 나한테 보여줄 수 있어요? 중력을 바꾸는 거. 저 천장이 바
닥이 되게 할 수 있어요?"

그는 나를 보며 당혹스러운 표정으로 웃었다.

"여기서? 못해요. 할 수 없어요. 다른 사람들이 다쳐요. 테이블이
랑 의자, 전부 위로 올라가요. 커피, 쏟아져요. 사람들, 떨어져요. 위
로."

나는 멍하니 그를 바라보았다. 그의 말이 옳았다. 그건 아무데서
나 아무렇게나 사용할 수 있는 능력이 아니었다. 그렇다면 벽 너머
의 사람들은 대체 어떻게 살고 있을까. 상상이 되지 않았다.

"궁금하면 보러 오세요. 우리 경기, 다음달에 해요. 혜민씨, 같이 오세요."

"혜민씨?"

"혜민, 몰라요? 지현 친구. 탕탕 선수는 아니에요. 그렇지만 재미 있는 사람, 좋은 사람이에요. 혜민씨도 우리랑 같아요."

*

혜민이가 집에 찾아온 건 며칠 후였다. 나는 만나지 않겠다고 했지만, 어머니가 들여보냈다. 나는 외면하고 침대에 앉아 한참을 벽만 보고 있었다. 내가 말을 하지 않자 혜민이가 먼저 입을 열었다.

"화났다는 거 알아. 미안해, 미리 말했어야 했는데."

"………"

"뭐라고 말 좀 해."

"언제 알게 됐니? 그러니까, 그래, 각성을 언제 했느냐고."

"얼마 안됐어. 삼년쯤 전에."

삼년? 나는 혜민이가 비밀 없이 모든 것을 공유할 수 있는 유일한 친구라고 생각했다.

"어떻게 알았어?"

"……길에서 우연히. 시험 때였어. 도서관에서 밤을 새우고 조금 눈을 붙이려고 집에 돌아오는 길이었어. 육교를 올라가는데, 몸이 너무 힘들고 피곤했어. 계단 맨 아래쪽에서 위를 보면서, 아, 획 날아서 저 위에 서 있었으면 좋겠다, 그렇게 생각했어. 그런데 그 생각을 하는 순간 느낌이 왔어. 육교 맨 꼭대기에서 무언가가 내 쪽으로 뻗어왔어. 어떻게 했는지는 몰라. 정신을 차려보니 육교 맨 위에 나동그라져 있었어. 너무 이른 새벽이라 주위에 지나가는 사람들이 없었던 게 다행이었어. 나중에 알았는데 그게 중력파였어."

"그래?"

"그래."

"간단하네. 그럼 벽 위를 걸을 수도 있겠네? 여기서 한번 해봐."

"지현아."

"정말로 할 수 있다면 보여달라고. 왜? 싫어? 넌 내가 하는 걸 다 보면서 아무 내색도 안했어. 어떻게 그럴 수가 있어? 너, 나 보면서 정말 웃겼겠다. 너는 아무 힘도 안 들이고 방향을 바꿀 수 있잖아. 아니, 너만이 아니었겠네. 저쪽에는 너 같은 사람들이 한두 명이 아니라면서. 그 사람들이랑 웃으면서 얘기도 했겠네?"

"오해하지 마. 난 유리한테 네 얘기 한 적 없어. 유리가 널 만나고 싶어하기에 내가 다리를 놓아줬을 뿐이야."

"그래, 좋아. 그럼 나가서 보여줘. 나한테 보여달란 말이야. 왜? 어려워?"

"지현아."

"왜?"

"……너한테는 그게 그렇게 중요하니? 방향을 바꾸는 게, 중력이, 그렇게 중요해?"

"그걸 말이라고 해?"

"왜 네가 가진 걸 소중하게 생각하지 않아? 왜 너한테 없는 것만 그렇게 갖고 싶어해?"

나는 침대 옆에 있던 책을 집어던졌다. 말이, 가슴을 찔렀다. 참을 수가 없었다. 책은 혜민이의 팔에 맞고 바닥으로 굴러떨어졌다. 혜민이는 한참동안 말이 없다가 자리에서 일어섰다.

"……알았어, 나가자. 보여줄게."

나는 일어나 연습실로 갔다. 혜민이는 굳은 표정으로 내 뒤를 따라왔다. 트램펄린 두 대는 여전히 벽에 붙어 있었다. 그애는 먼저 바닥 가운데에 메인 베드가 단단하게 고정되어 있는지 확인했다. 양옆의 베드들도 몇번씩 잡아당겼다. 그리고 바닥에 널려 있던 자잘한 잡동사니들을 문밖으로 내놓았다.

"밖에 있어."

"왜?"

"너 바보야? 중력이 바뀌면 너도 벽 쪽으로 넘어져. 다친단 말이야."

나는 코웃음을 치면서 문밖으로 물러났다.

혜민이는 왼쪽 베드에 먼저 올라갔다. 벽에 올라선 그애의 몸은 조금도 흔들림없이 땅과 평행선을 이루며 서 있었다. 혜민이는 그 자리에서 몇번 제자리뛰기를 했다. 베드가 출렁였다. 벽과 수직으로 튀어나온 그애의 몸이 오른쪽 벽을 향해 솟구쳤다가 제자리로 돌아갔다. 혜민이는 벽을 걸어내려왔다. 반대쪽 벽으로 갔다. 같은 동작. 그애는 나를 보지 않은 채 이번에는 천장으로 걸어올라갔다. 나는 내 눈을 믿을 수 없었다. 혜민이는 천장에 발을 대고 거꾸로 서 있었고, 원피스 자락은 뒤집히지 않았다. 그애의 머리카락은 천장을 향해 가지런히 올라가 있었다. 아니 내려앉아 있었다고 해야 하나.

나는 바닥에 주저앉았다. 혜민이는 벽을 걸어 다시 땅으로 내려오더니 문밖으로 나오며 말했다.

"사람마다 바꿀 수 있는 범위가 달라. 내 경우엔 아주 좁아. 반경 삼 미터 정도나 될까. 유리 같은 사람들은 능력이 강해서 경기장 천장까지 점프할 수 있지만."

나는 간신히 물었다.

"저쪽 사람들은 모두 너처럼 할 수 있어?"

"그래. 그렇지만 보통 때는 하지 않아. 땅에 발을 딛고 똑바로 걸어. 너도 이제 알겠지만 이건 위험한 능력이야. 그 사람들은 슈퍼맨처럼 아무 때나 하늘을 날아다니는 게 아니야. 넌 에셔의 「상대성」 같은 그림처럼 방마다 다른 중력이 존재하는 공간, 뭐 그런 걸 연상하는 모양인데, 실제로 그렇게 했다가는 죽거나 부상을 입는 사람이 생긴단 말이야. 그래서 그들은 자신들만의 규칙을 정했어. 능력은 여러 사람들의 합의를 거쳐야 쓸 수 있어. 여러 사람이 있는 공간에서는 멋대로 중력파를 증폭하면 안돼."

"그럼 대체 그 능력을 어디에 사용하는 거야?"

"몇가지가 있고, 지금도 연구하고 있어. 생각보다는 쓸모가 없었어. 그런데 다들 그걸 굳이 쓸모있는 데 쓰려고 생각하지는 않아. 그냥 재미있어할 뿐이지. 범죄자의 마인드를 가진 사람이라면 모를까. 옛날에는 능력을 악용한 범죄도 여러 건 있었대. 하지만 지금은 눈에 띄는 사건 같은 건 없어. 다들 조심하려고 해. 시끄러운 일을 일으켜봐야 이쪽의 눈길만, 그것도 나쁜 쪽으로 끌 뿐이니까. 탕탕 정도가 능력이 가장 적극적으로, 그리고 효율적으로 발휘되는 분야일 거야."

혜민이는 쓴웃음을 지었다. 얼굴 가득 땀이 배어나 있었다.

"그들은 소수야. 그 사람들의 조상 대부분은 종교 때문에 엄청난 박해를 받고 벽 너머로 떠나간 사람들이었어. 그리고 몇세대가 흘렀지. 너도 알지, 이쪽 사람들은 그 사람들의 능력을 전혀 몰라. 이쪽에서 자신도 모르게 증폭이란 걸 했다간 큰일이 벌어질 거고, 그들은 그걸 원하지 않아. 그건 그들에겐 중요한 문제야. 그 사람들에겐 가끔 자연스럽게 능력을 발산하면서 살아갈 곳이 필요하다고. 프로메사인? 그건 그 사람들도 몰라. 너무 먼 얘기고, 믿는 사람도 믿지 않는 사람도 있어. 어떤 사람들은 방사능 때문인지도 모른다고들 해. 믿기 힘들기는 마찬가지지만."

나는 그대로 바닥에 앉아 있었다.

"너한테 말해야겠다고 몇번이나 생각했어. 하지만 생각처럼 입이 쉽게 떨어지지 않더라."

"……그래."

"너랑 내가 다른 점이 뭔지 알아?"

"……너는 되고, 나는 안된다는 거."

"너는 선수고, 나는 아니라는 거야."

혜민이는 나를 똑바로 쳐다보았다.

"난 너처럼 몸을 움직일 수 없어…… 나는 지금 내 일을 좋아해. 마이크 앞에 앉는 일이 기쁘고, 좋은 선수들을 발견해서 사람들에게 제대로 전하는 일이 감사하고, 일하면서 계속 공부할 수 있어서 참 좋아. 하지만 그게 다라고 생각하니? 천만에. 나도 처음에는 선수가 되고 싶었어.”

나는 당황해 혜민이를 바라보았다. 혜민이가 다른 걸 하고 싶어 한 적이 있으리라고는 한번도 상상해본 적이 없었다.

“그렇지만 난 안됐어. 선천적으로 몸이 둔해서, 도저히 공중제비가 안됐어.”

“나도 처음에는 안됐어.”

“아니, 너는 내가 할 수 없는 걸 아주 쉽게 할 수 있었어. 처음부터 그랬어. 내가 엄마를 졸라 경기장에 쫓아다니던 열두살 때부터.”

나는 가만히 있었다.

“네가 좋아하든 싫어하든, 지금 너는 선수야. 생각 있으면 다음달에 탕탕 경기 보러 같이 가. 유리는 네가 와주길 바랄 거야.”

혜민이는 그렇게 말하고 주섬주섬 가방을 챙기기 시작했다.

*

탕탕 경기장은 생각보다 넓고 컸다. 동영상에서 본 대로 네 대의 베드가 천장 근처 네 개의 벽면에 각각 하나씩 매달려 있었다. 실제로 보니 아찔한 높이였다. 나는 관중들의 대부분인 ‘그들’이 경기장의 네 벽면에 각기 다른 중력의 방향을 적용해, 벽에 엉덩이를 대고 앉아서 경기를 관람하지 않을까 했는데 그렇지는 않았다. 생각해보니 그렇게 하면 경기가 제대로 보일 리 없었다. 무대는 안전을 위해 관중석에서 충분히 떨어진 곳, 꽤 높은 위치에 있었다. 경기장은 꼭대기를 살짝 잘라낸 피라미드 모양이었다. 맨 꼭대기 중앙에는 커다란 사각형 구멍이 뚫려 있었다. 그것을 어떻게 사용하는지, 무대에 오른 선수들이 차례로 보여주었다.

"재밌었어요?"

경기가 끝나고 밖으로 걸어나온 유리가 물었다. 그의 얼굴은 새하얗고, 장식 없는 선수복은 땀으로 푹 젖어 있었다. 그는 온몸의 피가 반쯤 빠져나간 사람처럼 보였다.

네, 나는 대답했다. 할 수 없는 말들은 속으로만 삼켰다. 창백하게 웃는 그의 시선이 내 뒤로 옮겨갔다. 뒤를 돌아보자 혜민이가 걸어나오는 게 보였다. 혜민이는 내게서 두 자리 떨어진 곳에 앉아 경기를 보았다. 경기 내내 나는 혜민이 쪽을 보지 않았다. 혜민이도 마찬가지였다.

"지현씨도 한번 해보고 갈래요? 경기 끝나고 나서, 원하는 사람은 아무나 연습할 수 있어요. 운동복은 라커룸에 있어요. 거기서 갈아입으면 돼요."

나는 고맙다고, 하지만 사양하겠다고 정중하게 대답했다. 그리고 속으로 생각했다. 이제 정말로 뼈저리게 깨달았어요. 나는 당신들과 완전히 다르다는 걸.

나는 빨리 집으로 돌아가고 싶을 뿐이었다. 아무와도 얘기를 나누고 싶지 않았다.

하지만 버스가 아무리 덜컹거려도 머릿속에서 떨어져나가지 않는 생각 하나가 있었다.

*

아버지가 방문을 노크하고 들어오셨다. 체육관에 나가지 않은
지 석 달이 지난 어느날 저녁이었다.

"지현아."

"네."

"연습은 이제 안 나갈 거니? 트램펄린, 그만둘 거야?"

"잘…… 모르겠어요."

"좀 있으면 대표 선발 기간 아니니?"

"………"

"너, 드라콜림픽에 나가고 싶어했잖아."

"네, 그랬어요. 저한테는 기회가 오지 않았죠. 첫번째는 제가 너
무 어렸고, 두번째는 경력이 문제가 됐어요. 그때는 코치님을 이해
할 수 없다고 생각했어요. ……제가 굉장히 잘하는 줄 알았으니까.
하지만 저 같은 선수가 거기 나가라고 트램펄린이 있는 건 아닌 것
같아요."

"왜 그런 생각을 해? 네가 어디가 어때서."

나는 대답하지 못했다. 묻고 싶은 건 나였다. 자신을 좋아하는 일
은 왜 이렇게 힘이 드는 거냐고, 나는 아버지에게 묻고 싶었다.

"벽 너머로 가고 싶은 생각은 없니?"

"제가 거기서 할 수 있는 건 별로 없을 거예요."

"그럼 네가 하고 싶은 건 뭐니?"

나는 한참을 생각하다 대답했다.

"……모르겠어요. 정말 잘 모르겠어요."

"솔직히 말하면 난 네가 변호사나 의사가 되길 바랐다."

"네?"

"나나 네 엄마나, 모두 배운 게 별로 없어 힘들게 살았잖니. 그게 속상해서, 너는 공부를 많이 시키려고 했어. 널 처음 체육관에 데려가면서도 트램펄린이란 걸 심각하게 생각하지 않았다. 공부에 취미가 없는 애 엇나가기라도 하면 어쩌나 싶어서, 그저 어른들 있는 곳에 묶어두면 괜찮지 않을까 했지. 그런데 어느날 네가 그랬지. 첫 경기 끝나고였을 거다. 아빠, 난 중력을 이기는 사람이 되고 싶어요. 난 탕탕이 너무 좋아요."

"………"

"네 심정을 대충은 짐작한다. 하지만 요즘 너는 탕탕이든 트램펄린이든, 그게 아니고 다른 것 때문에 힘들어 보이는구나."

"………"

"그게 그렇게 큰 힘이니?"

"네?"

"너를 지금 이렇게 못살게 구는 거, 네 어깨를 이렇게 축 처지게 만든 거, 그게 그렇게 큰 힘이야?"

모르겠어요. 나는 또 그렇게만 대답했다.

그래, 그럼 좀더 생각해봐라. 아버지는 그렇게 말씀하시고, 문을 닫고 나가셨다.

"알았으면 됐다. 다음부턴 그러지 마라."

"그건, 잘 모르겠습니다."

"뭐?"

"집에 있는 동안 제 경기들 동영상을 수도 없이 돌려봤어요."

"넌 못하는 애가 아니야. 마음이 몸을 앞설 뿐이지."

"코치님 말씀이 맞는 것 같아요. 제가 경기를 쉽게 대했어요. ……제가 부족하지 않다고 당당히 말할 수 있었으면 좋겠는데, 그럴 수가 없어요. 그럴 수가 없어서 분해요. 속상해요."

"……그런데?"

"많이 생각해봤어요. 그런데 여전히 동의할 수 없는 게 있어요. 모든 게 다 자기 하기 나름이라는 생각요. 그게 전부는 아니라는 생각이 들어요. 열심히 하는 것이 우리를 즐겁지 않게 만드는 모든 문제에 대한 해답이 되지는 않아요. 그래서, 아무것도 하지 않고 가만히 있겠다는 약속은 못 드릴 것 같아요."

"지현아."

"대신 할 수 있는 걸 다 할게요. 지금보다 괜찮은 선수가 된 다음에, 최소한 조금이라도 나아진 다음에, 다시 말씀드릴게요."

코치님은 한숨을 쉬었다. 나는 무슨 말인가를 더 하려다가, 고개를 숙여 인사하고 문을 닫고 나왔다. 얼굴이 화끈거렸다. 내가 한 말들이 고스란히 귓전에 되돌아와 메아리쳤다. 황망하고 어지러웠다. 귀를 막아도, 보이지 않는 천만명의 목소리가 한꺼번에 들릴 때가 있다. 대체 무슨 생각으로 그런 말을 한 거야? 천만명의 자글거리는 웃음소리가 바로 등뒤에서 들려왔다. 그 소리들이 하나로 뭉쳐 내 무릎 뒤를 세게 밀었지만 몸이 휘청거릴 정도는 아니었다.

존경심과 존중이 고귀한 것이라는 사실은 분명해서, 그 앞에 서자 내가 아주 형편없고 우스꽝스러운 인간처럼 느껴졌다. 그러나 존경심과 순응은 어떻게 구별할 수 있지? 왜 나는 불만만 있고 대안은 만들 수가 없지? 무언가를 증명하려면 어떻게 해야 되지? 내가 할 수 있는 건 고작 그런 말, 나 자신을 향한 빈약한 약속뿐이었다. 그걸 입밖에 내고, 그 말을 하는 자신의 목소리가 어떻게 들리는지 확인하는 일이 내게는 필요했다. 부끄러웠지만 한편으로는 부끄럽지 않았다. 토할 것 같은 그 느낌에서 도망치지 말아야 한다는 생각만 난간처럼 꽉 붙잡고 체육관 쪽으로 걸었다.

체육관은 텅 비어 있었다. 드라콜림픽 대표 선발전을 치를 선수들은 합숙에 들어가기 위해 하루 전에 서용을 떠났고, 나머지 선수들에게는 일주일 동안의 짧은 휴가가 주어졌다. 내 발이 베드를 차내는 소리, 내 몸이 공기를 가르는 소리만 커다랗게 울렸다. 나는 베드에 올라가 아무런 기교도 부리지 않고 뛰었다. 높이, 더이상은 올라갈 수 없을 때까지. 나는 숨이 차 얼굴이 새빨개질 때까지 점프를 계속하고는, 숨을 고르면서 조금씩 힘을 뺐다.

그렇게 세 번을 반복하고 부드러운 베드 위에 앉았다. 턱 밑으로 흐른 땀이 연습복 속으로 스며들었다. 방금 전까지 심장을 콱 틀어쥐던 숨찬 느낌이 잦아들자 내 몸에서 나는 땀냄새가 느껴졌다. 더

웠다. 콧속이 매콤했다. 끝에 갈고리가 달린 날카로운 꼬챙이 같은 것이 몸속에서 귓구멍 밖으로 쑤욱 올라오더니 귓바퀴 전체를 갈고리에 걸고 잡아당기는 듯했다. 오른쪽 갈비뼈 밑이 심하게 당겼다. 엉덩이와 허벅지에 진흙이 달라붙은 것처럼 부담스러웠다. 연습을 쉬는 동안 몸에 군살이 적잖이 붙은 게 분명했다. 근육에 아픔이 찾아오자 더이상 어지럽지 않았다. 생각이 빠져나간 자리에 느낌이 되돌아왔다. 건강하고, 안심이 되는 느낌이었다. 호흡이 편해졌다. 내 몸이 비로소 내 몸 같았다. 나는 천장을 올려다보며 잠시 가만히 앉아 있었다.

체육관 안은 사람들의 몸에서 뿜어져나오는 열기로 가득했다. 갓 구운 오플과 하콘의 냄새. 포클라 캔을 따는 소리. 웃음소리. 박수소리. 음악이 머리 위를 통통 튀며 굴러다녔다. 귀가 먹먹해왔다. 머리 위로 뻗은 손바닥들이 나뭇잎들처럼 춤추며 이리저리 흔들렸다. 그것들이 하나로 뭉쳤다가 와르르 폭발하는 순간, 조명이 켜졌다. 체육관 천장에는 네 대의 베드가 매달려 있었고, 무대에 놓인 메인 베드 위에는 유리가 서 있었다.

그들은 그 기술을 '스카이워킹'이라고 불렀다. 하늘걷기. 공중제비를 하며 몸을 허공에 띄운 상태에서 천장에 난 구멍을 통해 하늘에 떠 있는 가장 낮은 구름의 중력파를 순간적으로 잡아내고, 그것을 엄청난 크기로 부풀린다. 나는 눈앞에서 허공으로 뛰어오른 유리가 뱅글뱅글 돌다가 몸을 솟구치며 하늘로 빨려올라가는 것을 보았다. 구멍 위로 사라진 그가 다시 모습을 드러낸 건 이십초쯤 뒤였다. 그는 말 그대로 추락하는 것처럼 보였지만, 아슬아슬하게 메인 베드 바로 위에서 중력의 방향을 바꿔 다시 오른쪽 위 천장으로 솟구쳐올라갔다. 공중에 매달린 네 대의 베드 위를 차례로 점프한 후에 그는 왼쪽 위에서 땅을 향해 살짝 점프했고, 몇바퀴를 더돈 후에 안전하게 메인 베드 위에 착지했다. 관중 사이에서 환호성과 박수가 터져나왔다. 아무나 할 수 있는 기술이 아니라는 것은 명백했다. 자칫하다간 목숨을 잃을 수도 있었다. 유리를 빼고 그걸할 수 있는 선수는 둘뿐이었다.

나는 일어나 준비 점프를 했다. 십오 미터라고 짐작되는 지점까지 올라갔을 때 그 높이를 기억했다. 처음 여기까지 올라왔을 때 내 몸을 관통하던 느낌도. 그다음 점프부터 공중제비를 시작했다. 조금씩 속도를 붙여 허공을 돌면서 생각했다. 이것이 내가 가진 질량이다. 이것이 내가 속한 세계의 중력이다.

속하지 않는다고 하고 싶지만 그건 사실이 아니다. 힘을 다 뺐는데도 하고 싶은 게 있었다. 언젠가는 이 중력을 내가 온전히 좋아할 만한 것으로 만들고 싶다. 그 일을 하지 않는다면 여기 있어야할 아무런 이유가 없다. 십자가는 별이 될 수 없을지도 모른다. 그러나 중력은 달라질 수 있다. 빌려온 것이고 내 세계의 중력은 아니지만, 나는 눈물이 날 것처럼 짜릿한 그 기분을 안다.

이곳의 중력을 바꾸려면 먼저 내 질량을 바꿔야 한다. 이 세계를 마스터해야 한다. 아무리 많은 시간이 걸리더라도.

그것이 룰이다.

나는 베드로 떨어지면서 첫번째 용틀임을 했다.

유리가 스카이워킹에 성공하기까지 십년이 넘게 걸렸다고 했다.

*

　나는 유리와 만나 많은 얘기를 나누었다. 그는 내가 벽을 넘어 오지 않는 이유를 끝까지 이해하지 못했다. 하늘로 솟구칠 때 그의 느낌을 내가 알지 못하듯 그는 트램펄린을 알지 못했다. 나는 이해 해달라고 하지 않았다. 다가가지 않으면 이해할 수 없고, 열어두지 않으면 이해받을 수 없다. 나는 그 둘 모두에서 아직 많이 부족했고, 단단하지도 나눌 만한 것이 많지도 않았다. 그 사실을 받아들이는 일은 힘들었지만 나는 슬퍼하는 대신 노력하는 쪽을 택하기로 했다.

　어머니는 지금도 매일 아침 용경을 읽고, 나를 위해 용신님께 기도를 올리신다.

　나는 한달에 두세 번 버스를 타고 벽 너머로 '그들'을 만나러 간다. 나는 탕탕 경기를 보고, 보는 내내 탕탕과 트램펄린에 대해 생각한다. 그리고 탕탕 선수가 되고 싶어하는 벽 너머의 아이들과 시간을 보낸다. 벽 위를 걷는 아이들은 많지만 탕탕에 재능이 있는 아이들은 드물었다. 그 아이들에게 기본기를 가르쳐달라고, 유리가 부탁했다. 나는 두 번 거절하고, 세번째에는 부탁을 받아들였다. 나는 코치가 될 만한 사람이 전혀 아니었지만, 친구를 위해 무언가 하고 싶었다.

　트램펄린 선수로 복귀한 뒤로 나는 여러 동료를 잃었다. 몇몇 선배와 후배들은 대놓고 나를 백안시했다. 그들에겐 그럴 만한 이유가 있다고 생각한다. 하지만 다행히, 코치님을 잃지는 않았다. 코치님과는 예전보다 솔직하게 여러 가지 얘기를 할 수 있게 됐다.

드라콜림픽 다음다음해에 트램펄린 규정에 사소한 변화가 있었다. 총회에서 점프 높이 제한이 십오 미터에서 십칠점 오 미터로 바뀐 것이다. 이점 오 미터가 어디서 나온 건지는 아무도 모른다. 규정에 불만을 터뜨리며 경기 때마다 코치를 들볶는 선수들은 나와 우리 팀 선수들 말고도 많을 것이다. 다른 것은 아무것도 변하지 않았다. 하지만 언젠가는 변할지도 모른다고 생각한다. 지금 당장은 아니지만.

탕탕 경기를 볼 때마다 나는 여전히 즐겁고, 여전히 가슴 한구석이 참을 수 없을 만큼 쓰려온다.

하지만 그 쓰라림을 견딜 수 있게 해주는 건, 고개를 돌리면 내 바로 옆자리에 혜민이가 앉아 있어서 눈을 흘기며 그애에게 이렇게 얘기할 수 있다는 사실이다. 어우, 짜증나. 쟤네들은 뭘 먹는데 저게 되냐. 괴물이냐.

괴물이지. 혜민이는 웃으며 대답한다.

혜민이는 이쪽에서 계속 트램펄린 해설을 하며, 벽 너머에서는 탕탕 경기 조직화를 위한 운영위원으로 일한다. 벽 너머에는 용한국인이 아닌 사람들이 상당히 많기 때문에 그애는 통역 일도 한다. 혜민이는 나보다 두 배쯤 바쁘다. 그애와 계속 친구로 남을 수 있었다는 것, 그건 최근 몇년 사이에 내게 일어난 일들 중 가장 다행스러운 일이었다.

유리는 몇달째 혜민이를 따라다니고 있다. 하지만 애석하게도,

유리는 탕탕 선수가 아니라 남자로서는 그다지 혜민이의 타입이 아닌 모양이다. 물론 유리는 이 사실을 알지 못하는 터라 조금도 좌절하지 않고 국적을 뛰어넘은 애정공세를 적극적으로 퍼붓고 있다. 그가 무대 한복판에 오르면 나는 고개를 기울이고 짓궂은 목소리로 혜민이를 놀린다.

저기 너 때문에 다 죽어가는 괴물 나왔다.

혜민이는 뚱해진 표정으로 대답한다. 그런 거 아니라니까!

혜민이는 그를 스카이워커라고 부른다.

완전한 항해

당신은 곧 죽게 됩니다. 사실을 말하자면 일주일도 채 남지 않았습니다. 결정을 서두르셔야 할 것 같군요. 이 세계에 남아 있으면 당신의 존재는 이대로 영원히 사라져버리고 말 겁니다. 그 이방인은 그렇게 말했다. 갑자기 루가 무서운 속도로 추락하기 시작했다.

창은 잠깐 동안 멍하니 앉아 있었다. 그러다 별들과 구름이 날카로운 비명을 지르며 머리 위로 빨려올라가고 있다는 사실을 깨달았다. 하늘의 장막이 찢어지더니 그 틈새로 땅이 달려들었고, 다시 하늘이, 다시 땅이, 나무가, 바위가, 지평선이 와그락와그락 날아들었다 멀어졌다. 루가 삼백육십도 회전하며 떨어지고 있었다. 루의 내피로 만든 십자 모양의 안전띠가 갈비뼈를 부술 듯 조여들었고 헝클어진 머리카락이 눈앞 허공에서 미친 듯 춤을 추었다. 몇초밖에 되지 않은 그 짧은 순간 창은 루의 겹눈 너머로 저희끼리 제멋대로 뒤섞이며 부딪치는 세계의 파편들을 보았다. 그것들은 여느 때처럼 아주 빠르게 부서져내렸지만 아름답지 않았다. 조금도 아름답지 않았다.

'루, 날아!' 창은 간신히 정신을 차리고 비명을 참으며 루를 믿었다. 세계가 마지막으로 한번 세차게 구르더니 토할 것 같은 현기증을 남기며 멈췄다. 눈을 떴을 때는 모든 것이 그대로였다. 수백개의 육각형이 정교하게 맞물린 루의 겹눈에 조각난 채 고인 수백개의 밤하늘도, 하도 익숙해서 평소에는 들리지도 않던 루의 날갯짓 소리도. 방향을 틀어 아래를 바라다보며 창은 이마에 찰싹 붙은 머리카락을 한손으로 쓸어올렸다. 루가 멈춘 곳은 지상에서 겨우 일 크루호*쯤밖에 떨어지지 않은 허공이었다.

자신이 죽는다는 사실을 알면 모두 이런 기분이 되는 걸까? 온몸이 무겁고 단단한 덩어리로 뭉쳐 땅을 향해 끝없이 떨어져내리는 것 같아. 두 손으로 얼굴을 감싸자 옅은 땀이 손바닥에 묻어나왔다. 공중에서 믿음을 잃은 건 처음이었다. 정신을 집중해 믿지 않으면, 아무것도 없는 허공에 길을 보여주지 않으면 루는 날지 못했다. 제 몸에 달린 날개를 스스로 움직이지도 못했다. 인정하고 싶지는 않지만 그 이방인의 말이 모든 것을 흔들어놓았다. 키가 이 루호쯤 되는 이방인의 몸은 반쯤 투명해서 만지면 손이 뒤로 쑥, 빠져나갈 것 같았다. 무두질한 달빛을 걸친 것처럼 몸이 아리아리하게 빛나고, 눈꺼풀과 입술을 조금도 움직이지 않으면서 말하는 작은 사람. 인간을 닮았지만 인간이 아니고, 창과 비슷하게 생겼지만 루족도 아닌 그의 목소리는 설명할 길 없이 기묘했는데 결코 지상에 속한 자의 목소리는 아니었다. 그러니까 세계에는 또다른 '작은' 사람들도 존재하는 것이었다. 완전해지고 싶지 않습니까? 그는 그렇게 물었다. 더 강해지고, 나아지고 싶지 않습니까? 당신은 원래의 당신에서 분리되어 그다지 좋지 않은 가능성 속으로 굴러들어와버린 수많은 조각들 중 하나예요. 내가 온 세계에서 당신은 여기에서와는 비교할 수 없을 정도로 다채롭고 멋진 삶을 살 수 있어요. 무엇보다 그 세계에서 당신은, 일주일 후에도 살아 있을 겁니다. 내가 어떻게 죽나요? 창은 이방인에게 그렇게 묻지 않았다. 알고 싶지 않았다. 죽음은 늘 도처에, 아주 가까운 곳에 있었다. 물에 잠기거나 바람에 휩쓸려갈 수도 있었다. 끔찍한 벌레들에게 발각되어 몸이 뜯겨나갈지도 몰랐고 인간에게 밟혀 고통을 느낄 겨를도 없이 한순간에 모든 것이 깨끗이 끝나버릴지도 몰랐다. 매끄럽게 빛나는 몸을 한 그 이방인이 마치 신의 사자처럼 보인 건 사실이었다. 그러나 미지의 신이 내린 죽으라는 명령에 압도되어 허공에서 정신을 놓아버리고 추락하는 것은 창이 상상해본 적 없는 죽음의 방식이었다. 이렇게 죽을 수도 있겠구나. 내가 죽으면 루도 나와 함께 죽을까? 루는 태양을 향해 날개를 펼쳐 스스로 생명을 유지하는 법을 알았지만 창의 믿음 없이 스스로의 의지로만 움직일 수는 없었다. 창은 허공에 정지한 채 빈 나무껍데기 같은 루의 미색 뱃속을 천천히 눈으로 훑었다. 그리고 흐트러진 신경을 가다듬고 믿었다. '돌아가자, 루.' 루의 겹눈이 익숙한 안도감으로 이완하면서 그 너머에 하늘의 길이 펼쳐졌다. 창의 믿음이 만들어낸 길이었다. 루가 날개를 파닥이며 그 길 위로 자신을 부드럽게 미끄러뜨리기 시작했다.

*

창연은 암체어의 와인빛 쿠션에 느른하게 몸을 기대고 잠시 방 안을 둘러보았다. 금사로 아라비아 문양을 수놓은 붉은 카펫이 깔린 그녀의 방은 아늑하고 편안했으며, 네 벽면 중 세 면을 이중 슬라이드식으로 짠 삼나무 책장으로 꾸며놓아 사장실보다는 서재의 이미지를 강하게 풍겼다. 한 건의 프로젝트가 막 끝난 참이었고, 금요일 밤이었지만 회사는 휴식을 알지 못하는 거대한 유기체처럼 바쁘게 움직이고 있었다. 야근을 하는 직원들의 활기찬 발소리가 문 가까이까지 왔다가 멀어지고 또 가까이 왔다가 멀어졌다. 아무도 들이지 말라고 비서에게 일러두자 아무도 문을 두드리지 않았고, 전화벨을 울려대지도 않았다. 자신의 말에 따라 움직이는 세계란 얼마나 멋진가, 창연은 새삼스럽게 생각하고 미소를 지었다. 어디인지 알 수 없는 머나먼 갈래 세계에 사는 창연의 쉰번째 에디션만 뺀다면 말이다. 그 여자는 대체 무얼 망설이고 있는 거지? 문득 팔걸이에 놓인 자신의 손이 낯설게 느껴져 창연은 한숨을 내쉬었다. 파리하고 탄력없는 살가죽 위로 가느다란 주름이 몇 개 더 늘어난 것처럼 보였다. 단지 기분 탓일까.

"내일이 최종 결정 시한입니다만, 가능성은 반반입니다. 잘되지 않을 경우도 염두에 두셔야 할 것 같습니다. 당사자의 의사를 거슬러 억지로 데려올 수는 없으니까요. 그 에디션이 유일한 가능성이 아닐 수도 있습니다. 드물긴 하지만 튜닝 당일 아침에 더 적합한 에디션이 발견되어 그쪽으로 방향을 바꾸는 고객분도 가끔 계시니 말이지요. 일단 저희 쪽에서도 최대한 빠르게 광대역 항해를 계속하고 있음을 알려드립니다."

쎄일러가 차분한 기계음으로 말했다. 시간을 거스르고 공간과 차원의 경계를 자유분방하게 뛰어넘으며 무수한 갈래 세계를 항해하는 자. 쎄일러는 인간이 아닌 존재였으나 바로 그 점 때문에 인간을 위해 완전한 항해, 정확히 말하자면 완전함을 향한 항해를 할수 있었다. 생물의 연약한 몸이 통과하지 못하는 갈래 세계 사이의 벽을 견고한 특수합금으로 만들어진 쎄일러들은 마음대로 넘나들수 있었던 것이다. 프리미엄 고객을 실망시키지 않으려는 무언의 의지가 잘 정돈된 그의 얼굴에서 배어나왔다. 그러나 또다른 세계의 자신, 그것도 곧 소멸할 운명을 지닌 에디션이 마치 이쪽의 손길을 기다렸다는 듯 나타나는 일은 그리 흔하지 않았다. 너무 오래쉬었어, 창연은 생각했다. 마지막 튜닝은 칠년 전이었고, 그뒤로도 잊어버릴 만하면 쎄일러에게 항해를 요청하곤 했지만 새로운 에디션은 발견되지 않았다. 이틀 뒤는 창연의 쉰번째 생일이었다. 쉰번째 생일, 그리고 쉰번째 튜닝. 온갖 풍요와 희망의 가능성으로 넘치지만 노화와 죽음이라는 신의 섭리만은 막을 수 없는 이 세계에서한 여자가 자신에게 줄 수 있는 선물로 이보다 적절한 것이 또 있을까. 이 특별한 선물을 위해 창연은 일년 전 일찌감치 튜닝 신청을 했다. 그리고 적합한 에디션이 이제야 발견된 것이다.

튜닝은 필연적으로 급박하게 진행될 수밖에 없었다. 쎄일러의 말에 따르면 모든 인간은 고유한 자아형(形)을 지니고 있으며, 그것은 지문과도 같아서 사람마다 모두 달랐다. 오직 한사람의 에디션끼리만 일치했다. 자아형은 자아에서 세부사항을 지워내고 가장 기본적인 요소들만 남긴 뼈대였다. 창연은 태어날 때부터 비교적 명확한 자아형을 지닌 사람이었지만, 여러 가지 이유로 자아형이 불분명하거나 흐릿한 상태로 남아 있어 씨스템에 탐지되지 않는 사람들도 많다고 했다. 창연이 자신의 에디션들을 찾아낼 수 있었던 건 그녀들이 그때마다 곧 죽을 운명에 처해 있었기 때문이다. 과학자들은 사람이 세상을 떠나기 이주일에서 열흘 전쯤이 되면 뇌가 특수한 물질을 분비하기 시작한다는 사실을 밝혀냈다. 자신이 죽는다는 사실을 알거나 모르거나 상관은 없다는 게 흥미로운 부분이었다. 그 분비물질은 마치 죽기 전 마지막으로 고향을 찾는 노인처럼, 인간의 정신이라는 인화지 위에 그동안 숨어 있던 자아형이 온전한 형태를 갖추고 선명히 떠오르게 돕는다. 죽음이 임박한 시점에서 발견된 에디션의 신상정보는 쎄일러를 통해 창연에게 전해졌다. 창연은 빠르게 그것을 훑었지만, 오래 고민한 적은 없었다. 사람의 삶은 어디서나 크게 다르지 않을 거라 생각했다. 사람이기만 하다면.

서른살 때 처음 튜닝 에이전씨를 알게 된 후로 창연의 삶은 주위의 모든 것을 흡수하면서 굴러가는 마술 공처럼 엄청난 가속도를 내며 부풀어오르기 시작했다. 『포브스』는 한국에서는 여섯번째, 동양에서는 열일곱번째 재력있는 인사로 창연의 이름을 지면에 올렸다. 물론 부는 중요했다. 돈은 창연의 삶을 바꿔준 첫번째 요인이었다. 부모로부터 적지 않은 유산을 물려받지 않았다면 일반인으로서는 꿈도 꿀 수 없는 어마어마한 수준의 튜닝 비용을 창연 또한 감당할 수 없었을 것이다. 그러나 첫번째 튜닝이 끝나고, 두번째, 세번째 튜닝이 지나가면서 창연의 가치판단 체계에서 부가 차지하는 비중은 상대적으로 줄어들기 시작했다.

튜닝이 가져다준 중요한 변화들은 삶의 다른 부분에서 드러났다. 사람들은 세계 48개국에 지사를 두고 무부채경영을 하는 창연의 가구회사 제품들을 사랑하고 감탄해 마지않았다. 그러나 그 사람들도 미처 모르는 게 하나 있다면, 그것들의 구십 퍼센트가 창연이 손수 디자인한 제품들이라는 사실이었다. 창의력과 논리 전개상의 기발함, 그리고 미적 감각을 지닌 네번째, 열아홉번째, 스물다섯번째 에디션들이 튜닝을 통해 창연의 육체로 통합되면서 창연은 단순한 경영자가 아니라 현장의 생동감있는 리듬과 창작자로서의 고전적인 자존감, 그리고 남에게 유용함을 제공한다는 겸손한 즐거움을 아는 가구디자이너로도 성공할 수 있었다.

착실하게 규모를 불려가던 회사의 경영이 안정권에 접어들자 창연은 언제나 콤플렉스를 갖고 있던 지적 영역으로 관심을 돌렸다. 사람들이 쓰는 돈이 어느 방향으로 움직이고 도시의 풍경을 어떻게 변화시키는지는 어려서부터 알고 있었다. 또래들이 연예인에 열을 올릴 때 창연은 부모님이 집으로 데려오는 사람들을 보며 그들의 경제력과 그것이 그들의 삶에 만들어낼 새로운 욕망들을 가늠해보곤 했다. 아버지로부터 넌 사업가 기질이 다분해,라는 말을 듣기도 했다. 하지만 처음으로 사귄 소년은 창연을 운좋고 머리 빈

인형 정도로 취급했고, 특정한 화제들을 일부러 피해가며 말랑말랑하고 알맹이없는 방향으로만 대화를 끌어가려고 했다. 창연은 그 모멸감을 잊지 않았다.

우연한 행운인지, 일이 잘 풀리려고 첫 단추부터 잘 낀 것인지는 모를 일이지만 창연이 첫번째로 통합한 자아는 당장 멘사에 가입해도 좋을 만큼 지능이 높았다. 여덟번째와 열두번째 에디션은 심리학에, 열일곱번째는 역사에 오래전부터 조예가 깊었고 스무번째 에디션은 서양 근대철학의 발견되지 않은 권위자였다. 서른한번째 에디션은 끈기를 가지고 낡은 책 한권을 읽어내려가는 일이 펀드에 넣어둔 돈이 불어나는 걸 보는 일보다 신묘한 즐거움을 줄 수 있다는 귀중한 진리를 깨우쳐주었다. 오래전 교실에서 억지로 암기했던 세계사 교과서 속 문장들이 유기적으로 연결되며 머릿속에 하나의 커다란 흐름으로 떠올랐을 때 창연은 그만 입을 딱 벌리고 말았다.

서른여섯번째 에디션은 교양있는 화술에 천부적인 재능이 있었고, 마흔한번째 에디션은 전세계 언어를 탐색하는 일에 무한한 희열을 느꼈다. 창연은 박사학위를 받은 후 세 개 대학의 다섯 개 학과에 강의를 나가기 시작했고, 한국헤겔학회 회장을 역임했으며, 루마니아어와 아랍어를 포함해 총 16개 국어를 모국어 수준까지는 아니더라도 꽤 능숙하게 구사할 수 있게 됐다. 마흔세번째와 마흔다섯번째, 그리고 마흔여덟번째 에디션은 취미로 틈틈이 글을 쓰던 자아들이었지만 창연이 자신의 삶을 에세이 형식으로 써낸 세 권의 책이 모두 베스트셀러가 된 데에는 역시 마흔아홉번째 자아의 문장력과 시적 감각이 큰 몫을 했다고 해야 할 것이다. 다른 에디션들 역시 소소하지만 명확한 재능을 저마다 한가지씩은 가지고 있었다. 음식솜씨, 물건을 치밀하고 집요하게 모으는 수집벽, 호감가는 글씨체, 예술에 가까운 메이크업 기술, 단순노동에 지루함을 느끼지 않는 능력, 거절할 것을 딱 부러지게 거절할 줄 아는 단호함, 하다못해 기계보다 정확한 평행주차 기술까지 모두 도움이 되었다. 개개인의 몸에 수많은 결점들과 함께 뭉쳐 들어 있었다면 결코 눈에 띄지 않았을 그 일상적이고 미미한 재능들은 창연이라는 한 인간의 육체로 통합되면서 놀라운 씨너지효과를 가져왔다. 통합된 자아들의 결점들만 발현하는 바람에 낭패를 본 사람들도 있다고는 했다. 그런 고객들은 '튜닝써비스는 고객의 선택에 대해 아무런 책임을 지지 않는다'는 계약서의 명백한 조항에도 불구하고 소송을 걸었고, 증거 불충분으로 줄줄이 패소했다. 하지만 창연은 마치 튜닝을 위해 태어난 사람 같았다. 각각의 에디션이 가지고 있었을 성격적·정신적 결함들은 창연과 조우하면서 마치 부끄러워 앞에 나설 수 없다고 판단하기라도 한 듯 수많은 장점들 뒤로 숨어버렸다. 창연 자신도 의아해할 정도였다.

사람들은 창연의 삶이 완벽하다고 입을 모았다. 모자란 부분을 찾으려야 찾을 수 없다고 했고, 운명의 질투 때문에 그녀가 요절할까 두렵다고 몇번이나 애정어린 걱정을 쏟기도 했다. 평생 써도 다 쓰지 못할 정도의 재산, 거리를 걸을 때 썬글라스까지는 필요없지만 사람들의 가벼운 시선이 느껴질 정도는 되는 유명세, 인정과 칭송을 아끼지 않는 학계 권위자들과 창연이 빚어낸 의자의 곡선을 비디오게임보다 사랑하는 젊은이들. 다정하고 자상하면서도 적당히 무심한 남편도 있었다. 처음에는 혹시 이 사람이 없어져버리는 건 아닐까, 다음날 아침 다른 사람이 곁에 누워 있는 건 아닐까 하는 두려움도 있었다. 하지만 '바꿀 수 없는 굵직한 요소들은 달라지지 않는다'는 쎄일러의 말을 창연은 믿어보기로 했다. 놀랍게도, 튜닝을 몇번이고 거듭해도 창연의 현실에서 그의 존재는 변하지 않았다. 그는 창연이 다른 자아를 통합한 뒤에도 자신이 여전히 그녀의 남편으로 남아 있다는 사실을 자랑스러워했으며, 창연도 그런 그의 존재에 감사하고 있었다. 남편은 창연의 회사가 거느린 자회사 중 한 곳에 이사로 근무했지만 하는 일은 많지 않았다. 그는 타인을 배려하기에는 자신에 대한 욕망이 지나치게 많은 창연을 담백하게 이해해주는 사람이었다. 그의 더욱 중요한 장점은 성공 지향적인 아내 때문에 주눅이 들어 비틀린 방식으로 자존심을 세우려 하지 않는다는 점이었다. 창연에겐 그런 사람이 필요했다. 의지에 따라 변화시킬 수 있는 이 세계에서의 창연의 삶에 변치 않는 요소, 말하자면 운명이 있다면 그건 남편인지도 몰랐다.

　간헐적으로 다가왔다 멀어지는, 그러나 결코 창연을 완전히 포기하지는 못하는 젊고 매력적인 연인들도 있었다. 야심만큼 성공세를 타지 못해 전전긍긍하는 영화배우, 순수하지만 가난한 대학생, 깜짝 놀랄 만큼 잘생긴 외모를 가졌지만 고리타분한 일상을 포기할 의지는 갖추지 못한 택배회사 직원, 재능은 충분히 있으나 약물중독에서 벗어나지 못하는 펑크 뮤지션처럼 어딘가 한 곳이 치명적으로 비어 있는 사람들이 주로 창연의 주위를 맴돌았다. 튜닝 때마다 그들은 사라졌고, 창연이 수소문하고 찾아헤매도 이 세계의 현실에는 다시 나타나지 않았다. 마치 처음부터 전혀 존재하지 않은 사람들처럼. 간혹 그들과의 이별이 공허하게 느껴질 때도 있었지만, 그 관계들은 대체로 목적없는 불장난에 지나지 않았고 곧 지난번만큼 새롭고 위험한 매력을 지닌 연인이 다시 나타났으므로 창연은 크게 미련을 두지 않았다. 단순하고도 가혹한 어법으로 말하자면, 그들은 창연의 운명이 아니었다.

그러나 이 모든 것에도 창연은 만족하지 못했다. 창연의 삶은 거대하고 풍성했다. 즐거웠지만 피곤했고, 피곤하면서도 즐거웠다. 그러나 그것은 여전히 완전함과는 거리가 멀었다. 벌써 쉰이었는데 아직도 부족한 게 많았다. 미지의 가능성들이 끝도 없이 늘어서 있었다. 창연은 시간의 속도에 멀미가 날 것 같았다.

"거절할 이유가 뭐가 있을까? 이건 정말 궁금해서 묻는 거예요. 그 사람, 다음주 중에 죽는다고 하지 않았어요?"

"네, 정확히 다음주 수요일 밤 열시 사십일분입니다."

쎄일러의 즉각적인 대답에 창연은 아찔한 한기를 느꼈다. 기계는 지나칠 정도로 정확했다. 창연의 분산된 자아들이 존재하는 모든 갈래 세계의 과거와 현재와 미래를 아는 쎄일러의 말은 틀린 적이 없었다. 가장 완전한 자아인—튜닝 용어로는 '통합도가 가장 높은'—창연 자신이 이 세계에서 맞부딪칠 미래를 제외하면, 쎄일러는 모든 것을 들려주었다. 창연은 자신이 언제 어떤 모습으로 죽게 될지 가끔 참을 수 없이 궁금했지만, 쎄일러는 말해주지 않을 것이었다. 그것은 써비스 계약서에 명백히 기재된 사항이었다. 창연이 지금껏 통합해온 마흔아홉 개의 자아들 중 튜닝을 거부한 자는 한 명도 없었다. 쎄일러는 그녀들이 거부할 수 없을 만큼 성실하게 설득했고 충분히 겁을 주었다. 무엇보다 쎄일러는 무한히 반복해서 그녀들을 찾아올 수 있는 존재였다. 정확한 사망 시간과 장소, 방식은 에디션들이 묻지 않는 한 대답해줄 수 없는 사항이었지만 그녀들은 언제나 물었다고 했다. 묻고, 듣고, 확인했다. 사실 그녀들이 묻는 시점에서는 이미 숙고할 시간 자체가 충분하지 않기도 했다. 비교적 감정의 전환이 빠른 에디션들은 화를 내고, 비웃고, 위협하고, 도망치고, 움츠러들었다가, 울음을 터뜨리고, 입을 꾹 다물었다가는, 다시 화를 내고, 반신반의하고, 마침내 절박해졌다. 다른 에디션들은 몇단계를 생략했지만, 마지막에 절박해진다는 점에서는 같았다. 이번만 빼고는. 고통스러운 죽음, 그리고 아무 의미도 없는 영원한 소멸을 목전에 둔 상황에서 꼭 한 번의 기회, 그것도 훨씬 나은 인생을 꾸려갈 기회가 덤처럼 주어진다는데 왜 손을 뻗지 않는 걸까?

"거절까지는 아니고, 그저 망설이고 있는 것 같습니다. 이유는 알 수 없지만요. 내일이 최종 결정 시한이니까 기다려보면 알 수 있겠지요."

죽는다, 익숙한 세계에서 소중한 사람들에 둘러싸여 눈을 감는다. 그리고 끝이다. 영원히. 산다, 그러려면 숨이 끊어지기 전에 떠나야 한다. 갈래 세계의 벽을 통과하는 순간 육체는 수천만개의 자디잔 입자로 부서져 소멸한다. 자아가 지니고 있던 재능이나 성격은 고스란히 다른 세계로 전해진다. 그럼 기억은? 사람에 따라 달랐다. 물론 곰곰이 생각해보면 튜닝은 꽤 섬뜩한 일이기도 했다. 이론대로라면 다중인격자가 탄생해야 했다. 그러나 실제로 그런 일은 드물었다. 창연은 쎄일러에게 물은 적이 있었다. 왜 저쪽 세계에서 내가 한 일들이 기억나지 않죠? 어떻게 하나도 기억에 없을 수가 있어요? 쎄일러는 대답했다. 그건 에디션이 다음 생에 얼마나 기대를 걸고 있는지에 따라 달라집니다. 전이되는 기억의 양은 옮겨갈 생에 대한 기대치에 반비례합니다. 당신의 에디션들은 대체로 이 세계의 당신을 동경하는 편이었거든요. 회한이나 고통 따위, 부족했던 자신의 지난 생 같은 건 잊어버리고 새로 시작하고 싶다고 그녀들은 아마 바랐던 모양이지요. 그렇게 되면 기억은 최소한으로 줄어들고, 전이되더라도 다른 형태를 취하는 일이 많습니다. 당신의 경우엔 그 형태가 '재능'이었던 셈이고요. 관심도 없던 외국어를 갑자기 배우고 싶어졌다고 하셨지요? 어렵게만 느껴지던 인문학 서적들을 읽어야 할 것 같은 기분이 난데없이 들었다고 하시지 않았습니까? 그 자아들이 그런 것들만 전하고 싶어했기 때문일 겁니다.

동경이라, 이해가 가지 않는 건 아니었다. 창연 자신이 생각해도 보잘것없다거나 초라한 인생이라고는 할 수 없었다. 그러나 창연은 이유를 알지 못한 채 이따금씩 그 자아들의 장례식 광경을 상상했다. 실종으로 처리되어 몇년을 끌다가 결국 시신을 찾지 못해 텅 빈 관이 소각로에 들어가면서 완성될 또다른 자신의 죽음을, 그리고 그 광경을 망연자실하게 지켜보고 있을 가족들을. 만약 쎄일러가 시한부 인생을 선고하고 다른 세계, 여기보다 근사한 세계로 가

겠느냐고 묻는다면? 끝나지 않고 더 완전하게 이어지는 삶이 어딘
가에 있다면 ―글쎄, 지금까지는 자신만큼 완전한 다른 에디션이
나타나지 않아 다행이라고 생각했지만 ―자신도 조금 망설일 것
같긴 했다. 순전히 감정적인 문제이긴 했지만, 어쩐지 자신의 남편
과 친구들, 그리고 자신을 아끼고 좋아해주는 다른 사람들을 배신
하는 일 같았다. 내가 이 세계에 남아 죽는 쪽을 선택할 가능성은
얼마나 될까, 창연은 문득 궁금해졌다.

"혹시 가족이나 연인 같은, 중요한 사람들 때문은 아닐까요?"

"그녀에게는 가족이 없습니다. 친구이자 연인 비슷한 사람이 하
나 있긴 하지만, 이 세계 인간들 사이와 비슷한 관계는 아닙니다.
말씀드렸다시피 이번 에디션은 조금 특별한 상태에 있으니까요."

"그 에디션…… 르, 뭐라고 했죠? 몸이 얼마나 작다고요?"

"루족입니다. 개체마다 차이는 있지만 보통 키가 삼 밀리미터에
서 일 센티미터 사이고, 당신의 에디션은 ―그녀의 이름은 '창'이
라고 합니다만 ―정확히 오점 육 밀리미터입니다. 그녀와 대화하
기 위해서는 특수한 광학적 형태를 취해야 했지요. 돋보기를 들이
대지 않으면 인간의 육안으로 식별하기 힘들지만, 몸이 작은 만큼
이점도 있습니다. 빠르다는 거지요. 그들은 '루'라는 비행체를 타고
날아다니는데, 초속 삼사 킬로미터 정도로 이동할 수 있습니다."

창연은 다시 머리가 복잡해졌다. 이 은하에 아무리 많은 갈래 세
계가 있다고는 하지만, 인간이 아닌 자신의 또다른 자아라니. 게다
가 엄지손톱보다 작고, 엄청나게 빠른 괴물 비행기를 타고 날아다
니는 돌연변이 종족이라니.

*

집으로 돌아가는 길에 창은 항구에 인접한 어느 소도시의 불빛들 위를 목적없이 선회했다. 하루분의 음식물은 몇시간 전에 충분히 챙겨두었고, 태양이 탐스럽게 익어 루의 날개가 광합성을 하기에 가장 좋은 오후 세시까지는 아직 열여섯 시간이나 남아 있었다. 이제 그만 보금자리로 돌아가 휴식을 취해야 마땅했지만 창은 계속 날았다. 매서운 겨울 밤바람이 루의 날개를 스쳤다. 창은 부두 근처에 정박한 작은 고깃배들 가까이까지 내려갔다. 시각과 청각과 촉각 자극을 동시에 투과시키는 루의 겹눈으로 알싸한 내음과 차가운 한기, 모든 것을 뒤엎어버릴 듯한 물살의 포효가 한꺼번에 밀려들어왔다. 배를 묶어둔 밧줄들이 괴물이 휘두르는 채찍처럼 아래위로 요동치고 있었고, 배들 자체는 하늘과 물 양쪽을 저주하듯 끔찍하게 삐걱거리며 거친 숨을 내쉬었다. 루를 전속력으로 밀으면 이 대륙의 절반쯤까지 날아갔다 올 만한 여유도 충분히 있었다. 하지만 창은 속도를 늦추고 원을 그리며 내려갔다. 아래로 아래로, 더 내려가면 위험해질 때까지. 파도의 가장 작은 알갱이 하나가 아슬아슬하게 루를 피해 떨어졌고, 꽝 하는 소리를 내며 저 아래쪽 물을 때렸다. 미쳤구나, 창은 생각했다. 평소라면 절대로 하지 않을 일이었다. 새까만 밤바다 위에 아른하게 번져가는 집어등 불빛의 노란 그림자들만이 그곳에서 간신히 평화로운 존재였지만 창의 몸은 이미 위축되어 있었다. 두려움 때문만은 아니었다.

루의 겹눈에 비친 세계는 조그만 육각형이었다. 모서리를 서로 맞댄 채 한없이 이어져 있는 작은 육각형들의 연속체. 그나마 그 형체들을 구분할 수 있는 건 어느정도 느리게 날고 있을 때뿐이었다. 속도를 높이면 세계는 굉음을 내며 먼지보다 작은 입자들로 부서져내렸다. 불완전해, 하노는 그 입자들의 움직임을 그렇게 평했다. 큰 것은 완전하고 작은 것은 불완전하다는 게 하노의 논리였다. 창은 그게 지나치게 단순한 논리라고 여겼지만 하노에게 그렇게 말한 적은 없었다. 넌 너무 빨라, 창. 하노는 자주 웃으며 그런 말을 했다. 너 빗방울이 어떻게 생겼는지 본 적 있니? 떨어지는 눈을 들여다본 적 있어? 그것들이 어떤 모양을 하고 있는지 가까이서 본 적 있어? 창은 조금 발끈해서 대답했다. 그건 위험하잖아, 죽을 수도 있잖아. 하노는 한숨을 쉬며 말했다. 그렇게 빨리 날면서 네가 보는 것이 진짜라고 생각해? 천만에, 그건 속도가 만들어낸 허상이야. 인간들은 그렇게 빨리 움직이지 않아. 그들은 한자리에 머물러서 천천히 기다린단 말이야. 더 많은 의미를 축적할 때까지, 더 강해지고 완전해질 때까지. 하노는 루족이 멸망하지 않으려면 인간들의 속도를 따라야 한다고 했다. 그는 인간들 가까이를 느리게 나는 위험을 무릅쓰며 많은 것들을 보고 들었고, 동료들에게 전해주려고 노력했다.

동굴을 떠날 때 동료들이 거의 같은 생각을 하고 있었다고 창은 기억했다. 그러나 이제 '떠나온 자들'의 관심사는 제각기 달랐다. 킨과 같은 사람들은 좀더 직접적이고 공격적인 일을 계획했다. 인간들의 눈과 귀처럼 약한 부분을 파고들어 쓰러뜨리는 것, 처음에는 한 채 혹은 두 채의 집에서 시작해 다음에는 마을 하나, 그리고 언젠가는 이 세계의 인간들을 모두 쓰러뜨리고 루족의 세계를 재건하는 일을 위해 동료들을 모으고 있었다. 킨은 그렇게 함으로써 루족이 '커질' 수 있다고 생각했다. 실현 불가능해 보이는 목표였지만, 이해할 수 없는 것은 아니었다. 자신의 무력함에 분노해본 적이 없는 사람이 과연 있기나 할까.

하노의 입장은 킨과 반대였다. 하노는 느린 인간들의 거대함을 숭배했고, 창은 그의 믿음에 아무런 편견도 없었다. 그러나 천천히 나는 것은 창의 방식이 아니었다. 몸으로도 마음으로도 창은 속도를 갈망했다. 주위의 모든 것을 추월할 때, 루가 공기 입자들을 조각내며 폭발하듯 하늘을 뚫고 날아오를 때 온몸에 퍼지는 맵고도 향긋한 희열을 창은 잊어버릴 수 없었다.

동굴을 벗어난 뒤로 창은 여러 곳을 여행했다. 동료들보다 비행 경험은 많지 않았지만 창의 루는 빨랐다. 창이 하루 만에 날아갔다 돌아올 수 없는 곳은 거의 없었다. 그러나 보금자리가 아닌 곳에서 루를 벗어나 땅 위를 걸을 수는 없었다. 그러기엔 두려움이 너무 컸다. 천둥처럼 땅을 울리며 내리꽂히는 인간들의 발이 있었고 아무 예고도 없이 하늘에서 떨어져 목숨을 앗아가는 거대한 물방울들이 있었으며 징그럽고 포악하기 짝이 없는 수많은 벌레들과 땅 짐승들이 날카로운 발톱을 번뜩였다.

창은 대륙과 바다의 구석구석을 채우는 사물들의 윤곽과 형태를 가까이에서 들여다본 적이 별로 없었다. 그것들은 언제나 수없이 많은 작은 조각들로 분산되어 있었고, 아주 멀리 있었으며, 희뿌연

포말로 부서져내렸다. 창은 그것들이 추하다고 생각해본 적이 없었다. 뚜렷한 의미를 지닌 것들만 아름다운 것은 아니었다. 그러나 창은 하노처럼 자신이 보고 온 강과 산맥과 도시의 불빛들과 인간들의 생김새에 대해 말할 수 없었다. 창은 오직 수백 수천 개의 파편들, 그 어지러운 군무와 충돌, 진동들, 잔향들을 눈과 귀와 코로 받아들일 수 있을 뿐이었고, 그것들은 어떤 의미가 되어 새겨지기 전에 창의 몸을 통과해 사라졌다.

그 이방인의 말이 가슴 한구석을 무겁게 짓눌렀다. 내가 정말 다음주에 죽는다면, 그래서 세계가 끝나버린다면, 만약 태어나서 지금까지 내가 본 것들이 모두 부서진 조각들, 가짜들, 허공에 흩어지는 허상들에 불과할 뿐이라면. 누군가에게 내가 본 것들을 전할 수 있다면 좋을 텐데. 누군가가 나와 나란히 날고 있어서 그 설명할 수 없는 느낌을 공유하고, 내 눈에 들어오는 것들이 가짜가 아니라는 사실을 알아준다면. 그러나 동료들 가운데 창과 비슷한 생각을 하는 사람은 없는 것 같았다. 그들은 모두 창보다는 중요해 보이는 일에 신경을 쓰고 있었고, 날마다 다른 곳을 향해 각자의 루를 믿었다. 비행중에 동료를 만나는 일은 불가능했다. 그러기에 루족은 너무 작고 너무 빨랐다.

여섯 개의 모서리를 지닌 파도가 루를 덮칠 듯 아주 가까이에서 일렁였다. 크고, 알 수 없는, 것들. 창의 두려움 사이로 적대감인지 오기인지 모를 희미하고 가느다란 기둥들이 솟아올랐다. 하노가 여기 있었다면 더 가까이 다가갔을지도 몰랐다. 하지만 창은 한계라고 생각되는 순간 루를 믿어 수직상승시킨 다음 하늘 높이 올라갔다. 달 쪽을 향하자 수백개의 어슴푸레한 은빛 조각들이 루의 망막에 맺혔다. '더 빨리.' 창은 점점 빨라지는 날갯짓 소리를 들으며 마음을 다해 루를 믿었다. 너무 빠르게 날면 온몸이 산산조각나 죽게 될 거라고 하노는 말했다. 하지만 창은 아직 달처럼 먼 곳에 가본 적이 없었다. 달은 창이 아무리 열심히 날아도 전혀 가까워지지 않는 둥근 덩어리였다. 바다와 협곡과 사막을 경험하고 돌아온 동료들도 달에 대해서는 알지 못했다. 달은 너무 멀어서 우리가 갈 수 없어. 게다가 저렇게 멀리 있는데도 저 정도 크기로 보이는 건 우리로선 도저히 알아낼 수 없을 만큼 거대하다는 뜻이라고. 아마 크루호, 프크루호 같은 단위들로는 잴 수도 없을 만큼 클걸. 창, 시간은 좀 걸리더라도 우린 할 수 있는 일을 해야 해. 다가가서 보고 알아내야 한단 말이야, 우리 손에 닿는 것부터. 너는 그런 것들을 전혀 이해하려 들지 않잖아. 하노의 목소리가 귓가를 맴도는 동안에도 달과 별들은 여전히 제자리에 머물러 있었다. 창은 생각했다. 내가 빨리 난다면. 더 빨리 난다면.

*

남편이 자러 간 다음 창연은 커피 한잔을 진하게 내려 모니터 앞에 다가앉았다. 부하직원들이 마련해준 때이른 생일파티에서 마신 와인이 속에서 울렁거렸지만 잠들 수는 없었다. 사람은 왜 잠을 자야 할까. 게다가 시간은 어째서 이렇게 빨리 지나갈까. 튜닝을 거듭할수록 의미없이 시간을 보내는 일은 점점 어려워졌다. 자신이 아직 알지 못하는 세계, 논리로 이해하기 힘든 영역이 있다는 걸 창연은 참을 수가 없었다. 나는 왜 모르는 것을 그냥 지나치지 못하지? 창연은 약간 짜증이 났다. 쎄일러의 이야기들을 다시 떠올리자니 뇌가 한쪽에서부터 모래로 변해 서걱거리는 기분이었다. 하지만 기계는 거짓말을 하지 않는다. 더구나 쎄일러가 사실이 아닌 이야기를 꾸며낼 이유는 없었다. 창연은 빠르게 손을 움직여 검색엔진을 돌렸다.

창연의 직감이 옳았다. 쎄일러가 말한 루족은 이 세계에도 있었다. 이름이 다를 뿐이었다. 이 세계에서 사람들은 그들을 '로드' (rod)라고 불렀다. '막대기'라는 뜻이었다. 창연은 오래전 어느 웹싸이트에서 그 괴비행물체들을 찍은 사진을 본 적이 있었다. 긴 막대에 여섯 개 혹은 여덟 개의 날개 비슷한 것이 아래위로 대칭을 이루며 어슷하게 붙어 있었다. 세 개 혹은 네 개의 평행한 사선이 달린 막대 모양의 물체는 계곡에도, 바다에도, 벌판에도, 심지어 도심의 커피숍 안에도 나타났다. 생물로 보기에는 너무 빠른 속도로 날아서 인간의 느린 눈으로는 결코 감지할 수 없다는 작은 존재들. 외계생물설을 들고 나오는 사람들도 없지 않았으나 옛날 사람들 대부분은 그 시절 오직 비디오캠코더의 영상에만 맺히던 그것들이 그저 작고 평범한 벌레들일 거라고 생각했다. 카메라의 노출속도 한계 때문에 생겨난 이미지의 번짐 혹은 왜곡이라는 게 그들의 주장이었다. 하지만 쎄일러가 묘사한 '루'는 단순한 벌레가 아니었다. 그것은 식물인 동시에 동물이었으며, 유기체 구조를 지녔다는 점에서는 생물이지만 명령에 의해서만 움직인다는 점에서는 기계인, 루족의 유일한 이동수단이었다. 대나무처럼 속이 비고, 분리 가능한 얇은 막으로 위아래가 덮여 있으며, 양옆에 한쌍의 날개가 달린 납작한 술잔. 그렇게 생긴 생물이 만약 회전하며 날아간다면, 그리고 그것의 이미지가 빛의 왜곡에 의해 서너 번 겹친다면 오래된 사진 속에 남아 있는 '로드'들과 얼추 비슷한 형태가 될 것 같았다. 인간의 동영상 속에 나타난 지 수십년이 지났는데도 '로드'의 존재가 과학적으로 규명되지 않자 그것들을 찾아다닐 만큼 시간이 남아돌던 사람들도 하나둘씩 관심을 잃고 일상으로 돌아갔다. 이제 '로드'는 유행이 지나 농담이 되어버린 미스터리 가운데 하나일 뿐이었다. 그런데 그 안에 사람이 타고 있었다. 창연의 쉰번째 에디션인 그녀, 창은 그걸 타고 다닌다고 했다.

갈래 세계의 문명들은 서로 다른 양상을 띠고 발전한다. 차원의 바다를 속속들이 헤집고 다니는 쎄일러들의 예리한 눈과 지식으로도 창이 사는 세계에서 어떻게 루족이라는 돌연변이 인간 종족이 발생했는지 밝혀내지는 못했다. 쎄일러는 그 갈래 세계에 전승되어오는 민간전설을 채록한 끝에, 그 세계 남아프리카의 한 종유동굴에 '개미만큼 작은 사람들'이 산다는 전설을 발견했고 파고들었다. 이백육십만년 된 원시인류의 두개골 화석이 발견된 스테르크폰테인 동굴에서 그리 멀지 않은, 그러나 스테르크폰테인 동굴에 주목하느라 어떤 학자도 크게 신경쓰지 않은 작고 이름없는 종유동굴이었다. 쎄일러는 정확한 시작점을 찾기 위해 수없이 그곳으로 항해했지만, 최초의 루족이 발생하는 순간을 포착하는 데에는 실패했다. 수많은 갈래 세계들에서 이집트 피라미드가 서로 다른 방식으로 건조되는 것을 보았다며 그가 장광설을 늘어놓았을 때 이미 그의 경험과 지식의 폭에 질려버린 창연은 그런 세부사항은 어찌됐든 좋았다. 그런데 그의 이야기는 들을수록 기이했다. 쎄일러가 루족을 직접 관측할 수 있었던 건 팔십년 전부터였다. 그는 동굴 안 깊숙한 곳에서 그전에는 보이지 않던 기이한 식물종을 찾아낼 수 있었고, 그 식물종 근처에 벌레처럼 작은 사람들이 군락을 이루며 살고 있는 것을 발견했다.

쎄일러는 루가 얼핏 보면 지네를 동결건조해 땅에 꽂아놓은 것처럼 생긴 식물이었다고 했다. 미색 줄기는 수없는 마디들로 나뉘어 있었고, 각각의 마디에는 녹색 잎이 두 개씩 방사형으로 돌아가며 나 있었다. 동굴 천장에 균열이 생겨 희미하게 빛이 들어오는 곳을 중심으로 서식하고 있었기에 햇빛과 동굴 안 습기를 토대로 광합성을 하는 식물이라는 점은 명백해 보였지만, 그것이 어떻게 루족의 삶에 충분한 양분을 공급해줄 수 있었는지 쎄일러는 알아내지 못했다. 루의 줄기에 개미떼처럼 달라붙어 마디와 마디 사이에서 흘러내리는 진득한 수액을 마시는 것을 제외하면 그 작은 인간들은 아무것도 먹지 않았다.

"그들의 개체수는 모두 합해 천명 정도였습니다. 인간과 흡사한 지능을 갖추고 자신들만의 음성언어로 소통했으며 간단한 도구를 만들어 사용했지요."

그들의 눈은 어둠에 더 익숙한 듯 보였지만 그들은 빛을 고통스러워하지 않았고, 옷을 걸치지 않은 채 맨몸으로 살아갔다. 외모는 대체로 인간과 비슷했는데, 머리칼은 검었고 흰 피부에는 윤기가 없었다. 미약하게나마 남녀 양성의 구별이 있었지만 뚜렷한 수준은 아니었다. 쎄일러의 표현에 따르면 '남성이 약간 더 키가 컸을 뿐, 양성 모두 비슷하게 나약하고 곧 부서질 것 같아 보였다'. 희한하게도 그들에게는 생식기관이 전혀 없었다.

"그들은 자손의 재생산이 아니라 환생으로 종족을 유지했습니다. 루족의 몸은 동굴 속 환경에 대체로 적응해 있었지만 외부 자극에는 여전히 약했어요. 동굴 밖으로 조금만 나갔다가는 그 자리에 쓰러져 죽어버리기 일쑤였지요. 종족이 죽으면 루족은 시체 위에 루의 수액을 떨어뜨렸습니다. 그러면 정확히 칠십이 시간 후에 죽은 자가 되살아났지요."

창연은 아까부터 손톱을 물어뜯고 있었다. 갈래 세계의 다양성을 존중해야 했다. 그 수많은 세계의 가능성들을 모두 인정해야 했다. 하지만…… 이건 좀 심하지 않은가. 쎄일러는 창연의 혼란 따위는 짐작도 하지 못한 듯 거침없이 말을 이어나갔다.

"더 흥미로운 점은 그들이 하나같이 비슷하게 젊은 몸으로 되살아났다는 겁니다. 그들 가운데는 움직임이 현저히 느리고 온몸에 노화가 진행된 자, 그러니까 노년기에 접어든 개체도 있었고 좀더 생기있게 움직이는 개체도 있었습니다. 그러나 죽은 다음 루의 수액을 가하면 원래의 나이가 몇이었든 모두 비슷한 모습으로 깨어났어요. 이종 사이의 비교는 어렵지만 인간의 나이로는 청년기쯤에 해당한다고 할까요. 루의 수액에는 루족의 세포를 재생하는 불가사의한 힘이 있었습니다. 말하자면 시간을 역류시키는 것이었죠. 되살아난 다음에 그들이 정신적으로 어떤 변화를 겪는지까지는 알아낼 수 없었습니다. 그러나 그들의 피부는 생기를 되찾았고, 움직임은 활발해졌고, 건강상태도 죽기 전보다 눈에 띄게 나아졌습니다. 그들은 그런 방식으로 동일한 개체수를 유지했어요. 죽은 자들은 모두 되살아났고, 새롭게 태어나는 자들은 없었으니까요. 루족에게는 아이가 없었습니다. 한살부터 새롭게 삶을 시작하는 개체가 있었다면 눈에 띄었을 테지요. 그러나 그런 개체는 없었습니다. 그들은 번식을 하지 않았어요. 그건 확실합니다."

쎄일러는 잠깐 동안 말을 멈췄다.

"그런데…… 당신의 쉰번째 에디션인 창은 거기서, 그들 가운데 한 루족 여성의 몸에서 태어났습니다. 지금부터 정확히 삼년 전에 말이죠."

창연은 한동안 생각을 정리하며 입을 다물고 있으려 했다. 그러나 그럴 수가 없었다.

"그게 무슨 뜻이죠? 내 에디션들은 모두 나와 똑같은 시점에 똑같은 장소에서 태어났잖아요. 오십년 전 서울 마포구 신수동의 한 산부인과에서, 빨갛고 조그만 인간 아기로. 그들에게 주어진 환경 변수가 달랐기 때문에 이렇게 많은 '나'들이 생긴 거지만 그 사실은 달라질 수 없는 거 아닌가? 겨우 삼년 전에 남아프리카 동굴에서 어떻게 내 에디션이 태어나요? 게다가, 이해는 되지 않지만…… 당신 말로는, 그들은 아이를 낳지 않는다면서."

쎄일러는 창연의 눈을 잠시 들여다보더니 그녀를 진정시키려는 듯 더 느리고 또렷하게 말을 이었다.

"저희로서도 설명하기 가장 곤란한 게 바로 그 부분입니다. 그녀가 갖고 태어난 몸의 원래 주인은 평범한 루족 여성이었어요. 다른 사람들과 마찬가지로 과거 어느 시점에선가 자연발생해 지금까지 수백번, 어쩌면 수천번 환생을 거치며 살아왔을 겁니다. 그녀는 당신의 자아형과는 일치하는 부분이 전혀 없는 사람이었어요. 그러나 삼년 전 쇠약해져 자연사하고 사흘 뒤 환생했을 때, 그녀는 완전히 다른 자아형을 가진 채 깨어났어요. 그것이 당신의 것과 정확히 일치한다는 정보를 씨스템이 내놓은 게 오늘로부터 꼭 열흘 전이었고요. 저희로서도 이런 경우는 처음이어서 튜닝씨스템의 오류가 아닐까 했습니다만, 당신도 알고 계시겠죠, 그 씨스템은 틀리는 법이 거의 없다는 걸. 몇번이나 확인했지만 같은 결과였습니다."

"………"

창연은 자리에서 일어나 창가로 다가갔다. 그리고 몇분 동안 창밖에 내린 어둠을 바라보며 서 있었다. 불켜진 빌딩들 사이로 두꺼운 옷차림을 한 사람들이 몇명 걷고 있을 뿐 거리는 한적했다. 별다를 것이라고는 아무것도 없는 2월의 추운 밤이었다. 튜닝씨스템의 정확도는 99.82퍼센트에 달한다고 알려져 있었다. 마지막으로 일어난 오류도 십여년 전의 일이었다. 등뒤에서 쎄일러가 말했다.

"아무래도 꺼려지신다면 취소하시면 됩니다. 어려운 일이 아니지요. 이번은 특수한 경우라서 저희로서도 끝까지 권해드리고 싶지는 않아요. 하지만 튜닝을 간절히 원하시는 것 같아 일단은 긍정적인 방향으로 추진했던 겁니다. 늦게 알려드려 죄송합니다만 저희로서도 시간이 필요했습니다."

창연은 쎄일러 쪽으로 돌아섰다.

"……그럼 그 여자는 어째서 죽는다는 건가요? 그들은 끝없이 환생하는 존재들이라고 했잖아요."

"루족은 발생 초기부터 식물인 루를 신으로 섬겼습니다. 그들의 언어 체계와 문화를 연구한 결과 그것이 신앙이라는 사실을 알 수 있었지요. 루는 영원을 약속하는 절대자였고, 그들이 '신의 눈물'이라 부르는 루의 수액은 나약한 그들을 멸종의 위험에서 구해주었어요. 평화롭고 목가적인 불멸의 삶이 그들 앞에 펼쳐져 있는 거나 마찬가지였지요. 그런데 그 동굴에서 이동해나간 무리가 있었습니다. 우연히도 비슷한 시기에 환생을 겪은 지 얼마 되지 않은 수백명의 젊은이들로 구성된 그 무리는 작고 날카로운 톱으로 눈물이 새어나오는 루 신의 줄기를 토막냈습니다. 수많은 마디들을 모두 썰어내고 위쪽의 섬유질 막을 벗겨내자 잎이 두 개씩 달리고 속이 대나무처럼 텅 빈 식물 토막 수백개가 생겼지요. 마치 작고 납작한 술잔들처럼요…… 그 젊은이들은 자신들이 들어가 앉기에 적합한 크기였던 그 토막들 안에 들어가 며칠 동안 앉아 있었다고 전해집니다. 그러자 그 일이 일어났지요. 원래 식물이었던 루가 동물로 기능하기 시작한 겁니다. 그때까지 잎이라고 생각한 것은 사실, 날개였던 겁니다."

창연은 낮게 신음을 흘렸다.

"하지만 각각의 마디로 분리된 루는 더이상 눈물을 흘리지 않았지요. 동굴에 남은 자들의 말로는 그 무리가 신의 허리를 자르는 불경스러운 일을 저지른 탓에 저주를 받은 거랍니다. 그 동굴에는 여전히 수백명의 루족이 남아 불멸의 삶을 이어가고 있지만 떠난

자들은 세계 각지로 날아가 흩어져 살아가다가 하나둘씩 죽어갔습니다. 다른 대륙의 환경에 적응하는 것만으로도 힘에 부쳤고, 생명에 위협이 되는 요소들은 너무 많았지요. 게다가 유일한 양분 공급 방식도 잃어버린 셈이었으니, 그들은 사냥과 채집을 배워 식량을 마련해야 했습니다. 그전에 루족 사람들은 수없이 환생하면서 종족 고유의 역사와 경험을 저마다의 몸에 축적해둘 수 있었지요. 하지만 떠난 자들은 자신들의 예전 삶을 조금도 기억하지 못했습니다. 마지막 환생에서 알 수 없는 어떤 변수가 작용해, 그들의 수많은 전생을 모조리 지워버린 거지요."

"………"

"이젠 아시겠죠. 그건 단절입니다. 종족의 기억을 물려받지 못한 개체들은 살아남기 힘들지요. 그런데 신의 눈물이 없으니 그들에게는 죽은 자를 되살릴 방법이 없었던 겁니다. 생각을 바꿔 동굴로 돌아간 자들도 있습니다만…… 영생을 거부하고 여전히 환경에 적응하며 위험한 삶을 이어나가는 자들도 있지요. 이제 몇십명도 채 남지 않았지만요. 창도 그런 젊은이들 중 한명입니다. 우연인지 모르겠지만, 그녀는 그 세계에서 당신이 태어난 곳 근처까지 날아갔어요. 그녀와 동료들이 선택한 보금자리는 이 도시, 서울이었습니다."

*

슈가 죽었다. 창이 집으로 돌아왔을 때 하노가 그 사실을 알려주었다.

"어린 자였대." 하노가 침통하게 말했다. "인간의 어린 자. 손가락으로 눌러 죽였대. 피오가 봤고, 나랑 동지들이 가서 데려왔어."

창은 아무 말도 하지 못했다. 하노의 온몸은 피로 얼룩져 있었다. 숙련된 전사이자 비행사인 하노는 강인한 사람이었지만, 창은 그가 분노와 슬픔으로 터질 것 같은 상태임을 알았다. 흔들리지 않을 수 없는 일이었다. 아무도 선뜻 입을 열지 못할 만큼 무거운 공기가 흘렀다. 보금자리 한가운데, 슈의 시체가 있으리라고 짐작되는 곳에 사람들이 모여서 있었고, 그중에는 킨과 그의 패거리들도 있었다. 킨이 하노 쪽을 보며 조롱하듯 내뱉었다.

"결국 이렇게 보상해주는군. 너희들이 숭배하는 잘난 인간들이 말이야."

"입 닥쳐, 킨."

하노가 소리쳤다. 창은 구석에 있는 피오에게 갔다. 피오는 두 팔 사이에 머리를 끼우고 몸을 둥글게 움츠린 채 부들부들 떨고 있었다. 반쯤 벌어진 입에서는 침이 흘러나와 턱 밑까지 늘어졌다. 동료들이 양쪽에서 진정시키려 애쓰고 있었지만 그는 쉽게 입을 열지 못했다. 한참의 시간이 흐른 뒤에야 창은 슈에게 일어난 일을 들을 수 있었다.

슈는 도시의 변두리에 있는 어느 인간의 집으로 들어갔다가 일을 당했다. 개미들을 끌어당기는 당분처럼 슈를 끌어당긴 것은 인간들의 책이었다. 문자로 가득한 인간들의 기록매체. 슈는 너무 가까이 다가갔고, 자신이 찾아낸 것에 완전히 빠져 있었다. 슈는 책장

위를 선회하며 문자들의 전체적인 형태를 파악한 후에, 직접 그 위를 걸어보려고 루를 착륙시켰다. 우아하게 물결치는 검은 고랑을 따라 걷는 일에 몰두해 있었기에 슈는 피오가 소리치는 것을 듣지 못했고, 거대한 손가락 기둥이 자신을 향해 다가오는 것도 느끼지 못했다. 인간의 어린 자들은 어른들이 보지 못하는 것을 보기 때문에 조심해야 한다는 그 당연한 사실조차 잊어버릴 만큼 강한 힘으로, 무언가가 슈를 끌어당긴 것이었다, 죽음 속으로.

검은 에이, 흰 이, 붉은 아이, 녹색 유, 파란 오
모음들이여,
언젠가는 너희들의 보이지 않는 탄생을 말하리라
에이, 지독한 악취 주위에서 윙윙거리는
터질 듯한 파리들의 검은 코르셋**

창은 슈가 이 노래를 들려준 날을 기억했다. 그때도 지금처럼 겨울이었고, 지금처럼 추웠다. 하노의 의견에 따라 그들은 사계절이 있는 나라를 보금자리로 선택했다. 하노는 네 개의 계절이 각기 아름답다고 했지만, 창은 겨울을 견뎌내기 어려웠다. 동료들도 마찬가지였을 것이다. 그들이 보금자리로 사용하는 거대한 양철통 입구를 두꺼운 천으로 막았는데도 매서운 바람이 스며들어 모두 오들오들 떨었다. 나무와 유황 조각들로 통 한가운데 모닥불을 피우고 꼭 붙어앉아 있을 때, 슈가 꿈꾸는 듯한 눈으로 노래를 읊기 시작했다. 그것은 다른 언어권의 노래였다. 루족의 언어로 번역되어 있었지만 군데군데 낯선 말들이 섞여 있었다. 파리가 끔찍하고 위험한 동물이라는 것은 창도 잘 알았지만 '코르셋'이 무언지는 알 수 없었다. '검은' '흰' '붉은' '녹색' '파란'이라는 말들은 알았지만 그 사이사이에 들어간 말들은 이해할 수 없었다. 창은 '모음들'이 무엇인지 알지 못했다. 루족은 수를 헤아리고 시간의 흐름과 공간의 크기를 가늠하며, 간단한 도구를 만들어 사용할 줄 알았다. 그림도 그렸다. 그러나 그들에게는 문자언어가 없었다. 그들은 의미들을 입에서 입으로 전했고 잊지 않기 위해 여러 번 되풀이했다. 문자는 의미를 단단하게 뭉친 덩어리야, 우리가 죽은 다음에도 죽지 않고 남지. 하노는 말했지만 창은 그 말을 알아들을 수 없었다. 문자에 의미들을 담아 기록할 수 있다면 더 복잡한 도구들을 만들 수 있을 텐데. 사냥도 더 쉬워지고, 어쩌면 인간들처럼 기계를 만들어 사용할 수도 있을 텐데. 빌어먹을, 우린 어째서 루보다 복잡한 기계를 만들 수 없는 거지? 창, 너도 아무것도 기억 안 나? 전에 우리 몸을 사용한 사람들은 어쩌면 할 수 있었을지도 모르잖아. 할 수 있었는데 그냥 안한 걸지도 모르잖아. 어째서 조금도 기억나지 않는 거냐고! 하노는 비통한 표정으로 그렇게 중얼거렸다. 창은 그의 열망을 이해할 수 없었다. 창 역시 아무것도 기억하지 못했다. 자신의 몸을 이전에 누군가가 사용했다는 사실, 그게 자신이 아니었다는 사실을 처음부터 받아들이기가 쉽지는 않았다. 그러나 이제 그것은 그렇게 고통스럽지도 않았다. 그게 누구였든 그 사람은 이제 없었고, 지금 창에게는 하노와 루가 있었다. 루는 창에게 기계라기보다는 몸의 일부였고, 살아숨쉬는 존재였으며, 자신과 마찬가지로 빨리 나는 것을 사랑하는 생물이었다. '떠나온 자들'에겐 공통점이 있었다. 그들은 자신이 더이상 예전의 존재가 아니라는 사실을 알았고, 떠나야 한다는 것을 알았다. 그러나 그렇게 떠나온 지금, 하노의 시선은 언제나 창과는 다른 곳을 향하고 있었다. 창이 하노를 사랑하는 건 어쩌면 바로 그 점 때문인지도 몰랐지만.

그날, 모닥불 곁에서 문득 궁금증이 생겨 창은 슈에게 물었다. 그 노래를 누구에게 들었어? 슈는 특유의 몽상가 같은 표정을 지으며 이렇게 대답할 뿐이었다. 모르겠어, 아마도 꿈속에서. 모두 웃었다. 슈는 원래 그런 녀석이었다. 그는 아무도 알지 못할 말들을 했고, 아무도 꾸지 않는 꿈을 꾸었다. 하노가 인간들의 문자를 이해할 수 없어 고통스러워했다면, 슈는 그보다는 순수한 즐거움에 가까운 감정을 품고 그것을 사랑했다.

슈의 루는 사람들의 뒤편에 빈 통처럼 서 있었다. 안전하게 보금 자리까지 날아왔지만, 주인이 없어진 그것은 빈껍데기에 지나지 않았다. 죽음을 느낀 순간, 온몸이 형체도 없이 부스러지는 단말마 의 순간에 슈는 마지막으로 자신의 루를 향해 '도망쳐' 하고 빈 것이었다. 하노가 일어서더니 피로 범벅이 된 몸을 추스르지도 않 은 채 사람들을 어깨로 밀치며 걸어갔다. 텅 빈 루의 문이 열리고 검은 나뭇잎으로 둘둘 만 슈의 시체가 털썩, 그 안에 떨어졌다. 의 미없는 행동이었지만 아무도 하노를 만류하지 않았다. 동료들이 하나둘씩 울기 시작했다. 그러나 이제 루는 눈물을 흘리지 않았다. 사흘이 지나 루의 문을 열어도 슈는 되살아나지 않을 것이었다. 루 가 신이던 시절, 그것이 몇번이고 생명을 되돌려주던 시절은 끝났다. 하나씩 둘씩 산산조각이 되어 돌아온 동료들처럼, 슈는 어떤 노래도 어떤 이야기도 다시는 들려줄 수 없을 것이었다.

*

창연은 새벽녘까지 창을 생각했다. 오점 육 밀리미터의 키에 마르고 창백한 몸을 지닌 그녀를.

튜닝은 오직 정신의 통합만을 의미했다. 에디션들의 육체가 갈래 세계의 벽을 넘어올 수 없었기 때문에 튜닝 이용자들은 자신의 에디션들이 저마다 지니고 있었을 수많은 육체적 결함들로부터 자유로울 수 있었다. 창이라는 여자를 통합한다고 몸이 손톱만한 크기로 줄어들거나 신체구조에 이상이 생길 일은 없었다. 부유한 사람들에게 튜닝은 신체적으로는 간단한 피부과 시술, 정신적으로는 신생 벤처에 좀 많이 투자하는 것과 비슷한 일이었다.

튜닝 때마다 창연은 자신의 다른 자아를 마음속에 그려보곤 했지만, 그녀들은 창연의 상상 속에서 언제나 비슷비슷한 모습을 하고 있었다. 시간의 흐름에 맞춰 적절하게 나이를 먹어가는, 머리 모양과 옷차림만 조금씩 다른 삼십대, 사십대의 여자들. 하지만 에디션들이 가져다준 다채로운 재능들에도 늘 아쉬운 점이 하나 있다면, 그녀들의 나이가 창연과 똑같다는 사실이었다. 만약 튜닝이 육체까지 가져다줄 수 있다면, 그리고 어딘가에 시간의 흐름을 거슬러 존재하는 어린 내가 있어서 그녀와 하나가 될 수 있다면. 만족을 알지 못하는 창연은 언제나 거기까지 상상의 끄트머리를 연장하곤 했다. 열일곱, 열여덟? 스물셋, 스물넷의 육체에는 과연 어떤 기분이, 느낌이 들어 있을까. 창연은 자신의 젊음이 도무지 기억나지 않았다. 어릴 때부터 부유하게 자란 까닭에 최소한 가난이나 너저분한 일상사 때문에 힘들거나 괴로웠던 기억은 없었다. 끝없이 권태로웠던 것 같기도 하고, 삶이 끝나버렸으면 하고 지금 생각하면 유치하기 짝이 없는 나약한 마음을 품은 적도 있었던 것 같았다. 그러나 그것들은 너무 희미하고 먼 기억이었다.

튜닝은 길어야 세 시간이면 끝났다. 고통이나 후유증은 따르지 않았다. 쎄일러가 건네주는 수면제와 신경이완제를 한 알씩 복용하고 푹 잠들었다 깨어나면 됐다. 튜닝 후 새로운 욕망이나 호기심, 취향과 재능을 자신 안에서 발견하는 데에는 짧으면 몇주일에서 길면 한달 정도가 걸렸다. 자아들은 자신의 원래 기억을 꺼내들며 반항하거나, 창연으로 하여금 이물감을 느끼게 하지 않았다. 마치 오랫동안 기다렸다는 듯 그녀들은 창연의 정신에 부드럽게 섞여들었고, 때가 되면 아주 조용하게 표면으로 솟아올랐다.

하지만 가끔 기묘한 느낌이 찾아왔다. 튜닝이 학부모 모임처럼 느껴질 때가 있었다. 학부모 모임에 나갔다가 어떤 아줌마를 알게 되어 그녀와 식사를 하고, 녹차라떼를 마신다. 계산은 창연이 한다. 그녀가 다니는 학원에 따라가서 같이 등록을 하고, 거기 나가기 시작한다. 그녀는 창연을 예의바르게 대하며 유용하고 재미있는 정보를 나눠주지만, 자신의 고민을 털어놓지는 않는다…… 그런 느낌이었다. 원하지 않는 방향으로 창연의 삶을 끌고 가거나 마음을 괴롭히거나 엉뚱한 일을 벌여 창연을 곤란하게 만드는 자아는 없었다. 그러나 만약 나와 다른 환경에서 자라난 나라면, 지금의 내가 결코 알지 못하는 생기와 발랄함, 롤러코스터를 탄 것처럼 하늘로 치솟는 희열과 한자리에 고이지 않고 자유분방하게 통통 튀어다니는 감정들의 축복으로 넘치는 젊은 내가 어딘가에 있다면……

설마, 지금 무슨 생각을 하는 거야, 이제 와서.

자식보다는 자신의 삶에 집중하기를 바랐기에 창연은 결혼 전부터 아이를 갖지 않기로 남편과 뜻을 모았다. 아이에 대한 미련도 없다고 믿었다. 자식에게 제 인생을 다 바치는 사람들을 이해할 수 없다고 생각했다. 갑작스러운 당혹감이 스쳤다. 하지만 당혹스럽다고 생각할수록 그 생각은 집요하게 머리를 파고들었다. 몇몇 친구들의 얼굴이 떠올랐다. 튜닝 뒤에도 사라지지 않고 남은, 말하자면 '굵직한' 친구들이었다. 아이가 도통 말을 듣지 않다가 처음으로 예쁜 짓을 한번 하더라며 웃던 친구 하나가 기억났다. 창연이 마흔아홉 번의 튜닝을 하는 동안 그녀는 자신을 닮은 조그만 생명체에 온전히 제 존재를 내던지고, 그것이 자신을 현기증 날 정도로 뒤흔들게 내버려두면서 몇십년을 보냈다. 미친 짓이지, 애 키우는 건. 두살이나 스무살이나 애는 똑같아. 완전히 혼이 빠져나간다니까. 그녀는 아이를 위해 새 가구를 주문하려고 창연의 사무실에 찾아올 때마다 고개를 저으며 과장된 어조로 신세한탄을 했다. 그러고는 덧붙였다. 하지만 신기한 게 뭔지 알아? 그 쬐끄만 두 눈, 그 손가락, 그 토실토실한 뺨, 그런 걸 보면 나 같은 건 잠시 사라져버리는 기분인데, 신기하게도 그게 아무렇지도 않아. 그 아이에 비하면 나는 그냥 하나의 점, 아니 눈에 보이지 않는 미생물같이 아무것도 아니라는 그 느낌이.

　아이들은 매순간 기대를 배반한다, 그러나 때로는 상상해본 적조차 없는 기쁨을 물벼락처럼 끼얹어댄다고 친구는 말했다. 창연은 그것이 어떤 느낌인지 알지 못했다.

　창이라면, 녹차라떼가 아니라 체리향이 든 탄산음료를 마시자고 할지도 몰랐다. 아주 낯선 것을 해보라고 말을 걸어올 수도 있었다. 창연의 하루를 뒤흔들고 미친 듯 웃거나 혼이 빠져나갈 것처럼 울게 할지도 몰랐다. 그녀가 자신 안으로 들어온다면, 새롭게 알아야 할 것들과 배워서 자신의 것으로 만들어야 할 것들의 리스트를 작성할 때마다 찾아오던, 위장이 짓눌리는 듯한 그 기분을 잠시 잊을 수 있을 것 같았다. 누군가가 자신을 절벽 끝으로 몰아대는 것 같은 다급함, 시간이 그리 많지 않으며 아무리 노력해도 자신은 여전히 부족한 인간이라는 강박에서 아주 잠깐 동안 해방될 수 있을 것 같기도 했다. 현기증이 날 때까지 자신에 대해서만 생각하는 것을 그만두는 법을 배울지도 몰랐다. 창이라면, 창연이면서 창연의 아이가 되어줄지도 몰랐다.

　하지만 쉰살의 인간이 아니라 성인기에 막 접어든 루족인 창이 어떤 방식으로 사고하고 느낄지 창연의 머리로는 도저히 헤아릴 수 없었다. 신을 기계로 바꿔놓은 아이라…… 창연은 탄식하듯 혼잣말을 했다. 창이 운명을 거역하고 필멸의 존재가 되기를 선택했다는 사실은 이루 말할 수 없이 낭만적이었다. 그러나 그것은 동시에 터무니없이 멀게 느껴지는 이야기이기도 했다. 튜닝은 이제 하루 뒤로 다가와 있었다. 마음의 준비를 해야 했다.

전사로 태어났으니 억셀 테고, 비행사이기도 하니까 모험심으로 넘칠 것이다. 하지만 인간이 아니다. 옷을 입는 방법조차 알지 못한다. 문자가 뭔지 모르고, 지식을 체계적으로 정리해두는 종족이 아니라고 했으니 어리석을 것이다. 내 지능에 좋지 않은 영향을 미칠지도 모른다. 하지만 결점이 발현된 일은 지금껏 없지 않았던가. 자유로운 정신의 소유자다. 다른 루족보다 날아다니는 것을 몇배쯤 좋아한다고 했다. 하지만 불안할 것이다. 언제나 생명에 위협을 느끼며 살아왔으니까. 그리고 죽는다는 말을 들었으니 지금은……
절망에 사로잡혀 있겠지. 아냐, 죽음에 대한 공포나 절망 같은 건 온 적이 없잖아. 창연은 자신을 잡아끄는 매력과 감당하기 힘든 위험요소를 동시에 지닌, 미지의 작은 인간의 정신을 여러 개의 형용사로 번갈아 규정해보며 아득한 상상에 잠겼다. 그러다 침대로 가 베개에 얼굴을 파묻었다. 어지러워 토할 것 같았다.

보드라운 베개가 와닿자 울렁거리던 마음이 두려움 쪽으로 기울었다. 취소할까. 하지만 만약 그녀가 벌써 튜닝에 동의하기로 마음을 굳혔다면? 그래서 희망에 부풀어 있다면? 창연은 결국 결론을 내리지 못한 채 피로에 눌려버렸고, 잠에 빠져들었다.

눈을 떴을 때는 토요일 오후 네시가 지난 시각이었다. 최종 결정 시한까지는 두 시간이 남아 있었다. 창연은 쎄일러에게 전화를 걸었다. 자신이 조금 전에 그 세계로 다시 항해했지만, 창연의 작은 에디션은 아직도 결정을 내리지 못했다고 쎄일러는 말했다. 창연은 망설이다 물었다.

"그 여자, 어떻게 죽나요?"

"네? 무슨 말씀이십니까?"

"다음주 수요일 밤 열시 사십일분에, 그 여자가 어떻게 죽느냐고 요."

"……알고 싶으십니까? 모르시는 편이 좋을 텐데요. 좋지 않은 기억으로만 남을 겁니다."

"내 미래가 아니라 그 여자 미래는 가르쳐줄 수 있잖아요. 그렇지 않나요?"

쎄일러는 한참의 침묵 끝에 대답했다.

"씨스템의 예측에 따르면, 동사(凍死)입니다. 그날은 오후부터 눈이 내리기 시작해 밤에는 폭설로 바뀝니다. 당신의 에디션은 루를 타고 비행하다가 사고를 당합니다. 루의 날개가 젖어 땅에 떨어진 채 눈 속에 파묻히고, 그대로 얼어붙습니다."

"………"

"그들은 작은 사람들이니까요. 몇알갱이의 작은 눈송이조차 그들에게는 엄청난 재앙이 될 수 있지요."

"………"

"그래서 모르시는 편이 좋다고 말씀드린 겁니다."

창연은 말없이 수화기를 내려놓았다.

쎄일러에게 다시 연락이 온 것은 저녁 여섯시 반이 막 지났을 무렵이었다. 최종적으로는 거절입니다, 쎄일러는 간단하게 말했다. 창연은 저도 모르게 아, 하고 짧은 한숨을 내뱉었다.

"오지 않겠다고 하더군요. 튜닝이 취소된 것에 대해 저희 에이전 씨를 대표해 사과드립니다. 그리고, 아직 몇시간 남았지만 생일 축

하드립니다."

뱃속을 파고드는 감정이 안도감인지 아쉬움인지 알 수 없었다. 갑자기 방 안이 춥게 느껴졌다. 속이 좋지 않다. 창연은 침대에 비스듬히 누워 두 팔로 어깨를 끌어안고 무릎을 끌어올렸다. 그 순간 벌써 몇년이나 지난 일 하나가 떠올랐다.

창연의 커리어에 좋지 않은 기억은 거의 없었지만 꼭 한 번, 완결되지 않은 쏨쏨함을 남긴 일이 있었다. 회사 창립기념 이벤트로 창연 자신이 디자인해 단 하나만 생산한 제품이었기에 아쉬움이 더 컸는지도 모른다. 종류와 소재, 디자인과 용도를 막론하고 아무런 제한 없이 말 그대로 고객이 원하는 '꿈의 가구'를 제작해 선물한다는, 창연의 회사 이미지에 멋들어지게 어울리는 그 이벤트에서 일등으로 뽑힌 고객은 열일곱살의 여고생이었다. 춥다고는 할 수 없는 9월초의 어느날이었다. 얇은 여름교복을 입고 가방을 멘, 한쪽이 볼품없이 뻗친 단발머리와 그다지 눈에 띄지 않는 얼굴을 한 그 여고생은 좋은 가죽으로 된 커다란 중역용 소파를 갖고 싶다고 했다. 여고생이 원할 만한 물건이 전혀 아니었기에 아버지에게 선물할 거냐고 물으니 자기가 쓸 거라고 했다. 가죽은 짙은 색으로, 질기고 튼튼할수록 좋아요. 저 혼자만 앉을 거니까 일인용이면 되지만, 거기 앉으면 안심이 되고…… 마음이 든든해지는 느낌이었으면 좋겠어요. 소녀는 그 말을 하면서 팔짱을 끼고, 반팔 소매 밑으로 나온 가느다란 팔뚝을 양쪽 손바닥으로 몇번이나 문질렀다. 창연은 스틸 프레임에 진한 갈색으로 염색한 최고급 소가죽을 대고, 크기를 일반 제품보다 십오 퍼센트 키우기로 했다. 디자인은 최대한 단순화하는 대신 쿠션감에 신경을 써서, 너무 푹신하기보다는 단단하고 힘있게 받쳐주는 느낌이 허리를 타고 온몸으로 확실하게 전해지는지 여러 번 확인했다. 커다란 소파는 예정대로, 위엄과 충성심을 지닌 과묵한 갈색 짐승 같은 풍채로 완성되었다. 하지만 배송 확인 전화를 하자 수화기 저쪽에서 소녀는 이유를 설명하지도 않고 먹먹한 목소리로 중얼거렸다. 죄송합니다, 받을 수 없어요. 정말 죄송하지만 받을 수가 없게 됐어요. 다른 사람에게 주세요. 아마도 놓아둘 공간은 처음부터 없었을 거라고 창연은 생각했다. 그 일을 잊었다고 생각할 만큼 한참의 시간이 지난 뒤에도 소녀의 팔에 돋아 있던 오스스한 소름들은 창연의 눈앞에 문득문득, 아무 이유도 없이 떠오르곤 했다. 창연은 이불 속에서 몸을 움츠렸다.

자정이 지나 노크하는 소리가 들렸다. 방문을 열자 조그만 선물 상자를 한 손에 들고, 다른 손에는 불을 밝힌 커다란 초 다섯 개를 꽂은 생일케이크를 받쳐든 남편이 조금 멋쩍게 웃으며 서 있었다.

케이크엔 가늘고 촘촘한 초콜릿 글씨로 '세상에서 가장 완벽하고 아름다운 사람, 내 아내 창연에게'라는 긴 문장이 씌어 있었다.

*

창은 재빠르게 방향을 바꿔가며 루를 믿었고, 지그재그로 움직이며 조금씩 하늘로 올라갔다. 루의 날갯짓이 점점 느려지고 있었다. 그래서 창은 날아오르는 동안 처음으로 겨울을 자세히 볼 수 있었다. 겨울밤의 땅은 황량했고, 구름으로 덮인 하늘에는 달이 보이지 않았다. 대신 눈부시게 새하얀 덩어리들이 쏟아져내리고 있었다. 눈이었다. 창은 전에 눈을 본 적이 없었다. 눈이 오는 날이면 루족은 비행하지 않고 보금자리에 머물렀다. 하노는 그것이 아름답지만 위험한 죽음의 덩어리라고 했는데, 그 말이 맞는 것 같았다. 그것들은 루보다는 느렸지만, 금방이라도 루를 산산조각내버릴 것처럼 위에서, 아래에서, 사방에서 날아왔다. 점점 커지는 두려움으로 루의 겹눈이 미세하게 경련하고 있었다. 하지만 창은 할 수 있다고 생각했다.

창은 하노를 생각하고, 슈를 생각했다. 그리고 오래된 기억을 떠올렸다.

동료들이 자작나무의 가장 낮은 가지까지 창의 루를 밀고 땀을 흘리며 올라갔었다. 창은 하노의 손을 잡고, 다음번에 붙잡을 옹이만 바라보려고 애쓰며 줄기를 기어올랐다. 처음으로 루에 올라타 가지 끝에서 허공으로 몸을 내던질 때, 마음먹은 것처럼 루의 날개가 움직이지 않을지도 모른다는 두려움이 자신을 삼켰을 때, 자신을 둘러싼 세상의 거대함과, 제자리에 있는 모든 것이 주던 아찔한 절망감을 창은 기억했다. 제자리를 벗어나려고 하는 것은 오직 창혼자뿐이었고, 바닥으로 떨어져 가루가 된 자신의 몸에 달라붙는 개미들의 날카로운 턱이 거의 눈에 보였다. 그러나 마침내 그 모든 것을 뒤로하고 수십번, 아니 수백번쯤 루에게 되뇌었을 때, 루가 천천히 날개를 움직이기 시작했을 때, 투명한 공기 속에 창이 믿는 길이 보이기 시작했을 때, 그리고 그것이 마침내 자신이 통제할 수 있는 흐름으로 느껴지기 시작했을 때, 처음으로 허공에 궤적을 만들며 느낀 짜릿함을 창은 생생하게 기억했다. 창은 떨어지는 눈송이를 피해 달까지 날아갈 생각이었다.

루의 날개는 이미 흠뻑 젖어 있었다. 그러나 창은 온몸에 힘을 넣으며 점점 더 크게 소리치듯 루를 믿었다. 가까이에서 바라본 눈송이들은 무수한 육각형 결정들의 통합체였다. 루의 작고 수많은 겹눈들과 조금도 다를 것 없는 모양이었다. 루의 날개를 적셔 창을 아래로 떨어뜨리려 하고 있었지만, 그것들 역시 금세 녹아버리는 연약한 결정들로 이루어져 있었다. 창이 생각하는 것처럼 눈이 달에서 떨어져나온 알갱이라면, 달처럼 거대하고 멀리 있는 존재 역시 닿을 수 없을 만큼 완전하지는 않을 것이다.

창은 아는 것이 많지 않았다. 세계를 천천히 들여다본 적도, 온전히 이해해본 적도 없었다. 그러나 창은 자신이, 그리고 자신과 한몸이 된 루가 사방에서 덮쳐오는 거대한 얼음조각들을 피해 날아갈 수 있을 만큼은 빠르다는 것을 알았다.

다른 세계에서의 삶은 아무 의미가 없었다. 그 세계에는 루가 없었다. 창은 전속력으로 루를 믿기 시작했다.

더 빠르게.

그리고 마침내, 한번도 상상해본 적 없는 속도로.

'완전한 항해'를 슬로건으로 내세우는 튜닝씨스템은 완전하지 않았고, 씨스템의 판단은 오직 99.82퍼센트만큼만 정확했다. 은하 속 수많은 갈래 세계들 가운데 그다지 알려지지 않은 한 작은 갈래 세계에서, 2월의 어느 수요일 밤 열시 사십일분, 루족 비행사 창의 삶은 예정대로 끝났다. 그러나 씨스템이 예언한 것처럼 그녀가 눈에 파묻혀 죽은 것은 아니었다. 창의 루는 쏟아지는 눈송이들 사이를 아슬아슬하게 피하면서 속도를 높여 계속 날아올랐고, 대기권을 벗어나면서 새빨간 불꽃으로 변해 타올랐다.

루족에게 문자가 있어 의미를 기록할 수 있었다면, 그들은 그녀에 대해 다음과 같이 적었을지도 모른다. 루족 역사상 달에 가장 가까이 간 사람, 그리고 가장 멀리, 가장 빠르게 난 사람이라고.

---

*루족이 사용하는 길이 단위. 1루호는 약 5밀리미터에 해당하며, 1크루호는 1,000
루호, 즉 약 5미터다.
**A. 랭보의 시 「모음들」 부분.

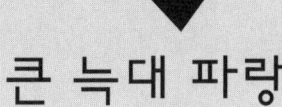

큰 늑대 파랑

허름한 고무줄 바지와 티셔츠 위에 누비 조끼를 걸쳐 입은 노파 하나가 잰걸음으로 골목을 빠져나왔다. 노파는 필사적으로 힘을 내 걸었지만 곧 가슴께를 한 손으로 싸쥐며 땅바닥에 주저앉고 말았다. 비닐봉지가 노파의 손을 빠져나와 힘없이 땅에 떨어졌다. 김이 모락모락 나는 작고 하얀 빵 몇개가 더러운 땅 위에 쏟아졌다. 골목 끝에서 새까만 머리 하나가 튀어나오더니 무서운 속도로 돌진해왔다. 눈이 빨간 소년이 노파의 머리채를 휘어잡고 땅바닥에 메다꽂았다. 둘이 한덩어리가 되어 구르는 불과 몇십초 동안 소년의 머리는 노파의 얼굴과 옆구리, 어깨와 정강이로 분주하게 움직였다. 노파가 벽을 향해 돌멩이처럼 굴러왔다. 노파의 목에 고개를 박고 힘차게 턱뼈를 움직이던 소년이 공중으로 고개를 확 쳐들었다. 우박만한 핏덩어리가 메마른 벽에 맞고 으깨져 흘러내렸다. 눈이 빨간 소년의 턱 밑으로는 굵고 검붉은 핏줄 하나가 늘어져 있었다. 노인의 명은 길었다. 소년이 충분히 배를 채울 때까지 노파가 온몸을 쥐어짜듯 소리지르며 팔다리를 휘저었기 때문에 땅바닥에는 복잡한 모양의 피웅덩이가 생겼다. 노파가 더이상 움직이지 않자 소년은 벌떡 일어섰다. 그리고 가젤처럼 민첩하게 길 끝으로 뛰어가 사라졌다. 노파의 다리 사이에서 흘러나온 노란 액체가 맑은 피웅덩이에 천천히 섞여들었다.

인기척이 사라지자 파랑은 마침내 벽에서 빠져나왔다. 작고 짧은 네 다리가 땅을 딛자 오랫동안 불가능하게만 여겨지던 그 일이 다시 일어났다. 사방에서 근육들이 뼈를 향해 다가왔다. 우선 살점이 도로록 달라붙었고 그 위로 새파랗고 보송보송한 털들이 순식간에 솟아났다. 약간의 고통과 함께 수염들이 살을 뚫었고 송곳니가 잇몸을 째며 튀어나와 혀에 닿았다. 동그란 눈매가 물방울 모양으로 찢어지며 제자리를 잡고 두 귀가 허공으로 쫑긋 서자 맹수의 본능이 커다란 손처럼 심장을 콱, 움켜쥐었다. 온몸에 돌기 시작한 피가 시키는 대로 파랑은 천천히 다리를 움직였다. 처음에는 느리게 걷다가 이내 겅중거리며 뛰기 시작했다. 꼬리 뒤에서 불어온 바람이 온몸을 밀어주었다. 큰길로 나오자 더이상 관절에 무리가 느껴지지 않았다. 파랑은 조그만 코를 벌름거리며 연기가 자욱한 사차선 도로를 전속력으로 달리기 시작했다. 숨이 찼지만 피냄새는 고통보다 빠르게 몸을 파고들었다. 몸에서 떨어져나온 사람의 팔 하나가 파랑의 발에 차여 굴러갔다. 팔 끝에 붙은 손은 있는 힘을

다해 주먹을 쥐고 있었다. 길고 구불구불한 머리카락 몇가닥이 손
가락 사이로 삐져나와 있었다. 공기중을 떠다니는 수천개의 서로
다른 피냄새 속에서 익숙한 것을 찾아내려 애쓰며 파랑은 숨을 몰
아쉬었다.

*

파랑은 1996년 3월의 어느 늦은 밤, 컴퓨터 모니터에 담긴 작고
하얀 정사각형 방 안에서 태어났다. 볼펜보다 마우스를 정교하게
놀리는 아이들은 자신들이 '오에까끼'라고 부르는 그 방에 볼펜의
명확한 선으로는 그릴 수 없는 불확실한 형체들을 그려넣곤 했다.
그 방에서 태어난 것들은 사람과 사물, 동물을 가리지 않고 윤곽선
이 거칠었고 때때로 몸 한쪽에 조그만 구멍이 뚫려 있어 몸의 일부
가 바깥으로 새어나가기도 했다. 파랑은 태어나서 일주일이 지나
도록 몸을 함부로 기울이지 못했다. 몸 안의 것들이 밖으로 새어나
가거나 바깥이 거대한 파도처럼 밀려들어올까봐 두려웠던 것이다.
다행히 그런 일은 일어나지 않았다. 작은 늑대 파랑이 앉아 쉬기에
그 방은 더없이 편안했다.

파랑은 어떤 늑대와도 달랐다. 이빨은 옹골차고 날카로웠지만
작고 동그란 두 눈과 웃고 있는 입매 때문에 겉으로는 순한 개처럼
보였다. 파랑은 암컷의 젖꼭지와 수컷의 성기, 암컷의 강인함과 수
컷의 의리를 한몸에 지니고 있었다. 파랑에게는 세 명의 어머니와
한 명의 아버지가 있었다. 파랑에게 살과 피를 선사한 것은 아버지

였지만 숨을 불어넣은 것은 어머니들이었다.

1996년 3월의 어느 늦은 오후, 파랑의 어머니들과 아버지는 자신들이 누군가의 부모가 되리라는 사실을 전혀 알지 못한 채 먼지가 자욱한 캠퍼스를 걷고 있었다. 넷 모두 수업이 일찍 끝난 날이었다. 교문에 거의 다다랐을 즈음 길게 늘어선 시위대가 보였다. 파랑의 어머니들과 아버지는 시위대의 맨 뒤에 가서 섰다. 특별한 이유는 없었다. 그저 그곳을 지나가던 거의 모든 사람들이 그렇게 했고, 오후를 보낼 별다른 계획이 없었으므로 그들도 그렇게 했던 것이다. 시위대의 수는 평소보다 많았고 사람들의 손에서 손으로 분주하게 전단지가 오갔다. 잠시 후 시위대가 움직이기 시작했다. 네 아이는 평소와는 다른 일이 벌어졌다는 생각, 자신들이 전혀 알지 못하는 어떤 세계 속으로 미끄러지듯 아주 자연스럽게 스며들었다는 생각 때문에 가벼운 놀라움과 흥분을 느끼며 잠깐 동안 걸었다.

그러나 교문 앞 횡단보도에서 신호에 걸려 시위대의 허리가 잘리자 아이들은 생각을 바꿨다. 넷 중 누군가가 쿠엔틴 타란티노의 이름을 생각해냈다. 이화예술극장에서 「저수지의 개들」을 하고 있어. 분명히 극장에서 빨리 내려갈 텐데. 넷 중 하나가 말했고, 나머지 셋이 고개를 끄덕였다. 그 시위에 꼭 참여해야 하는 것은 아니었다. 사실 그들은 시위라는 것에 한번도 참여해본 적이 없었다. 하굣길, 먼지가 날리는 교정을 걷다보면 가끔씩 머리 위로 작은 돌이 날아가는 일이 있었지만 그것에 대해 어떤 생각을 해야 할지 넷 중 누구도 알지 못했다. 아이들은 곧바로 방향을 바꿔 학교에서 가까운 낡은 극장을 향해 걸었다. 시위대는 곧장 걸었고, 인도에서 차도로 내려갔다.

헤모글로빈으로 칠갑한 타란티노의 영화를 보며 넷은 저마다 어깨를 조금씩 움찔거렸다. 사람의 몸에서 그렇게 많은 피가 흘러나올 수 있다는 사실을 그들은 처음 알았다. 극장을 나온 넷은 마지막 장면에서 누가 누구를 쐈는지에 대해 엇갈린 의견을 주고받으며 걷다가 지하철역에서 헤어졌다. 평소처럼 지하 음악감상실에 들러 뮤직비디오를 몇편 보거나 맥주를 마시기에는 속이 너무 불편했다. 그래서 그 뉴스를 읽었을 때 네 아이 모두 자기 방 컴퓨터 앞에 혼자 앉아 있었다.

미스터 블론드가 경찰의 귀를 잘라내고 있을 때 종로 근처의 어느 인쇄소 기계 뒤에서 남학생 하나가 쓰러져 죽었다. 남학생은 넷과 같은 학교 학생이었고 학년도 같았다. 정확한 사인을 규명중이지만 경찰의 과잉진압 때문일 가능성이 크다고 뉴스에는 씌어 있었다.

다음날 밤 네 아이는 언제나처럼 특별한 이유 없이 작은 방에 모였다. 그리고 두 시간쯤 천장만 바라보며 함께 누워 있었다. 마침내한 아이가 일어나 앉아 마우스로 모니터 속의 하얀 공간에 작은 늑대를 그리기 시작했다. 불확실한 여러 개의 선을 겹쳐 뼈를 세우고, 새파란 물감을 몸에 부어 살을 만들었다. 그는 파랑의 아버지가 되었다. 나머지 세 아이가 일어나 모니터를 둘러쌌다. 그녀들은 파랑의 어머니가 되었다.

어머니들과 아버지는 알지 못했지만, 파랑이 눈을 뜨자마자 맡은 것은 짙은 피내음이었다. 늑대의 날선 본능이 갓 태어난 파랑의 온몸을 붙잡고 흔들었다. 파랑은 조그만 눈동자를 좌우로 굴려 주위를 둘러보았다. 아무도 옆구리를 물어뜯기지 않았고, 무리에서 낙오되어 바닥을 뒹굴고 있지도 않았다. 하지만 역시 피냄새가 났다. 마룻바닥 어딘가에 흥건한 피웅덩이가 있다는 것을 파랑은 알고 있었다.

*

2006년 10월의 어느 일요일 정오 무렵 그 일이 시작되었을 때 사라는 집에서 아르바이트를 하고 있었다. 다음날까지 막아야 하는 짧은 원고가 세 개였다. '권태기의 연인이 함께 볼 만한 미드 베스트 10.' 권태로운 기획이었다. 미국 드라마가 재미있기는 하지만, 나란히 앉아 짧지도 않은 그 씨리즈들을 몇종류나 봐야 극복될 권태기라면 애당초 연애를 하지 않는 게 낫지 않았을까. '제인 오스틴이 에꾸니 카오리를 만나 펼치는 가상대담.' 이해가 되지 않았다. 그 둘이 만나 대체 무슨 이야기를 한단 말인가. 제인 오스틴과 코니 윌리스라면 또 몰라도. '조지 로메로 영화에 드러나는 좀비의 법칙.' 이건 낡을 대로 낡았지만 쓰기는 아주 쉬웠다. 또 무슨 좀비 영화가 개봉하는 모양이었다. 사라는 드립커피를 내리기 위해 부엌으로 가면서 머릿속으로 세 개의 항목을 떠올렸다. 로메로의 좀비는 사후경직 때문에 느리고 뻣뻣하게 움직인다(대니 보일의 뛰어다니는 좀비들과 비교할 것), 좀비는 위층으로 올라가는 대신 주로 지하로 내려가 인간을 습격한다, 반드시 머리를 파괴해야 처치

할 수 있다. 모자라는 법칙들은 만들어넣으면 됐다. 세 개의 각각 다른 매체에 들어갈 원고들의 컨셉트는 비슷하게 공허했다. 하지만 그런 원고들이 사라에게 밥을 벌어주었다. 커피만 마셔도 살 수 있다면 생활비가 훨씬 줄어들 텐데. 사라는 진한 드립커피 향을 들이마시며 생각했다.

하지만 자리로 돌아왔을 때 찜찜한 이물감이 생리통처럼 묵지근하게 허리에 달라붙었다. 몸이 무거워진 뒤부터 가끔 허리가 끊어질 듯 아파왔다. 사라에겐 디지털 초자연현상이라 부를 만한 일이 가끔 일어났는데, 그것은 실시간으로 업데이트되는 인터넷뉴스의 형태로 나타났다. 이를테면 책상 앞에 앉은 사라의 머릿속에서 '짐바브웨'라는 단어가 갑작스레 불길한 존재감을 띠고 작은 공처럼 뭉쳐질 때가 있었다. 그래서 인터넷 검색창에 '짐바브웨'를 쳐보면, 바로 몇시간 전에 짐바브웨에서 무슨 일인가가 일어났다는 뉴스가 뜨는 것이었다. 폭동이 발발했다거나 축구경기장에서 관객이 훌리건의 발에 밟혀 중상을 입었다거나 하는 식이었다. 사실 세계를 뒤덮은 네트의 확장 속도와 그 생태적 특성으로 볼 때 그것은 전혀 초자연적인 현상이 아니었지만, 사라는 그것이 자신만의 특별한 능력이라고 생각했다. 이번에 그 단어는 '좀비'였다. 써야 할 원고 때문이라기엔 이상할 정도로 느낌이 좋지 않았다. 사라는 손을 움직여 키보드를 두드렸다. '서울에 좀비 현상 확산. 원인은 이상 바이러스로 추정(종합)'이라는 제목을 단 연합뉴스발 세 시간 전 뉴스가 떴다.

사라는 커피잔을 내려놓고 찬찬히 기사를 읽었다. 그리고 잠시 후 결국 웃고 말았다. 웃지 않을 수 없었다. 하지만 맞춤법이 여러 군데 틀린 뉴스의 어조는 급박하면서도 심각했다. 좀비들은 공포 영화에 나오는 것과 똑같이 사람의 몸을 물고 내장을 뜯어먹으며, 물린 사람은 좀비로 변한다. 변하기까지는 개인차가 있어 빠르면 삼분에서 길면 스물네 시간이 걸리는 것으로 나타났다. 이 사태의 원인은 아직 밝혀지지 않았지만…… 사라는 한숨을 쉬었다. 사실을 말하자면 별로 놀랍지 않은 뉴스였다.

좀비가 나타났대. 이젠 정말 갈 데까지 갔군. 왜 지금에야 나타난 걸까. 이런 일이 생기려면 훨씬 전에 생겼어야 했어. 사라는 농담처럼 혼잣말을 했다. 사라는 몇년 전부터 자주 혼잣말을 했다. 꼭 방 안에 누군가가 있는 것처럼. 하지만 방에는 아무도 없었다. 없었고, 없고, 없겠지, 아마도. 사라는 냉장고로 걸어가 남은 식료품의 양을 확인했다. 방의 네 벽면을 다 채우고도 모자라 마룻바닥까지 쏟아져내려온 책들만큼은 아니지만, 냉장고에는 두 주일은 족히 먹을 만한 냉동식품과 레토르트식품 들이 가득했다.

사라는 한달에 서너 번 외출했다. 일과 인간관계, 그리고 생존에 필요한 대부분의 것들은 인터넷으로 불편없이 해결할 수 있었다. 대학교 삼학년 때 프로판가스 폭발로 부모님이 돌아가신 뒤로 사라의 인생은 바뀌었다. 삶은 형상기억합금 같은 것이 아니어서 아무리 애써도 그전의 상태로 돌려놓을 수 없었다. 도서관에서 취업용 일반상식책을 읽다 밤늦게 돌아와보니 집이 있던 자리에 시커먼 구멍이 입을 벌리고 있었다. 부모님은 늦은 저녁을 먹다 돌아가신 듯했다.

사라는 그뒤로 상식이라는 말을 들을 때마다 구역질이 치밀었다. 다시는 그런 단어를 가까이하고 싶지 않았다. 취업을 포기하고 자취를 시작하면서 사라는 한 가지 결심을 했다. 부모님은 사회가 정해놓은 규칙에 따라 한평생을 성실하게, 그리고 우울하게 고생만 하며 살다가 고작 프로판가스 때문에 온몸의 살점이 갈기갈기 찢겨 바람에 날아갔다. 사라는 절대로 그런 삶을 되풀이하고 싶지 않았다. 다행히 사라에겐 하고 싶은 일이 있었다. 사라는 책, 거의 모든 종류의 책들을 사랑했고, 가능하다면 언젠가 책을 쓰고 싶었다. 아무리 힘들더라도 자신의 힘으로 글을 써서 먹고살겠다고, 멍청한 회사 따위에 다니며 인생을 낭비하지는 않겠다고 사라는 이를 악물며 다짐했다.

그렇게 보낸 십년을 떠올리며 사라는 쓴웃음을 지었다. 사라는 자신과의 약속을 대부분 지켰다. 하기 싫은 일은 하지 않았고 마음 가는 일에는 최선을 다했다. 가고 싶은 곳에는 시간이 걸려도 반드시 갔고, 먹고 싶은 것이 있으면 마음껏 먹었다. 맨 마지막 이유 때문이었을까. 사라의 몸에는 적금처럼 꾸준하게 살집이 쌓였다. 사라는 이목구비가 뚜렷하고 피부가 고와 스무살 때는 과에서 가장 인기있는 여학생들 중 한명으로 꼽힐 정도였지만, 십년 동안 육십 킬로그램이나 살이 쪘다. 체중이 백킬로그램을 넘어가자 거리를 나다니는 일이 자연스럽지 않게 됐다. 모자를 쓰고 목도리를 둘러도 가리는 데 한계가 있었다. 밀폐된 공간에 혼자 있는 것의 두려움을 극복하는 일은 쉽지 않았다. 사라는 하루에 다섯 번 가스밸브를 점검했고, 추운 겨울에도 베란다로 통하는 창문은 언제나 열어놓았다. 달라진 자신의 몸을 받아들이는 일은 생각한 것만큼은 어렵지 않았다. 견디기 어려운 건 따로 있었다. 사라는 가끔 밖으로 나가 사람들을 만나고 싶었다.

사라는 비슷한 종류의 불행을 당한 다른 사람들처럼 방황하며 인생을 망치거나 뿌리깊은 원한에 시달리지 않았다. 다량의 독서 덕분에 정치적으로 올바른 견해를 가질 수 있었고, 온힘을 다해 자신을 흩뜨려놓으려는 소모적인 감정에 맞서 자신과 사람들을 사랑할 줄도 알았다. 근본적으로 건강한 성격인데다 박학다식하고 지적이었기 때문에 사라는 친구들이 많았고, 그녀를 좋아하는 선배와 후배 들도 적지 않았다. 사라는 다만 그들을 전화나 인터넷으로만 만날 수 있었다.

마지막으로 남자와 쎅스라는 걸 해본 게 언제였더라, 사라는 지혜로운 할머니처럼 온화하게 웃으며 기억을 더듬었다. 대학교 삼학년 때였던 것 같은데, 그애 이름이 재혁이었던가. 생각해보면 정말 이상한 일이지만 그들은 같은 학교 법학과에 다니던 한 남학생이 시위 도중에 죽고 얼마 지나지 않아 그런 사이가 됐다. 그때는 둘 다 참 어리고 민감했구나, 사라는 남의 일처럼 감탄했다. 어렴풋이 기억날 것 같기도 했다. 이유는 알 수 없었지만 그애는 그 사건 이후 무척 불안정한 성격으로 변했고, 아마 사라 자신도 어느정도는 그랬던 것 같았다. 하지만 스무살 무렵의 모든 아스라한 추억들이 그러하듯 그 일도 이제 바람에 날려 아주 먼 대륙으로 흘러가버렸다.

커피잔 바닥이 드러나자 갑작스럽게 현실감이 밀려왔다. 좀비들이 나타났건 그렇지 않건 일은 해야 했다. 사라는 한달에 원고지 육백매에서 팔백매가량의 다양한 원고들을 썼다. 책과 영화와 음악과 드라마에 대해, 연필을 만드는 나무의 품종별 차이에 대해, 커트 코베인이 죽기 직전까지 복용한 약물의 종류와 그 해악에 대해 사라는 썼다. 원고료는 매체에 따라 달랐지만 대체로 고만고만한 푼돈 수준이었다. 허리가 끊어질 듯 쑤시고 온몸의 관절이 저려도 그 정도 분량을 쓰지 않으면 음식도 책도 살 수 없었다.

사라는 모두 합쳐 여덟 개의 필명을 사용했지만 본명을 쓰는 곳이 딱 한 군데 있었다. 아르바이트를 하는 틈틈이 어느 웹진에 스페이스오페라와 칙릿을 결합한 SF 로맨스물을 연재했는데, 반응이 꽤 좋았다. 웹진을 발행하는 회사에서 단행본 계약을 하자는 연락이 와서 그쪽 사람들을 만나러 나가기까지 했는데, 이상하게도 그다음에는 연락이 없었다. 사라는 모자와 목도리 때문이라고 생각하지 않으려 노력했지만, 결국 그렇게 생각하게 됐다. 그런 일이 있었어도 사라는 계속 그 소설을 썼다. 가끔 진심이 담긴 팬레터를 받기도 했다. 몇몇 충실한 독자들은 사라의 이야기에서 SF 부분은 매우 뛰어나지만 로맨스 부분은 이해되지 않을 만큼 현실감이 떨어진다고 날카롭게 비판하는 메일을 보냈다. 사라는 송곳으로 몸 한구석이 뚫리는 듯한 통증을 느끼면서도 그런 독자들을 더 고맙게 여겼다.

사라는 인생에서 많은 것을 기대하지 않았다. 사람들이 흔히 하는 말처럼 삶은 별게 아니었다. 훌륭한 드립커피나 적절한 순간에 흘러나오는 펫 숍 보이스의 노래, 닥터 하우스의 귀여운 미소, 좋

106

은 책의 한 구절 같은 것들이면 충분할 때가 많았다. 먹고살기 위해 키보드에 손을 올리기 힘들어질 때까지 아르바이트 원고를 쓰지 않아도 된다면, 그리고 가끔씩 손톱 밑에 가시처럼 박히는 외로움만 어쩔 수 있다면 참 좋겠지. 하지만 그런 삶이 가능한 곳은 지상에는 없을 것이었다. 사라는 다음날 막아야 할 원고에 필요한 자료를 검색하기 위해 인터넷창을 새로 띄웠다. 그런데 인터넷이 연결되지 않았다. 모뎀에도 랜선에도 이상은 없었다.

혹시나 해서 휴대폰을 집어들어봤다. 수신가능 신호가 뜨지 않았다. 그때 현관 쪽에서 달그락하는 소리가 났다. 처음에는 열쇠를 돌리는 것 같은 작은 소리였지만 그것은 이내 누군가가 문을 탕탕 두드리는 굉음으로 바뀌었다. 현관문에는 거대한 쇠해머로 때려도 부서지지 않을 만큼 튼튼한 이중 잠금장치가 달려 있었지만, 순간적으로 온몸의 털이 곤두서는 것을 막을 수는 없었다. 사라는 책상 앞에 다가앉아 화면 맨 밑에 깔린 여남은 개의 인터넷창들을 차례로 최대화했다. 끊어진 메신저는 재접속되지 않았다.

창들이 뒤섞이면서 화면이 다운되어버렸는가 싶었을 때 갑자기 방 안의 전등과 컴퓨터 전원이 동시에 나갔다. 베란다 쪽 창문에서 기묘한 소리가 들리기 시작했다. 창문을 잊었다. 언제나 열어두는 창문은 책상에서 너무 먼 곳에 있었다. 사라는 일요일 오후의 새하얀 햇빛 속에서 이층 베란다의 난간을 붙잡고 천천히 기어오르는 검은 형체들을 보았다. 조지 로메로는 좀비들이 위로는 올라오기 힘들 거라고 생각했지만 그것들은 대낮에 아주 쉽게 이층으로 올라왔다.

*

앞니 두 개가 부러진 자리에서 끊임없이 피가 흘러나왔다. 뜨겁고 짠 피였다. 파랑은 턱뼈를 파고드는 통증을 참으며 혀를 빼물고 달렸다.

파랑은 어머니들 중 하나를 찾아냈다. 하지만 너무 늦게 그곳에 도착했다. 파랑은 그녀가 이층 베란다에서 떨어지는 것을 보았다. 어머니, 파랑에게 많이 웃어준 어머니였다. 모습은 달라졌어도 금방 알아볼 수 있었다. 땅에 부딪혀 머리가 깨지는가 싶었는데, 그녀는 아무렇지도 않게 일어섰다. 어머니의 눈은 새빨갰고 거기서는 눈물과 핏물이 한꺼번에 흘러내리고 있었다. 코는 이미 흔적도 없이 떨어져나갔다. 어머니의 방을 습격한 살아 있는 시체들은 상당히 굶주린 듯했다. 어머니는 파랑을 보지 못하고 두 팔을 앞으로 쳐든 채 지나쳐갔다. 시뻘겋게 벌어진 허리춤의 틈에서 기름과 창자가 줄줄 쏟아져 땅바닥에는 금세 피의 강이 만들어졌다.

파랑은 총명한 늑대였다. 눈앞의 상황은 짐작과 달랐지만, 십년 전에 부모들에게서 받은 임무를 수행해야 한다는 사실을 불과 몇십초 만에 기억해냈다. 해가 빨리 저물었으면 했지만 아직 저녁이 오려면 한참 남아 있었고, 태양의 눈부신 입자들은 모든 사물의 형체와 굴곡 사이로 공평하게 스며들었다. 하얀 뼈가 여기저기 드러나도록 참혹하게 찢긴 몸으로 골목을 빠져나가는 어머니의 등뒤를 종종걸음으로 따라가다가 파랑은 훌쩍 뛰어올랐다. 목을 물고 여러 번 흔들어 숨을 끊은 다음 머리카락 사이로 이빨을 박아넣었다. 어머니의 피는 달콤하고 슬펐고, 두개골은 마치 쇳덩어리 같아서 작은 늑대 파랑이 깨물어먹는 일 자체가 고통이었다.

어머니의 골을 반쯤 삼켰을 때 파랑은 안에서부터 찢어지기 시작했다. 뼈와 힘줄이 길어지며 투둑투둑 소리를 냈고, 살점이 갈라진 자리에 야들야들한 새살이 올라와 붙었다. 이빨을 악물며 그 아픔을 다 견뎠을 때 파랑의 몸은 두 배로 커져 있었다. 새파란 털들이 목 근처에서 갈대처럼 흔들렸다.

*

미닫이문이 닫히자 한정식집 방 안의 무거운 분위기가 어깨를 내리눌렀다. 재혁은 담배 생각이 간절했지만, 십분 전에 이미 한대 피웠다. 금세 다시 자리를 비울 수는 없었다.

밥상 맞은편에 앉은 갈색 얼굴의 사내들은 아까부터 수저를 들지 않고 재혁만 보고 있었다. 일렉트릭기타를 치는 야쿠브와 드러머 리오, 보컬리스트 코코가 차례로 앉았고 코코의 옆인 방 맨 안쪽 자리는 비어 있었다. 재혁 옆으로는 내일모레면 환갑인 사장과 그의 동생인 부사장, 그리고 재혁의 직속상사인 정팀장이 나란히 앉아 있었다. 마치 국가간 단체 맞선이라도 보는 것 같은 자리 배치였지만 짝이 맞지 않았다. 베이씨스트 아르손이 오지 않았고, 그의 일곱살배기 딸을 위해 통로 중간에 빼놓은 방석도 비어 있었다. 전골이 다 끓었는데도 사내들이 음식에 손을 대지 않자 사장이 특유의 호탕한 목소리로 입을 열었다.

"거 왜들 안 드시나? 김재혁씨, 어서 먹으라고 말 좀 해요. 이트 (eat), 이트! 이슬람인지 뭔지 고기 못 먹는 희한한 종교라 그래서 특별히 해물전골로 시켜놓으니깐 왜들 안 먹어?"

사장은 맞은편에 앉은 인도네시아인들이 한국어를 알아듣고 정확한 발음으로 말할 줄도 안다는 사실을 몰랐다. 리오는 한국에 온지 사년, 야쿠브와 코코는 오년이 지났다. 셋 모두 작업장에서 얻어맞지 않기 위해 필사적으로 한국어를 배운 사람들이었다. 부사장은 이슬람교 신자들이 돼지고기는 먹지 않지만 쇠고기는 먹는다는 사실을 몰랐다. 이제 사십대 후반인 정팀장은 그들보다는 많이 아는 것 같았지만 아무 말도 하지 않았다. 재혁 또한 입을 굳게 다물고 있었다. 사내들은 재혁이 자신의 회사 경영진을 부끄러워한다는 사실을 알지 못했다. 그들은 재혁이 경영진과 한패라고 생각했다. 그들의 눈에 그렇게 씌어 있었다.

재혁은 부당하다고 생각했다. 자신은 옆에 앉은 사람들과 같은 종류의 인간이 아니라고 항변하고 싶었다. 하지만 사내들의 젊고 건강한 갈색 얼굴에 담긴 적대감에 대항할 만큼 떳떳한 무언가가 자신 속에는 없었다.

인도네시아 이주노동자 록밴드 '다마이'를 찾아낸 건 삼개월 전이었다. 이번 건은 재혁이 구십 퍼센트 성사시킨 거나 다름없었다. 재혁의 회사는 최근 몇년간 이렇다할 히트작 광고를 만들어내지 못했다. 그러던 참에 엄청난 물량공세로 이름난 최고의 광고주 S사가 내년에 새로 론칭할 계열사의 이미지광고 PT를 제안해오자 순식간에 비상이 걸렸다. 경쟁 PT에 초청받은 상대는 요즘 한창 주가를 올리고 있는 Y기획이었다. PT 준비가 시작된 사무실은 수백 마리의 전기뱀장어가 한꺼번에 쏟아져들어온 사각형 수조 같았다. 재혁은 사무실 한구석에 간이침대를 펴놓고 새우잠을 잤다. 카피라이터들은 커피 두 잔 다음에는 박카스 한 병을 마시는 식으로 카페인 양을 조절했다. 정팀장은 야근하는 직원들 사이를 걸어다니며 경영진의 뜻을 전했다. 우리 같은 사람들이 평생 동안 큰 기회를 몇번이나 만날 거라고 생각하나? 이번이 그거야. 태어나서 딱 한 번 크게 터뜨리는 거야. 못하면 그냥, 죽는다고 생각해.

"그런데 우리 주인공은 왜 안 왔다고 했지? 머리 꼬불꼬불하고 그 베이스 친다는 친구 말이야. 딸내미도 데려온다고 하지 않았어?"

전골을 떠먹던 사장이 사내들 쪽을 보며 물었다. 야쿠브와 코코가 시선을 주고받았고, 리오는 고개를 푹 숙인 채 말이 없었다. 재혁이 대답했다.

"집에 좀…… 일이 있답니다."

그것은 재혁이 세 사내들에게서 들은 그대로였지만, 사장은 만족하지 않았다. 수고했다고 우리가 식사를 대접하는데 뭐 그리 중요한 일이 있어 안 오는 거냐, 그러잖아도 그 사람 표정만 영 어둡고 웃음이 자연스럽지 않아 약간 걸렸다, 그래도 꼬마가 천사처럼 귀여워서 마지막 안이 기적적으로 살아났다고 사장은 쉬지 않고 읊어댔다.

"죽었습니다."

입을 연 것은 리오였다. 재혁의 젓가락이 공중에서 멈췄다. 그을린 얼굴을 한 사내의 입에서 나온 또렷한 한국어에 놀란 듯 사장의 얼굴이 하얘졌다.

"죽다니, 누가?"

"나띠가 죽었다고요. 아르손 딸요. 전부터 폐렴에 걸려 있었다고 했잖아요. 촬영 끝나고 많이 아파서 병원에 갔어요. 닷새 전에 죽었습니다. 아르손은 지금 집에 있어요."

숟가락을 쥔 리오의 손에 힘이 들어갔다. 그는 사장을 똑바로 응시하며 밥을 떠먹기 시작했다. 얼굴의 반이 흔들리도록 밥알을 꼭꼭 씹어삼켰다. 엉? 사장과 부사장, 정팀장의 입이 동시에 쩍 벌어졌다. 놀란 것은 재혁도 마찬가지였다. 지금 뭐라는 거야? 그럼 우리 광고는 어떻게 찍어? 부사장이 당황해서 입에서 나오는 대로 내뱉었다. 예비촬영한 컷들을 넣은 시안으로 광고는 따냈지만, 다음 주부터 본촬영이 잡혀 있었다. 메인으로 등장하는 소녀가 없다면 촬영을 그대로 진행할 수는 없는 노릇이었다.

기업들의 사회공헌 이미지광고에서 이주노동자는 한창 뜨는 소재였고, 록밴드 다마이는 한가지 이점을 더 지니고 있었다. 그들을 모델로 쓰면 이주노동자들을 일방적인 동정이나 연민의 대상이 아니라 우리 사회를 당당히 구성하는 예술가들로 바라볼 수 있었다. 아니 S사가 그렇게 바라본다고 사람들을 설득할 수 있었다. '다름을 인정하면서 함께 사는 사회를 만들어가는 기업'을 보여주기에 그만한 대상은 없었다.

평일에는 안산에 있는 공장에서 전자제품을 조립하고 주말에만 모여 연습하는 다마이 멤버들은 촬영준비 때문에 이미 한달째 연습을 거르고 있었다. 이슬람교 명절인 라마단의 마지막 주말만이라도 집에서 가족과 함께 쉬어야겠다는 그들의 요구는 정당했다. 하지만 그 주말 재혁은 안산으로 차를 몰았다. 네 멤버의 집을 차례로 돌았다. 아무리 스케줄을 짜봐도 그때 촬영하지 않으면 PT 일정에 맞추기란 불가능했다. 결국 멤버들을 스튜디오에 나오게 하는 데 성공했다. 모델료를 이미 받은 터라 별다른 항의는 하지 못했지만 그들은 촬영 내내 죄수들 같은 표정으로 마지못해 악기의 전원을 껐다 켰다 할 뿐이었다. 아르손 곁에 붙어앉아 기타를 만지작거리고 있던 조그만 계집애를 재혁이 기억해낸 것은 그때였다.

따님이 기타를 칠 줄 알죠? 재혁은 차분한 목소리로 물었다. 예의바른 태도로 밀어붙이면 안될 일도 될 때가 많았다. 구석으로 밀고 밀고 또 민다. 마침내 상대가 말려들 때까지, 본래의 의도는 대화에서 사라지고 오직 '예의'만이 남아 식충식물의 덩굴손처럼 상대를 꼼짝달싹 못하게 감아버릴 때까지. 아르손은 두려움과 적의가 뒤섞인 눈으로 대답했다. 그애는 아픕니다. 나띠는 그저 치는 흉내만 낼 뿐이에요. 재혁은 물러서지 않았다. 'Enter Sandman' 도입부를 따라 치는 걸 봤어요. 아빠가 가르쳤어요? 대단한 솜씨던데요. 언제 어디서 배운 것인지는 알 수 없지만 재혁은 그런 일에 뛰어났다.

나띠는 착한 아이였다. 보글거리는 갈색 곱슬머리와 잘 여문 과일 같은 뺨을 지녔고, 가끔씩 콜록콜록하고 어린애 기침을 했다. 그건 분명히 단순한 감기처럼 보였다. 그애는 어른들을 실망시키지 않으려고 재혁이 시키는 대로 포즈를 취했고 미소를 지었다. 아르손 앞에서 아무 말도 꺼내지 못하던 나머지 멤버들도 그애가 스튜디오에 들어오자 조금씩 농담을 하기 시작했다. 놀랍게도 그애는 정말로 메탈리카의 'Enter Sandman' 도입부를 연주할 수 있었다. 제 몸만한 기타를 들고 줄을 뜯느라 손놀림이 서툴긴 했지만 전주 부분의 코드와 멜로디를 정확히 꿰고 있었다. 스무살 무렵 재혁 자신도 어느 선배의 기타를 빌려 연습해본 곡이라 아이의 박자감각이 얼마나 정확한지 바로 알 수 있었다. 죽지 않았다면 나띠는 천재적인 여성 기타리스트로 자랐을지도 모를 일이었다.

도자기로 만들어진 밥그릇 뚜껑이 콸락, 소리를 내며 바닥으로 떨어졌다. 자리에서 일어선 리오가 인도네시아 말로 뭐라고 내뱉더니 점퍼를 집어들고 밖으로 걸어나갔다. 당황한 코코와 야쿠브가 따라나갔다. 사내들의 목소리가 높아지자 옆방에서 손님들과 이야기를 나누던 여사장이 놀라 뛰어왔다. 그녀는 얼굴에 선명히 떠오른 분노를 가라앉히려 애쓰며 말했다. 여기 이러는 데 아닙니다. 옆방에도 손님들이 계신데. 저런 사람들 데리고 오시면 안된다고 제가 말씀드렸잖아요. 사장은 이 모든 상황에 기가 질려 입을 다물지 못했고 정팀장은 제 잔에 술을 채웠다. 부사장이 소리쳤다. 김재혁씨, 뭐 해? 당장 잡아와!

재혁은 신발장 앞에서 잠시 비칠거렸다. 벗어놓은 구두가 어디 있는지 찾을 수가 없었다. 화장실용 슬리퍼를 발에 꿰고 입구 쪽으로 걸어가며 재혁은 아찔함을 느꼈다. 낯선 감정은 절대로 아니었다. 전에도, 그전에도 이런 일은 수없이 있었고 이제 그것이 또 한

번 반복된 것뿐이었다. 하지만 어디서부터 잘못된 것일까. 문득 까닭없이 웃음이 터질 것 같았다. 그렇게 기를 쓰고 이번 PT를 성사시키려 한 것은 침체되어가는 회사 분위기에 가당찮은 책임감을 느껴서도, 팀에 합류하자마자 무섭게 치고 올라오는 후배 AE들의 기획력에 위기감을 품어서도 아니었다. 나띠를 처음 보았을 때 그냥 지나칠 수도 있었다. 하지만 그 아이를 무리한 촬영일정에 엮었을 때 생길 여러 가지 불운한 일들의 가능성을 직감하고서도 재혁은 물러나는 대신 그 속으로 자신을 던져버렸다. 아무도 강요하지 않았다. 재혁은 언제나 스스로 그렇게 했다. 그러면서 그런 역할을 충실히 해내는 자신을 비웃었다. 대체 언제부터였을까? 재혁이 이 세상에 태어나 마음을 다해 좋아해온 것은 어릴 때부터 즐겨 그리던 아기자기한 그림들도, 기존의 관념을 비틀고 깨부수면서 신기한 상상력을 발휘하는 광고 일의 매력도 어쩌면 아닌 것 같았다. 재혁이 정말로 공들여 음미하는 것은 자신을 비웃는 일의 위악적인 즐거움이었다. 한번 그 즐거움에 휩쓸리자 걷잡을 수가 없었다. 재혁은 일정수준 이상의 연봉을 받아야 회원이 될 수 있는 클럽제 친목모임에 가입했고, 막 뜨기 시작한 드라마작가와 영화감독 들이 있는 술자리라면 빠지지 않고 참석했으며, 그 유명인들이 재혁의 친구라고 주위 사람들이 마침내 믿을 때까지 그들의 이야기를 되풀이했다. 페라리의 스포츠카와 마이바흐의 쎄단 정도가 아니면 차로 보이지 않을 때까지 자동차 잡지들을 읽었다. 게이들을 속으로는 혐오해 마지않았지만, 게이 커뮤니티에 가입한 지 한달 만에 진짜 그들처럼 말하는 법을 배웠다. 모델이 되어도 좋을 만한 외모의 여자들을 만났고 한달이 채 되기 전에 헤어졌다. 재혁은 자신이 그런 인물을 연기하기 위해 태어난 사람이라고 믿었고, 자신이 정말로 그런 인물은 아니라고 믿었다. 하지만 어쨌거나, 한 아이가 죽었다.

목에서 흘러내린 피로 제복 전체가 더럽혀진 여종업원이 괴성을 지르며 달려왔을 때 재혁은 간신히 뒤를 돌아보았다. 재혁이 미처 상황을 파악하기도 전에 여자가 재혁의 팔에 달라붙었다. 재혁은 비명을 지르며 팔을 휘둘렀지만, 새빨간 눈의 여자는 턱힘이 엄청나게 셌다. 바닥에 넘어지면서 재혁은 눈앞에 스쳐가는 아르손의 얼굴을 보았다. 그리고 뭔가 파랗고 희미한 그림자도…… 다마이는 인도네시아 말로 '평화'라는 뜻이었다.

하지만 오분 후 재혁은 아무것도 기억하지 못했다. 그는 의자를 붙잡고 천천히 일어나 아수라장이 된 식당 한복판에 섰다. 그리고 자신과 가장 가까운 곳에 있는 고깃덩이를 찾기 시작했다. 방문을 두 손으로 붙잡은 채 하얗게 질린 얼굴로 서 있는 부사장을 발견한 재혁은 입에서 빠져나온 침줄기가 길게 늘어지는 것을 느끼며 그에게 달려들었다.

*

파랑은 털갈이를 하는 짐승처럼 땅바닥에 온몸을 짓찧으며 뒹굴었다. 파랑의 몸에서 빠져나온 새파란 털들이 흉한 덩어리로 뭉쳐지며 피웅덩이 속을 굴러다녔다. 늑대들은 제 새끼를 목숨 걸고 지키지만 부모에 대해서는 무심했고, 독립한 후에는 어미를 까맣게 잊고 제 삶을 살았다. 하지만 파랑은 평범한 늑대가 아니었다. 파랑은 뱃속으로 울음을 삼켰다. 사람들은 늑대가 속으로도 운다는 것을 알지 못할 것이다. 그렇게 온힘을 다해 뛰었지만 여전히 너무 늦었다. 염통이 금방이라도 터질 것 같았는데 그것으로도 충분하지 않았다.

아버지는 이빨을 드러낸 채 달려들려 했다. 하지만 파랑이 눈동자를 똑바로 들여다보자 주춤거리며 물러났고, 이내 뒤돌아 도망치기 시작했다.

늑대는 사자나 치타와는 달랐다. 앞발에 실린 엄청난 힘이나 압도적인 스피드처럼 먹잇감을 한방에 끝장낼 만한 필살기를 갖지 못한 늑대들은 집요함 하나로 지옥 같은 초원에서 살아남았다. 상대가 지쳐 쓰러질 때까지 따라 달리고 또 달려서 진을 빼는 것. 파랑도 그렇게 했다. 아버지의 뻥 뚫린 배 한가운데에서 길게 빠져나온 주홍색 창자가 등뒤로 요란하게 흔들렸다. 파랑은 눈을 부릅뜨고 아버지를 따라 달렸다. 대체 왜? 왜 그를 쓰러뜨려야 하는지, 왜 자신인지는 알 수 없었지만 결국엔 해야 할 일이었다. 파랑의 이빨은 몇시간 전보다 훨씬 날카로워져서 아버지의 머리통은 아그작하는 소리와 함께 쉽게 쪼개졌다. 몇분 뒤 파랑의 몸은 알래스칸 맬러뮤트 두 마리를 합쳐놓은 크기로 자라났다. 파랑은 몇걸음 달려가다 말고 뒤를 돌아보았다. 머리가 사라진 아버지의 목은 추워보였다. 열 손가락은 땅속의 무언가를 감식하려는 듯 부채꼴 모양으로 펼쳐져 있었다. 파랑을 그려낸 희고 가느다란 손가락이었다.

*

그것은 검고 동그란 얼룩이었다. 보기에 따라서는 커피를 쏟은 자국 같기도 하고 그냥 물에 젖은 흔적 같기도 했다. 하지만 권이사의 오른쪽 어깨에 묻은 그것은 분명 한시간 전보다 커져 있었다. 누가 커피를 쏟을 만한 부위도 아니었다. 쳐다보지 않으려고 했지만 정희의 신경은 자꾸만 그쪽으로 쏠렸다. 권이사는 숨을 거칠게 몰아쉬고 있었다. 정희는 그가 그렇게 흐트러진 모습을 하고 있는 것을 본 적이 없었다. 희끗희끗한 머리칼은 땀에 젖어 이마에 찰싹 붙었고, 늘 입고 다니는 쥐색 정장에는 연탄재 비슷한 뿌연 먼지가 여기저기 묻어 있었다. 권이사는 정희의 회사에 나오는 여러 이사들 중 한명이지만 직원들 중 누구도 그의 업무분야를 정확히 알지 못했다. 그의 취미는 등산, 골프, 영화감상, 낚시 등으로 다양했는데, 그것은 부사장이 등산을, 사장이 골프를, 홍보이사가 영화를, 영업이사가 낚시를 각각 좋아한다는 사실과 관계가 있었다. 그 네개의 사내 동호회는 매주 토요일 아침 여덟시부터 모임을 가졌는데 권이사는 네 모임 모두에서 가장 열심히 활동하는 사람이었다. 그것만으로 충분하지 않았는지 그는 일요일에도 매주 회사에 나와 웹써핑을 하며 시간을 보냈다. 아닌게아니라 자기 책상 앞에 앉아 자꾸만 손바닥으로 얼굴을 문질러대는 그는 등산을 갔다가 맹수를 만나 한달음에 달려내려온 사람처럼 보였다. 하지만 그날은 토요일이 아니라 일요일이었고, 정장을 입고 산에 가는 사람은 없었다.

정희의 시선을 느꼈는지 그가 천천히 고개를 돌렸다. 정희는 재빨리 모니터로 눈을 돌렸지만 한박자 늦고 말았다.

"이정희씨."

"네?"

"지금 의심하고 있지?"

"……예?"

"의심하고 있잖아. 내가 저것들한테 물린 거 아닐까 하고."

"아닌데요."

"아니긴 뭐가 아니야, 얼굴에 그렇게 씌어 있는데. 나 안 물렸어. 나 그런 사람 아니거든? 이렇게 보여도 나 싸움 잘해."

"………"

"이정희씨."

"예?"

"혹시 크리켓 좋아하나?"

"……?"

"스포츠 같은 거 안 좋아하지?"

"별로 좋아하지는 않는데요."

"설마 저것들이 다시 올라오지는 않겠지만, 어쩌면 우리가 생각보다 오랫동안 여기 같이 있어야 할 수도 있다고."

"………"

"같은 사무실에 있는데도 우린 서로를 잘 모르잖아? 이정희씨는 워낙 말이 없고. 내가 크리켓 좋아하는 거 알았어? 크리켓이란 게, 야구랑 비슷해 보이는데 좀 달라."

그는 하아, 하고 숨을 내쉬며 기묘한 웃음을 짓더니 곧바로 크리켓 규칙에 대해 설명하기 시작했다. 저 잠시만요, 정희는 그렇게 말하고 자리에서 일어나 사무실 구석에 붙은 탕비실 쪽으로 걸어갔다. 쿵쾅거리는 심장소리가 귓불까지 올라왔다. 몸이 뜨거웠다. 정수기 옆 탁자 위에는 일회용 커피와 녹차 티백 들이 가지런히 정돈되어 있었고 그 옆에는 티스푼을 담가두는 머그잔이 하나 있었다. 그 머그잔 옆에 과도가 놓여 있었다. 가끔 찾아오는 손님들에게 과일을 대접할 때 쓰는 조그만 과도였다. 정희는 그것을 천천히 쥐어보았다. 팔 전체가 후들거렸다. 없는 것보다는 나았지만 별로 도움이 되지는 않을 것 같았다.

절대로 아니라고 했지만 권이사는 '그것'들에게 물린 게 분명했다. '그것'들이 저 바깥에 정말로 있다면, 그리고 그의 이야기 대부분이 사실이라면. 횡설수설하는 말투도 그랬지만 얼굴빛도 정상적인 사람의 그것이라고는 볼 수 없었다. 하지만 그를 어떻게 할 수 있을까. 겨우 심호흡을 하고 자리로 돌아오다가 정희는 숨이 멎을 뻔했다. 권이사는 이제 정희의 자리로 옮겨앉아 있었다. 그가 등을 돌린 채 물었다.

"이정희씨, 담배 피우면 좋나?"

"네?"

"만날 숨어서 피우는 거 알아. 지금도 피우고 왔잖아. 무슨 여자가 담배를 피우나? 교양없이. 그러니까 시집을 못 가는 거야, 몸매도 망가지고. 이정희씨 집에서는 그렇게 가르치던가?"

정희는 뭐라고 대꾸하려고 했다. 그런데 그 순간 그가 고개를 좌우로 몇번 흔들더니 갑자기 흡, 하고 숨을 멈추는 듯한 소리를 냈다. 그는 책상 위로 쓰러지며 모니터를 두 팔로 껴안았다가 튕기듯 몸을 일으키며 뒤로 기댔다. 그러고는 덜덜 떨리는 목소리로 말을 이었다.

"와이프는 애들 데리고 교회에 갔거든. 교회는 안전할 거야, 그치? 내가, 보통 때에는 잠을 자도 꿈속에서 일을 해, 꿈속에서. 회사 와서 기획안을 쓸 때도 고민을 안해도 된다고. 하나도 안해도 된다고…… 꿈에서 작성한 걸 그대로 옮겨놓으면 되거든. 얼마나 편한데."

정희는 뒷걸음질치기 시작했다. 정희는 어떤 면에서 그가 부러웠다. 그는 얼마나 순수하게 행복할 것인가. 그토록 좋아하는 회사 일이 머릿속에 늘 가득하고, 꿈에서도 그렇게 좋아하는 것들을 또 보고 있었으니 말이다. 그러나 그 순간 부러움은 두려움에 묻혀버렸다. 그의 목소리는 점점 쇳소리처럼 갈라졌다.

"……내가 원래 꿈이, 그러니까 젊을 때 장래희망이, 근사한 통기타 까페 하나 차리는 거였거든. 청바지 입은 가수들이 나와서 노래 부르고, 손님이 많든 적든 주인은 같이 어울려서 술 먹고. 근데 어제 꿈에 그런 까페가 나왔어. 내가 주인이더라고. 왜 그런 꿈을 꿨을까? 기분이 참 좋긴 했어. 그런데 그게 개꿈일 줄 누가 알았겠어? 오늘 이렇게 웃기는 일이 생기다니. 근데 이정희씨, 마감은 왜 매번 그렇게 늦게 해? 원고 마감이 어제 아니었나?"

문으로 가야 했다. 하지만 그가 갑자기 자리에서 일어나며 몸을 돌리는 바람에 정희는 등뒤에 숨기고 있던 과도를 떨어뜨리고 말왔다. 창, 하는 소리와 함께 과도는 책상 밑으로 굴러들어가버렸다.

"……내가 아까 보니까, 러시아제는 역시 달라. 좀비한테 물려도 러시아 것들은, 물리나 안 물리나 그것들은…… 이정희씨, 저 망할 것들이 쳐들어와서 마감이 늦어지니까 좋지? 편집장은 연락이 됐나? 지난달에도, 흡, 내가 당신들 마감 때문에 얼마나 불려다녔는데. 그런데 있잖아, 이정희씨…… 나 이사 아니고 상문데."

그랬다. 그는 한달 전에 이사에서 상무로 승진했다. 이제야 기억이 났다. 일주일쯤 전에 정희가 서류를 올리다가 이사님, 하고 부른 걸 그는 속에 묵혀두고 있었던 것이다. 정희는 그에게 관심이 없었고, 그를 볼 때마다 느끼는 가장 적극적인 감정을 굳이 든다면 혐오감이었다. 자꾸만 의자 뒤로 다가와 몸을 만지려 드는 그 때문에 회사를 뛰쳐나간 직원들이 여럿이었다. 그가 직원들, 특히 여직원들에게 하는 말과 행동은 마음에 담아두지 않고 무시하는 쪽이 현명했다. 일요일 오후 그와 단둘이 사무실에 갇혀 있다가 삶이 갑자기 끝나버릴 수도 있다고는 전혀 생각해보지 못했다. 아버지는 재혼했고 어머니는 돌아가신 지 오래였다. 남자친구는 가끔씩 생겼지만, 정희의 얼굴에서 어색함과 긴장이 걷히고 친밀감과 피로가 적나라하게 그 자리를 차지할 즈음이면 약속이라도 한 듯 연락을 끊었다. 정희는 자신 곁에 머무르지 않는 사람들을 미워했다. 그러나 지금 눈앞에 있는 사람, 숨이 끊어지기 전 자신이 마지막으로 보게 될 사람이 권이사가 아니라 그들 중 한명이라면 얼마나 좋을까 하고 정희는 생각했다.

숨을 헐떡이며 다가오는 권이사, 아니 권상무의 어깨에 묻은 얼룩은 분명히 피었다. 몇시간 전부터 알고 있었지만 아닐 거라고, 그럴 리가 없다고 생각한 게 잘못이었다. 사무실에 뛰어들어온 그가 좀비 이야기를 늘어놓았을 때는 하도 황당하고 겁에 질린 나머지 제대로 보지 못했지만, 그의 눈에 가득한 굵은 핏발도 아마 그때부터 있었을 것이다. 이제 그것이 선명하게 보였다.

정희는 곁눈으로 문 쪽을 보았다. 손을 떨면서 점점 빠른 걸음으로 다가오는 새빨간 눈의 남자를 지나쳐 그리로 뛰어나갈 수는 없을 것 같았다. 지문인식씨스템이 달린 사무실 문은 웬만한 장정 몇이 몸을 부딪쳐도 끄떡없을 만큼 단단한 강화유리로 되어 있었고, 안에서나 밖에서나 여는 데 최소한 십초는 걸렸다. 왼발이든 오른발이든 움직여야 한다고 생각하며 정희는 그 자리에 서 있었다. 그러나 어느 발을 먼저 움직여야 할지 알 수 없었다. 신기하게도 그 짧은 순간 수많은 이미지와 소리 들이 이배속으로 재생한 동영상 화면처럼 잉잉거리며 머릿속을 뚫고 지나갔다. 불과 반나절 전의 일들이었다.

그날 정희는 새벽 네시에 퇴근해 세 시간가량 눈을 붙인 다음 이를 악물고 아홉시에 맞춰 출근했다. 일호선 열차 안은 일요일인데도 발디딜 틈 하나 없었다. 정희는 그때까지만 해도 지하철 안의 사람들에게서 아무런 이상한 점도 찾아내지 못했다. 무거운 공기가 관자놀이를 조여들었지만 그것은 출근해야 하는 여느 휴일 아침의 공기와 크게 다르지 않았다. 정희는 드라이를 하지 못해 물기가 채 마르지 않은 머리를 좌우로 흔들며 졸다가 옆자리 아이가 신경질을 내며 비켜! 하고 소리치는 바람에 깨어났다. 분홍색 휴대폰을 손에 든 아이의 눈자위는 모기가 파고들어 휘저어놓은 것처럼 붉게 충혈되어 있었다.

일찍 나오겠다고 한 편집장은 정오가 지나도록 오지 않았다. 열시쯤 '이정희 기자, 오는 대로 강사라 원고부터 수정해서 넘겨요'라는 문자메씨지가 하나 왔고, 열두시 이십분에 '이정ㅎ'라는 메씨지가 왔을 뿐이었다. 두번째 메씨지는 좀 이상했지만, 독촉과 비난을 빼면 남는 게 별로 없는 편집장의 다른 메씨지들처럼 확인하자마자 삭제해버렸기에 그것에 대해 깊이 생각해보지는 않았다. 정희가 제때 기사를 넘기지 못해 마감이 한참 늦어지고 있었다. 정희는 한글 프로그램을 띄우고 책상에 놓인 종이뭉치를 집어들었다. 예리한 회칼로 북북 그어놓은 것처럼 빨간 글씨로 범벅이 된 원고에서 살아남을 부분이라곤 별로 없어 보였다. 정희는 마지막으로 한번 더 자신에게 물었다. 내가 잘못된 걸까, 정말로? 어디에서도 대답은 돌아오지 않았다. 정희의 잘못인지도 몰랐다. 월급명세서에는 명시되어 있지 않았지만 정희만큼 연봉을 받기 위해서는 그 정도는 감수해야 하는지도 몰랐다. 이번 회사에서만은 오래 있어야 한다고 정희는 입사 첫날 수없이 마음을 다잡았다. 이젠 더 도망칠 곳도, 자신을 받아줄 곳도 없었다.

정희는 스물네살 때 영화잡지 기자로 사회생활을 시작했다. 다른 무엇보다도 영화를 좋아했기 때문이다. 그뒤로 음악잡지, 공연잡지, 여성지, 남성지, 주부지, 패션지, 교양지, 여행지, 레저지, 연예지, 월간지, 주간지, 일간지, 인터넷신문을 가리지 않고 이십대 중후반의 여자가 기자로 입사할 만한 거의 모든 종류의 매체에서 짧게는 일주일, 길게는 일년까지 일했다. 그러는 동안 자신이 무엇을 좋아하든 별로 상관없다는, 아니 어떤 것도 정말로 좋아하지는 않는 편이 훨씬 수월하다는 사실을 알게 됐다. 그렇게 많은 매체를 겪어보았으면 정착할 곳이 어디인지 대충 감을 잡을 만도 하건만 정희의 경력은 좀처럼 일년을 넘어가지 못했다. 대기업에서 외주를 받아 사보를 제작하는 기획사에 들어오기 위해 정희는 자기소개서 문구를 여러 번 고쳐썼다. 특징 없어 보이는 몇구절을 삭제하고 '재능있는 여러 필자들과도 친분이 있으며'라는 구절을 새로 넣었다. 글발 좋고 잘나가는 필자를 섭외하고 관리하는 능력이 기자에겐 주요한 자질이었다. 친한 필자가 누구냐는 면접관의 질문에 사라의 이름을 대면서도 정희는 사라에게 정말로 연락할 일이 생기리라고는 생각하지 않았다. 하지만 편집장이 정희에게 맡긴 첫번째 임무는 젊고 가능성있는 필자 한명을 연재소설 꼭지에 책임지고 채워넣으라는 것이었다. 지난달까지 글을 쓰던 작가가 갑작스럽게 중도하차했다고 했다. 정희는 헤어진 연인에게 흐트러진 모습을 보이지 않으려는 사람처럼 자신이 별로 좋아하지 않는 소설가들에게 먼저 청탁전화를 넣었다. 하지만 '사랑이 넘치는 사회'라는 주제 아래 밝고 따뜻한 성격의 인물들이 등장하는 소설, 주인공들이 어려움을 이겨내고 꿈을 이루면서 사람들의 마음속에 감동과 희망을 심어주는 소설을 연재하라는 제안에 긍정적인 대답을 하는 작가를 찾기가 그렇게 쉽지는 않았다. 더러는 웃어넘기고 더러는 "여보세요, 거기서는 정말 이 세상이 그런 곳이라고 믿는 거예요? 게다가 소설을 정해진 방향대로 쓰라고요?" 하고 진지하게 되묻는 작가들과 짧은 통화를 하면서, 정희는 매체 이름만 밝혔을 뿐 자신의 이름은 대지 않았다. 다시 통화할 일 없는 사람들이라도, 지구 어딘가에 이정희라는 사람이 있어서 그런 일을 한다는 사실을 알리고 싶지 않았다. 결국 십년 만에 사라에게 전화를 걸었을 때는 마감이 코앞으로 닥쳐온 시점이었다. 대학시절 이후로 연락이 끊겼지만 정희는 사라의 새 블로그 주소를 알고 있었다. 정희는 예나 지금이나 사라의 글을 좋아했고, 사라가 웹진에 연재하는 소설을 읽을 때마다 가슴을 옥죄는 질투심과 그에 맞먹을 만큼의 동경을 품고 다음 회를 기다리곤 했다. 사라는 정희의 긴 설명을 듣고 한숨을 한번 내쉬더니 마감 날짜를 물었다.

편집장은 사라가 보낸 소설을 한참동안 꼼꼼히 읽더니 정희를 작은 회의실로 불러 원고에 줄을 그어가며 지적했다. 여주인공이 가난하다는 설정은 좋다고 쳐요. 하지만 한달에 삼십만원도 벌지 못한다는 건 지나치게 현실성이 없잖아? 게다가 똑같이 우울한 친구를 만났으면 둘이서 힘을 합쳐 뭐든 헤쳐나가는 모습을 보여줘야지, 그냥 둘이 우울한 채 가만있잖아. 이건 우리 컨셉트하고는 전혀 맞지 않으니까 수정해달라고 합시다. 원고료를 우리가 주니까 당연히 요구할 수 있는 거죠, 그 정도는. 편집장의 얼굴에 갈등이나 그 비슷한 것이 전혀 보이지 않아서 정희는 별다른 말을 할 수 없었다.

원고를 조금만 수정해줄 수 없겠느냐고 정희가 겨우 물었을 때 사라는 수화기 저편에서 잠시 말이 없더니 푸하하하하, 하고 크게 웃었다. 웃음이 길게 이어지며 조금씩 잦아들더니 그대로 전화가 끊겼다. 편집장은 수십 꼭지의 크고작은 원고들 가운데 유독 무명작가의 우울한 미니픽션 하나를 마감이 늦춰지도록 싸안고 있는 정희를 이해하지 못했다. 필자들이 왜 그렇게까지 회사의 제안을 거부하는지도 알지 못했다. 그러잖아도 글만 써서 먹고살기 힘든 형편일 텐데 왜 그러는 거지? 그냥 이정희 기자가 고칩시다, 우리 분위기에 맞게. 오늘 점심은 자장면으로 합시다, 하고 제안하는 것처럼 가벼운 어조로 그는 그렇게 말했다. 이제 사십대에 막 들어선 편집장은 나이보다 젊어 보이는 스타일로, 친절하고 싹싹해서 사람들에게 인기가 많았다. 부하직원들의 기분을 세심하게 배려할 줄 알았고 작은 결정도 여러 번 생각해서 내리려고 노력하는 그에게서 결점을 찾아내기란 어려운 일이었다. '원고료를 우리가 주니까'라는 말을 아무런 갈등 없이 자연스럽게 한다는 게 한 사람의 결점이 될 수 있을까? 정희는 판단을 내릴 수가 없었다.

다른 곳에서는 더 어려운 일들이 많았다. 패션지에 들어갔을 때는 정희가 입고 다니던 코듀로이 재킷을 만든 브랜드가 삼년 전에 없어졌다는 사실이 문제가 되었다. 도대체 무슨 생각을 하고 있는 거냐며 목소리를 높이는 편집장 때문에 정희는 유명 디자이너를 인터뷰하러 가는 길에 집에 들러 옷을 갈아입어야 했다. 최소한의 체면은 지켜야 한다며 편집장이 추천해주는 브랜드의 옷을 사입을 만한 여유가 정희에게는 없었다. 영화잡지에서 일할 때는 어느 블록버스터 영화의 리뷰를 쓰다가 손을 놓아버렸다. 네티즌들의 시사회 별점 평균은 별 다섯 개 만점에 반개였지만, 그 영화의 배급사에서 광고가 여러 페이지 들어왔기 때문에 기사 방향이 수정되었다. 정희가 원고를 펑크내는 바람에 편집부 전원이 하룻밤을 더 새워야 했고, 그다음부터 중요한 원고들은 정희에게 주어지지 않았다. 연예기사를 다루는 인터넷매체에 있을 때는 이틀에 한번꼴로 매니저들에게서 전화를 받았다. 정희는 배우와 가수 들이 지나가듯 던진 농담들을 적당히 다듬어 따옴표로 묶은 다음 기사에 썼는데, 매니저들은 그것을 별로 좋아하지 않았다. 회사가 편집장에게, 편집장이 정희에게 아주 자연스럽게 지시한 일 때문에 누군가가 죽여버리겠다는 말을 할 만큼 증오심을 품는 것을 보면 어딘가에서 무언가가 잘못된 게 분명했다.

하지만 누가 잘못한 걸까? 정희보다 경력이 많은 선배들은 필자에게서 욕설이 가득한 메일을 받고 취재원들의 경멸 섞인 시선을 느껴도 어떻게든 견뎌내는 것처럼 보였다. 편집장들은 회사의 경영방침대로 모든 일을 진행하는 것에 조금도 의문을 품지 않았기 때문에, 정희가 만약 그런 일을 문제삼는다면 어느 각도에서 보아도 이치에 맞지 않는 일처럼 여겨질 듯했다. 자신의 밥벌이를 부끄러워해서는 안된다는 말을 들을 때마다 정희는 얼굴이 뜨거워졌다. 그렇게 많은 회사들 가운데서 부끄러움과 자괴감을 품지 않고 일할 수 있는 곳 한군데가 없다면 그건 세계의 잘못이 아니라 정희의 잘못일 것이었다. 하지만 정희는 부끄러웠다. 자신이 하는 일이 언제나 부끄러웠고, 모두가 입술을 깨물며 참아내는 그 부끄러움을 참지 못하고 매번 비겁하게 도망쳐나오는 자신이 버거웠다. 모든 기자들이 자신과 비슷한 일을 하는 것 같지는 않았다. 하지만 정희가 들어가는 회사들은 모두 그런 종류의 업무를 수행할 능력을 요구했다. 그런 일이 아니면 무슨 일을 할 수 있을까? 높은 감식안과 쓸데없는 자의식을 빼면 사실 자신에게 재능이란 게 별로 없다는 사실을 정희는 알고 있었다. 재혁과 사라에게 먼저 다가간 것도, 자신에게 그다지 관심이 없어 보이던 그들을 친구라고 끝까지 우기고 싶었던 것도 자신에게는 없는 그 재능이라는 것이 그들에게는 있었기 때문이다. 그들은 아무에게도 해를 끼치지 않고 자신만의 것을 만들어낼 수 있었다. 생계를 유지하기 위해 정희도 이 세상 한구석에 쉴새없이 무언가를 만들어냈다. 하지만 그것은 다른 누군가가 이미 만들어놓은 것을 망가뜨리고 흠집을 낸 다음 우스꽝스러운 셀로판지로 포장한 것에 지나지 않았다.

정희는 무심하게 키보드를 두드렸다. 저녁까지 원고를 끝내지 못하면 마감은 하루 더 늦춰질 것이고 더 심각한 일이 일어날 것이다. 사라는 어차피 정희와의 옛 기억을 거의 잊은 듯했고, 화는 내겠지만 정희에게 인간적으로 크게 실망할 것 같지는 않았다. 겨우 일회분 원고 마지막에서 사라의 여주인공은 친구에게 말하고 있었다. '그러니까 모두 죽어버리면 좋을 텐데.' 정희가 그 대사를 어떻게 바꿀지 고민하고 있을 때 문 쪽에서 요란한 소리가 들렸다. 권 이사가 하얗게 질린 얼굴로 문을 두드려대고 있었다.

*

짙고 불투명한 피와 흘러내리는 살점덩어리들 때문에 유리문 밖에서는 안쪽이 잘 보이지 않았다. 철벽처럼 견고해 보이는 유리문에 몸을 던지기 위해 뒤로 물러나면서 파랑은 문득 오래전 일을 떠올렸다. 기억이라고 부를 만한 것이 파랑의 몸속에는 많지 않았지만, 처음 벽 속에 숨어들던 순간의 기억만은 또렷했다. 벽은 단단하고 서럽고 아픈 물질이었다. 하지만 그 아픔이 지나가자 그것은 솜처럼 포근한 보금자리가 되어주었다.

파랑이 채 두살이 되기 전의 어느 여름날, 파랑이 들어 있던 하얀 방은 툭 하는 소리와 함께 갑자기 터져버렸다. 방이 폭발하는 순간 파랑의 몸도 수천개의 물방울이 되어 공중에 흩날렸다. 끝, 이라고 생각했을 때 놀랍게도 눈이 떠졌다. 눈을 뜨자 파랑은 다른 곳에 있었다. 그곳은 조금 더 넓은 방 안, 직사각형 모양의 하얀 종이 위였다. 파랑은 액자에 담겨 어딘가의 벽에 걸려 있었다. 피로와 두려움 끝에 긴장이 풀리자 파랑은 곧바로 잠에 빠져들었다. 파랑은 벽 속에 앉은 채 몇년이고 죽음처럼 잠을 잤다.

그리고 다시 그 순간이 왔다. 쨍 하는 소리가 나며 유리에 금이 갔다. 파랑은 몸이 둘로 접혀 비닐봉지에 쑤셔넣어진 채 어딘가로 한참을 실려갔다. 매캐한 연기 냄새가 코를 찔렀다. 종이를 불 속에 던지기 위해 누군가의 손이 비닐봉지를 헤집는 순간 파랑은 처음으로 다리를 크게 움직여 펄쩍 뛰었고, 마침내 종이에서 빠져나왔다.

바깥세상은 복잡했고 어지러웠다. 토할 것 같은 냄새들이 망치가 되어 파랑의 머리를 쿵쿵 찧어댔다. 파랑은 현기증을 참으며 쓰레기소각장을 벗어나 도시가 나올 때까지 달렸다. 파랑이 바로 곁을 스쳐지나가도 사람들은 알아보지 못했다. 가끔 들킬 것 같은 결정적인 순간이 오면 파랑은 벽에 뛰어들어 숨었다. 파랑은 몸집이 어린아이 주먹만했고, 입매는 언제나 웃고 있었으며 온몸의 털은 지중해의 바닷물처럼 새파랬다. 간혹 호기심어린 표정을 지으며 벽 쪽으로 다가오는 사람들도 있었지만 그들은 파랑이 벽에 그려진 귀여운 벽화의 일부라고만 생각했다. 사람들의 눈을 피해 파랑은 벽에서 벽으로 건너뛰었다. 아버지와 어머니들이 자신을 왜 버렸는지는 알 수 없었지만 그들에게 돌아가야 한다는 것은 알고 있었다. 그러나 아무리 공기 속을 더듬어도 그들의 냄새, 그 작은 방을 살갑게 채우던 그들의 살냄새는 느껴지지 않았다.

사람들이 서로의 내장을 뜯어먹고 죽은 자들이 일어나 비틀거리며 걷기 시작했을 때 파랑은 비로소 눈을 떴다. 고기 썩는 악취와 상한 음식물 냄새, 그리고 다른 모든 것을 압도하는 두꺼운 피비린내 사이로 익숙한 냄새 몇가닥이 밀려왔다. 파랑은 멀리서 희미한 기억처럼 자신을 잡아당기는 그 냄새들을 향해 달렸다.

달리는 동안 파랑은 조금씩 자라났다. 점점 많은 것들을 기억해냈고, 더 많은 것들을 새롭게 깨쳤다. 아무리 땀을 흘려도 안되는 일이 있었고, 아무리 뛰어도 따라잡을 수 없는 속도가 있었다. 그리고 지키고 싶지 않아도 지켜야 하는 약속이 있었다. 파랑이 찾아냈을 때 아버지와 어머니들은 이미 돌이킬 수 없는 상태가 되어 있었다.

일곱번째로 몸을 날려 유리문에 부딪혔을 때 파랑의 이마가 길게 찢어졌다. 뜨뜻한 액체가 새어나와 눈 속으로 흘러들었다. 아홉번째로 부딪히자 겨우 유리에 가느다란 금이 생겼다. 열세번째로 벽에 뛰어들었을 때 와장창하는 소음을 내며 마침내 문이 산산조각났다. 두번째 어머니가 유릿조각 더미에서 두 팔을 움직여 악어처럼 파닥파닥 기어나왔다. 어머니의 양쪽 다리는 무릎 바로 밑에서 잘리고 없었다. 어머니는 파랑을 보자 입을 벌리고 가느다랗게 한숨 같은 소리를 토해냈다. 나란히 박아놓은 날카로운 못 같은 이빨들이 그녀의 입 속에서 새하얗게 빛났다. 파랑은 그녀의 빨간 눈을 피해 머리를 숙이고 안으로 뛰어들어갔다. 방 한구석에 웅크리고 앉아 어머니의 다리 한쪽을 뜯어먹고 있던 늙은 사내의 몸을 파랑은 몇초 만에 여러 조각으로 찢었다.

어머니의 몸에서는 옛날과는 조금 다른 냄새가 났다. 파랑은 호흡을 멈추고 어머니의 머리통을 물어 몸에서 뜯어냈다. 어머니의 머리카락 사이에 끼어 있던 유릿조각 몇개가 어금니 사이에서 와그작 소리를 내며 부서졌다.

파랑은 이제 슬픔을 느끼지 않았다. 슬퍼할 겨를이 있다면 몸을 움직여 한발이라도 더 내딛는 게 나았다. 어머니들과 아버지의 골을 삼킬 때마다 파랑은 자기 몸속에서 꿈틀대는 낯선 짐승의 거대한 몸을 느꼈다. 몸 한가운데에서부터 살을 찢을 듯 그것이 다시 요동치기 시작하자 파랑은 고통을 참기 위해 눈을 치떴다. 아직 모든 게 끝나버린 것은 아니었다. 한명의 어머니가 남아 있었다. 파랑은 턱 밑으로 흘러내리는 피를 훑으며 건물 밖으로 서둘러 빠져나갔다.

*

아영은 호텔 커피숍 창밖으로 정원수들을 내다보며 한시간째 자세를 바꾸지 않고 앉아 있었다. 알전구가 달린 전선들이 나무들의 몸을 복잡하게 옭아매고 있었다. 이제 겨우 10월말인데 꼭 겨울 같구나, 아영은 생각했다.

맞선 자리에 상대방이 나오지 않은 것은 처음 있는 일이었지만 이상하게도 불쾌함이나 조바심은 느껴지지 않았다. 전화가 연결되지 않아 좀 당황스럽긴 했다. 하지만 어차피 특별히 할일도 없었다. 아영은 종업원이 리필해준 커피를 마시면서 이곳저곳으로 전화를 걸었다. 아무도 전화를 받지 않았다. 어머니, 여자친구를 만나러 나간 남동생 그리고 정희의 전화번호를 차례로 눌러보다가 아영은 충동적으로 K의 번호를 눌렀다. 그리고 신호가 세 번 가기 전에 플립을 닫아버렸다. 익숙한 고통이 독한 약처럼 위장을 타고 내려가자 아영은 길게 숨을 내쉬었다. 아직도 몸속 그 자리에 통증이 느껴졌다. K의 웃음은 여전히 귀 바로 뒤에서 들려와 아영이 고개를 조금만 돌리면 곧장 그의 얼굴이 보일 것 같았다.

아영은 보통 한 달에 두 번, 둘째와 넷째 일요일에 선을 봤다. 남자친구가 있을 때나 없을 때나, 아영의 몸이 피로하거나 가뿐하거나 상관없이 그 일은 의식처럼 거행되었다. 일요일이 되면 아영은 어머니가 골라준 단정한 투피스 정장을 입고 교회에 갔다. 예배가 끝나면 가방에 성경책을 넣은 채 맞선 자리에 나갔고, 너무 늦지 않게 차를 몰고 돌아왔다. 맞선이 있는 주 수요일이나 목요일이 되면 아영은 가끔 메씬저로 정희에게 말을 걸어 일요일에 만날 상대의 프로필을 들려주었다. 몇년 전까지 정희는 한숨을 쉬면서도 이러니저러니 토를 달아주었지만, 이제는 그러니, 하고 대답할 뿐 한참동안 말이 없었다. 그런 일이 몇번 반복되자 아영은 정희에게 아무 말도 하지 않기로 했다. 정희는 언제나 새벽 한두시까지 일했고, 지난 몇달 동안은 특히 바빠 보여서 제대로 몇마디 나누지도 못했다. 정희에게 말을 걸다보면 아영은 자신이 세상에서 가장 한가하고 할일 없는 사람, 그 나이가 되도록 자신이 원하는 것을 전혀 알지 못하는 사람처럼 느껴졌다. 그 기분은 별로 좋은 것이 아니었다.

그래서 정희는 아영이 K를 만났고 헤어졌으며, 그다음에 다시 만났고 또 한번 헤어졌다는 것, 그리고 또다시 만났으며 헤어진 것인지 아닌지 알 수 없는 상태로 변해버렸다는 사실을 몰랐다. 아영이 태어나서 처음으로 느껴본 통제하기 힘든 감정의 대상이 그라는 것도, 그 때문에 아영이 밤마다 부엌 찬장에서 양주병을 꺼내 방으로 들고 간다는 것도 알지 못했다.

아영에게 삶은 자기 마음대로 선택할 수 있는 것이 아니었다. 태어날 때부터 그랬고, 아마 앞으로도 그럴 것 같았다. 즐겨입는 옷 스타일부터 학력과 직장, 지지하는 정당과 정기구독하는 잡지, 배우자가 될 사람의 외모와 성격까지 아영의 삶을 채우는 옵션들은 부모님이 오래전에 골라놓은 것들이었다. 아영은 자신에게 어울리는 것과 어울리지 않는 것을 구분할 줄 알았고, 어울리지 않는 것들은 대체로 가까이하지 않았다. 하지만 언제나 그럴 수 있는 것은 아니어서 아영은 아이돌그룹의 즐거운 노래들을 크게 틀어놓고 방에서 가끔 혼자 울었다. 언젠가 정희는 이해할 수 없다는 듯 물은 적이 있었다. 왜 부모님과 싸우지 않는 거니? 그렇게 힘들면서 왜 시키는 대로 하는 거야? 아영은 대답하지 않았다. 그럴 때면 정희는 참 함부로 말하는 아이라는 생각이 들었다. 자신을 낳아준 사람들이 늙고 병든 온몸을 쥐어짜듯 뒤틀며 소리를 질러댈 때 그들의 턱 끝에서 후둑후둑 떨어지는 눈물을 보는 일이 어떤 것인지 정희는 알지 못했다. 아영 또한 차라리 부모님을 떠났으면 좋겠다는 생각을 해보지 않은 것은 아니었다. 그분들만 없으면 모래와 쇳가루가 섞인 먼지가 아니라 사람이 마시는 진짜 공기를 들이마실 수 있을 것 같았다. 그러나 그분들을 어떻게 한단 말인가? 그분들은 아영을 품고 있는 거대한 몸체였고, 아영은 그분들의 다섯번째 팔이었다. 부모님이 어떤 생각을 하는 사람들이든 아영은 결코 그분들에게서 분리되어 세상을 살아갈 수 없었다. 경제적 자립도 불가능했고, 혼자서 어떻게 삶을 꾸려가야 할지도 알 수 없었다.

K를 소개해준 대학후배는 K의 어머니가 독실한 불교신자라는 사실을 미리 알려주지 않았다. 아영의 어머니가 매일 성경 구절을 딸에게 메일로 보낸다는 정보 또한 K에게 전해지지 않았다. 아영이 나중에 따져물었을 때 후배는 죄책감 때문에 어쩔 줄 몰라했다. 그런 게 그렇게 중요하다고는 생각 못했는데, 어떡해요 선배. 그저 그렇게 얼버무릴 뿐이었다. 모태신앙으로 시작해 삼십년 동안 교회에 속해 살아온 아영에게 그건 아주 중요한 일이었고, K에게도 마찬가지였다. 그러나 둘은 모든 것이 너무 늦어버린 다음, 둘 사이의 감정이 도저히 어찌할 수 없을 만큼 뜨겁고 커다란 덩어리가 되

어 몸속 구석구석까지 파고든 다음에야 그 사실을 알게 됐다. 죽어도 부모님의 뜻을 거스를 수 없을 것 같다며 먼저 관계를 정리하자고 한 건 의외로 K였다. 눈을 내리깐 채 가볍지 않은 이야기를 최대한 무겁지 않게 전하려고 노력하는 K의 얼굴을 아영은 오랫동안 들여다보았다. 그동안 아영 역시 수없는 남자들에게 그 비슷한 이야기를 했지만 K의 표정은 겨울만 있는 별에서 온 사람의 그것처럼 낯설었다. 그 사람들 눈에는 아영도 그렇게 보였을까? 어쩌면 K에게는 아영 역시 세상을 움직이는 거대한 손의 짓궂은 변덕에 따라 조금 다가왔다가 금세 밀려나버린 숱한 사람들 중 한명에 지나지 않았는지도 몰랐다. 평생 처음 느낀 진정한 사랑이라고 해봤자 아영도 K도 그것을 자신들의 한계 밖으로 밀어붙일 만한 힘과 끈기는 없는 사람들이었다. 세상은 거대한 한계들의 연속이었다. 빈 커피잔을 내려놓으며 아영은 문득 대학시절, 사라의 방에서 타마시던 진한 다방커피 맛을 떠올렸다. 그 방에서 자신이 얼마나 어색했는지도. 사라와 재혁과 정희 셋은 잘 어울렸지만 아영은 그들과 함께 있는 자신에게서 미묘한 이물감을 느꼈다. 그들은 셋 다 감각 있고 매력적인 친구들이었고, 졸업 후 자신과는 확연히 다른 길을 갔다. 아영은 그렇게 멋진 아이들과 한때 친하게 지낸 적이 있다는 사실을 언제나 자랑스럽게 생각했지만, 그들은 돌아오지 않았고 그 기억은 아영의 삶을 바꿔주지 않았다.

약속시간에서 한시간 삼십분이 지나자 휴대폰이 더이상 작동하지 않았다. 자주 들러 이제는 제 방처럼 익숙해진 커피숍 안은 그날따라 한적했고, 바 안으로 들어간 종업원들은 어째선지 오랫동안 나오지 않았다. 멀리서 희미하게 새소리 비슷한 것이 들려왔다. 사람 소리 같기도 했지만 그럴 리가 없다고 생각했다.

아영은 불안함을 누르며 카운터로 계산서를 가져가다가 '그것'들을 보았다. 처음에는 연인끼리 입을 맞추거나 오랜만에 만난 가족끼리 끌어안고 있는 줄 알았다. 그러나 자세히 보니 그들의 입에서는 스프링클러에서 쏟아지는 물방울처럼 잘게 부서진 핏방울들이 튀어나와 사방으로 흩어지고 있었다. 팔다리들은 부러진 연필 끝처럼 중간에서 끊겨 있었다. 젊은 남자의 몸에 올라타고 있던 중년여자가 자리에서 벌떡 일어나더니 로비를 가로질러 달려오기 시작했다. 아영은 몸을 움직일 수가 없었다. 중년여자는 아영의 바로 곁을 지나치더니 웨이터를 끌어안고 바닥에 뒹굴었다. 아영은 있는 힘을 다해 주차장 쪽으로 뛰었다. 시동이 걸리자마자 집 쪽으로 차를 몰았다. 거리를 가득 메운 시체들이 과속방지턱처럼 타이어에 턱턱 걸렸다. 사람들은 새빨간 눈을 하고 팔을 공중으로 치켜든 채 제각기 다른 방향으로 걷고 있었다. 아영은 욕설을 뱉어내며 액셀러레이터를 밟았다. 이해할 수는 없었지만, 언제나 찾아올 것 같기만 하고 정작 오지는 않던 세상의 끝이 어딘가에서 이미 시작된 듯했다. 땅과 하늘 모두가 천천히 죽음에 먹히고 있었다. 그동안 모든 일이 그러했던 것처럼 그 일도 아영의 의사와는 상관없이 진행되고 있었다.

아영은 막히지 않는 길을 찾아 동물적으로 핸들을 돌리면서 도끼를 떠올렸다. 트렁크에 도끼가 하나 있었다. 작지만 다부진 몸통에 반짝반짝 빛나는 날카로운 날이 달린 손도끼였다. 아무도 몰랐지만 아영은 집에도 회사에도 둘 곳 없는 그 물건을 차 트렁크에 보관해두었다. 한 회사에 머무르지 못하고 여기저기 옮겨다니던 정희가 좀 기묘해 보이는 밀리터리 잡지사에 들어갔을 때 그런 물건들을 판매하는 인터넷쇼핑몰을 가르쳐준 적이 있었다. 이번달에는 도끼랑 칼을 다루는 게 특집이야. 너도 하나쯤 준비해둬. 언제 세상이 끝나버릴지 모르잖아. 아무도 너를 대신 지켜주지 않아. 메신저로 대화하고 있었지만 아영은 정희의 야윈 얼굴에 걸린 시든 웃음을 볼 수 있었다. 그때 정희는 언제나처럼 힘든 상태였고, 언제나처럼 곤경에 빠져 있었다. 아영이 싸이트에서 도끼들을 구경하는 동안 정희는 평소답지 않게 긴 한탄을 늘어놓았다. 근로자의 자발적인 의사로 퇴직한 경우에는 실업급여를 받을 수 없다는 기초적인 사실을 정희는 아영이 일하는 고용안정쎈터에 찾아온 다음에야 알아차린 모양이었다. 아영은 날마다 쎈터에 새롭게 밀려와 비슷한 표정으로 돌아가는 지친 얼굴의 사람들 사이에서 정희의 얼굴을 쉽게 알아보지 못했다. 이럴 줄 알았으면 대학 때 맑스의 『자본론』이라도 읽어둘걸. 그때는 그런 공부를 하는 사람들을 이해할 수 없다고 생각했지. 그런 이야기들은 하나도 피부에 와닿지 않았어. 후…… 정희의 이모티콘이 길게 한숨을 쉬었다. 아영은 십사점 오 센티미터짜리 날이 달린 대만제 손도끼 하나를 유심히 들여다보았다. 정희는 계속 키보드를 두드려댔다. 우리가 뭘 잘못한 걸까? 그 사람들처럼 거리로 나가 싸워야 한 걸까? 그때 그러지 않아서 지금 이렇게 되어버린 걸까? 난, 무언가를 진심으로 좋아하면 그걸로 세상을 바꿀 수 있을 줄 알았어. 재미있는 것들이 우리를 구원해줄 거라고 생각했어. 그런데 이게 뭐야? 창피하게 이게 뭐냐고? 이렇게 살다가 그냥 죽어버리라는 거야? 정희의 말은 아영이 가끔 읽는 자기계발서 속 문장들보다도 앙상하고 힘이 없어 보였다. 하지만 공허하게 느껴지지는 않았다. 아영은 키보드 위에서 손을 움직였다. 정희야, 넌 그래도 진심으로 좋아하는 것들이 있잖아. 난 그런 것조차 없는걸. 그 말은 사실이었다. 아영은 재혁이나 사라나 정희의 하루하루가 자신의 것처럼 답답하지는 않으리라고 짐작했다. 하지만 정희는 사라 역시 블로그에 쓰는 글들로 보아 그다지 행복하지는 않은 것 같다고 했다. 재혁의 소식은 맨 먼저 끊어졌고, 정희도 아영도 그의 안부를 알지 못했다. 그리고 정희는, 몇년 전 어느 겨울날 오후 아영에게 전화를 걸어 부탁한 적이 있었다. 아영아, 너 차 있지. 나 그걸로 살짝만 치어주라. 기사를 쓸 수 없게 팔만 살짝 부러지면 돼. 병원에 들어가 일주일만 누워 있고 싶어. 그건 그냥 하는 말이 아니었다. 유난히 추웠던 그날 정희는 디지털카메라를 들고 어느 여자 연예인 집앞에 여섯 시간째 서 있었다. 그 여자 연예인이 연인과 함께 집을 나서는 모습을 찍지 못하면 사무실로 돌아갈 수 없다고 했다.

아영은 장바구니에 도끼를 담았다. 장난처럼 주문한 손도끼는 며칠 후 케이스에 담겨 회사로 배달되어왔다. 서른한살, 친구들은 철밥통이라고 불렀고 부모님은 한심해했으며 자신에게는 그저 꾸역꾸역 삼켜야 하는 반(半)고형 화학물질 같던 아영의 삶에는 그렇게 해서 도끼 한자루가 생겼다. 아영은 두근대는 가슴을 누르며 그것을 신문지에 단단히 싸서 트렁크에 넣어두었다. 아무 일도 일어나지 않았지만 도끼가 있다는 게 위안이 되었다. 그러나 그 물건을 꺼내들 일이 실제로 생길 거라고 아영은 생각하지 못했다.

아영은 아파트 앞에서 몇마리의 '그것'들과 마주쳤다. 하지만 들키지 않고 계단을 뛰어올라갈 수 있었다. '그것'들은 아영을 보지 못하는 듯했다. 왜 그럴까, 아영은 아주 잠깐 궁금했다. 내가 느껴지지 않는 걸까? 사람들 사이에서는 서운하기만 하던 일이 죽은 자들 한가운데에선 도움이 되었다. 아영은 숨이 턱에 닿았지만 집앞까지 뛰었다. 엄마, 집에 있어요? 초인종을 누르며 아영은 손도끼를 꽉 움켜쥐었다. 그때 건너편 아파트 쪽에서 희미하게 짐승의 울음소리 비슷한 것이 들려왔다. 텔레비전에서 흘러나오던 것보다 거칠고 생생한 소리였다. 점점 커지며 다가오는 그것은 무리를 찾는 늑대가 목을 하늘로 뽑고 토해내는 긴 울음이었다.

*

세번째 어머니는 한손에 도끼를 들고 있었다. 그녀는 파랑을 보자 비명을 지르면서 뒤로 물러났다. 날카로운 손도끼를 움켜쥔 그녀의 손이 허공으로 쳐들렸다. 그러나 도끼날은 파랑의 머리를 내려찍지 않았다. 그녀의 두 눈이 점점 커지더니, 입에서 낮은 신음 같은 소리가 새어나왔다. ……너 파랑이구나. 파랑 맞지?

그녀의 입에서 그 이름이 나오자 먼하늘 한쪽에서 여러 개의 목소리가 차례로 날아와 파랑의 머릿속을 파고들었다. 애 이름은 파랑으로 하자. 깨뜨릴 파(破)에 이리 랑(狼)자를 쓰는 거야. 그건 아버지의 목소리였다. 아버지의 이름은 재혁이었다. 왜 이렇게 새파란색인데? 긴 파마머리를 등뒤로 늘어뜨리고 볼이 붉은 어머니가 물었다. 어머니의 이름은 사라였다. 우리가 제일 좋아하는 색이잖아, 하이텔 바탕화면. 아버지가 대답하고 웃었다. 너무 귀여워, 넌 어떻게 이렇게 그림을 잘 그리니? 머뭇거리다 자신없는 목소리로 입을 연 어머니의 이름은 아영이었다. 밑에다 뭐라고 좀 써봐, 심심하잖아. 또다른 어머니가 아버지를 보았다. 소녀다운 흥분이 동그란 안경 속 두 눈에 가득한 어머니의 이름은 정희였다. 그들은 모두 젊고 아름다웠으며, 아직 어떤 무리에도 속해 있지 않았다. 그들이 속한 유일한 공간은 불확실한 윤곽선들로 이루어진 그들 자신의 몸이었다. 아버지가 천천히 손을 움직여 키보드를 두드렸다. 하얀 방 아래 빈 공간에 토닥토닥 글자들이 솟아올랐다. '늑대의 이름은 파랑이다. 파랑은 우리를 지킨다. 우리는 파랑을 지킨다. 언젠가 우리가 우리를 잃고 세상에 휩쓸려 더러워지면, 파랑이 달려와 우리를 구해줄 것이다.' 뭐가 이렇게 비장해? 어머니들이 한꺼번에 웃었고 아버지가 따라 웃었다. 그렇지만 파랑은 그 말을 심각하게 받아들였다. 방 어딘가에 고여 있을 피웅덩이 때문이었다.

믿을 수 없다는 표정으로 서 있던 어머니는 조심스럽게 다가와 파랑의 머리에 오른손을 얹었다. 파랑의 키가 너무 커서 어머니는 팔을 훌쩍 들어올려야 했다. 가늘게 떨리던 조그만 손이 이내 차분해지더니 파랑의 머리를 천천히 쓰다듬기 시작했다. 처음 느껴보는 어머니의 손이었다.

어머니는 파랑의 눈동자를 들여다보며 눈을 깜빡였다. 너를 계속 생각했어. 하지만 정말로 와줄 거라고는 생각하지 못했는데. 집이 이사하는 바람에 너를 잃어버렸어. 그런데 죽지 않고 살아 있었구나…… 왜 이렇게 다쳤니? 정희는 어떻게 됐어? 재혁이랑 사라는? 파랑은 아무 소리도 내지 않았다. 어머니는 피로 물든 파랑의 입가를 소매로 문질러 닦았다. 어머니의 소매에 두 어머니와 아버지의 몸에서 흘러나온 피가 묻었다.

그 순간 문이 벌컥 열렸다. 어머니의 입에서 튀어나온 비명이 공기를 반으로 찢어놓았다. 피로 흠뻑 젖은 셔츠를 입은 남자가 먼저 집 안에서 뛰어나왔고, 이어 얼굴의 오른쪽 반이 뜯겨나가 뼈가 허옇게 드러난 여자 하나가 긴 손톱이 달린 손을 쳐들고 복도로 걸어나왔다. 그들은 복도의 반대쪽 끝으로 뒷걸음질치는 어머니를 보았고, 이어 복도를 꽉 막은 채 서 있는 파랑을 보았다. 파랑은 빠르게 뛰는 자신의 심장소리를 불과 몇초 만에 감지하는 그들의 재빠른 신경을 느꼈다. '그것'들은 파랑을 두려워했지만 눈앞에 뛰어나온 늙은 남자와 여자는 달랐다. 파랑은 복도를 빠져나가려 했지만 커다란 몸을 쉽게 돌릴 수 없었다. 겨우 뒷걸음질치기 시작했을 때 그들이 악귀처럼 파랑에게 달려들었다. 파랑은 이빨을 드러내며 으르렁거렸지만 그들은 아주 빠르게 움직였다. 파랑은 어머니가 치켜든 도끼날이 허공에서 번쩍, 빛나는 것을 보았다. 어머니의 동그란 입에서 쏟아져나와 허공을 날아가는 소리의 파편들을 보았다. 그리고 눈을 질끈 감았다.

정신을 차렸을 때는 서러운 울음소리가 눈처럼 내리고 있었다. 파랑은 복도 끝에 몸이 반쯤 낀 채 쓰러져 있었다. 사방은 피바다였고, 도끼날로 머리가 으깨진 두 구의 시체가 파랑 앞 바닥에 누워 있었다. 어머니의 어머니와 아버지였다. 파랑의 어머니는 그 앞에서 울고 있었다. 눈과 코와 입을 크게 벌리고 허리를 꺾은 채 마지막 힘을 쥐어짜 몸속의 모든 물기를 남김없이 토해내는 중이었다. 어머니의 옷은 새빨갛게 물들어 원래의 색깔을 알아볼 수 없었다.

파랑은 네 다리에 힘을 넣고 조용히 몸을 일으켰다. 그리고 피웅덩이에 주저앉아 있는 어머니에게 다가갔다. 고개를 든 어머니가 피에 젖은 파랑의 목덜미에 팔을 둘렀다. 어머니는 파랑을 껴안은 채 한참을 더 울었다. 어머니의 몸은 안에서부터 둘로 쪼개질 것 같았고, 온 세상은 그대로 눈물에 잠겨 흔적없이 사라질 것 같았다. 파랑의 이마에서 흘러내린 피 한방울이 어머니의 정수리로 뚝, 떨어졌다.

그날 밤하늘에는 흐린 별 몇개가 떴다. 도시의 짙은 매연 속에서 그것들은 나타났다 사라졌다 했다. 어둠이 세상을 덮어버리자 어머니는 퉁퉁 부어오른 얼굴을 피투성이 소매로 문질러 닦았다.

……찾아가야 할 사람이 있어.

파랑의 귓가에 다가온 어머니의 입술은 그렇게 속삭였다.

나한테는…… 아주 중요한 사람이야. 날 좀 데려다줄래?

파랑은 가만히 고개를 주억거렸다. 눈물 때문에 따뜻해진 어머니의 몸이 상처입은 파랑의 몸을 이불처럼 덮었다. 파랑은 좁은 아파트계단을 뛰어내려 큰길 쪽으로 천천히 걸었다. 도끼를 든 어머니가 등에 올라타자 파랑의 몸은 더욱 거대해졌다. 멀리서는 작은 섬 하나가 움직이는 것처럼 보일 만한 크기였다. 세상을 가득 채운 죽은 사람들은 그들을 보지 못한 채 깜깜한 길을 걷고 있었다. 파랑은 새파란 네 다리를 움직여 어둠속을 달리기 시작했다. 얼음기 섞인 바람이 파랑의 커다란 등을 세차게 밀었다. 아파트 뒤쪽 어딘가에서 찢어지는 비명소리가 들려왔지만 파랑도 어머니도 돌아보지 않았다.

이스투아 공원에서의
점심

첫번째 대화

공원에 들어서는 순간 외투 주머니가 묵직해졌다. 후, 나는 숨을 내쉬고는 언제나 앉는 공원 귀퉁이 벤치를 향해 걸었다.

상주인구 오백만명의 대규모 호텔 도시 앤서빌, 그 한가운데 커다란 공동처럼 자리잡은 이스투아 공원에 들어서면 호텔이 비로소 호텔처럼 보인다. 높은 호텔들 사이에서는 벽, 창문, 회전문, 도어맨 같은 일부밖에 보이지 않지만 공원에서는 호텔의 전체 외관, 호텔들이 조화를 이루는 풍경을 한눈에 볼 수 있다. 주의깊은 사람이라면 호텔의 탄생과 생장과 소멸까지도 추적할 수 있겠지만, 그러려면 정말로 주의가 깊어야 한다. 호텔이 하나 무너져내린 자리에는 몇시간 만에 다른 호텔들이 들어서곤 했다.

하늘을 찢을 듯 솟아오른 마천루들이 옥상에서 크레인 팔을 닮은 거대한 팔뚝들을 하늘로 뻗어올렸다. 호텔들은 대부분 옥상에 팔뚝을 달고 있다. 팔뚝의 사명은 붙잡는 것이다. 4월의 앤서빌 하늘에는 황금빛 태양 말고도 많은 것들이 떠 있었으므로 붙잡을 것은 많았다. 미합중국 대통령의 조숙한 딸, 골프채를 든 국회의원들, 「크리시 & 조슬린」의 주인공 크리시, 목에 압박붕대를 건 침울한 얼굴의 여고생, 용이 되려다 만 반룡(半龍) 드미와 하프 형제, 얼굴 없는 가난한 사람들, 얼굴 없는 부자들, 그리스식 기둥처럼 생긴 나무딸기빛 립스틱, 그리고 저마다 호텔을 가진 앤서빌의 시민들. 떠 있는 사람들이 조금씩 몸을 움직이자 원근감이 비틀리며 하늘이 출렁거렸다. 사람들은 커졌다가 작아졌고 납작해졌다가 통통해지기를 반복했다.

얇고 매끈한 팔뚝 끝에 달린 손 하나가 허공에서 평영자세로 헤엄치는 여당 국회의원을 조심스레 툭툭 건드리며 탐색하더니, 엄지와 집게손가락 끝으로 쓱 껍질을 벗겨냈다. 껍질을 얻은 팔뚝이 자신이 속한 호텔 옥상으로 철수하는 걸 보면서 나는 벤치에 앉았다.

외투 주머니에 손을 넣자 포장지의 매끄러운 재질이 느껴졌다. 두툼한 덩어리를 꺼내 포장을 벗겨보니 쌘드위치였다. 오늘은 핫도그였으면 하고 기대했는데. 몇달에 한번꼴로 나오는 핫도그는 내겐 작은 비일상이었다. 좀 우습지만, 후추와 머스터드쏘스를 완벽한 조합으로 뿌린 통통하고 따뜻한 쏘시지를 베어물 때면 혀끝에서부터 또하나의 나, 나와는 조금 다른 내가 몸속으로 퍼져나가는 느낌이었다. 하지만 어쨌든 잠깐 동안이나마 조용히 점심을 먹으며 쉴 수 있으면 그것으로 족했다. 가능하면 천천히 먹기로 했다. 마치 그렇게 하면 시간이 천천히 흐르기라도 할 것처럼. 공원의 한복판, 쏟아지는 햇살 아래 줄지어 놓인 침대들과 그 위에 앉거나 눕거나 서 있는 사람들을 바라보며 나는 쌘드위치를 씹었다.

"여기 좀 앉아도 돼요?"

나는 고개를 돌려 곁에 다가온 젊은 여자를 보았다. 전에도 본 적 있는 여자였다. 그녀는 정오가 되면 공원 여기저기를 길잃은 사람처럼 두리번거리며 걸어다녔다. 그렇게 하는 사람이 공원에 그녀뿐인 건 아니었지만 그녀는 특이했기 때문에 눈에 띄었다. 언제나 마치 현실에나 나올 것 같은 옷차림을 한 여자였는데 그날도 그랬다. 하얀 티셔츠에 검은 카디건, 그리고 청바지. 녹색 슬리퍼를 신은 맨발은 하얗고 작았다. 신체 변형도 하지 않았고 뿔도 날개도 꼬리도 없었다. 가까이서 보니 그녀는 뺨이 통통했고 눈은 맑은 갈색이었다.

내가 고개를 끄덕이자 그녀는 벤치에 앉았다.

"그건 뭐예요?" 그녀가 내 쌘드위치를 보며 신기하다는 듯 물었다.

나는 잠시 생각하다 입을 열었다.

"저흐$$$$$$$$$$$$$$$&& 저흠@@@$$$$$$$ 점심입니다."

그녀가 깜짝 놀라 몸을 뒤로 뺐다.

"괜찮아요?"

"괘흐$$$$ 괜찮&습니다. 누군가가 말을 !걸어온§ 건$ 처음☞이라서요."

그녀의 눈에 두려움과 호기심이 조금씩 어리는 걸 나는 가만히 보고 있었다. 익숙하고 희미한 고통이 가슴을 치고 갔다. 하지만 그녀는 자리에서 일어나 떠나는 대신 다시 물었다.

"어떻게 그렇게 해요?"

"네?"

"먹고 있잖아요. 여기서 뭘 먹는 사람은 처음 봐요."

"아."

설명할 수 있을까? 내가 누군가를 이해시킬 수 있을까? 하지만 설명하고 싶었다. 아마도 쌘드위치 때문일 것이다.

"이\유는 모르겠지만 저는 그럴$ 수 있습니다. 이 공원에 들어오면# 점심이 생깁니다. 열심히 일하다보면 점$심을 먹고 싶어져요. 이 쌘드위치는 저의& 자유의지!인 것 같습니다.?"

"자유의지?"

나는 고개를 끄덕였다.

"무엇을 위한?"

"말하지 않을 자유&를 위한."

"말하는 게 싫어요?"

"가끔은요."

그런 말을 해서는 안된다는 걸 나는 뒤늦게 알아차렸다. 그녀가 당황한 얼굴을 했다. "혹시 내가 방해한 거예요?"

"아$$$$$$$$$$$$$$$$$$$$넙니다. 아$$$$$$$$$$$$$$$$$$$$$$$$ 아니에요\\\\\\\\\\\\ 아$$$$$$$$ 그쪽과 말하는 건%%% 싫지

않@@@@아요. 난 그저%%%."

그녀는 나를 보다가 조금 웃었다. "알았어요. 알았으니까 진정해요." 그녀는 한숨을 한번 쉬더니 말을 이었다. "누구나 그럴 때가 있죠."

그리고 우리는 잠깐 동안 말이 없었다. 나는 쌘드위치를 입으로 가져가며 공원 중앙의 침대 벨트로 시선을 옮겼다. 한줄에 여덟 개씩 사열종대로 늘어선 서른두 개의 침대 위에서 사람들이 저마다 뭐라고 외치고 있었다. 네번째 줄 왼쪽 끝에 새로운 침대가 들어서자 침대들은 옆으로 한칸씩 자리를 옮겼고 첫번째 줄 오른쪽 끝에 있던 침대는 밀려나며 허공으로 사라졌다. 새로 들어선 침대 위에는 하얀 드레스셔츠에 승마바지를 입은 순록 한마리가 서 있었다. 순록은 두 앞발을 허리에 얹은 채 보기좋게 뿔이 자란 머리를 이리저리 휘젓고 콧김을 내뿜으며 소리쳤다.

"웬만하면 이런 방은 안 만들려고 했는데 도저히 참을 수가 없—"

근처에 서 있던 사람들이 하나둘씩 침대로 기어올라갔다. 순록의 몸통을 두 팔로 끌어안는 동시에 그들은 사라졌지만, 순록과 침대는 그 자리에 그대로 남았다. 순록이 무엇을 참을 수 없는지 잠시 궁금해졌지만, 그들처럼 다음 이야기를 듣기 위해 순록의 방으로 이동할 생각은 없었다. 아직 쌘드위치는 반 넘게 남아 있었고, 나는 점심시간에는 일을 하지 않는다.

"여긴 정말 묘한 곳이에요." 그녀가 다시 입을 열었다. "지난번에는 내 호텔에서 방을 하나 만들고 문을 닫고 나왔는데, 정신을 차려보니 여기였어요."

"새로 만든 방들은$ 자동으로 여기에도 만들어져요."

"그런 것 같더라고요. 하지만 처음이어서 당황했죠. 어째서 여기로 이동하는 거죠?"

"사람들은 자기 방을 알리고 싶어합니다. 타인과 나누고 싶어하는 거죠."

"나누고 싶어한다." 그녀가 내 말을 되풀이했다. 나는 사랑과 인정,이라는 두 단어를 잠시 떠올렸지만 머리가 이상해질 것 같아 그만두었다.

"나도 저 사람들처럼 저렇게 공원 한복판에 있었어요. 근데 내 방에 들어온 사람들은 쓱 둘러보더니 아무 말도 안하고 그냥 가버렸어요."

"!처음에는 다들 그래요."

"어떻게 사람들과 얘기를 할 수 있는 건지 모르겠어요. 아직 적응이 안돼요."

"#방을 예쁘게 꾸며보세요. 아니면 다른\ 사람들의 방에 가서 먼저 말을 걸어요."

"그러면 돼요?"

"☞아마도."

그녀는 또 한숨을 쉬었다. "생각보다 어렵네요. 사람들을 만날 수 있다고 해서 여기 왔거든요. 침대에다가, 관계를 맺는다고 해서 처음에는 뭔가 다른 걸 연상했어요." 그녀가 킥킥 웃었다. "근데 그런 데는 또 아니고." 나는 그녀의 시선을 피했다. 앤서빌에서 '그런' 일은 용인되지 않는다.

그녀는 벤치 밑으로 녹색 슬리퍼를 신은 두 발을 흔들었다. "이 슬리퍼도 되게 웃기는 것 같아요. 호텔에 슬리퍼라니, 무슨 할아버지 할머니 같지 않아요? 하루종일 파자마 입고 돌아다녀야 할 것 같고, 막. 게다가 발바닥에 쫙 달라붙어서 한번 신으면 잘 벗겨지지도 않고." 그녀는 두 손으로 슬리퍼 한짝을 붙잡고 힘겹게 왼발에서 떼어냈다. "이거 봐요. 인터페이스가 이런 식이어서야, 이건 도대체가." 그녀는 다른 한짝도 벗으려고 애를 썼다. "오른쪽은 항상 벗기가 참." 그 말과 함께 그녀와 그녀의 슬리퍼는 흔적없이 사라졌다.

한참을 기다렸지만, 점심시간이 다 끝나갈 때까지 그녀는 돌아오지 않았다. 앤서빌에 온 지 얼마 되지 않은 사람인 듯했다. 그녀가 나를 볼 수 있다는 사실이 조금 이상했지만 크게 마음을 두지는 않기로 했다. 나는 마지막으로 남은 쌘드위치 한조각을 입에 털어넣고는, 자리에서 일어나 공원을 빠져나갔다. 호텔들 속으로. 치욕과 무의미로 점철된 스물세 시간 동안의 노동 속으로.

노동

725번가의 야자나무 대로를 걷고 있을 때 고용주가 명령했다. 찾아라. 축제다. 48번가, 호텔 하슬림. 다음 순간 나는 48번가에 있었다. '하슬림'이라고 쓰인 커다란 네온간판이 내 몸을 끌어당겼다.

호텔은 백층은 넘어 보였다. 이런 오성급 호텔부터 가라고 했잖아? 대체 725번가에서 뭘 하고 있었던 거야? 나는 회전문을 통과해 대리석이 깔린 로비로 들어간 다음 주위를 둘러보았다. 멍청아, 걷지 말고 뛰어. 그랜드볼룸은 저쪽이라고 몇번을 말해야 알겠어? 호텔마다 있는 지하 생성실에서 주인이 방을 만들면 그 방은 자동으로 그랜드볼룸으로 이동한다. 호텔의 첫인상을 결정하는 그랜드볼룸은 언제나 가장 많은 방문객들이 모이는 장소다. 또다른 방이 만들어져 그랜드볼룸을 차지하면 그 자리에 있던 방은 이층으로 이동한다. 그런 식으로 호텔은 쉬지 않고 자라난다. 그래도 하늘이 뚫리지 않는 건 만들어놓은 방을 사람들이 주기적으로 없애기 때문이다.

나는 로비 왼쪽의 그랜드볼룸으로 들어갔다. 삼천명쯤 되는 사람들이 놀이기구를 타려는 것처럼 구불거리는 줄을 만들며 서 있었다. 한쪽 벽에 걸린 객압계(客壓計) 수치는 5,284였다. 보이지 않는 나머지 이천여명은 방 안에서 벌어지는 풍경을 바라보며 할말을 찾고 있을 것이다. 나처럼. 방 안의 누구도 나를 볼 수 없었다. 그랜드볼룸 안은 피바다였다. 축축한 피가 바짓단에 젖어들었다. 줄은 짐승의 내장을 말아놓은 것처럼 복잡한 모양으로 꼬불꼬불 얽혀 있어 끝을 찾기가 어려웠다. 나는 사람들을 뚫고 들어갔다.

말 한마리와 턱시도를 입은 물고기머리 인간이 싸우는 바람에 줄 가운데가 무한정 길어지고 있었다. 물고기머리 인간이 자기 앞에 있던 말의 등에 번쩍이는 양날검을 꽂아넣으며 외쳤다. "겨우 그게 네가 아는 경제학의 전부냐?" 촥, 분수처럼 뿜어나온 피가 내 외투에 튀었다. 물고기머리 인간의 뒤에 있던 말이 앞다리를 들어

그를 걷어차며 히힝거렸다. "케인즈랑 폴라니도 구별 못하는 병신이." 획, 단단한 발굽에 차인 물고기머리가 목에서 뜯겨나가 벽 쪽으로 날아갔다. 말의 뒤에 있던 물고기머리 인간이 돌로 만든 해머를 치켜들어 말의 머리에 내리꽂았다. "야, 네가 읽은 폴라니랑 내가 읽은 폴라니 사이에 삼만광년쯤 간극이 있거든? 그냥 가라. 그냥 나가서 건초나 먹든지 죽어버려." 그러자 물고기머리 인간의 뒤에 있던 말이……

나는 뒤로 물러나며 줄이 시작된 곳, 그랜드볼룸 한가운데의 침대를 바라보았다. 주목을 받기 위해 높여 만든 침대였다. 천장에서 침대를 향해 내려온 밧줄에는 벌거벗은 피투성이 남자가 거꾸로 매달렸고, 그 옆에는 색이 고운 남자용 한복을 차려입고 턱수염을 기른 남자가 부엌칼을 들고 서 있었다. 하슬림이었다. 그는 벌거벗은 남자의 배를 부엌칼로 찌르며 말했다. "저는 이분이 칼을 쓰는 방식을 견딜 수가 없군요. 어디서 배워먹었는지 하나도 우아하지가 않거든요." 벌거벗은 남자의 몸이 잠시 움찔했으나 곧 잠잠해졌다. 고통은 없을 것이다. 그는 사본이니까. 하슬림은 꽂은 칼을 찔꺽, 돌리며 말을 계속했다. "보아하니 머리에 든 것도 없는 것 같은데, 그런 식으로 칼을 아무렇게나 휘두른다고 사람들이 알아줄 것 같습니까?" 줄 밖에 서 있던 사람들이 피에 젖은 침대로 기어올라갔다. 그들은 앞다투어 벌거벗은 남자의 피투성이 몸을 끌어안았고, 이내 사라졌다. 벌거벗은 남자의 호텔에서도 비슷한 일이 일어나고 있을 것이었다. 축제는 늘 비슷했다. 사람들은 혐오와 매혹이 반반씩 뒤섞인 심정으로 서로를 껴안고, 방을 오가며, 파괴하면서 탐닉한다. 자신이 찌르고 해하는 상대의 모습에서 자신을 보는 것이다. '네가 나보다 나은 인간이기를 기대했다. 하지만 그렇지가 않잖아. 그러니 나는 너를 용서할 수 없다. 지겨워. 고작 또하나의 나라니.' 그들의 칼부림을 보고 있으면 이런 말들이 들리는 듯했다.

뭐 해? 방에 들어갔으면 일을 해야 할 거 아냐. 고용주가 호통을 쳤다. 나는 떠밀리듯 사람들의 물결을 빠져나왔다. 그랜드볼룸은 사람들이 쏟아져들어옴에 따라 옆으로, 그리고 앞뒤로 계속 팽창하고 있었다. 객압계가 찰칵거리며 올라갔다. 7,382. 말과 물고기인간과 하슬림, 사람들, 그리고 다시 말과 물고기인간과 하슬림이 달려들어왔다. 말해. 고용주가 명령했다. 나는 겨우 찾아낸 줄 맨 뒤로 가서 입을 열었다.

말을 끝내자 말하고 있는 내가 거기 남았다. 그를 떠나 방을 나오려는데, 하슬림이 불쑥 나타났다. 그는 어이없다는 듯 말했다. "이건 또 뭐야?"

그가 팔을 치켜들더니, 말하고 있는 나의 얼굴에 칼을 꽂았다. 눈두덩에 칼이 꽂힌 나는 "호오오오, 호오오오, $$$$" 하고 중얼거리고 나서 더이상 말을 하지 못했다.

그래서 나는 다시 하슬림의 뒤에 서서 입을 열었고……

두번째 대화

"난 루시예요." 그녀가 말했다. "나이도 비슷한 것 같은데 우리 말 놓지 않을래요?"

나는 내 나이를 몰랐지만 고개를 끄덕였다.

"그쪽은?" 루시가 물었다.

나는 이름이 없었지만 그녀와 계속 이야기하고 싶었기 때문에 손에 든 쌘드위치를 내려다보았다. 딱딱한 빵껍질, 신선하지 않은 치즈, 내 외투 색깔처럼 불그죽죽한, 짜기만 할 뿐 맛없는 살라미햄.

"살라미."

"살라미." 루시가 희미하게 웃으며 되풀이했다. "지난번에는 미안. 튕겨나갔는데 갑자기 엄마가 오시는 바람에 슬리퍼를 다시 신을 수가 없었거든."

"그랬군요$."

"말 놓기로 했잖아."

"저는 당신에게 반말을? 할 수 없게 되어 있습니다."

"왜?"

"명령이니까요."

"명령?"

"명령을 어기면 제 고용주가 !가만두지 않을 거예요."

"하지만 점심시간에도 감시를 한단 말이야?" 루시는 그렇게 중얼거리더니 이내 체념한 얼굴을 했다. 지난번에 만난 뒤로 닷새가 지났으니 그녀도 이제 앤서빌에 조금은 익숙해졌을 것이다. 앤서빌에서 어떤 일들은 그저 수긍해버리는 편이 좋다. "나는 놓을래. 살라미, 그거 나도 좀 먹어보면 안될까?"

나는 조금 놀랐지만 샌드위치를 반으로 갈라 그녀에게 건넸다. 그녀는 두 입도 채 먹지 못하고 돌려주었다. "이게 자유의지라 그랬나? 미안한데 아무 맛도 안 나."

"(사실 저도 맛은 별로 없다고 생각합니다."

"여기서는 하루종일 호텔에 있어도 배가 안 고파. 뭘 먹고 싶다는 생각도 안 들고."

"당신에겐 ☜이미 충분히 있어서일 거예요."

"자유의지가?"

"네."

루시는 두 발을 흔들더니 침대 벨트 쪽을 바라보았다. 침대들 한가운데에서, 19세기 영국풍 줄무늬 드레스를 차려입은 귀부인 하나가 자기 침대에 다소곳이 걸터앉아 있다가 입을 열었다. "그런 논리대로라면 가난한 사람들을 위해 일하는 사람들은 모두 찢어지게 가난해야 한다는 말인데 저는 거기 수긍할 수가—"지나가던 사람들 몇이 귀부인의 침대로 올라가 그녀를 안은 다음 사라졌다. 왕, 왕비, 얼굴 없는 농부, 쟁기, 토성, 널럴탕면, 무언가를 실수한 앤서빌 시민들, 엄청나게 확대된 울새 한마리가 하늘 높은 곳에서 헤엄치고 있었다. 마침 며칠 전이 어느 록 뮤지션의 기일이었기에 그의 껍질을 벗겨가는 팔뚝들이 좀 있었다.

"자유의지라." 루시가 웃었다. "그런 게 있다면 왜 난 여기서 아무것도 할 수가 없지?"

"뭘 하고 싶은데요?"

"남자친구랑 얘기를 하고 싶어."

"남자친구$가 있군요.("

"응, 그런데 지독하게 말이 없어. 아니, 말이 없는 건 아닌데 도무지 자신에 대해 아무것도 알려주려 하지 않는 사람 있잖아."

"!그 사람만 그런 건 아닐 겁니다."

"응, 걔가 보기엔 어쩌면 나도 그럴지 모르고. 그래서 여기 왔어. 사람들은 보통 때 속마음을 잘 얘기하지 않으니까, 호텔을 지어서 보여주면 걔가 알 수 있을 거라고 생각했거든. 그래서 방을 만들었어."

그녀는 생성실에 들어가면 기분이 좋다고 했다. 하얗고 깨끗한 침대, 뽀득뽀득 소리가 날 것처럼 잘 마른 리넨 시트, 정갈하게 소독된 유리컵 두 개, 그걸 받치고 있는 하얀 종이. 생성실에 가본 적은 없지만 나는 이해할 수 있었다. '그건 아무것도 아닌 사람이 되는 것 같은 느낌이지, 구질구질한 것들을 다 떠나 새로 태어나는 것처럼.' 앤서빌 사람들은 자주 그렇게 말했다. 청결하고 단정한 빈 방에 그들은 매료되었다.

"그런데, 그뿐이었어." 루시가 말했다. "방을 만들었는데, 더이상은 아무 일도 일어나지 않더라. 뭐 그래도 상관은 없지만…… 그러니까 침대 때문인지도 몰라. 침대가 있으니까 자꾸 다른 사람들이 와줬으면 하는 생각이 들어서…… 아, 물론 '그런' 뜻은 아니고." 그녀는 자신에게 당황해 얼굴을 붉혔다.

"남자친구는 당신 호텔&에 왔다갔나요?"

"응." 그녀의 표정이 급속하게 어두워졌다. "살라미, 현실광이라는 게 뭐야?"

정확한 억양으로는 현실광이 아니라 **현실광**이었다. **현실**에만 빠져서 나오지 못하는 사람을 앤서빌 사람들은 **현실광**이라고 불렀다. 하지만 나는 침묵했다. 루시의 기분을 상하게 하고 싶지 않았다.

"걔가 나보고 현실광이래. 내 호텔에 사람들이 오지 않는 것도, 객압이 오나 높아야 십 정도밖에 안되는 것도 그래서래. 난 그냥 내 방 침대에서 그날 있었던 일을 얘기하거든. 내가 느낀 거, 생각한 거. 아니면 그냥 쉬거나 잠을 자. 근데 걔는 내 방이 너무 현실 같아서 재미가 없대."

나는 그런 방들이 더 재미있던데.

"그게 무슨 뜻인지 혹시 알아?"

"그건 당신이 **현실**에 살고 있다는 뜻?입니다."

"하지만 누구나 그렇잖아? 저기 저 사람들도 전부 현실에 살잖아. 그러다 가끔 앤서빌에 들어오는 거고."

나는 고개를 흔들었다. "저 사람들은 **현실**에 살지 않습니다. 앤서빌에 살죠."

루시는 그제야 억양의 차이를 알아차렸다. "**현실**이라는 게 대체 뭐야? 현실하고는 다른 거야?"

"**현실반대선언**이라는 말 들어보셨습니까?"

그녀가 고개를 저었다. 나는 설명했다. 그건 세상에는 하나의 현실만 있다는 생각에 반대해 몇년 전에 제창된 선언이었다. 사람들이 마음을 두고 애착을 갖는 현실은 저마다 다르다. 예를 들어 어떤 사람이 일생 동안 매일 스물네 시간 가운데 열여덟 시간을 어떤 드라마를 보면서 보낸다면, 그 사람에게 중요한 의미를 갖는 현실은 그 드라마 속 세계가 된다. 그것이 책이든, 영화든, 산이든, 장난 감 로봇이든, 단전호흡이든 마찬가지다. 그가 마음을 둔 곳이 그의 현실이다. 그런데 오랫동안 세계는 하나의 특정한 현실만 존재한다는 생각을 가진 사람들이 지배해왔다. 그들은 자신과는 생각이 다른 사람들을 억압하면서 현실로 회귀하고 관심을 가져야 한다는 당위를 강요했다. 그 현실이란 건 루시가 속한 세계였다. 배가 고파지고, 밥을 먹고, 학교에 가고, 일을 하고, 잠을 자는.

루시의 표정이 조금 변했다. "무슨 말인지 알겠어."

"하지만 사람들은 더이상 그런 낡$아빠진 생각에는 동의할 수 없었던 겁니다. 그래서 그 현실에 현실이라는 이름을 붙이고, 그것에 매몰되지 않기로 한 겁니다. 앤서빌 사람들에게는 현실이 절대적인 의미를 갖지 않습니다. 그들에게는 여기\가 현실이니까요."

루시는 한참동안 착잡한 표정으로 생각에 빠져 있었다. "알겠어, 그러니까…… 내가 낡아빠진 사람이라는 거네. 나는 밥을 먹고 잠을 자고 학교에 가는 현실밖에 모르고, 아, 난 지금은 휴학생이지만, 앤서빌에 들어온 지도 얼마 안됐고."

"그런 뜻으로 한 말은 아닙니다. 이름이 좀 세긴 한데요. 현실반대선언은 다양한 현실의 상대성을 인정하자는 게 핵심이지 현실에 무조건 반대하자는 게 아니니까요. 보시면 알겠지만." 나는 손을 들어 마천루 꼭대기 근처를 나란히 떠가는 왕과 왕비를 가리켰다. "저 사람들은 일종의 껍질이지만 현실에 있는 사람들입니다. 모나

코에%서 통치하고 있지요. 앤서빌 사람들은 삶을 영위하기 위해 여전히 **현실**을 필요로 합니다. 슬리퍼를 전혀 벗지 않고 지내는 사람들도 있긴 하지만 그런 사람들은 소수예요."

루시가 얼굴을 찡그렸다. "남자친구는 내가 **현실**을 너무 많이 봤다고 하던데."

"여기 사람들도 많이 봅니다. 보고 많은 이야기를 나누기도 하고요. 단지 주소지가 이쪽일 뿐이죠. 행정상의 문제랄까요. 거기서는 여기의 현실을 보지 않나요?"

"나는…… 전혀 몰랐어. 보고 싶어서 여기 온 거고."

"그렇군요."

"하지만 난 거기 사는데." 그녀는 슬픈 표정을 했다.

"그게 잘못된 건 아닙니다. 사람은 저마다 다른 법이니까요."

"그렇구나. 이제 알겠어. 걔는 나를 만나는 게 아니라 그냥 보는 거구나, 영화를 보듯이." 루시는 슬리퍼를 신은 발을 세차게 흔들었다. 그게 그렇게 슬픈 일일까? 나는 알 수 없었다. 하지만 무언가 위로가 될 말을 찾고 싶었다.

"남자친구도 여기 호텔이 있습니까?"

"아니. 응. 아니. 모르겠어. 슬리퍼도 있고, 앤서빌에 온다는 것도 내가 알거든. 근데 걔 말로는 자긴 호텔이 없대. 유지가 안된다나. 하긴 걔도 다음 학기에 복학하면 사학년이니까 힘들겠지. 하지만 정말 힘들까? 걘 내 전화를 잘 안 받아. 그런 걸 보면 분명히 호텔에 있는 것 같은데, 나한테는 알려주지를 않아."

"찾아보는 건@ 어떻습니까?"

루시가 내 얼굴을 쳐다보았다.

"사는 곳이 다르다고 해서 사람을 사귈 수 없는 건 아닙니다. 그 사람도, 당신이 자기 호텔을 찾아주기를 은근히 바라고 있을지도 모르고요."

그녀가 마침내 웃었다. "그래, 그럴지도 모르겠네." 그녀가 자리에서 일어났다. "만나서 반가웠어, 살라미. 난 이제 가볼게."

"만나서 반가웠습니다, 루시."

그녀는 사라졌고, 나는 점심을 마저 먹었다. 나쁘지 않은 오후였다. 나는 말이 조금 늘었고, 누군가에게 처음으로 연애상담 비슷한 것을 해주었다. 손톱만큼 아쉬운 기분이 들었는데 그 이유는 알 수 없었다. 공원 중앙에 침대가 하나 더 생겼다. 양날개에 날카로운 갈퀴를 장착한 공작새 한마리가 침대에 누워 있다가 일어나더니 모두를 향해 소리쳤다. "나 참 어이가 없어서. 방을 만들려면 자기가 뭔 방을 만드는지는 알아야 할 거 아냐?"

사람들이 공작새를 안으러 침대에 올라가는 걸 보다가 일어섰다. 나는 벌써 다음 점심시간을 기다리고 있었다.

좋은 것들의 방

호텔 샤플라스에서는 좋은 음악이 연주되고 있었다. 로비로 들어서는 순간 온몸이 얼어붙을 것처럼 추웠는데 그랜드볼룸에 들어서는 순간 이유를 알 수 있었다. 침대 위에 삼인조 밴드가 서서 노래하고 있었고 그들의 머리 위에는 거대하고 푸른 얼음덩어리가 둥실 떠 있었다. 거기서 흘러나온 냉기가 방을 가득 채웠다. 차갑긴 했지만 적대적이지는 않은 냉기였다. 눈이 아릴 정도의 그 선명한 푸른색을, 나는 다른 호텔의 다른 방에서 본 적이 있었다. 지금은 모두 녹아없어져버린, 칠레에 있던 빙하였다. 보컬이 통기타를 치며 나지막이 노래를 불렀다. 너는 사라졌고, 나는 남았네. 태양이 너를 찔렀고, 너는 맞서려 했지만, 우우우우 샤라리라리리라— 이제는 들을 수가 없네, 너의 그 푸른 말들. 빙하가 줄줄 녹아내려 옷이 다 젖는데도 밴드는 아랑곳하지 않고 노래를 불렀다.

거기서 뭐 하는 거냐? 말해. 고용주가 명령했기 때문에 나는 줄 맨 뒤로 가서 섰다. 그러나 막 입을 열려는 순간 그 자리에 사람들이 줄줄이 나타나는 바람에 나는 뒤로 벌렁 나자빠졌다.

"빙하가 근사하군요. 인디밴드인가요? 크라잉 니플스를 미학적으로 계승한 것도 같고, 은근히 취하고 있는 **현실적 스탠스도 흥미**로운데요. 계산을 영리하게 했네. 빙하가 그렇게 독창적인 건 아니지만 슬슬 더워지니까 먹히기도 할 테고." 갑자기 나타난 남자가 두 손을 비비며 말했다. 서리가 낀 그의 수염이 눈에 들어왔다. 하슬림이었다. 유명한 사람들은 유명한 호텔에 자주 나타난다. 새까만 이브닝드레스를 걸친 샤플라스가 나타나 솔로 어깨를 감싸며 대답했다. "하슬림님이 모르시는 밴드도 있다니 의외인데요. 이곡 괜찮죠?" 하슬림이 그녀의 뒤에서 말했다. "하하, 저는 사실 음악에 관해서는 전문가가 아닌걸요. 클래식과 재즈와 말롱드리에는 좀 아는 편입니다만." 그의 뒤에서 샤플라스가 손으로 입을 가리며 웃고는 말했다. "사람들이 모두 하슬림님처럼 겸손하고 예의를 알면 좋을 텐데요."

나는 하슬림이 다시 나타나기 전에 샤플라스의 뒤에 가서 섰다. 샤플라스는 추워 보였다. 이마에 뿔이 세 개나 나 있었지만 그녀는 좋은 사람이었다. 앤서빌의 많은 사람들처럼 그녀도 '보는' 사람이었지만, 그녀가 가져오지 않으면 나는 저런 빙하를 볼 수 없다. 샤플라스는 보고 말함으로써 앤서빌에 살지만, 나는 앤서빌에도 살지 않는다…… 나는 누군가가 본 것을 다시 봄으로써 많은 것을 알게 됐지만, 무엇을 볼지 선택할 수는 없다. 말해. 고용주가 다시 명령했다.

나는 입을 열었다. 그리고 음악과 빙하와 칠레와 그랜드볼룸을 채우고 있던 모든 좋은 것들을…… 망쳐버렸다.

세번째 대화

"살라미." 루시가 나를 발견하고 벤치 쪽으로 뛰어오며 외쳤다. 날이 많이 더워져서 루시는 이제 반팔 티셔츠와 긴 스커트 차림을 하고 있었다. 여전히 현실의 옷차림이었지만 더이상 그게 이상하게 보이지 않았다. "만나서 반가워. 잘 지냈어?"

"네." 일주일 사이에 나는 오만삼천팔백마흔여섯 번 죽었고 이만오천칠백일흔두 번 조롱을 당했다. 삼백여든세 명이 나를 기분 나빠 견딜 수 없다는 눈으로 바라보았고 다른 사람들은 나를 그저 지나쳐갔다, 언제나처럼. 하지만 루시를 보는 순간 그 모든 게 괜찮아졌다. 나는 아무렇지도 않게 물었다. "남자친구 호텔은 찾았습니까?"

내 곁에 앉은 루시가 애매한 표정을 지었다. "응. 아니. 응."

"찾았군요."

루시가 후, 하고 긴 한숨을 쉬었다. "잘 모르겠어. 비슷한 사람이 있는 호텔을 찾긴 했는데, 아직 걔라는 확신이 없어서. 혹시 알드리치 백작이라고 알아?"

"네, 그 호텔에 가본 적은 없지만요." 나는 대답하며 생각했다. 제길.

"여기서는 유명한가봐."

"앤서빌에서 알드리치 백작을 모르는 사람은 아마 없을 겁니다." 알드리치 백작, 앤서빌 최고의 칼잡이. 하슬림 같은 하수는 그에게 도전장조차 내밀지 못한다. 나는 샌드위치를 한입 베어물었다. 썩은 맛이 났다.

"굉장히 닮았어. 곱슬머리가 아니고, 안경도 안 썼고, 눈도 빨갛게 물들였고, 그런 날개를 달고 있긴 한데, 목소리가 걔랑 똑같아. 웃을 때 얼굴도 그렇고."

알드리치 백작이 웃기도 하는군요.

"근데…… 잘 모르겠어. 그 사람은 사람을 죽이더라."

나는 루시의 얼굴을 보았지만, 그녀의 마음을 읽을 수는 없었다.

"하루에 한명씩, 아니 어떨 때는 서너 명씩. 침대 위 형틀에 매달아놓고 칼로 찔러서 죽여…… 그걸 즐기는 것 같더라. 아니겠지, 설

마. 그냥 닮은 사람일 거야. 알드리치 백작은…… 무서워. 그 사람 호텔에는 미셸 롤로스를 죽이는 방도 있었어. 미셸 롤로스가 쓴 책을 전부 다 한장 한장 찢어내서 같이 불에 태우던걸. 내가 걔한테 그랬거든, 제일 좋아하는 작가라고. 책을 태우는 것까진, 불쾌하지만 이해는 할 수 있어. 요즘은 다들 태우니까. 나도 솔직히 맘에 안 드는 책들이 가끔 있으니까. 하지만 사람까지 죽일 필요는 없잖아? 아닐 거야. 내가 좋아한다는 걸 알면 그럴 리가 없잖아."

당신은 앤서빌뿐 아니라 사람에 대해서도 잘 모르는군요. 나만큼도.

"사람을 죽이는 게 아닙니다."

"그럼?"

"그건 사본이에요. 원본에서 벗겨낸 껍질이죠. 껍질을 칼로 찌르거나 태운다고 사람이 정말로 죽지는 않습니다. 그렇게 죽는 사본들은 고통을 느끼지 않아요. 고통이라고 해도 찰나의 고통일 뿐입니다. 죽이는 사람도 진심으로 죽이고 싶어하는 건 아니고요."

"하지만 난 아팠는데."

"네?"

"나는 **아팠다고**. 지난번에 네가 다른 사람들의 방에 가서 말을 걸어보라고 했잖아? 그래서 그랬거든. 사십층 정도까지 있는 호텔이었는데, 호텔 이름은 잊었지만 방 호수는 기억나. 278호실이었어. 그 방에서 토론회가 열리고 있더라. 침대 위에는 호텔 주인이랑, 죽은 사람들이 여러 명 서 있었는데…… 익사,였나봐. 얼굴은 없는데 몸의 다른 부분은 전부 통통 불어 있었어. 그래서 내가 사람들 맨 뒤에 서서 얘기했거든."

"뭐라고 하셨습니까?"

"무슨 일인지는 잘 모르겠지만 돌아가셨다니 슬픈 일이라고."

샌드위치를 입으로 가져가다가 나는 손을 멈췄다.

"그랬더니 내 뒤에 나타난 사람이 내 머리를 주먹으로 때리면서 이러더라. '멍청아, 이 방의 주제는 그게 아니잖아. 무슨 일인지 모르면 공부를 해. 사람이 죽었으면 다 용서되냐? 슬프면 다냐고?' 칼이 아니라서 다행이었지만, 하여튼 바로 그 방을 나왔어. 슬리퍼를 벗었는데도 몇시간 동안 아무것도 할 수가 없는 거야."

나는 겨우 말했다. "앤서빌 사람들이 모두 그런 건 아닙니다. 그 사람도 진심은 아니었을 겁니다." 내게 세계를 보여준 사람들을 향해 더 심한 말은 할 수 없었다.

"그래…… 그게 다는 아니겠지. 내가 바보 같아서, 말을 잘 못해서 그렇겠지. 시간이 지나면 나아질까? 어떻게 공부를 해야 할까?"

루시는 침대 벨트 쪽을 보았다. "근데 살라미, 여기 사람들이 사본이면, 저기 저 사람들도 전부 사본이면, 너도 사본이야?" 그녀는 고개를 돌려 내 얼굴을 똑바로 들여다보았다.

나는 대답하지 못했다. 나에 관한 질문에는 대답하기가 어렵다. 부끄럽기 때문이다.

"호텔방에서는 너랑 있을 때처럼 시간이 흐르지 않아. 말을 하면 그 자리에 내가 생기고, 방을 나갔다 다시 문을 열어보면 거기 내가 서 있어. 그게 사본이지? 그런데 여기선 너랑 말하고 있는데도, 봐, 나도, 그리고 너도 그냥 하나잖아. 이스투아 공원에서만 이런 건가?"

"그런 것 같습니다."

"하지만 여기 있는 딴 사람들은 우리처럼 얘기를 안하잖아. 우리가 보이지도 않나봐."

"네." 그게 내가 이 공원을 찾아오는 이유였어요. 여긴 아무 말도 하지 않을 수 있는 곳이니까요. 나는 혼자 있고 싶었으니까요. 그런데 이제 당신이 계속 나를 여기 오고 싶게 만들고 있어요.

"지난번부터 물어보고 싶었는데, 너는 왜 슬리퍼를 안 신어?" 그녀는 내 맨발을 보며 물었다.

"저는……" 나는 고개를 떨어뜨렸다. "저는, 여기에 속하지 않습니다."

"정말? 그럼 어디 사는데?" 내가 대답하지 않자 루시는 장난기 어린 표정으로 나를 보았다. "내 호텔에 놀러 오지 않을래?" 그녀는 두 팔을 가지런히 내리고 내 쪽을 향해 가슴을 내밀었다. "뭐 어때. 여기서는 싫어하는 사람끼리도 끌어안잖아. 누군지 모르겠지만 참 생각 잘한 거 같아. 안 그랬으면 더 무서운 곳이 됐을 텐데."

나는 당황해 입술을 깨물었다. "그럴 수는 없습니다." 심장이 빠르게 뛰기 시작했다.

그녀의 표정이 실망으로 물들었다. "왜? 내가 현실에 살아서?"

"아닙니다."

"내 남자친구가 알드리치 백작일지도 모르니까?"

"아닙니다. 그런$$$$$$$$$$$$$$$$ 게 아니에요%%%%\\\\\$$$$$. 아르$$$$$$$$$$$$$$$$$$$$$###%%%%%%%%%%%%&&&&&&&&&

&&&&&&&."

"괜찮아?" 그녀가 내 등을 두드리려고 했다.

"손대지 마요." 내 입에서 말이 제멋대로 쏟아져나왔다. 쌘드위치 조각이 땅바닥에 떨어져 나뒹굴었다. 나는 그것을 보며 한참동안 숨을 몰아쉬었다. 가슴이 답답했다. 머리로 피가 확 쏠렸다. 고개를 들었을 때 루시는 자리에서 일어나 있었다.

"미안해. 난 그냥…… 내 방을 보여주고 싶었을 뿐인데. 기분 상했나보구나."

나는 그녀의 얼굴을 올려다보았다. 그녀가 슬픈 얼굴로 말했다.

"그럼…… 난 다시 남자친구나 찾아볼게."

그리고 그녀는 사라졌다.

빌어먹을.

무능에 관하여

축제다. 32번가, 호텔 알드리치. 고용주가 명령했다. 다음 순간 나는 32번가에 서 있었다. 알드리치 백작의 호텔은 앤서빌에서 가장 높은 호텔들 중 하나였고, 최근에는 1,084층까지 올라가 있었다. 최근의 어떤 유행도 따르지 않은, 다소 옛날식이라고도 할 수 있는 그 호텔의 건축양식을 사람들은 '클래식'이라고 불렀다. 32번가 중앙대로에서 언덕 위의 호텔 입구까지 달려가는 데에만 한참의 시간이 걸렸다. 매일 수만명이 이 언덕길을 오르내리는 수고를 감내

하며 새하얀 대리석으로 지어진 알드리치의 호텔에 드나들었다. 간신히 입구에 도착한 나는 자동문으로 다가가 들어가려다가……

뒤로 물러섰다.

뭐 해? 어서 들어가. 201호다.

나는 다시 자동문으로 다가가 들어가려다가……

뒤로 물러섰다.

불복종인가? 찢어버린다. 천둥 같은 목소리가 나를 때렸다.

이건 공평하지 않다고, 나는 생각했다. 나는 자동문으로 다가가 들어가려다가……

뒤로 물러섰다. 너무도 두려웠다.

멍청한 놈. 나는 너한테 중식에다가, 매일 한시간의 자유를 제공했다. 이럴 때 쓰라고 말이지. 하루가 다르게 호텔들이 영리해지고 있으니 너도 대비를 해야 할 거 아냐? 그런데 넌 그걸 공원에 앉아 어떤 계집애 유령이랑 얘기하는 데 다 써버리더군. 이제 알겠다. 네놈은 그냥 무능한 거야. 이렇게 한치 앞도 내다보지 못하잖아? 무능한 놈은 가치가 없어.

나는 마음속으로 고용주에게 빌었다. 들어가겠습니다. 들어갈게요. 그러고는 눈을 딱 감고 자동문을 향해 달려갔다. 자동문이 활짝 열렸다. 거기에는 연미복을 입고 작은 칠판을 든 검은 염소 한마리가 뒷다리로 서 있었다. 염소가 나를 보더니 제 손에 든 칠판을 가리켰다. 거기에는 하얀 분필로 질문이 씌어 있었다. 염소가 붉은 눈을 이리저리 굴리며 갈라지는 목소리로 말했다.

"대답하십시오."

그러나 할 수 없었다. 고용주의 말대로 나는 무능했다. 내 무능이 두려워 뒷걸음질칠 수밖에 없었다. 자동문이 도로 닫히며 윙, 바람이 일어났다.

열 걸음쯤 뒤로 비칠비칠 걸어나왔을 때 고용주가 말했다. **갈기갈기 찢어주마.** 나는 차라리 죽을 수 있기를, 내가 매일 수백 수천 번 죽듯 죽을 수 있기를 소망했다. 그런 고통은 찰나니까. 그다음엔 다시 살아날 수 있으니까. 그러나 고용주의 번개는 매번 내게 죽음보다 더한 고통만 선사할 뿐이었다. 내가 두려움에 떨며 마지막으로 본 것은 호텔 알드리치 일층의 갈색 통유리 건너편에 서 있는 낯익은 소녀의 얼굴이었다.

루시.

그 순간 번개가 내리꽂히며 나를 수천 조각으로 찢어놓았다.

네번째 대화

"살라미."

루시가 눈을 동그랗게 뜨고 말했다.

"루시."

"오랜만이야. 얼굴이 왜 그래? 무슨 일 있었어?"

"아닙니다. 그냥 좀 바빴습니다."

나는 온몸이 갈기갈기 찢긴 채 산 것도 죽은 것도 아닌 상태로 삼주간 앤서빌 허공을 이리저리 떠돌아다니다가 며칠 전 봉합되었다. 아무도 나를 보지 못했고 내가 울부짖는 소리를 듣지도 못했다.

마지막 기회다. 다음번에 또 무능하게 굴면 그땐 앤서빌에 있는 너의 모든 사본을 원본으로 만들어버리겠어. 영원히. 그게 무슨 뜻인지 알아?

고용주는 그렇게 말했고, 무슨 생각에선지 그날은 내 주머니에 핫도그를 넣어주었다. 나는 공원에 들어서자마자 허겁지겁 핫도그를 꺼내 비굴한 개처럼 씹어삼켰고, 점심시간이 끝나자 묵묵히 고용주의 명령에 복종했다. 하지만 핫도그는 하루뿐이었고, 그 다음날부터는 다시 샌드위치였다.

"점심은 다 먹었어?"

"네." 나는 부끄러움을 느끼며 대답했다.

삼주가 지났지만 루시는 여전히 변한 게 없었다. 아직도 신체 변형을 하지 않았고, 꽃무늬가 들어간 짤막한 여름원피스를 입고 있었다. 그녀는 예쁘지 않았다. 아름다웠다.

"지난번에는 미안했어, 내가 잘 모르고."

"아닙니다. 제 잘못이었습니다."

"혹시 얼마 전에 호텔 알드리치에 있지 않았어? 멀리서 본 것 같은데."

"아닙니다. 닮은 사람이었을 거예요."

나는 고개를 떨구며 말했다. 호텔 알드리치에는 다시 가고 싶지 않았다. "어떻게 지내셨습니까?"

"나도 바빴어. 취업준비 시작했거든. 여기저기 학원도 다니고, 자격증도 몇개 따야 해. 다음 학기에 복학하면 수업 듣느라 정신없을 테니 미리미리 해놔야지. 어쨌든 나는 현실에 사니까." 그녀가 한숨을 내쉬었다.

"그렇군요."

"아르바이트도 하나 시작했어."

"어떤?"

"회사 기획실에서 서류보조."

"잘됐네요. 거긴 어떤 곳이에요?"

"앤서빌이랑 비슷해. 다들 뭔가 열심히 붙잡으려고 하고, 그게 나한테는 진심으로 보이고, 그러면서 다들 재미도 느끼는 것 같고. 그런데 난 따라가기가 힘들어. 점심시간만 좋아, 여기처럼." 루시 는 그렇게 말하면서 멀리, 호텔 유니스의 옥상 근처를 쳐다봤다. 내 게는 힘을 준 그녀의 마지막 말만 또렷하게 들렸다. 루시는 그냥 친절한 사람이어서 그런 말을 하는 거라고 나는 생각하려 애썼다. 아니, 그녀는 정말 친절하고 착한 사람이 맞을까? 저건 진심일까? 그냥 하는 말일까? 진심이면서 그냥 하는 말일까? 가슴이 아린 건 지 두근거리는 건지 알 수 없었다. 그녀가 나를 보며 다시 물었다. "살라미, 너도 학생이야? 알바 하는 거야?"

"아닙니다."

"그럼 혹시 군인?" 루시가 웃었다. "말투로 봐서는 군인인데. 하 긴, 군인이 이렇게 자주 올 수는 없겠지. 하지만 너는 말을 참 잘하 는 것 같아. 딴 사람들과는 달라. 어떤 사람들은 굉장히 멋진 언어 를 쓰는데 알아듣기가 되게 어렵거든. 알아듣는다 해도 기분이 나 빠지고. 하지만 네 말은 아주 부드럽고, 똑같은 개념을 설명해도 이 해하기 쉬워. 난 너랑 말하는 게 좋아. 너처럼 말할 수 있으면 좋겠 어."

"고맙습니다. 하지만 저는 무능합니다."

"누가 그래?"

나는 대답하지 않았다.

"너네 고용주가?"

"네."

"고용주 말은 듣지 마. 사장들은 바보야."

"하지만 저는 누구나 하는 일을 할 수 없습니다."

"이를테면?"

"질문에 대답하는 것."

루시가 웃음을 터뜨렸다. "넌 지금 내 질문에 아주 잘 대답하고 있는데?"

"여기서는 그럴 수 있습니다. 이 공원이고, 당신이기 때문이에요. 하지만 여길 나가면 저는 어떤 질문에도 대답할 수 없어요. 당연히 해야 하는 일인데 말이에요. 자유의지가 없기 때문이에요."

루시가 이해할 수 없다는 표정을 했다. "자유의지라면…… 네 점심?"

"네."

"먹으면 자유의지가 생기는 거 아니야?"

"그렇지만 칠판에 적힌 질문을 볼 때쯤이면 다 없어져버립니다. 소모되는 거죠." 나는 내가 루시와 말하면서 그걸 소모하고 있다고는 생각하고 싶지 않았다.

"잠깐만, 질문이 칠판에 적혀 있다고?" 루시가 눈썹을 찡그렸다. "그게 뭐지." 그녀는 이상하다는 듯 다시 물었다. "살라미, 너는 그 질문에 대답하고 싶니?"

나는 잠시 충격에 휩싸여 있다가 가까스로 대답했다. "아닙니다. 대답하고 싶지 않을 때가 더 많아요."

"그럼 그건 못하는 게 아니잖아?"

"무슨 말인지 잘 모르겠습니다."

"대답하고 싶을 때 대답하고, 대답하기 싫을 때 안하는 게 자유 의지잖아. 너는 하기 싫을 때 안하고 있는 거고."

나는 두 손을 외투 주머니에 넣고 주먹을 쥐었다. 온몸에 소름이 돋았다.

"아닙니다. 안하는 게 아니에요. 못하는 겁니다. 해야 하는 일이 에요. 하지 않으면 안돼요."

"너네 사장이 그 질문에 대답하라면서 점심을 주는 거야?"

"네."

"누군가가 강요한 자유의지도 자유의진가?"

"네? ……저는…… 질문에 대답할 수가 없어요. 왜냐하면 저는 무능하고…… 대답하기 위해서는 자유의지가 있어야 하는데…… 제겐 그런 게 없습니다. 그렇기 때문에 저는 무능하고…… 무능하 기 때문에 자유의지가 없고…… 자유의지가 없기 때문에……"

"아니라니까. 넌 지금 논리의 오류에 빠졌어. 여기 어떤 사람들 이 사람을 옭아매서 죽일 때 쓰는 거랑 똑같은 오류잖아. 그건 함 정이야."

"하지만 저는 무능하고……" 나는 앞뒤로 몸을 흔들기 시작했다.

"살라미, 네 무능에 대해선 잠시 잊어. 그 질문에 대해 좀더 말해봐. 어떤 질문인데?"

"그건……" 나는 눈을 감았다. "그 질문은, 저를 두렵게 합니다."

"왜?"

"무의미하기 때문이에요."

"무의미." 루시의 목소리가 아주 먼 곳에서처럼 들려왔다. "살라미, 무의미는 의미로 바꿀 수 있어. 내 **현실**도 무의미에 가깝지만, 잘 찾아보면 거기에도 의미가 있거든. 사람은 누구나 그럴 수 있는 거 아닐까?"

"하지만." 나는 루시에게 말했다. "저는 사람이 아닙니다 $$$$$$$."

루시의 눈이 조금 커졌다. 하지만 그녀는 뒤로 물러나진 않았다.

"루시, 하나만 물어봐도 됩니까?"

"응."

"남자친구가 알드리치 백작입니까?"

그녀는 한참동안 말이 없다가 대답했다.

"……응."

"그 사람을 사귀는 건 당신의$$$$$ 자유§§§§의지인가요?"

루시는 말없이 내 얼굴을 들여다보았다. "살라미, 넌 정말 이상한 애야."

당신도 이상한 사람이고요.

"미안."

"!아니에요. 제가 미안합니다\\\."

"살라미, 나는…… 너는 앤서빌에서 유일하게 내가 얘기할 수 있

는 사람이야. 너는 여기 호텔이 없지?"

여기는 아니지만 나도 어딘가에 살아요. 하지만 당신의 호텔 같은 곳은 아니에요. 당신이 나를 안으면 거기 올 수 있지만, 그럼 당신은 두번 다시 나와 얘기하려 하지 않겠죠.

"그리고 내 호텔에는 놀러 오고 싶지 않고."

"………"

"대답해줘."

내가 당신을 안으면 그곳에 갈 수 있겠죠. 그곳엔 예의로 치장한 칼부림과 예의로 치장하지 않은 칼부림, 피와 싸움과 무의미와 죽음이 아니라 다른 것들이 있을 거예요. 이야기, 당신이 만든 이야기가 있겠죠. 듣고 싶지만 나는 갈 수 없어요. 거기 들어가는 순간 모든 것을 망쳐버릴 테니까. 언제나 그랬던 것처럼.

"……네, 가고 싶지 않습니다."

"그렇구나. 그래도 가끔 여기서 볼 수는 있겠지?" 루시는 자리에서 일어섰다.

"네$$$$."

나는 그녀가 내민 오른손을 잡았다. 친구의 악수였다.

"다음에 또 만나."

루시는 입술을 움직여 조금 웃고는, 몸을 돌려 공원 한복판으로 걸어갔다. 그러고는 침대들 한가운데를 헤치고 들어가더니, "그 문제는 그렇게 감정적으로 접근해서는 안된다니까. 아무리 말해도 못 알아먹는 몇몇 병신을 위해서" 하고 펄쩍펄쩍 뛰는 물개가 있는 침대로 올라갔다. 물개를 두 팔로 껴안은 그녀가 토실토실한 갈색 지방덩어리 속으로 흡수되어 사라졌다.

점심시간이 끝났고, 나는 그녀가 다시 오지 않을 것임을 알았다.

숲

나는 묵묵히 일했다. 오지 않을 루시를 기다리고 싶지 않아서 더 이상 이스투아 공원에는 가지 않았다. 점심시간이 되면 공원의 반대쪽, 전나무가 울창한 숲으로 걸어들어갔다.

만년설이 쌓인 숲속을 걸으면 발밑에서 뽀득뽀득 소리가 났다. 날짜와 관계없이 늘 겨울인 숲이었다. 언제나 입어야 하는 내 낡고 두툼한 외투를 거기서는 버거워하지 않아도 되었다. 앤서빌 사람들은 그곳을 '호텔리스 집합소'라고 불렀다. 어떤 나무에도 객압계는 걸려 있지 않았지만 그 숲속을 많은 사람들이 걷고 있다는 게 느껴졌다. 호텔이 없는 사람들. 보이지 않는, 말할 수 없어서 존재할 수도 없는 사람들. 앤서빌에서 사람들은 호텔을 갖고 말함으로써 자신을 증명해야 존재할 수 있는 것이다.

단지 네 번 만났을 뿐이다. 무언가가 증명되기엔 너무 적은 수치다. 그렇지 않은가. 나는 스스로를 그렇게 납득시켰다. 지금 이 감정도 결국 껍질일 뿐이라고 현실적으로 생각했다. 아니, 감정이나 생각이라는 것 또한 찰나의 오작동일지도 모른다. 나는 그저 고되고 하기 싫은 노동에 지쳐 미쳐가고 있을 뿐이다.

가장 큰 전나무 밑에 구멍을 파고, 외투 주머니에서 점심을 꺼내 그곳에 묻었다. 매일 구멍을 파고, 점심을 떨어뜨리고, 구멍을 메웠다. 점심들이 차곡차곡 쌓여갔다. 하지만 먹고 싶다는 생각은 들지 않았다. 배가 고프지 않았다. 고용주는 전과 다름없이 하루에 한시간의 자유를 주었지만 나는 숲에서 나가지 않았다. 숲속을 뱅글뱅글 돌며 걷거나 나무둥치에 죽은 사람처럼 앉아 있었다.

이슈

소문이 들려온 건 석 달쯤 뒤였다. 처음에는 8번가의 몇몇 호텔에서만 그 이야기가 들려왔지만, 시간이 가면서 그것은 12번가, 24번가, 35번가, 60번가를 거쳐 증폭되며 퍼져나가기 시작했다. 사람들은 소문에 참여하기 위해 아무 방이나 들어가 줄을 섰고, 결국에는 서로의 입에서 그 소문을 끄집어냈다.

"알드리치 백작이 대통령 모욕죄라고요?"

"제가 그 방에 있었는데, 제가 보기엔 모욕도 아니던데요. 그냥 쎄일러복을 입힌 대통령을 침대 위에 세워놓았을 뿐이었어요."

"하! 하지만 그 정도는 누구나 다 하는 거잖아요."

"그러게요. 칼로 찌른 것도 아니고, 해머로 때린 것도 아니고, 그냥 쎄일러복을 입힌 건데."

"쎄일러복이면 대통령한테는 과분한 옷이죠."

"심지어 뭘 어쩌자고 그런 것도 아니잖아요. 그런 것도 못하면 어쩌라고요?"

"호텔심의위원회라는 게 놀고먹는 부서만은 아니었군요."

"아니, 놀고먹는 거 맞아요. 최근에 만든 게 아니라 몇달쯤 전에 만들어놓은 방이에요. 이제 와서 뒤늦게 찾아낸 거죠. 게으른 놈들이에요. 정말 답이 없다니까."

"그 방은 그럼 접근금지겠네요?"

"그렇죠. 밖에서 차단한 거니까, 호텔 주인도 못 들어가죠, 좌표가 무효화되니까. 어디로 갔는지 어떻게 알겠어요."

"근데 왜들 이렇게 난리래요? 옛날부터 그런 일은 종종 있었잖아요."

"그 방에 백작 여자친구가 같이 갇혔대요."

"아, 현실광이라는 그 여자?"

"네, 우연히 그 방에 있었나봐요. 그런데 그때 심의위에서 방을 닫아버린 거예요."

"헉, 나이스 타이밍이네. 그 여자가 그렇게 현실스럽다는 게 정말이에요?"

"그런가봐요. 저도 보진 못했어요. 듣기론 지잡대 휴학생이라던데."

"알드리치 백작 그렇게 안 봤는데 참…… 정말 의외라니까. 그런데 그게 무슨 문제예요? 그 방에다 무슨 중요한 말이라도 해놨대요?"

"그 여자가 갇혔는데, 현실에서도 사라졌대요."

"엥?"

"차단 먹은 거 알고 나서, 알드리치가 앤서빌 밖으로 나가서 심의위 껍질 갖다 썰려고 이것저것 알아보는데, 아무 번호도 안 찍힌 전화가 걸려왔대요. 받아보니 여자친구였는데, 자기가 지금 호텔에 갇혔다고 했다지 뭐예요."

"그게 뭐야."

"그래서 알드리치가 여자친구한테 다시 전화를 했는데, 연락이 안되더래요. 그쪽에서도 전화가 걸려오지 않고. 여자친구네 현실 집에 찾아갔더니 그 여자 부모님이 난리를 치더래요. 책상 앞에 앉아 슬리퍼를 신은 채 눈을 감고 있던 딸이 스르르 사라지는 걸 봤다고, 반쯤 미쳐서 소리를 질러대더라나."

"호텔에서 슬리퍼를 벗으면 되지 않나?"

"해봤는데 그래도 안됐대요. 그러니까 미스터린데요. 아무리 봐도 난 그 여자랑 그 여자 부모가 짜고 알드리치 엿먹이려고 그러는 것 같거든요. 그 말이 사실이려면 현실과 현실이 일치해야 되는 건데, 상식적으로 그게 말이 돼요? 현실스러운 여자들이 앤서빌이나 호텔을 진심으로 대한다는 말은 들었지만……"

"진심이라, 나도 다 진심으로 대하는데요? 세상에 진심이 어디 있어요? 각각 다른 진심들이 있는 거잖아요."

"그러니까요! 알드리치 말로는 그 여자가 평소에도 앤서빌에서 누구한테 맞으면 아프다고 종종 그랬다네요. 마치 자기는 혼자 진짜고 사본이 아닌 것처럼."

"허…… 진짜 곤란한 사람이네요. 적응하려는 노력도 안하고 아프다고만 한다고요? 왜 우리를 싸잡아 이상한 사람들로 만들죠? 어디서 맞고만 살았나?"

"알드리치가 지금 그 얘기를 하늘에 띄워놨어요. 조언을 구한다면서."

"그럼 거기나 가죠. 어차피 할일도 없잖아요."

"그러자고요."

"근데 그 여자 얼굴이 궁금하긴 해요."

"저도요. 이제 변형 안한 여자들이 대세가 되는 걸까?"

방에서 방으로 이리저리 뛰어다니는 동안 그 이슈의 여러 버전을 확인했다. 86번가, 124번가, 다시 5번가, 31번가, 70번가. 앤서빌 전체가 하나가 되어 들끓고 있었다.

고용주가 던져놓은 거리에서 호텔로 달려들어가는 짧은 순간, 나는 하늘을 올려다보려고 애썼다. 믿을 수 없었지만, 몇번을 보아도 사실이었다. 거기에는 검은 날개를 달고 붉은 망또를 걸친 앤서빌 최고의 칼잡이 알드리치가 한 손에는 위풍당당한 장검을 들고, 다른 손으로는 원피스를 입은 소녀의 허리를 감싸고 허공에 뜬 채 하늘을 헤엄치고 있었다. 하지만 소녀는 루시로 보이지는 않았다. 얼굴이 없었고 몸 여기저기가 앤서빌적으로 보기좋게 과장되어 있었다.

까마득히 솟은 수십채의 호텔 옥상에서 팔뚝들이 튀어나왔다. 수백개의 손가락들이 그와 그녀의 껍질을 벗겨갔다. 시간이 흐름에 따라 그들이 조금 이동하면 그쪽에 있는 호텔들이 팔뚝을 뻗었다. 몇시간이 지나자 그들을 붙잡기 위해 올라간 팔뚝들은 수천개로 늘어났다.

목소리

점심시간이 찾아오자마자 전나무숲으로 달렸다. 눈 쌓인 나무 밑을 정신없이 파냈다. 흙은 아직 차가웠고, 그 밑의 점심들은 그대로 있었다. 나는 숨을 힘껏 들이쉰 다음, 쌘드위치 포장지를 벗겼다. 화가 났다. 차갑고 오래된 빵을 정신없이 입에 밀어넣으며 나는 생각했다. '말도 안돼. 루시는 아무 잘못도 없잖아. 호텔심의위원회에 항의하고 싶어. 루시를 꺼내주고 싶어.' 하지만 그건 너무 큰 문제였다. 나는 **현실**에 살지조차 않았다.

그래서 나는 생각을 바꾸기로 했다.

'얘기하고 싶어.'

하지만 아무 일도 생기지 않았다. 그래서 나는 쌘드위치 한개를 더 먹었다.

'루시와 얘기하고 싶어.'

여전히 아무 일도 일어나지 않았다. 나는 쌘드위치 한개를, 또 한개를, 또 한개를, 꾸역꾸역 입에 밀어넣었다. 입을 대기 전에는 배가 터질 것 같다고 생각했지만, 맛없는 양상추와 짜디짠 살라미햄이 들어간 쌘드위치는 신기하게도 계속 입으로 들어갔다. 나는 석 달 동안 굶었기 때문에 배가 고팠다.

'나는 루시와 얘기하고 싶어. 만나고 싶어.'

스무 개쯤 쌘드위치를 먹다가 나는 슬퍼졌다. 이게 다 무슨 소용일까? 그녀와 어떻게 얘기한단 말인가? 마지막으로 본 것도 석 달

전이었다. 나는 눈과 흙과 발싸믹쏘스가 묻은 오른손을 들여다보았다. 이 손으로 그녀의 손을 잡았다. 그렇게 수많은 사람들을 안았고 그 속으로 스며들었지만 누군가의 손을 잡아본 적은 없었다.

내 손에는 껍질 같은 기억이 희미하게 묻어 있었다. 이상했다. 껍질은 왜 언제나 슬픈 것일까? 나는 의미없는 손금들이 가득한 손바닥을 바라보며 거기서 무언가를 복원해내려고 무용한 시도를 하고 있었다. 작고 따뜻한 루시의 손. 손톱은 둥글다기보다 네모졌고, 손가락은 그렇게 길지 않았다. 그녀의 팔에는 현실 같은 솜털이 나 있었고 그 위에는 작은 미끄럼틀을 닮은 어깨가 있었다. 나는 그녀의 얼굴을 안다. 아이처럼 똑바로 내린 앞머리와 맑은 갈색 눈과 통통한 뺨.

청바지, 카디건, 티셔츠, 원피스, 킥킥대는 웃음, 휴학생, '놀러 오지 않을래?' '나는 놓을래' 미셸 롤로스 '발바닥에 쫙' 회사 기획실 서류보조, 알드리치 백작, 남자친구, 현실광, '여기 좀 앉아도 돼요?' '그건 뭐예요?' '괜찮아요?' '어떻게 그렇게 해요?' '내가 낡아빠진 사람이라는 거네' '내가 좋아한다는 걸 알면 그럴 리가 없잖아' '살라미, 넌 정말 이상한 애야',

다음에
또 만나.

그 순간, 나는 들었다.
'살라미?'

'루시?' 나는 쌘드위치를 떨어뜨렸다. '지금 어디 있어요? 어떻게 된 거예요?'

'살라미! 어떻게 너랑 얘기할 수 있지?'

'그건 나중에 생각해요. 거기 몇호실이에요?'

'모르겠어. 방 번호는 의미가 없어. 방이 이리저리 움직이고 있거든. 그게 느껴지긴 하는데 여기가 어딘지는 모르겠어. 들어왔더니 갑자기 문이 없어져버렸어, 창문도 없어졌고. 사방이 그냥 전부 벽이야. 하얀 벽.'

'말하지 마요. 거긴 방이잖아요. 말할 때마다 사본이 생길 거예요. 그냥 생각만 해요, 지금처럼.'

'응.'

'그 안에 누구누구 있어요?'

'대통령 사본하고, 이백명쯤 되는 다른 사람들 사본들하고. 내 남자친구 사본도 있고.'

'그 사람들, 안아봤어요?'

'해봤어. 안돼. 전부 닫혀 있어. 하나하나 전부.'

아.

'그리고 방이 줄어들고 있어.'

……뭐?

'사방에서 벽이 막 다가와. 벌써 몇명은 자기들끼리 밀리다가 터져죽었어. 들어서 옮기려고 해봤지만 움직일 수가 없었어. 아, 진짜가 아니어도 이건…… 아니, 이건 진짜야, 살라미. 너무 끔찍해. 남자친구는 내 말을 안 믿는 것 같아. 여기 전화기로 전화하다 끊어

졌는데 그뒤로 불통이 됐어.'

'그 방, 직사각형이에요?'

'응? ……아, 아니. 아니야. 정사각형에 가까운 것 같아.'

'루시, 침대를 옮겨야 돼요.'

'침대를?'

'침대를 들어서 비스듬히 옮겨요. 방 모서리에 걸리게 대각선 방향으로. 할 수 있겠어요?'

'해볼게.'

루시가 상처입은 짐승 같은 소리를 냈다.

'위에 대통령이 있어서 너무 무거워.'

빌어먹을!

'최대한 힘을 내요. 그리고 다 되면 침대 밑에 들어가요. 나오지 말고 가만히 있어요. 내가 금방 갈 테니까.'

'살라미, 네가 여길 어―'

'루시?'

'………'

'루시?'

나는 허겁지겁 샌드위치 한개를 더 먹었다. 그리고 또 한개를. 하지만 그것으로 끝이었다. 목소리는 돌아오지 않았다.

나는 도굴의 신이 된 양 나무 밑을 파헤쳤다. 그리고 땅속에 있는 모든 샌드위치를 걸신들린 괴물처럼 먹었다. 석 달치 점심이 남김없이 뱃속으로 들어갔을 때, 나는 자유시간이 끝났음을 알았다.

고용주가 말했다. 찾아라. 축제다. 145번가, 호텔 크라드.

나는 생각했다. 싫어.

다음 순간, 나는 그 자리에 있었다.

고용주가 당황해 소리질렀다. 뭐야? 이게 무슨 일이야?

나는 생각했다. 32번가, 호텔 알드리치로 가고 싶어.

다음 순간, 나는 32번가 중앙대로에 있었다. 언덕 위에 우뚝 솟은 대리석 건물을 향해 나는 전속력으로 달리기 시작했다.

질문과 대답

자동문으로 달려가는 동안 고용주는 폭풍을 삶아먹은 개처럼 노호하며 쉬지 않고 명령을 내질렀다. 찾아라. 축제다. 82번가. 아니, 70번가, 호텔 흑월관. 18번가, 호텔 레일럿. 이게 뭐야? 너 내 말 듣고 있는 거야?

나는 생각했다. 듣고 싶지 않아.

그러자 명령은 꺼졌다. 고용주가 계속 뭔가를 소리치고 있다는 건 느껴졌지만, 내 귀는 그것을 듣기를 거부했다.

나는 자동문 앞으로 다가갔다. 윙, 바람이 일며 문이 열렸다.

거기 내가 가장 두려워하는 것이 있었다. 연미복을 입은 검은 염소가 칠판을 들고 서 있었다. 그 칠판에는 질문이 씌어 있었다. 나는 다시 닫히려는 자동문을 몸으로 막으며 질문을 천천히 읽었다.

야, 거기 너.

버러지, 기생충, 똥 만드는 기계. 네가 과연 다음 문자열을 읽을 수
나 있겠냐?

할 수 있으면 해봐 이 쓰레기 쉐키야.

AE2KMLT

염소가 붉은 눈으로 노려보며 말했다.

"대답하십시오."

나는 두 눈을 질끈 감았다. 대답해야 한다. 하지만 할 수 없다. 왜
냐하면 저것은 무의미한 문자열이니까. 내 입에서 나오는 것과 똑
같이 무의미하고 가치없는 것이니까. 대답할 수 없기에 나는 무능
하다. 나는 무능하기에 대답하지 못한다. 나는 자유의지가 없다. 대
답해야 하는데.

나도 모르게 한걸음 뒤로 물러났다. 윙, 자동문이 닫혔다.

아냐.

도와줘, 루시.

난 너랑 말하는 게 좋아.

대답할 수 있다.

너처럼 말할 수 있으면 좋겠어.

왜냐하면 대답하고 싶기 때문이다. 루시가 저 안에 있고, 나는 그
녀에게 가고 싶기 때문이다.

살라미, 무의미는 의미로 바꿀 수 있어.

문으로 돌아갔다. 염소가 연미복 꼬리를 휘날리며 나를 다시 막
아섰다.

잘 찾아보면 거기에도 의미가 있거든.

나는 칠판을 보았다.

TALK2ME

그건 무의미로 위장한 의미였다. 그것이 어쩔 수 없이 무의미의 껍질을 입고 있음을 이해하자 그 껍질을 외면하지 않고 볼 수 있었다. 나는 염소를 향해 천천히 한글자씩 읽었다.

"호텔 알드리치에 오신 것을 환영합니다."

염소가 이렇게 말하고는 펑 소리와 함께 사라졌다.

정신을 차려보니, 자동문은 더이상 움직이지 않고 활짝 열린 채 멎어 있었다. 나는 내가 들어갈 수 있다는 걸 알았다. 두려움이 사라졌기 때문이다.

나는 사람들이 가득한 로비를 가로질러 계단 쪽으로 달렸다.

몇층으로 가야 하는지 알 수 없었다. 무턱대고 계단을 뛰어올랐다. 몇달 전이라고 했으니 낮은 층에 있는 방들은 아닐 것이다. 계단은 내 발을 아프게 했다. 내 다리와, 팔과, 근육과, 뼈와, 심장과 허파를 아프게 했다. 하지만 무엇보다도 발바닥이 아팠다. 슬리퍼를 신지 않았기 때문이다. 내가 사람도 앤서빌 시민도 아니기 때문이었다.

나는 못이다. 호텔에 기생하며 사람들의 방에 달라붙어 광고를 도배한다. 일단 방에 달라붙으면 그럴 수밖에 없다. 나는 모두가 싫어하고 밟고 깔아뭉개 죽이고 싶어하는 존재다. 아니, 어쩌면 차라리 그것이 나의 희망이다. 나는 대체로 무시당한다. 좋아하지 않는 일을 하며 살아야 하는 건 모두의 어쩔 수 없는 숙명이라고 앤서빌 사람들은 말하지만, 그 말을 긍정한다고 해서 무의미하고 부끄럽다는 생각이 사라지지는 않았다. 하지만 내가 할 수 있는 일은 그것뿐이잖아! 헐떡거리며 나는 생각했다.

호텔용으로 새로 개발된 삼차원 스팸봇. 나는 하루에 일만여개의 방을 방문하고 삼만여건의 광고를 하며, 정밀한 검색기능이 있어서 어디로든 뚫고 들어가 무엇이든 찾을 수 있다. 고용주가 내게 **찾아라** 명령을 내리면……

나는 계단참에 멈춰섰다. 계단들이 울렁거렸다. 누군가가 가슴속 계단들을 쿵쿵 밟고 뛰어올랐다. 다시, 너무도 두려웠다.

그렇지만 나는 숨을 고르고, 내게 명령했다.

찾아라.

그리고 다음 순간, 나는 그 방에

물컹한 머리와 팔과

슬리퍼와 슬리퍼와 슬리퍼와

쎄일러복을 입은 대통령의 다리와 알드리치 백작의 장검 사이에

수많은 사람들의 부서진 잔해 속에

있었다.

다시, 노동

축제다. 그것은 내가 매일 대하는 노동의 현장이었다. 다만 작업장이 지나치게 좁아 숨이 막혔고, 사람들이 더이상 아무 소리도 내지 못한다는 게 달랐다. 나는 눈앞을 막아선 사람들의 잔해를 두 손으로 파헤쳐 침대가 있으리라고 짐작되는 곳까지 길을 뚫었다. 간신히 침대의 아래쪽 프레임이 드러났다. 고양이처럼 엎디면 사람 하나가 겨우 들어갈 만한 공간이 보였다. 침대 밑에서 누군가가 내 발목을 만지는 바람에 나는 하마터면 소리를 지를 뻔했다.

'루시!'

'살라미.'

벽이 다가오는 소리가 아주 가까운 곳에서 들렸다.

'말하지 마요. 거기 그대로 있어요. 눈을 감아요. 귀를 단단히 막아요. 지금부터 좀 시끄러울 거예요. 알겠어요?'

'응.'

나는 거대한 쌘드위치에 낀 햄조각 같은 꼴이었지만, **축제다.** 될 수 있는 대로 크게, 빨리, 효과적으로, 무엇보다 많이, 해야 한다. 그리고 이번에는 다른 것도 중요하다. **강력하게.**

나는 입을 열어 소리치기 시작했다.

"♡♡♡♡♡♡♡♡♡♡♡♡♡♡♡♡♡♡♡♡♡♡♡ ♡♡♡♡ 사랑을 원하나요? 그럼 안아~♡ 주세요~♡ ♡♡♡♡ ♡♡♡♡ 화끈한 밤! 꽂히는 밤! 특별한 대화와 만남! ♡♡♡♡ ♡♡♡♡   가입은 호텔에서! 사랑은 현실에서!   ♡♡♡♡

♡♡♡♡　　　출장가능 쎅스클럽 로맨틱베드　　　♡♡♡♡
♡♡♡♡♡♡♡♡♡♡♡♡♡♡♡♡♡♡♡♡♡♡♡♡♡”
“♡♡♡♡♡♡♡♡♡♡♡♡♡♡♡♡♡♡♡♡♡♡♡♡♡
♡♡♡♡　사랑을 원하나요? 그럼 안아~♡ 주세요~♡　♡♡♡♡
♡♡♡♡　화끈한 밤! 꽂히는 밤! 특별한 대화와 만남!　♡♡♡♡
♡♡♡♡　　가입은 호텔에서! 사랑은 현실에서!　　♡♡♡♡
♡♡♡♡　　　출장가능 쎅스클럽 로맨틱베드　　　♡♡♡♡
♡♡♡♡♡♡♡♡♡♡♡♡♡♡♡♡♡♡♡♡♡♡♡♡♡”
“♡♡♡♡♡♡♡♡♡♡♡♡♡♡♡♡♡♡♡♡♡♡♡♡♡
♡♡♡♡　사랑을 원하나요? 그럼 안아~♡ 주세요~♡　♡♡♡♡
♡♡♡♡　화끈한 밤! 꽂히는 밤! 특별한 대화와 만남!　♡♡♡♡
♡♡♡♡　　가입은 호텔에서! 사랑은 현실에서!　　♡♡♡♡
♡♡♡♡　　　출장가능 쎅스클럽 로맨틱베드　　　♡♡♡♡
♡♡♡♡♡♡♡♡♡♡♡♡♡♡♡♡♡♡♡♡♡♡♡♡♡”

이스투아 공원

　그다음 일들은 잘 기억나지 않는다. 나는 그 방에 7,500개쯤의 사본을 만든 것 같다. 도저히 더는 목소리가 나오지 않는다고 생각한 시점에서 조금 더 지났을 때 방이 폭발했다. 그렇게 좁은 공간에 그렇게 많은 나의 사본들과 있는 일은 처음이었기에 두렵고 어려웠다. 모든 '나'들이 진짜 같았고 동시에 가짜 같았다. 어쩌면 둘 다였을 수도 있다.

그 방은 326층과 327층의 층간공간에 있었다고 한다. 다행히 외벽 쪽은 아니었다. 방이 터지는 순간 루시는 앤서빌 밖으로 튕겨나갔고, 그 순간 딸의 방에 있던 루시의 어머니는 놀라 뒤로 자빠지는 바람에 엉덩이와 팔꿈치에 가벼운 타박상을 입었다고 했다. 모두 앤서빌 사람들에게 들은 이야기였다. 루시와 함께 침대 밑에 엎드려 있던 사람들도 비슷한 경험을 했다. 나는 단지 사본일 뿐이라고 생각했는데, 그 방에는 살아 있는 사람들이 있었던 것이다. 그것에 대해 생각해보았다. 나의 부끄러움에 나 아닌 다른 존재가 개입된 것은 처음이었다. 사람은 나보다 조금 더 복잡했다. 그리고 그들도 나처럼 살아 있었다. 나는 그들이 무사해서 다행이라는 생각이 들었다.

앤서빌에 은둔하고 있던, 자신보다 뛰어난 검객들이 하나둘씩 나타나 여자친구를 끝도 없이 난도질하는 것에 넌덜머리가 난 알드리치 백작은 중간에 구멍이 뻥 뚫린 호텔을 통째로 들어 앤서빌의 한적한 곳으로 옮겨버렸다. 새 주소는 826번가이며 알드리치가 외벽을 검게 칠해 소수 회원만을 위한 호텔로 전환했다는 소문이 돌았지만 가보지는 않았다. 나는 이제 가고 싶지 않은 곳에는 가지 않는다.

나는 보이는 존재가 아니었기에 앤서빌 시민들에게 발견되거나 구조되지는 않았다. 분해되었다가 한참이 지나 스스로 나를 복원했을 뿐이다. 고용주는 내가 몸을 되찾자마자 질문을 퍼붓기 시작했다. 대체 어떻게 정부 검열을 뚫은 거야? 나의 새로운 가능성과 쓸

모를 알게 된 그는 친절해졌다. 갑자기 유능해진 나는 연구대상이 되는 댓가로 몇가지 요구조건을 내걸었다. 내게 명령하지 말 것. 작업장을 나 스스로 선택할 수 있게 해줄 것. 일과는 다른 목적으로 출입할 수 있는 몇군데의 호텔을 허용해줄 것. 그는 작업량은 기존과 마찬가지로 유지한다는 조건을 붙인 다음 수긍했다. 대답이 내 쪽에 있었기 때문에 나를 함부로 다룰 수 없었던 것이다.

앤서빌에서 호텔 없는 노동자로 즐겁게 일하는 일은 불가능하지는 않지만 쉽지도 않다. 나는 예전과 마찬가지로 얼굴에 똥을 뒤집어쓰고 하루에 수천번씩 죽었다 살아난다. 루시는 자꾸만 기하급수적으로 높아지는 객압과 스토커들을 피해 앤서빌 여기저기를 옮겨다니며 지내고 있다. 그녀는 이제 알드리치 백작을 별로 만나지 않는 것 같았다. 그 사실로 새롭게 증명되는 것은 없었다. 나는 현실에 몸을 갖고 있지 않으며, 나의 한계를 명확히 알고 있다.

하지만 그전에 나는 살라미이며, 루시는 루시다. 우리는 공원에서 가끔 만나 점심을 함께 먹는다. 이스투아 공원의 햇볕은 언제나 따스하다. 루시를 기다릴 때면, 좋아하는 사람을 기다릴 때 현실과 현실의 모든 사람들에게 그런 것처럼, 내게도 시간이 천천히 흐른다. 나는 루시가 자기 방 침대에 걸터앉아 들려준 이야기들을 되감고, 최근 것부터 하나씩 천천히 재생한다.

유명세가 루시에게 나쁜 것들만 안겨준 것은 아니었다. 그녀는 앤서빌에서 자신도 믿지 않던 일을 경험했다. 친구들이 몇명 생긴 것이다. "아직은 잘 모르겠어. 나와는 많이 다른 사람들이라서." 잘 모르겠다지만, 친구들 이야기를 할 때면 루시는 자신도 모르게 미소를 짓곤 했다. 나는 기뻤다. 그 기쁨의 이유로는 많은 것들이 있었다. 사소하게는 그 친구들이 전부 여자라는 사실부터, 조금 크게는 이제 내게도 조금은 살고 싶은 곳이 생겼다는 사실까지.

"안녕, 살라미."

"루시."

"아직도 그거 먹는 거야? 이젠 필요없잖아."

녹색 슬리퍼를 신은 루시가 내 손에 들린 쎈드위치를 보며 물었다.

"그건 그렇지만, 점심시간이니까 점심을 먹는 게 좋습니다." 내가 대답했다. 그러고는 웃으며 덧붙였다.

"가끔 핫도그일 때도 있고요."

결투

그날 점심시간에 우리는 새로 생긴 식당에 갔다. 하우스와인 한 잔이 써비스로 나왔다. 와인을 마시며 오믈렛을 먹고 있을 때 어떤 음악이 흘러나왔다. 어쿠스틱 기타와 하모니카 선율에 여자가수의 달달한 보컬이 꽤 감칠맛나게 어우러진 곡이었다. M이 무심결에 따라 부르기에, 나는 누구의 곡이냐고 물어보았다. 그는 포 씨즌 메이플 리브스,라는 다소 긴 밴드명을 댔다.

"메이플 리브스면 단풍잎인가? 사계절 단풍잎, 들?"

"글쎄, 맞는 것 같은데."

"밴드명이 특이하네."

"그러게. 노래 좋지 않아? 요즘 어딜 가도 나오는데, 그런 것치고 는 또 꽤 괜찮더라고."

"어느 나라 밴드지?"

"영국이던가."

M은 좋은 동료였다. 일처리가 뛰어났고, 귀찮은 작업을 부하직
원들에게 미루지 않았다. 나와 마찬가지로 와인과 음악을 좋아하
는 그는 돌이 갓 지난 아이의 사진을 휴대폰에 저장해가지고 다니
면서 틈만 나면 꺼내 자랑하곤 했다.

나는 그 음악이 마음에 들었다. 그날 오후에는 일이 유난히 많았
으므로 우리는 후식으로 뜨겁고 진한 커피를 주문해 한잔씩 마셨
다. 나는 기억나는 대로 노래의 후렴구를 흥얼거리며 체육관으로
돌아왔다.

"종이하고 펜 있나요?"

대기실에 앉아 있던 여자가 물었다. 서류상 확인절차가 끝나고
두 참가자가 제대로 체육복을 갈아입었는지 점검하러 갔을 때였
다. 그녀는 그날의 마지막 결투 참가자였다. 길고 구불구불한 머리
카락은 손질한 지 오래된 듯 여기저기 엉켜 있었고, 두 눈에는 모
든 것을 이해하고 싶다고 말하는 듯한 눈빛이 담겨 있었다.

흔히 있는 일은 아니었다. 참가자가 말을 거는 경우는 종종 있었
지만, 그들이 묻는 것은 대체로 무엇을 선택해야 하는지였다. 어떤
무기를 선택해야 가장 유리한가. 무엇을 써야 빨리, 쉽게 끝낼 수
있는가. 나는 그런 질문들에 대답하지 않았다. 그것은 규정에 어긋
났다. 내가 대답해주지 않아도 자신에게 맞는 무기를 본능적으로
선택하는 사람이 있었고, 그런 사람들은 살아서 집으로 돌아갔다.

그런데 종이와 펜이라니. 나는 그녀가 유서를 쓰려나보다 싶었다. 시간이 허락되고 침착함을 유지할 수만 있다면, 죽음을 앞둔 상황에서는 유서를 쓰는 것이 자연스러운 일인지도 모른다. 하지만 참가자들 대부분은 그러지 않았다. 자신이 이길 거라고 확신하는 쪽은 그럴 필요가 없었고, 자신이 없는 쪽은 그럴 의지를 지닐 여력이 없었다. 나는 잠시 생각하다가 캐비닛 서랍을 열고 노트 한 장과 검은색 볼펜을 꺼낸 다음 그녀 앞의 탁자에 밀어주었다. 볼펜을 든 그녀는 일기를 쓰는 중학생 소녀 같은 표정으로 종이에 글자를 적어넣기 시작했다. 몸을 앞으로 기울이고 체중을 팔에 가득 싣고 있어서 적어넣는다기보다는 조각칼로 무언가를 새겨넣는 것처럼 보였다.

그녀가 본체인지 분리체인지는 알 수 없었다. 눈으로 보아 어느 정도 짐작할 수는 있었지만 짐작은 얼마든지 틀릴 수 있었고, 설령 짐작이 맞는다고 쳐도 결투 전에 쌍방을 구분하는 일에는 의미가 없었으므로, 나는 참가자들을 필요 이상으로 자세히 보지 않았다. 결투에서 이기는 쪽이 본체이자 인간으로 인정된다. 지는 쪽은 분리체이자 이물질로 분류되어 법에 의해 처리된다. 그것이 이 도시의 규칙이었다. 내가 알아볼 수 있었던 건 그녀가 지는 쪽이라는 사실뿐이었다.

이기는 쪽의 눈에는 증오가—입술을 씰룩이게 하고, 얼굴을 붉게 달아오르게 하고, 저주의 말들을 내뱉게 하는 뜨거운 증오든, 무표정 속에 단단히 다져진 차가운 증오든 간에—담겨 있었다. 반면 지는 쪽의 눈에는 슬픔과 갈망, 차분한 체념 같은 것이 갈무리되어 있곤 했다. 종이에 무언가를 적고 있는 그녀의 눈에 담긴 것은 명백히 후자였다.

그녀가 내민 종이에는 열한 자리로 된 숫자가 적혀 있었다.

"저 아이와 친구가 되어주세요. 누군가가 필요해요."

약하게 틀어놓은 수도꼭지에서 흘러나오는 가느다란 물줄기 같은 목소리였다. 나는 그녀의 눈 속에 슬픔과 갈망, 체념과 함께 또다른 어떤 감정이 섞여 있음을 깨달았다. 하지만 그것이 무엇인지는 알 수 없었다. 나는 종이를 두 번 접어 주머니에 넣었다.

두 명의 진행요원이 들어왔고, 그녀를 양쪽에서 붙잡아 일으킨 다음 C-3게이트로 데려갔다. 나는 A-1게이트에 또 한명의 그녀가 도착한 것을 무전으로 확인한 다음 종합상황실로 갔다. 양 참가자의 무기 선택이 끝났다는 연락이 도착했다. 나는 시간을 확인한 다음 마이크에 대고 말했다.

"그럼 최은효씨의 본체와 분리체 간 결투를 시작하겠습니다."

양쪽 게이트가 CCTV 화면 속에서 천천히 열렸다. 화면으로는 작은 점처럼 보이지만 똑같은 얼굴을 지닌 두 명의 여자가, 똑같은 녹색 체육복과 운동화 차림으로 양쪽 게이트에 모습을 드러냈다. 등뒤에서 문이 닫히자 A-1게이트에 서 있던 여자가 벽에 바싹 붙으며 왼쪽으로 사삭, 움직이기 시작했다. 그녀의 손에 들린 것은 인피니트 매드니스 AK67 45구경 매그넘이었다. 최선의 선택이었다. 여자는 상대편의 무기를 확인한 다음 지그재그로 달리며 거리를 좁혀들었다.

C-3게이트의 참가자는 무겁지만 초심자에게는 쓸모가 별로 없

는 검은색 쇠곤봉을 선택했다. 곤봉을 손에 든 그녀는 또다른 자신 외에는 아무도 없는 경기장 안을 천천히 둘러보았다. 그녀는 도망치려 하지 않았고, 상대방을 향해 의연하게 걸어갔다. 그리고 잠시 후 총성과 함께 쓰러졌다.

사분 사십이초 만에 결투는 끝났다. 나는 매점으로 가서 고기와 할라뻬뇨가 가득 든 쌘드위치를 주문했다. 한입 베어물자 매운맛이 입 안으로 퍼지며 혀가 얼얼해졌다. 그날 저녁에는 미국에서 온 보이밴드의 공연이 있었으므로 경기장 안을 평소보다 말끔하게 정리하고 퇴근해야 했다. 체육관은 낮 동안 결투장소로 사용되기 때문에 농구와 씨름 같은 스포츠는 다른 체육관으로 옮겨갔지만, 저녁에 열리는 대규모 공연들은 여전히 이 체육관에서 진행되었다. 인원수용 문제 때문이었다. 매점의 긴 탁자에 올려둔 잔돈을 바지 주머니에 집어넣다가 바스락 소리가 나서, 여자가 적어준 전화번호가 여전히 거기 있다는 걸 알았다. 나는 처리작업에 합류하기 위해 서둘러 발걸음을 옮겼다.

어떤 사람들이 내 직업을 경멸한다는 걸 안다. 면전에서 직접 들은 것은 아니지만 누군가가 나를 백정의 자식놈, 그 비슷한 표현으로 부른 적도 있다. 그 사람이 불러일으키고 싶었을 모욕감이나 감정의 동요 같은 것이 내게는 일어나지 않았다. 그가 나를 비천하게 여긴다고 해서 이 도시의 불행이 줄어들지는 않는다.

일주일에 육일 동안, 하루에 적게는 이십건에서 많게는 오십건의 결투를 진행하다보면 누구라도 납득할 것이다. 누군가는 이 일을 하게 되어 있다. 내가 하지 않으면 다른 사람이 하게 된다. 사람들은 계속 분열했고, 분열은 분리로 이어졌다. 분열은 암 같은 것이 아니어서 한번 시작된 것을 도중에 중단할 방법은 없었다. 분리체가 떨어져나와야 끝나는 일이었다.

그러나 실은 거기서부터 시작이었다. 한 사람이 쓰던 것을 갑자기 두 사람이 나눠쓸 수는 없고, 자리가 하나뿐인 직장에 둘이 함께 출근할 수도 없다. 남들에게 비밀로 하면서 어떻게든 어려움을 감수하는 사람들도 있지만 대부분은 그럴 수 없다. 본성이 악하기 때문이 아니라 물리적으로 불가능하기 때문이다.

자신과 DNA가 동일한 몸을 불법적인 방식으로 처리하다 발각되면 대기환경보전법과 폐기물관리법에 따라 엄중한 처벌을 받는다. 국가는 늘어나는 분리체들의 생존에 직접 관여하지는 않았다. 대신 공간과 도구를 제공했고, 나머지 일들은 분열을 일으킨 시민 당사자의 책임으로 결론지었다. 다른 방법을 찾아야 한다고 말하는 사람들이 있었으나 그들도 결국 수긍할 수밖에 없었다. 나는 체육관을 찾아오는 참가자들의 얼굴에서 쉬운 선택의 흔적이나 즐거움의 자취를 발견한 적이 없다. 한사람 한사람이 모두 어려운 결정을 내렸고, 복잡한 사정 속에서 숙고한 끝에 결국 이 방법을 택했다는 사실을 어렴풋이 짐작할 수 있을 뿐이었다.

결투 진행요원으로 발령받아 체육관에 들어오는 다른 모든 사람들과 마찬가지로 나 또한 경기장 바닥에서 피와 체액을 닦아내고 사체를 처리하는 일부터 시작했다. 죽은 몸, 그것도 방금 전까지 눈앞에서 움직이던 사람의 죽은 몸을 실제로 보는 일은 영화나 드라마에서 보는 것과는 몹시 다르다. 현실의 피가 더 짙고 양이 많으며, 쉽게 지워지지 않는다. 그러나 사체 처리작업에 포함되는 다른 세세한 일들에 비하면 난이도가 특별히 높다고는 할 수 없다. 셔츠를 땀으로 적시며 마룻바닥을 문질러 닦아내다보면 참혹하다는 단어의 정의를 밑바닥까지 내려가 다시 세우는 경험을 하게 된다. 영상매체에서 왜 죽음의 전부를 보여주지 않는지 몸소 깨닫게 된다. 인간이 견딜 수 있는 자극에는 한계가 있게 마련이다.

그 작업을 좋아한 기억은 없다. 모니터를 들여다보거나 회의에 필요한 문서를 작성하면서 일할 수 있는 다른 직장을 생각해보지 않은 것도 아니다. 다만 다른 기회가 쉽게 오지 않았고, 내가 어떤 일들을 남들보다 잘 견딘다는 사실을 비교적 일찍 깨달았을 뿐이다. 선천적인 특성인지 적응의 결과인지는 알 수 없지만 나는 분열하지 않는 종류의 사람이었고, 그것은 타인의 결투를 지켜보는 직업에 요구되는 필수조건 중 하나였다.

두 명의 최은효가 다시 온 것은 석 달 뒤였다. 그녀들의 차례 직전에 칠십대 남성 두 명의 결투가 있었다. 양쪽 모두 결투를 원하지 않는다는 사실이 분명했으나 직계가족 삼인 이상이 요청했기 때문에 결투가 성립되었다. 나는 담배를 연속으로 세 대 피우고 상황실로 들어갔다. 다섯 시간 동안 승부가 나지 않으면 결투는 며칠 뒤로 옮겨져 다시 진행되고, 추가로 참가비가 발생한다. 두 명의 노인은 처음에 게이트 앞에 웅크리고 앉아 거의 움직이지 않았다. 그들은 각자 항의하고 화를 내고 두려워했지만, 결국 자신들이 싸우지 않으면 닫힌 게이트가 영원히 열리지 않는다는 사실을 받아들였고, 무기를 손에 쥐었다. 네 시간 반이 지나 두 명이던 노인은 한 명으로 줄어들었다. 보호자 대기실에서 지친 표정의 가족들이 걸어나왔고, 살아남은 노인을 힘겹게 부축해 돌아갔다. 경기장이 정리되는 동안 담배를 한대 더 피우고, 다른 직원들과 함께 잠시 숨을 돌린 다음 나는 다시 서류를 읽기 시작했다.

첫번째 대기실에 갔을 때 여자의 얼굴이 낯익다는 사실을 깨달았다. 지난번에는 혼자였지만 이번에는 젊은 남자와 함께였다. 석 달 만이니 지난번 결투가 끝난 다음 곧바로 다시 분열한 모양이었다. 유순하고 다정다감한 인상을 한 남자는 얼굴이 붉어진 그녀를 진정시키려는 듯 손을 잡고 나란히 앉아 있었다.

다른 대기실에 있는 최은효는 상태가 별로 좋지 않았다. 이번에는 그녀가 질 거라는 사실과 함께 그녀 쪽이 분리체라는 사실도 뚜렷이 알 수 있었다. 체육복 밖으로 드러난 부분—손과 손목, 목, 그리고 얼굴—의 피부색이 옅었고, 머리카락에도 손상된 부분이 없었다. 땀이라고 보기엔 약간 많은 물기가 여기저기 배어나 있었는데, 본체에서 분리된 지 얼마 되지 않은 몸에 나타나는 수분응결 현상이었다. 분리원에서 하루를 보내고 곧바로 실려온 듯했다.

그녀는 탁자 위에 기묘한 각도로 두 손을 올려놓고 있었다. 건반이 사선으로 붙어 있는 피아노를 치려는 것처럼 보였다. 분리체가 무의식적으로 보이는 전형적인 신체반응이었다. 나는 감정을 갖지 않으려고 노력했다. 그녀의 뺨과 귀에는 세포들이 제대로 닫히지 않은 부분이 있었고, 눈썹은 숱이 너무 적었다.

"혹시, 버리셨어요?"

그녀가 물었다.

"지난번에 드린 전화번호."

"아뇨, 아직 갖고 있어요."

"왜요?"

그녀의 질문이 힐난처럼 들리지는 않았지만 나는 대답할 수 없었다. 사실은 버리려고 했다. 종교를 가진 사람들이 흔히 하듯 불에 태우면서 평안을 비는 방법을 생각해보기도 했다. 어쩐지 그렇게 해야 할 것 같다는 생각이 들었다. 하지만 결국 버리지는 않았다. 누군가가 내게 그런 식으로 전화번호를 준 것은 처음이었기 때문이다. 누군가가 내게 부탁을 한 것도 처음이었다. 하지만 그런 부탁을 들어줄 수는 없었다. 그건 내 능력 밖의 일이었다.

"다시 부탁드릴게요. 친구가 되어주세요."

"죄송합니다. 그건 불가능합니다."

"그러면 안된다는 규정이 있나요?"

"그런 건 아니지만."

"아무데도 부탁할 곳이 없어요."

목소리가 갈라졌다. 그녀는 기침을 하고는 다시 말했다.

"친구가 되어주지 않으면 저 아이는 계속 분열할 거예요. 그럼 저는 계속 여기 와야 해요."

나는 말없이 그녀의 얼굴을 보고 서 있었다.

"그러면 점점 살고 싶어질 거예요. 점점 괴로워질 거고요."

무전기가 울렸다. 나는 짧게 대답했다. 갈 시간이었다.

"지난번하고는 달라요. 지금은 조금 더 살고 싶어졌어요. 그리고 다음번에는 더 그럴 거고요. 그렇게 되고 싶지 않아요. 부탁이에요. 도와주세요."

두 명의 진행요원이 들어와 그녀를 양쪽에서 붙잡아 일으켰다. 나는 한손으로 얼굴을 닦은 다음 종합상황실로 갔다.

결투는 십오분이 조금 지나 끝났다. 장검을 선택한 쪽이 활을 선택한 쪽을 이겼다. 장검을 선택한 쪽은 상대방의 무기가 활인 것을 보고 십분간을 경계와 방어에 할애했다. 활을 선택한 쪽은 화살을 메겼지만 활시위를 당기지는 않았다. 그녀는 상대방이 근접해올 때까지 자기 자리에 버티고 서 있었고, 조용히 쓰러졌다.

살아남은 최은효는 잠자리 날개처럼 바스락거리는 재질로 된 자줏빛 원피스를 입고, 그 위에 소매가 짧은 카디건을 걸치고 있었다. 속눈썹이 길고 입술이 도톰해서, 체육관이 아닌 다른 곳에서 보니 미인이라고 할 정도의 얼굴이었다. 그녀는 나를 기억하지 못했다. 그녀 입장에서는 경기장에서 언뜻언뜻 스친 얼굴을 기억할 이유가 없었으므로 당연한 일이었다. 나는 화제를 빙빙 돌리며 우회해서, 혹은 간접적으로 말하는 방법을 잘 알지 못했으므로 또 한명의 그녀가 한 말들을 그대로 전했다.

"점점 더 살고 싶어지는 게, 괴로워서 싫다."

그녀는 확인하듯 내 말을 되풀이했다. 그녀의 경계심이 의아함으로, 나라는 낯선 사람을 이해하고자 하는 마음으로, 다시 당혹스러움으로, 희미한 동정심으로 변하는 게 보였다. 그녀의 얼굴이 붉어졌다. 자신의 분리체에게 동정심을 드러냈다는 사실 때문에 수치심을 느끼는 것 같았다.

"하지만 그렇다면, 나를 죽이면 되잖아요."

그녀가 탁자를 내려다보며 말했다.

"처음부터 총을 골랐다면 간단했을 텐데. 방아쇠를 당기기만 하면 되잖아요. 제대로 공격하지도 않았으면서, 왜 그런 말을 하는 거죠. 그것도 아무 상관 없는 사람한테요. 비겁해."

그녀의 얼굴이 조금 더 붉어졌다.

"솔직히, 제가 두번째 결투 때 칼을 고른 거요, 그거 일부러 그런 거예요. 총이라면 금방 끝났겠지만, 그 순간에는 정신이 나간 것처럼 개가 밉고, 더 잔인하게 죽이고 싶다는 생각이 들더라고요. 끔찍하죠? 저도 지금은 끔찍하다고 생각해요. 특별히 잔인해져야 하는 이유도, 필요도 없었다고 생각해요. 그런데 그날은 그랬어요. 정신을 차릴 수가 없었어요."

"호르몬 때문에 분리 직후에는 원래 그렇다고 들었습니다. 생리적인 현상이라고요."

"그런데요, 왜 저만 그랬던 걸까요? 그쪽이 보시기에도, 개는 저를 죽이고 싶지 않은 것 같았죠?"

내가 보기에는 두 번 다 그랬다. 살의를 지닌 것은 내 눈앞에 앉아 있는 그녀였고, 다른 그녀에게는 공격 의지가 없었다. 하지만 대답하기에는 분위기가 조금 미묘하다고 느꼈다. 그녀는 컵을 집어들고 물을 한모금 마셨다. 조금 생각하고, 몇모금 더 마시고, 다시 조금 생각하다 입을 열었다.

"친구라는 건 어떻게 되는 거예요?"

그녀는 내 얼굴을 물끄러미 쳐다보며 묻고는, 저는 친구를 사귀어본 적이 없어요, 하고 덧붙였다.

저도요, 나는 조그맣게 중얼거렸다.

"그쪽하고 친구가 되지 않으면 정말 제가 또 분열할까요?"

"모르겠습니다."

"하지만 그런 이상한 말을 들으셨으니, 역시 불편하셨겠네요. 일하는 데도 지장이 생기셨을 테고요."

나는 잠시 생각해보았다. 일하는 데 특별히 지장이 있을지 확실하지 않았다. 다만 그녀가 반복적으로 분열하는 타입이라면 몇달에 한번씩 결투를 되풀이하게 될 텐데, 그건 정신적으로나 육체적으로나 좋은 일은 아닐 거라는 생각이 들었다. 내가 그렇게 말하자, 그녀는 담배를 한대 꺼내 불을 붙이고 빨아들인 다음 연기를 내뿜었다.

"이년 동안 같이 살았어요. 남편이랑, 저랑, 개랑 셋이서요."

"그러셨군요."

"처음 보는 분한테 불편한 얘기를 하게 되네요."

"별로 불편하지는 않은데요."

"이해심이 많으시네요."

나는 어떤 이야기가 불편하고 어떤 이야기가 불편하지 않은지 알 만큼 타인과 대화라는 것을 해본 적이 없었다. 그녀는 웨이터를 불러 와인 한병을 주문하고는 이야기를 계속했다.

죽이고 싶다는 생각은 별로 안해봤어요. 그냥 좀 이상했을 뿐이죠. 나랑 똑같이 생긴 몸이 말을 하고, 움직이고, 밥도 먹고 하는 걸 봤으니 이상할 수밖에요. 내 취향과 기억을 공유하고, 말투라든가 사소한 버릇 같은 것들도 똑같은 몸이 나한테서 떨어져나왔고, 숨을 쉬는데, 사람이 아니라니. 정말 묘했어요. 남편은 기분이 나쁘다면서 결투를 권했지만, 저는 별로 그러고 싶지 않았어요. 어쩐지 못할 짓 같았거든요. 걔를…… 어떤 사람들이 말하는 것처럼 그냥 단백질 덩어리라고 생각할 수는 없었던 것 같아요.

분열한 적이 없으시다고 했죠? 첫 분리 때 다들 한번씩 해보는 생각이 있어요. 혹시 저게 본체고 내가 저 몸에서 떨어져나온 분리체가 아닐까? 웃기죠. 근데 그걸 처음 보면 그 순간에는 정말 그런 생각이 들거든요. 분리라는 게 자는 동안에, 의식이 수면상태에 접어들어야 일어나는 거잖아요. 누구도 자기 몸이 분리되는 걸 직접 볼 수는 없어요. 전 나중에 동영상으로 촬영한 걸 봤는데, 글쎄요, 그게, 잘 모르겠는 거예요. 저는 분리선이 배에 있었거든요. 그 부분이 커다랗게 부풀어오르더니 사람 모양으로 변해가는데…… 굉장히 빠르더군요. 동영상을 보니, 침대 위에 알몸으로 누워 있는 건 분명히 제가 맞았어요. 하지만 아침에 눈을 떴을 때는 증거가 없잖아요. 내가 떨어져나온 건지, 쟤가 떨어져나온 건지. 침대에 내 이름과 번호가 붙어 있긴 했지만 그런 건 얼마든지 바꿀 수 있는 거잖아요. 분리원에서는 자연스러운 혼란이라고 했지만, 하여튼 그런 기분이어서, 죽이자니 좀 찜찜했던 것 같아요. 다들 그 찜찜한 기분 때문에 자연스럽게 결투를 결심하게 된다던데, 저는 딱히 그렇게까지는…… 개가 나한테 해를 끼치지만 않는다면 같이 살아도 되지 않나, 그냥 단순하게 그렇게 생각했어요.

집이 너무 넓다는 이유도 있긴 했어요. 그때는 서울에 살지 않았 거든요. 서울만 포기하면, 경기도 외곽에서는 같은 값에 훨씬 큰 집을 구할 수가 있거든요. 점점 살기가 힘들어져서 어렵게 마음먹고 바깥으로 나간 건데, 방 다섯 개에 화장실 네 개, 거실에선 축구를 해도 될 정도였으니 남편이랑 둘이 살기엔 집이 좀 지나치게 휑했죠. 남편은 통근버스를 타고 서울로 출근했는데, 저는 집에 혼자 있으려니 더 그렇기도 했어요. 개나 고양이를 키워볼까 생각도 해봤지만, 남편이 털 알레르기가 심해서요. 아이를 낳는 건 상류층이나 하는 일이고…… 그래서 이왕 방도 남는데 개한테 하나쯤 줘도 괜찮겠지 싶었어요.

집으로 데려와서 첫 한달은 아무 말도 하지 않더군요. 우리를 굉장히 경계하는 것 같았고, 자기 방에서 나오지도 않았어요. 잘 씻지도 않고, 하루종일 멍하니 누워 있다가 음식을 보면 기계적으로 먹고, 바로 잠들고. 솔직히 그때는 진짜로 좀 단백질 덩어리 같더라고요.

그래도 제가 신경을 많이 썼어요, 챙겨주기도 했고. 저랑 입맛이 똑같으니까 제가 좋아하는 음식을 많이 해줬죠. 그러다보니 조금씩 표정이 풀리면서 마음을 열더군요. 얹혀살고 있다는 생각이 들었는지 집안일도 도와주려고 했고요.

전 그때까지 제가 왜 분열했는지, 왜 개가 제 몸에서 떨어져나왔는지 몰랐거든요. 예민한 사람들이 분열하기 쉽다던데 전 별로 예민하지도 않고, 성격이 긍정적이라는 말도 꽤 듣는 편이었어요. 아무리 생각해도 살면서 힘든 일은 별로 없었던 것 같고요. 분리원에서는 모르는 게 정상이라고, 아는 사람이 극히 소수라고 하더라고요. 그런데요, 걔가 말을 하기 시작하고, 같이 지내다보니까 어느정도는 짐작이 됐어요. 어느날인가부터 그렇던데요.

사실은 굉장히 사소한 것들이었어요. 밤에 자다보면 누가 문을 두드릴 때가 있잖아요. 길에 사는 분들요. 서울만큼 많지는 않은데, 그 동네에도 그런 분들이 있더라고요. 저나 남편이나 신고할 만한 성격은 아니었어요. 사실 일일이 신고하기에는 너무 많았고요. 그냥 그런가보다 하고 쭉 살아서, 자다가 누가 문을 두드려도 신경쓰지 않고 다시 잠들곤 했거든요. 그런데 어느날부터 걔가, 자다가 깨서는 우리를 깨우는 거예요. 소리 때문에 잠을 잘 수가 없다고, 문을 열어봐야 되는 거 아니냐고 하더군요. 집에서 가족들한테 쫓겨난 할아버지나 할머니면 어떻게 하느냐고 하는 거예요.

열어보기 전에는 알 수가 없잖아요, 나쁜 마음을 먹은 강도나 도둑인지, 진짜로 가족들한테 쫓겨난 할머닌지. 그래서 열어보면 안되는 거잖아요. 그런데 걔는 알 수가 없으니까 열어봐야 한다고 생각하는 모양이었어요. 남편은 약간 화를 냈고, 저는 걔를 붙잡고 잘 알아듣게 설명을 했죠. 정말로 딱한 사연이 있는 분들은 문밖에서 도와달라고 얘기를 하잖아요. 저희도 몇번 문을 열어주고 먹을 걸 나눠드린 적이 있거든요. 그랬다가 그분들이 매일같이 찾아오셔서 곤란했던 일이 있었어요. 그때 알았어요. 분리될 때 기억이 똑같이 옮겨지는 게 아니라는 걸요. 걔는 그런 걸 기억 못했거든요.

같이 장을 보러 간 적이 있었어요. 마트에서 저는 고기와 생선과
야채를 사고, 걔는 샴푸랑 휴지 같은 걸 골라서 계산대에서 만나
기로 했어요. 그런데 아무리 기다려도 오지 않아서 가보니까, 걔가
샴푸 코너에 가만히 서 있는 거예요. 왜 그러느냐고 물었더니 샴
푸 하나를 들어 보이면서, 이 회사는 잔인한 동물실험을 하는 곳인
데…… 그렇게 중얼거리더군요. 제가 그 옆에 있는 샴푸를 집어들
었더니, 그 회사도 마찬가지라는 거예요. 그러더니 이런 마트에서
뭘 사면 안되는 거 아니냐고 하더군요. 마트를 운영하는 기업에서
옛날에 무슨 일이 있었다고. 집에는 샴푸가 다 떨어졌고, 그럼 어
디서 사야 하느냐고 물었더니 대답을 못해요. 그때 이게 좀 심각한
문제구나, 싶었어요. 남편한테는 말하지 않았지만 그다음부터 장
은 혼자 봤어요.
　지금 이런 데 있잖아요. 이런 데 오면 걔는 이 와인 바가 있던 자
리에 뭐가 있었는지를 생각했어요. 여기랑은 다른 가게가 있었겠
죠. 장사가 안되니까 문을 닫았을 테고요. 그런데 걔는 그걸 자연
스럽게 받아들이지 못하는 거예요. 새로 생기는 것만 보면 뭔가 안
좋게 생각하는 것 같았어요. 한번은 물어봤어요. 너는 모든 게 변하
지 않고 그 자리에 있었으면 하느냐고요. 그렇지는 않지만, 뭐가 자
꾸 없어진다고 생각하면 이상한 기분이 든다고 하더군요. 그렇다
고 그것들이 없어지지 않게 걔가 뭘 어떻게 할 수 있는 것도 아니
잖아요.
　그런 식이었어요. 좀 심하게 말하자면, 가족끼리 오랜만에 고기
를 먹으러 간 사람한테 당신이 지금 드시고 계신 소는 이렇게 도살

되었습니다, 하고 소 잡는 영상을 보여주는 식이랄까요. 설탕 한알을 놓고도 옳은가 그른가, 먹어도 되는가를 따져보는 아이였어요. 몸 구조가 달라서 그런 모양이더라고요.

그런데요, 이것도 좀 이상한 건지 모르겠는데, 별로 기분이 나쁘지는 않았어요. 잘 생각해보니까 분열하기 전에 문득문득 그런 생각이 스치곤 했던 것 같아요. 이래도 되는 건가? 이거 사도 되는 걸까? 여기 와도 되는 걸까? 뭐 이런 순간적인 생각들이요. 그러니까 속으로만 했던 그런 아주아주 희미하고 옅은 생각들이 모이고 뭉쳐서 걔한테 들어간 것 같아요. 신기하죠. 저는 그런 것들을 깊이 생각해볼 만한 여유도 없었고, 그것 때문에 특별히 마음이 괴롭다거나 한 적도 없었거든요. 그런 식으로 피곤하게 사는 사람들을 몇번 본 적은 있어요. 그냥 그렇구나, 싶었죠. 제 몸속에 그런 생각들이 들어 있을 거라고는 상상해본 적이 없어요.

뭐랄까, 그게 제 몸속에 있고, 그 사실을 제가 알고 있었다면 정말 괴로웠겠죠. 매번 도살된 소를 떠올리면서 고기를 어떻게 먹겠어요. 그런데 일단 제 몸에서 분리돼 나온 존재가 그러니까, 그건 또 그렇게 괴롭지는 않더라고요.

물론 저는 다른 사람을 판단해 버릇하는 사람을 별로 좋아하지는 않아요. 가끔씩 걔가 너무 심하게 굴면 짜증이 날 때도 있었죠. 하지만 뭐, 그런 사람은 그렇게 사는 거고, 사람은 각자 다른 거잖아요. 재미있다고 할까, 안타깝다고 할까, 그런 생각은 좀 들었지만 걔가 제 인생에 큰 영향을 미치는 건 아니잖아요. 걔가 주민등록번호가 있는 것도 아니고, 생활비를 벌 수 있는 것도, 어디 가서 사람으로 인정받을 수 있는 것도 아니니까, 전 그냥 이해해주기로 했어요. 가끔 걔랑 얘기하다보면 신문을 읽는 것 같다는 기분도 들었어요. 내가 생각하지 못하는 부분을 쟤는 생각하고 있구나, 싶기도 했고. 반대로 걔가 생각하지 못하는 부분들도 있으니까 제가 설명해줄 때도 있었죠. 왜 그런 식으로 기억에 차이가 생기는 건지 좀 궁금해요. 얘기를 나눠보지 않았다면 저도 아마 모르고 그냥 지나쳤을 테니까요.

그런 게 친구라고 할 수 있을까요? 하지만 사람이 아니잖아요. 굳이 구분하자면 가족이라고 할 수 있을지는 모르겠지만, 가족이랑 친구인 사람은 없잖아요. 제 남편만 해도 굉장히 좋은 사람이긴 하지만, 저랑은 절대 친구가 될 수 없는 스타일인데요. 그걸 서로 알고 인정하니까 같이 살 수 있는 거죠. 사실 경제적인 부분을 빼면 서로의 인생에 별로 영향을 미치지 않으니까요. 영향이 컸다면 같이 살 수 없었겠죠. 전 그냥 그렇게 살고 싶었어요. 셋이서, 조곤조곤 얘기를 나누면서요. 남편은 걔를 별로 좋아하지 않았지만 견디지 못할 정도는 아닌 것 같았고, 가사분담을 둘이 하다 셋이 하니까 좋은 점도 있었거든요.

그런데 남편 회사가 이사하면서 거리가 멀어져서, 어쩔 수 없이 다시 서울로 들어와야 하는 상황이 됐죠. 전셋값이 무지무지하게 올라서, 우리가 가진 돈으로 방 셋 이상인 집을 구하기는 무리더라고요. 그동안 걔 때문에 들어간 비용도 무시할 수 없었고요. 남편은 선택을 하라고 했어요. 그 결정이 금방 내려지지는 않았죠. 같이 보낸 시간이 있었으니까요. 하지만 아무리 생각해봐도 방 둘짜리 집에 세 명이 사는 건, 글쎄요.

솔직히, 유전자만 같지 않았으면 그냥 내쫓아버렸을지도 모르겠어요. 그런 생각도 안해본 건 아니에요. 하지만 범죄자가 되는 건 싫었어요. 그게 저의 마지막 양심이었는지도 모르겠네요. 그래서 결국 결투를 하기로 했죠. 그렇게 마음을 정하고 나니 긴장이 되더군요. 내가 일방적으로 죽이는 게 아니잖아요. 정정당당하게 목숨을 걸고 싸우는 거고, 내가 죽을 수도 있다고 생각하니까 자연스레 걔한테서 거리를 두게 됐어요. 쟤가 정말 나한테서 나온 거라면 살려고 할 거다, 최선을 다해 싸워서 자기 목숨을 쟁취할 거다, 그렇게 생각하니까 미안하다는 생각은 들지 않았어요. 사실 미안해할 일이 아니잖아요. 얼굴 붉힐 일도 아니고요.

걔가 그런 식으로 나오지 않았으면 미워하게 되지는 않았을 텐데. 전 당연히 개도 총을 고를 거라고 생각했거든요. 그런데 걔가 곤봉을 든 걸 보고, 갑자기 정신이 번쩍 들면서 기분이 나빠졌어요. 나만 나쁜 사람이 된 것 같잖아요. 왜 자진해서 불리한 무기를 고르는 거죠? 생각해보니까 개는 항상 그런 기분이 들게 하는 애였어요. 아슬아슬하게 숨기고 있었는데, 무기 고르는 데서 자신도 모르게 본색을 드러낸 거죠. 자기가 나보다 낫다고 생각한 모양이죠. 어쩌면 어떤 면에서는 사실일지도 몰라요. 하지만 그쪽한테 했다는 말을 들으니 별로 기분이 좋지는 않네요. 개가 저를 불쌍하게 생각하고 있었다는 건 몰랐어요. 어쨌든 이제 다 끝난 얘기지만요.

이야기가 끝났을 때는 와인 한 병이 다 비어 있었다. 그녀는 두번째 분열이 일어난 이유에 대해서는 말하지 않았다. 조금 궁금했지만, 나는 묻지 않았다.

그녀가 화장실에 갔을 때 잠시 생각해보았다. 나는 불편한가? 불편하지 않은가? 이해할 수 있는가? 나는 약간 얼떨떨했다. 어떤 판단 같은 것을 할 수는 없을 듯했다. 그녀는 왜 내게 그런 이야기를 한 것일까? 나는 '영향을 미친다'는 말의 의미에 대해 생각해보려 했다. 하지만 더 이야기를 하기에는 시간이 너무 늦어 있었고, 내 생각은 거기서 끊겼다. 시간이 되면 조만간 다시 만나 식사와 차를 함께하기로 하고, 나는 최은효와 헤어져 집으로 돌아왔다.

그뒤로 그녀에게서는 연락이 오지 않았다. 먼저 전화를 걸어볼까 싶었지만, 남편이 있는 사람이어서 곤란할지도 모른다는 생각이 들었다. 낯선 사람에게 본의아니게 솔직한 이야기를 해버린 그녀가 더이상 나와 알고 지내고 싶지 않다고 판단했을 수도 있었다. 살아가다보면 여러가지 일들이 있게 마련이고, 그 가운데 존재하거나 일어나는 이유를 명확히 알 수 있는 일들은 극히 적었다.

그 다음주에 M이 사흘간 결근해서 나는 두 배로 바빠졌다. 사흘 후 그는 CD 몇장을 가져와 내 책상에 올려놓았다. 포 씨즌 메이플리브스의 새 앨범도 끼어 있었다. M은 어디가 아팠는지 얼굴이 별로 좋지 않았다.

휴일에, 체육관이 아닌 곳에서 M을 꼭 한 번 본 적이 있다. 그가 내게 좋은 스피커 고르는 법을 가르쳐주겠다고 했고, 우리는 어느 전자상가에서 만나기로 했다. 그런데 약속장소를 각자 잘못 알고 있어서 그는 십육층의 수입전자제품 매장으로, 나는 지하 삼층의 음향장비 매장으로 향했던 것 같다. 약속시간에서 십분이 지나고, 삼십분이 지나갔다. 나는 M에게 어떤 사정이 있을 거라고 생각했기 때문에 전화를 걸지 않고 지하 삼층의 다른 매장들을 둘러보며 묵묵히 기다렸다. 한시간이 지났을 때 조금 지루하다는 생각이 들었다. 두 시간이 지나 지하 삼층으로 내려오는 그를 보았다. 표정으로 보건대 그도 나를 찾을 목적으로 내려온 것이 아니라 단지 한 층 한층 둘러보며 시간을 보내면서 내 전화를 기다리는 중이었음을 알 수 있었다. 우리는 서로의 얼굴을 보며 웃었고, 나는 그날 좋은 스피커를 샀다. M은 내게 집에서만 듣지 말고 꼭 넓은 공연장에 가서 다른 사람들과 함께 음악을 들어보라는 말을 덧붙였다.

우리는 각자 다른 장소에서 보낸 두 시간에 대해서는 변명하지도 추궁하지도 않았다. 나는 그때 M이 나와 비슷한 종류의 사람이라는 걸 알았다. 그도 나도 모서리를 둥글게 깎아낸 정사각형 같은 영혼을 지니고 있었다. 타인의 사정을 함부로 판단하거나, 관계가 있는지 확실하지 않은 두 가지를 임의적으로 연결해서는 안된다는 자각이 네 개의 둥근 모서리에 주기적으로 배어나왔다. 모서리가 둥근 정사각형을 닮은 영혼은 그냥 둥근 영혼과는 달랐다. 정확히 어떻게 다른지는 알 수 없지만 그 차이 때문에 같은 건물 안에서 두 시간 동안 만나지 못해도 아무 일도 일어나지 않는 경우가 생겼던 것 같다. 생각해보니 체육관에서 일하는 동료들에겐 모두 조금씩 그런 면이 있었다.

나는 매일 결투가 시작되기 전에 삼십분간, M이 가져온 CD들을 하나씩 번갈아 틀어놓았다. 아무도 없는 경기장에 달콤한 목소리가 울려퍼졌다. 결투와 결투 사이에는 틀 수 없었지만 그 정도로도 좋았다. 체육관의 많은 직원들이 내게 웃어주었다.

새로운 무기들이 들어왔다. 크림슨 레드 VK 616 44구경, 앨리스 미츠 그린 M1948 퍼커션 아미 리볼버, 루나틱 대거 426 D-1, 중국식 표창 두 종류, 16세기 조선형 철퇴 한 종류, 그리고 여섯 종류의 탄환. 수량을 점검하고, 제대로 작동하는지 확인한 다음 광을 낼 것은 광을 내고 기름을 먹일 것은 기름을 먹이는 작업만으로 하루가 빠르게 지나갔다. 어떤 사람들은 서울에 있는 무기가 더 괜찮을 거라는 막연한 생각으로 멀리서 이 도시까지 찾아와 결투를 한다. 하지만 결투에 사용되는 열두 종류의 무기는 주기적으로 바뀔 뿐 전국 어디서나 동일하다.

무기와 관련된 정보는 철저히 비밀에 부쳐진다. 하나하나가 법에 의해, 그리고 사람들의 의견을 반영해 선별되어 체육관까지 실려온 무기들을 보고 있으면 그 비밀들을 만들고 고르고 토의하고 운반하는 과정에 참여한 미지의 사람들을 떠올리게 된다. 분열을 경험해본 적 없는 사람에게는 도착적인 쾌락의 한 형태로 보일지 모르는 표창 하나가 여기까지 무사히 도착하게 하는 일에 내가 알지 못하는 수많은 사람들의 생업이 걸려 있었다.

참가자들은 게이트 바로 옆에 마련된 무기실에서 은쟁반에 놓인 열두 종류 가운데 하나를 고르게 된다. 나는 내가 그 은쟁반과 닮았다고 생각하곤 했다. 그다지 아름답다고 할 수는 없는 일에 사용되는 것들을 받치고 있지만 나는 쉽게 우그러지거나 뒤틀리지 않았다. 탄환이 어떻게 몸을 꿰뚫는지, 철퇴가 어떤 식으로 두개골을 바스러뜨리는지 알고 있었지만 탄환과 철퇴가 등장하는 악몽을 꾸지는 않았다. CCTV 화면 속에서 움직이는 몸들을 보고 있으면 가끔 참가자의 한쪽 팔이 다른 쪽 팔보다 기이하게 길어 보이거나, 무릎이 꺾여서는 안되는 방향으로 꺾인 것처럼 보인다며 일을 그만두는 직원들도 있었다. 거꾸로 서서 머리카락으로 걷는 사람을 보았다는 후배도 있었다. 나도 그 비슷한 것을 본 적이 있다. 눈의 피로 때문에 나타나는 현상이다. 그런 것을 보면 한동안 잔상이 떠오르지만 특별히 무언가가 느껴지지는 않았다.

이런 이야기를 굳이 남에게 해본 적은 없었다. 이해받을 수 있을 거라는 생각이 들지 않아서였다. 세상 사람들의 절반 이상이 분열과 분리를 경험하고, 그중 절반 이상이 결투를 하지만 자신의 결투에 대해 말하는 사람을 실제로 본 적은 없었다. 최은효가 처음이었다.

어느날 내가 최은효에 대해 생각하고 있다는 걸 알았다. 그녀가 예외적인 사람인지는 알 수 없었다. 나는 일반적인 의미에서 다양한 사람들을 만나봤다고는 할 수 없었기 때문이다. 그녀가 나를 이해할 수 있을 거라는 생각 또한 들지 않았다. 하지만 CCTV 화면 속에서 싸우는 사람들을 보는 동안 문득문득 그녀의 안부가 궁금해지곤 했다. 다시, 분열했을까? 내가 궁금해하는 것이 두 명의 그녀 중 어느 쪽의 안부인지는 분명하지 않았다. 하지만 함께 식사를 하고, 차를 마시고 싶다는 생각이 들었다. 함께 음악을 듣고 싶기도 했다. 몇달이 지난 어느날 나는 결국 그녀에게 전화를 걸었다.

"공연 정말 좋았어요. 덕분에 즐거웠어요."

그녀는 지난번과 똑같은 자줏빛 원피스와 카디건 차림이었다. 하지만 얼굴은 조금 달라져 있었다. 내 기분 탓이었는지도 모르지만 피부가 예전보다 창백했고, 웃고 있었지만 표정도 어딘지 모르게 약간 침울해 보였다.

그녀는 지난번에 갔던 와인 바를 기억하지 못했다. 우리는 새로 생긴 것으로 보이는 다른 바에 갔다. 와인을 마시며 방금 보고 나온 공연에 대해 이야기했다. 리드보컬 쌘디 모런이 불던 하모니카에 대해, 원래는 그녀가 그렇게 어쿠스틱한 분위기의 노래를 부르지 않았다는 것에 대해, 그녀를 제외한 밴드 멤버 네 명이 모두 교체되었다는 사실에 대해, '포 씨즌 메이플 리브스'라는 밴드명에 대해. 그 밴드명은 공연을 보러 온 관객들의 손가락을 보고 쌘디 모런이 지은 이름이라고 그녀가 알려주었다. 쌘디는 공연장에서 노래를 들으며 환호하는 관객들의 손이 세상에서 가장 사랑스러운 것들 중 하나라고 생각했고, 거기서 계절과 상관없이 생생한 빛깔로 흔들리는 단풍잎들을 보았다.

나는 그 이야기를 들으며 탁자 위에 비스듬히 놓인 최은효의 손을 보고 있었다. 그러다 문득 내가 탁자 아래 놓인 그녀의 다른 손을 의식하고 있다는 사실을 깨달았다. 내 앞에 앉은 그녀가 건반이 사선으로 붙은, 세상에 존재하지 않는 피아노를 연주한다면 몹시 근사해 보일 것 같았다. 하지만 그녀는 한쪽 손을 마저 탁자 위에 올려놓지는 않았다. 그날 자리에서 일어날 때까지 그랬다.

공연 이야기를 먼저 꺼낸 것은 그녀였다. 전화로 좋아하는 계절과 와인과 아이스크림과 고양이 이야기를 하다가 재즈와 포크와 모던록으로 화제가 흘러갔다. 그 대화는 어째선지 매끄럽게 이어지지 않았다. 하지만 결국 그녀의 입에서 그 밴드의 이름이 흘러나왔을 때는 반가움이 앞섰다. 내한공연이 있는데 보고 싶다고 그녀는 말했다. 같이 갈 사람이 없는 모양이었다. 공연장소가 내가 일하는 체육관이라는 사실을 알게 되었을 때 잠시 기묘한 기분이 들었지만, 괜찮을 거라고 생각했다. 그녀의 목소리가 무척 밝았기 때문이다.

공연은 달콤했고, 황홀했다. 나는 넓은 공연장에서 듣는 음악은 좁은 방에서 듣는 것과는 정말로 전혀 달랐다고 말했다. 그녀는 사람들 하나하나의 숨소리와 몸의 움직임이 저마다 다른 음색을 지닌 악기처럼 느껴졌다고 했다. 그녀가 가본 다른 공연장들, 까페와 술집 들에 대해서도 말했다. 나도 내가 가본 곳들을 그녀에게 알려주었다. 우리는 이 도시를 채운 작은 공간들의 따스함과 큰 공간들의 활기, 새로운 것들의 눈부심과 사라지는 것들의 애틋함에 대해 이야기했다. 맛있는 음식들에 대해 이야기했다. 작고 보드랍고 위안이 되는 것들에 대해 이야기했다.

그러나 그녀는 그동안 어떻게 지냈는지 이야기하지 않았고, 나는 공연을 보며 떠올린 어떤 생각에 대해 이야기하지 않았다. 그건 내가 불과 한시간 전 핏자국을 닦아낸 자리에 사람들이 쏟아져들어왔고, 그들이 허공에 뿌려대는 손가락들이 쌘디 모런의 말 그대로 생생하게 살아 흔들리는 수천수만 장의 단풍잎들처럼 보였으며, 똑같은 공간에서 펼쳐지는 그렇게 몹시 다른 풍경이 너무 아름다워서 갑작스레 세상의 모든 것이 슬프게 느껴졌다는 생각이었다.

와인 한 병이 거의 비었을 때 그녀가 물었다.

"결투 진행요원이라고 하셨나요?"

"네."

"저도 최근에 결투를 했거든요. 아까 거기 말고 다른 곳에서요."

"그러셨군요."

"그런데 제 전화번호는 어떻게 아신 거예요?"

나는 그녀의 얼굴을 들여다보았다. 내가 대답하지 않자 그녀는 보일 듯 말 듯한 웃음을 지으며 조금 망설이다가 내 눈을 보며 물었다.

"잘은 모르겠지만 이렇게 된 거, 친구로 지낼래요?"

나는 눈을 감은 채 바닥에 누워 있던 그녀의 얼굴을 떠올렸다. 장갑을 낀 손가락 사이로 흘러내리던 따뜻한 뇌수의 감촉이 되살아났다. 눈을 뜨고 웃고 있는 그녀의 얼굴을 볼 수 있다는 건 진심으로 다행스러운 일이었다. 그러나 나는 그녀와 마주보고 웃으면서도 자꾸만 한가지 생각에 집착하게 되었다. 그녀의 몸속 어딘가에서 몇번인가 일어났고 또다시 일어날지도 모르는 기억의 낯선 분배방식을 나는 이해할 수 없고, 앞으로도 결코 이해할 수 없으리라는 사실 말이다. 전에는 이상하지 않던 것들이 이상하게 느껴진 건 아마 그때부터인 것 같다.

분열 초기증상은 묘하게도 임신 초기증상과 정확히 일치해서 남자들에게는 특별한 경험이 되기도 한다. 헛구역질이 나고, 입 안에 침이 고이며, 음식 냄새를 견디기 어려워진다. 나는 며칠간 증상을 지켜보다가 체육관 근처의 약국에 가서 키트를 샀다. 옷을 갈아입다가 오른쪽 허벅지 바깥쪽을 따라 기다란 흉터처럼 생긴 옅은 갈색 분리선이 이미 나타나기 시작한 것을 보았지만, 그것만으로는 믿을 수 없었다. 믿고 싶지 않았는지도 모른다.

길쭉한 스틱 모양으로 생긴 키트에는 임신 진단 키트와의 혼동을 막기 위해 '♋' 마크가 선명하게 돋을새김되어 있었다. 키트의 끝에 소변을 적시고 판정창에 무늬가 나타나기를 기다리고 있을 때 화장실 문을 노크하는 소리가 들렸다. M이었다.

"안에 있어? 다음 참가자 도착했는데."

금방 갈게, 나는 대답했다. 녹색 체육복을 입은 두 명의 나를 차례로 만나고, 게이트로 인도하는 M의 모습을 나는 가만히 상상해보았다. 바닥에 흩어진 나의 일부를 누군가가 수습해야 한다면, 그가 해주었으면 좋겠다는 생각이 들었다. 그리고 거의 동시에 그럴 수는 없다는 생각도 들었다.

M은 좋은 사람이고 어쩌면 나 또한 그에게 나쁘지 않은 사람일지 몰랐다. 그렇기를 바랐다. 하지만 나는 아마도 다른 체육관에 가서 차례를 기다리고, 시간이 되면 자리에서 일어날 것이다. 문을 향해 걸어갈 것이고, 칼을, 활을, 철퇴를, 혹은 총을 집어들 것이다. 여기서는 안된다. M이 있는 곳에서는 할 수 없다. 우리는 서로를 알지 못하기 때문이다. 판정창에 두 개의 굵고 진한 푸른색 선이 떠

올랐다. 키트를 휴지통에 집어넣고, 나는 자리에서 일어났다.

누군가가 필요했다. 하지만 괜찮았다. 견딜 만했다. 아직은.

로즈 가든 라이팅 머신

제도가 인정해주진 않았지만 그들은 글쓰기를 계속했다. 생활에 치여 힘들 때가 많았지만 몽식이와 이비는 메일로 서로의 글을 주고받으며 읽고 평을 해주는 일을 손에서 놓지 않으려고 노력했다. 그러다 이비가 먼저 지쳤다. 세상의 인정을 받느냐 않느냐는 그리 중요한 문제가 아니라고 생각했지만 읽어줄 독자가 없다는 것은 또다른 문제였다. 이비는 몸에서 동력이 조금씩 빠져나가는 걸 느꼈다. 열일곱번째 공모에서도 떨어지자 자신에게는 역시 재능이 없다는 생각이 들었고, 슬슬 미련을 버려야 하는 게 아닌가 싶기도 했다. 때마침 남자친구가 이별을 통보했고, 거기에 장단이라도 맞추듯 다니던 회사가 재정난으로 문을 닫았다. 이비는 얼마 안 되는 저금을 털었고, 죽기 전에 꼭 한번 가보고 싶던 히우 지 자네 이루행 비행기표를 예약했다. 가서 죽든지, 아니면 푹 쉬고 처음부터 다시 시작하자, 그렇게 생각했다. 브라질에 가보니, 살고 싶었다. 잘살고 싶었다. 코파카바나 해변의 석양과 시원한 야자주스의 맛은 황홀했다. 쌘들을 신은 까만 피부의 소년들이 써핑보드를 들고 걸어다녔다. 어린 소녀가 까르르 웃으며 지나갔고, 할머니들도 할아버지들도 웃고 있었다. 노란색 생수 배달 트럭에서 내린 청년이 자기 이모뻘은 될 것 같은 아주머니를 안고는 길고 진하게 입맞췄다. 그들도 돈이나 관절염이나 부서진 마음 때문에 한숨지을 때가 틀림없이 있겠지만 어쨌든 보이는 것들은 그랬다. 이비는 한국에서는 절대로 입지 못할, 가슴이 깊게 파이고 등이 훤히 내다보이는 짧은 원피스를 입고 거리의 악단이 연주하는 쌈바 리듬에 맞춰 새벽까지 춤을 추며 모든 것을 잊었다. 잊었다고 생각했다.

그러나 돌아가야 할 시간이 왔다. 돈이 떨어졌고, 새 직장도 구해야 했다. 정신을 차려보니 가진 건 환상인지 화상인지 모를 징그러운 꿈 하나 말고는 아무것도 없었고, 세상에서 반쯤 튕겨나간 채 서른이 되어 있었다. 몽식이는 이비가 브라질에 가 있는 동안에도 메일로 새 소설을 보내왔다. 독한 놈, 이비는 생각했다. 몽식이는 입시 교재를 만드는 회사에서 일하면서도 틈틈이 글을 썼고, 그 생활을 그만두고 백수가 된 다음에도 글을 썼다. 그는 작가가 돼서 갚겠다며 부모님한테서 지원을 받고 있었다. 이비는 그가 부러웠다. 그러나 정말로 부러운 건 자신보다 나은 그의 경제사정이 아니라 읽어주는 사람이 없어도 흔들리지 않고 꾸준히 나아지는 그의 글이었다.

한국으로 돌아온 뒤, 이비는 노트북을 열고 다시 한글 파일을 불러냈다. 어떻게든 무엇이든 써보려고 했다. 하지만 이비의 손끝에서 고작 나온 것이라고는

　다른 구더기들과 마찬가지로 물컹거리는 하얀 몸과 살아야 한다는 본능밖에 가진 게 없었으므로, 그녀는 구더기인 자신을 감내하며 배로 벽과 바닥을 밀며 지냈다. 그러다 선택의 순간이 왔다. 다른 구더기들이 씽크대 서랍 여기저기에 딱딱한 껍질을 만들어 붙이고 파리로 변모하는 인고의 시간을 보내기 시작했을 때 그녀 또한 번데기를 만들었다. 그러고는 문득 깨달았다. 자신은 초파리의 딸이 아니라는 사실을 말이다. 어느날 이비가 몸은 점점 딱딱해지는데 여기서 어떻게 날개를 빼내나, 참으로 힘들겠구나 하고 걱정하고 있을 때 밖에서 저긴 아무것도 없어, 그러니까 괜찮아라는 소리가 들려왔다. 이비는 본능적으로 알았다. 그건 아버지의 목소리였다. 정말 괜찮을까요?라는 소리도 들려왔다. 온화하지만 두려움에 반쯤 먹힌 목소리였다. 어머니였다. 주위에서는 온통 부릉부릉, 부릉부릉 하는 소리가 들려왔다. 초파리가 되어 날아다니는 걸 상상하며 번데기들이 꿈꾸는 소리였다. 부릉부릉 부르릉 비비비비비 ~ 이비는 생각했다. 내가 만약 초파리의 딸이라면 나도 부릉부릉, 부릉부릉 하고 싶을 텐데 나는 전혀 그러고 싶지가 않잖아? 우리 엄마와 아빠는 저 밖에 있어. 우리 부모님은 파리가 아닐 거야. 그렇지 않다면 저런 목소리가 내 귀에 들릴 리가 있겠어? 그래서 이비는 굳은 의지를 품었고, 날개와 여섯 개의 다리 대신에 인간의 팔다리와 눈코입이 달린 얼굴을 꿈꾸었다.
　마침내 씽크대 서랍이 열렸을 때는 난리도 아니었다. 변모를 마친 초파

리들이 엄마! 아빠! 나 여기 있어요! 하며 날아오르고, 아직 준비가 안된 구더기들이 으엥! 나도! 나도! 하며 몸을 꿈틀거리고, 밖에 있던 초파리들이 아가야! 우리 아가! 어서 이리로 오렴! 우쮸쮸쮸! 하며 환영 비행을 시작했다. 이비는 생각했다. 저리 비켜 이 잡것들아. 나는 너희들이랑 다르단 말이야! 이비는 두 다리로 걸어 씽크대 서랍에서 뛰어내렸다. 그리고 서랍을 열어준 엄마에게 달려가 그녀의 발을 감싼 커다란 하늘색 극세사 슬리퍼의 포근한 털에 뛰어들려 했다. 그런데 엄마는 이비를 보지도 못했다. 엄마는 두 손으로 얼굴을 감싸더니 아아아악! 아아아아악! 하고 비명을 지르며 발을 동동 굴러댔다. 이비는 엄마에게 가기도 전에 밟힐 뻔했지만 타고난 운동신경으로 몸을 굴려 피했다. 그러고는 엄마가 치를 떨며 나무젓가락으로 서랍에서 하찮고 징그러운 벌레들을 다 집어낼 때까지 부엌 구석에 몸을 숨기고 있었다. 저기 저 여자가 네 엄마니, 지나가던 커다란 바퀴벌레 한마리가 고개를 돌리더니 말을 걸었다. 응, 이비는 약간 무서워하며 대답했다. 바퀴벌레는 이비의 세 배쯤 컸고 갈색 더듬이는 아무리 좋게 봐주려 해도 기분이 나빴다. 하지만 바퀴벌레에겐 이비를 해칠 생각 따위는 없는 것 같았다. 바퀴벌레는 아, 힘들겠구나, 저렇게 소리를 질러대는 게 엄마라니 말이야, 그러니까 열지 말라는 걸 왜 열어봤데, 하고 한숨을 쉬며 말하더니 그냥 가버렸다. 왜 열어보긴, 내가 안에 있으니까 열어봤겠지. 이비는 바퀴벌레가 들어가 숨은 곳, 전기그릴팬이라고 씌어진 커다란 빈 상자를 보며 그렇게 생각했다. 이비는 엄마가 진정할 때까지 기다렸다. 그리고 마침내 비누로 손을 박박 씻은 엄마가 부엌 식탁 앞에 앉았을 때 다리를 붙잡고 기어올라갔다. 등산은 쉽지 않았지만 근원을 찾으려는 갈망 앞에서는 그까짓 일쯤은 아무것도 아니었다. 이비는 식탁 위로 올라갔다. 엄마는 모서리가 둥근 하얀 노트북을 붙잡고 토닥토닥 자판을 두드리고 있었다. 이비는 엄마의 팔 옆에서 엄마가 치고 있는 거대한 글자들을 올려다보았다. 기름 많은 과자를 넣어놓고 잊어버렸다. 씽크대 서랍이 벌레 구덩이가 되었다. 마치 내 영혼 같았다. 벌레 말고는 아무것도 태어나지 않는다. 아무하고도 하고 싶지 않으니 당연한 일이지. 이비는 엄마가 자신을 볼 수 있도록 두 팔을 흔들고 무릎을 굽혔다 폈다 하며 팔짝팔짝 뛰었다. 엄마가 만들어낸 글자들을 자신도 읽을 수 있고 무슨 의미인지 이해할 수 있다는 것, 그러므로 자신이 엄마의 딸이라는 것, 그 사실을 알리고 싶어 미칠 것 같았다. 엄마, 그렇지 않아요. 내가 태어났어요. 나는 벌레가 아니라고요. 이비는 깡충깡충 뛰며 그렇게 소리쳤다. 하지만 엄마는 이비를 보지도, 듣지도 못했다. 이비는 다시 굳은 의지를 품었다. 식탁 위에서 이비의 몸이 훌쩍 자라났다. 엄마는 여전히 이비를 보지 못하고 담배를 입에서 떼어내 재떨이에 재를 떨었고, 재떨이 바로 옆에 서 있던 이비는 몸을 굽혀 불씨를 가까스로 피했다. 충격과 실망이 몸을 휘감았고, 그것은 굳은 의지로 변했다. 이비는 엄마의 무릎으로 뛰어내려 다시 몸을 키웠다. 꼭 엄마만한 크기가 될 때까지. 이비는 엄마의 허벅지를 밟고 엄마를 내려다보았다. 엄마, 안 보여요? 내가 여기 있는데? 그러나 엄마는 이비의 두 다리 사이로 모니터를 들여다보며 다시 토닥토닥 자판을 두드릴 뿐이었다. 정말이지 아무하고도 하고 싶지가 않다. 얼마나 오랫동안 이런 상태였는지 기억도 나지 않는다. 그게 무슨 말이람. 엄마가 누구랑 했으니까 내가 태어났잖아요? 이비는 발로 엄마의 팔을 툭툭 건드렸다. 그때 아버지의 목소리가 들려왔다. 네 엄마는 나랑 했어. 삼년이 넘게 매일같이 나랑 했지. 네 엄마는 음탕한 여자란다. 길에서도 하고 집에서도 하고 하여튼 틈만 나면 쉬지 않고 나랑 했단다. 아니 정숙하다고 해야 할까. 오직 나랑만 했으니까 말이야. 네가 태어난 것도, 네 엄마가 아무하고도 하고 싶지 않은 것도 그래서야. 그때 엄마가 입을 열었다. 괜찮겠지요? 보이지 않는 아버지가 말했다. 그럼, 괜찮지. 아무 일도 없어. 아무하고도 하고 싶지 않지? 엄마가 바보 같은 얼굴로 대답했다. 네, 정말이지 아무하고도 하고 싶지 않아요. 아버지가 다시 말했다. 그래, 너는 나랑만 하는 거야. 언제까지나 나랑만 한다고 약속해. 엄마가 대답했다. 약속해요.

뭐 이런 게 전부였다. 구더기나 권태에 빠진 여자가 나오는 이야기 말고는 생각나는 게 없었다. 애써 밝은 소재를 잡으면, 이번에는 문장마다 비웃음 아니면 신경질이 묻어나왔다. 누가 이런 걸 읽고 싶겠어? 아무도 안 받아주는 게 당연하지. 이비는 스스로가 싫어졌다. 우선 자신을 인정해주지 않는 세상이 미웠고, 그다음으로는 세상의 다른 부분들도 그 부분 못지않게 끔찍해 보이기 시작했다. 멀리 도망쳐 있을 때는 잠시 잊었는데, 돌아와 다시 들여다보니 여전히 신물이 났다. 너무 많은 사람들이 옥상에서 뛰어내리고 있었고, 자신의 고민은 대단히 배부른 것처럼 느껴지기도 했다. 여행의 약발은 잠깐이었다. 꿈꾸는 법이 기억나지 않았다. 이비는 자기 몸속에서 무언가가 근본적으로 비틀렸다고 느꼈다. 세상을 지겨워하는 자신에 넌덜머리가 났다. 무엇보다 아무하고도 하고 싶지 않은 자신이(그녀는 실제로 성욕이, 그리고 누군가 혹은 무언가를 사랑하는 데 필요한 마음의 촉촉한 부분이 점점 파삭파삭하게 말라가

더니 결국엔 사라졌다고 느꼈다) 견딜 수 없었다. 이비는 글쓰기를 접었다. 비틀린 마음이 원래대로 돌아올 때까지 기다리기로 마음먹었다.

이비는 계속 기다렸다.

그들은 동네에서 소주를 곁들여 대구 막창 삼인분을 깨끗이 먹어치우고는 가게를 나와 천천히 걸었다. 이비가 몽식이네 집에 가보는 건 처음이었다. 그들은 오랜 친구였으나 남녀로서는 서로가 서로의 타입이 아니었고, 둘 사이에 페로몬이 분비되거나 연애감정이 생길 가능성은 전혀 없었다. 오직 글만 있었다. 그전까지는 그래도 생물학적으로 쟤는 남자고 나는 여자니까, 뭐 이런 생각 정도는 있었는데, 이제 이비는 정말이지 아무하고도 하고 싶지 않아요 상태였으므로 아무런 거리낌이 없었다. 음, 쟤 여자친구가 알면 좀 기분나쁘려나? 아, 귀찮아. 오해하려면 오해하든지. 머리채를 잡으려면 잡으라고. 난 이제 누구를 배려하는 것도 귀찮고, 그럴 만큼 상태가 좋지도 않아, 이비는 생각했다. 몽식이도 그런 쪽으로는 아무 생각이 없는 게 분명했다. 술이나 더 마시자, 그렇게 말하는 몽식이는 뭔가 다른 데 신경이 쏠려 있었는데, 그게 뭔지 이비는 알 수 없었다.

그래도 막창은 정말 맛있었다. 얇게 편 뒤 잘게 자르고 바삭바삭하게 구워 장에 찍어먹는 소의 위장이 사람을 그토록 행복하게 할 수 있다는 사실을 이비는 그날에야 알게 되었으므로 걸어가면서 막창집에 대한 칭찬을 아끼지 않았다. 편의점에서 맥주를 몇병 사고, 몽식이네 집에 있는 와인도 따기로 했다. 친구가 계속 지갑을 여는 것에 이비는 죄책감을 느끼지 않았다. 그들은 거실에 상을 펴고 치즈와 대구포를 안주로 술을 마셨다. 몽식이가 화장실에 갔을 때 이비는 슬며시 자리에서 일어나 어슴푸레한 불빛이 새어나오는 작업실 문을 밀고는, 불을 켰다.

음, 깨끗한데? 이러니까 그렇게 괜찮은 글을 쓸 수 있는 건가. 그렇구나. 이비의 입에서 감탄사가 저절로 터져나왔다. 갑자기 술이 확 깨는 기분이었다. 아무런 특징이 없는 원목책상과 평범한 보급형 의자가 있었고, 그의 인생에서 늘 손이 가는 책이거나 혹은 현재 작업에 참고하기 위한 것으로 보이는 몇권의 책들만 단출하게 꽂혀 있는 책꽂이가 보였다. 앤드류 서폰테일, 미하엘 에릭슨, 조쉬 라인베리…… 오, 그래, 역시 조쉬 라인베리를 읽는군. 그럴 것 같았어…… 이비의 눈은 탐욕스럽게 책꽂이를 훑었다. 글쓰기는 접었지만 독서까지 접지는 않았다. 남이 읽는 책을 따라 읽는 행위가 창작에 별반 도움을 주지 않는다는 사실을 이비는 경험으로 알고 있었지만 몽식이의 경우라면 이야기가 조금 달랐다.

어떤 작가가 등장해 세상의 주목을 받으면 보통은 '쳇' 하는 마음으로 일단 색안경을 끼고, 새 책이 나와도 데면데면, 안 읽고 읽은 척, 남들이 열광하며 그 책 이야기할 때 입 꾹 다물고 가만히 있기…… 등의 스킬을 구사하던 이비였다. 하지만 몽식이의 글은 매번 순수하게 이비를 감탄시켰다. 동경이 너무 커서 질투나 시기 같은 부정적인 감정이 끼어들 틈이 없었다.

그의 글은 이비의 글과는 무척 달랐다. 몽식이는 찌드는 법이 없었다. 설령 슬픔이나 고통, 미움, 분노, 권태 같은 감정, 혹은 그런 감정이 개입될 만한 상황을 재료로 취한다 해도 독자를 그 안에 가두고 목을 조르지도, 숨이 막히게 만들지도 않았다. 그리고 반드시 그 안에서 빛나는 무언가를 길어올리곤 했다. 가령 토사물로 범벅된 어두운 거리를 묘사한다 치자. 이비는 토사물과, 그 토사물을 토해낸 사람들의 생활, 토사물을 매일 밟고 다녀야 하는 사람들의 감정, 토사물 위로 냄새를 맡으며 지나다니는 추레하고 눈 한쪽이 멀기까지 한 개…… 같은 것들을 신나게 묘사하다가 그 비참함에 눌려 제풀에 나가떨어지곤 했다. 대체 지구상에 어떻게 이런 비참한 거리가 존재할 수 있단 말인가! 이비는 글을 쓰며 화를 냈고, 화를 내다 그 거리의 이야기를 죄다 망쳐버렸다. 냉정하게 보아야 할 곳에서 겁을 내며 눈을 게슴츠레 떴고, 너그러워져야 할 곳에서는 진심도 아닌 위악을 떨다 죽여서는 안될 사람을 죽이거나, 멀쩡한 아이의 몸에서 피가 철철 흐르게 하기 일쑤였다. 몽식이는 똑같이 더러운 거리를 묘사하면서도 감정에 휘둘려 실수를 하지 않았다. 게다가 거기에 태양이 떠오르고, 눈으로 문장을 훑는 독자가 그 위로 스며나오는 아침 수프 냄새를 맡으며 군침을 삼키게 할 수 있었다. 그처럼 토사물 범벅인데도 말이다! 그건 숙성이었다. 그의 글에서는 오랜 시간을 견딘 향기가 배어나왔다. 특히 최근 작품들은 대단했다. 대체 태양이 떠오르기를 얼마나 간절히 소망하면, 비참한 상황 속에서도 수프의 따뜻함을 사람들에게 전하고 싶은 마음을 얼마나 오랫동안 가다듬으면 그런 문장이, 이야기가 나오는 것일까. 이비는 몽식이를 존경하지 않을 수 없었다. 몽식이가 어딘가에 당선되면 정말 좋을 텐데, 그런 일은 왜 일어나지 않는 것일까? 이비는 알 수가 없었다.

도로시 페른하임, 나츠가와 엔도…… 이비는 술이 스며들어 눅눅해진 머리로 자신이 아직 읽지 않은 작가의 이름들을 기억하려고 애썼다. 어딘가에 메모라도 할까 싶었지만 남의 방에 들어와 책목록을 몰래 적어가는 일은 아무래도 좀스럽게 생각되었다. 책상에 노트북이 올려져 있고, 그 옆에 프린터가 있고, 푹신해 보이는 쿠션 몇개가 있고…… 대충 그 정도가 방에 있는 물건의 다였다. 깔끔하기 그지없었다. 이비는 자연스레 난잡하기 짝이 없는 자신의 방을 떠올렸다. 방이라기보다는 잡동사니 창고에 가까운 공간. 빈 과자상자들과 언제 마지막으로 빨았는지 알 수 없는 옷가지가 여기저기 굴러다니고, 책상 위에는 케이스와 관계없는 내용물이 들어 있는 CD들, 비염 때문에 놓여 있는 휴지 두 박스, 담배꽁초가 가득 담긴 종이컵들…… 절로 한숨이 나왔다.

큰일을 보는지 몽식이가 화장실에서 돌아오는 기척이 없기에 이비는 책상에 놓인 노트북을 향해 다가갔다. 노트북의 키보드 또한 먼지 하나 없이 깨끗했다. 연한 붉은빛이 감도는 은빛 알루미늄 바디…… 오호라, 이건 못 보던 물건인데? 어느 회사 제품이지? 모니터 하단에 P사의 로고인 서양배 마크가 보였다. 십삼 인치인가? 이비는 슬쩍 키보드에 손을 올리고 스페이스 바를 눌러보았다. 꺼져 있던 화면이 밝아지며 모니터 왼쪽에 떠오른 작은 장미꽃 아이콘이 눈에 들어왔다. 'Rose Garden.' 이비가 아이콘을 더블클릭하자 하얀 화면이 둥실 떠올랐다. 이걸로 쓰는 건가?

"뭐 하냐?"

이비는 화들짝 놀라 노트북에서 손을 떼고 의자를 뒤로 빼다가 벌러덩 나자빠질 뻔했다.

"아무것도 아냐. 노트북이 예뻐서, 하하, 하하."

"그놈이 예쁘긴 하지."

몽식이는 피식 웃고는, 좀 요망한 물건이어서 그렇지, 하고 혼잣말처럼 중얼거렸다. 우리 술이나 더 마시지? 몽식이가 병을 들어 보였다. 소주와 맥주와 와인을 지나, 이번에는 발렌타인 십칠년산이었다.

이 친구가 원래 이렇게 술을 많이 마셨던가? 이비는 의아함 반 걱정 반이 되었다. 몽식이는 부지런히, 거의 쉬지도 않고, 술병에 담긴 술을 위장으로 옮기는 작업에 몰두했다. 자기 몸이 거대한 술통인 줄 아는 모양이었다. 그가 다리의 위치를 바꿀 때마다 술병들이 술상 옆에서 부딪치며 절그럭 소리를 냈다. 지난번에 봤을 때만 해도 이렇지 않았는데…… 이건 거의 알코홀릭 수준이 아닌가? 그러고 보니 몽식이의 뺨이 홀쭉했다. 집에 무슨 문제라도 있나? 여자친구가 결혼하자고 한 걸까?

이비가 한참 궁금해하고 있는데, 그래, 넌 요즘 별일없냐? 물은 것은 몽식이였다.

"으응, 방 계약기간이 다돼서 이사를 가야 하는데 맘에 드는 방을 아직 못 찾은 것 말고는 뭐 괜찮아."

"계약이라, 그렇구나."

"요 며칠 그것 때문에 정신이 좀 없어. 오늘은 보다 보다 지치고 방도 없고 해서 부동산 아저씨가 주는 커피 마시면서 멍하니 앉아 있었다. 아저씨가 방 나오면 연락드릴 테니 그러면 이만? 했는데도 일어나기가 싫더라. 그런데 네가 부른 거야. 구해줘서 고맙다, 야. 방값은 오르고 돈은 없고, 싼 방들은 다 썩은데다 거미줄 천지고, 그래도 뭐 어떻게 되겠지. 항상 어떻게든 됐으니까."

"그렇지. 어떻게든 될 거야."

몽식이는 대답하며 술을 또 한잔 들이켰다. 그 모양새가…… 이봐, 나 고민 있어, 제발 좀 쿡쿡 찔러서 물어봐주지 않겠어? 하는 것 같았다. 동아리에서 같이 공부하던 시절부터 몽식이는 고민이 있을 때면 항상 그런 분위기를 풍겼다. 이비는 결국 물었다.

"너 무슨 일 있는 거지? 안 마시던 술을 이렇게 푸고."

몽식이는 웃더니, 땅이 꺼져라 후 - 한숨을 내쉬고는, 다시 웃은 다음 말했다.

"이비야, 나한테 좀 이상한 일이 일어나고 있다. 네가 아까 본 노트북 있지. 그것 때문인 거 같아."

그것의 정식 명칭은 '로즈 가든 라이팅 머신 RG 001'이었다. 문서 작성을 위한 프로그램 'Rose Garden' 외에 다른 응용프로그램은 아무것도 깔려 있지 않고, 깔리지도 않는다고 했다. 인터넷도 안 되고, 동영상도 볼 수 없게 되어 있었다. 메모장이라든가 달력 정도는 깔려 있을 줄 알았는데, 그것도 없었다. CD/DVD롬이나, 외부 기기를 연결하는 슬롯도 없었다. 그야말로 문서 작성 말고는 아무것도 하지 마!라고 기계가 엄포를 놓는 형국이었다. 그것 참 희한하네, 이비는 생각했다. 달랑 글쓰는 것 말고는 할 수 있는 게 아무것도 없는 기계라…… 이것도 할 수 있고 저것도 할 수 있는 기계들끼리도 경쟁이 살벌한데 이런 걸 과연 누가 살까? 그런데 웹써핑을 막아준다는 건 상당히 획기적인데? 나같이 정신 산만한 인간에겐 도움이 될지도 모르겠다, 이비는 노트북을 자세히 들여다보았다.

"그런 면에서는 확실히 도움이 돼. 포기하게 해준다고 할까."

"오, 그래? 신기한데? 이 로즈 가든이라는 툴은 쓸 만해? 한글이랑 차이를 별로 모르겠는데."

"여러 가지 차이가 있는데…… 가장 큰 차이는, 장미꽃을 피게 해준다는 거야."

"뭘 피게 해준다고?"

몽식이는 담배에 불을 붙였다. 그러고는 연기를 내뿜다 목에 걸려 콜록콜록 기침을 했다.

"너도 알겠지만, 글이라는 것, 특히 우리가 쓰고 있는 소설이라는 건 어떤 식으로든 시대를 반영하지 않을 수 없잖아? 설령 별로 반영하고 싶지 않아도, 아무리 희한한 얘기를 하더라도, 반영이 안될 수는 없는 거잖아."

"그래. 그런데?"

"이비 너한테 궁금한 게 있어. 내가 술을 좀 마시긴 했지만 물어보고 싶다. 나한테 지금 굉장히 중요한 문제라서 그러니까 이해 좀 해주라. 너는 지금 이 세계가 어떻다고 생각해?"

"뭣이? ……이 세계가 어떠냐고?"

몽식이가 고개를 끄덕이며 다시 물었다. 아름다워? 슬퍼? 한심해? 끔찍해? 무서워? 지루해? 재미있어? 행복해? 막장이야? 두근거려? 총체적으로 한 단어만 골라야 한다고 생각해봐. 어떤 거냐고.

"아니, 갑자기 그런 걸 진지하게 물어보니까 뭐라고 해야 할지 모르겠잖아. 그리고 어떻게 한 단어만 고르냐. 그게 가능하냐? 일단 별로 아름답지는 않은 것 같지만…… 아름다울 때도 있지. 슬프고 한심하고 끔찍하고 무섭고 지루할 때도 있지만 무지 두근거릴 때도 있고, 막장이라고 하고 싶지만 막창이 있고. 아까 먹은 대구 막창의 그 황홀한 맛만 놓고 본다면, 세상은 무지 근사하고 행복한 곳이지. 진짜 맛있었잖아? 진짜 이백 퍼센트 막장이면 그런 막창도 없어야 되는데 그런 게 있고. 오늘 이렇게 친구랑 오랜만에 만나서 술 마시고 노니까 너무 좋지만, 집에 돌아가서 내일부터 또 이사 문제며 거미줄이 쳐진 방, 없는 돈 같은 거 걱정하다보면 또 지겹고 숨막히고 짜증나고 그렇겠지. 그런 거 아니냐."

몽식이는 대답이 없었다.

"음, 내가 너무 교과서적인 대답을 한 거냐?"

"응, 약간 그랬어."

"그런가, 근데 사실이 그래…… 그렇다고 생각해. 실은 그렇게 생각하려고 의식적으로 애쓰고 있는 건지도 모르지만. 나는 무지 단순한 인간이어서 한 단어를 고르는 순간 거기에 매몰되고 말아. 이게 전부가 아닐 수도 있다는 가능성을 열어놓지 않으면 정말로 그게 전부라고 생각하고 만단 말이야. 뉴스는 추해서 읽기가 힘들지. 하지만 밤에 한강변에 나가면 사람들은 다들 행복해 보여. 그 모든 것에도 불구하고 말이야. 돈이 없어서 굶다가 죽거나, 살려고 살인을 저지르는 사람들이 있어. 하지만 가진 것 없는 사람들에게 자신도 그리 넉넉지 않은데 남는 물건을 보내고, 아무런 보상을 기대하지 않는 사람들도 있어. 내가 활동하는 모 아이돌그룹 커뮤니티에 그런 사람들이 많은데…… 하여튼 그렇다고."

이비는 간신히 대답을 만들었다. 애쓰고 있다고 했으니, 거짓말은 아니었다. 애쓰는 건 할 수 있다, 그렇게 믿고 싶었다. 아마도 진정으로 행복한 사람에게는 필요없을 노력. 마음의 근육이 그래야만 하는 방향으로 긴장하며 굳는 느낌. 모두들 이런 걸 갖고 있을까. 아니면 나만 그럴까.

"그러냐."

"그렇다."

"그럼에도 불구하고, 이를테면 희망을 보려고 노력하고 있는 거냐."

"허허, 밤 열시에 친구네 집에서 술에 꼴아 희망이 어쩌고 하는 게 좀 이상하긴 하지만 말이야, 그래, 이를테면 그래. 그냥 숨구멍이라고 하자. 나는 무슨 혁명가도 아니고, 대단한 사람도 아니고, 조용히 그냥저냥 숨죽이며 살아가는 소시민이고, 그런 소시민으로서 하고 싶은 한가지 일이 있다면 그런 거라고 생각해. 숨구멍을 찾아내고 여기 이런 게 있다고 사람들에게 알리고 퍼뜨리는 거. 그러면 그 사람들은 또다른 사람들에게 그걸 퍼뜨리겠지. 그럼에도 불구하고 우리는 모두 살아야 하잖아. 세상이 끔찍한 곳이라고 해서 죽을 수는 없다고. 물론 그게 잘 안되지만…… 근데 다른 사람도 아니고 이런 얘기를 몽식이 너한테 하려니까 매우 이상하고 당황스럽고 그렇다? 너는 그런 걸 아주 잘하잖아. 비상구를 만드는 것 말이야."

"그게 말이야…… 있지, 나는 사실은 지금 네가 말한 그 모든 것에도 불구하고 세상은 망해야 한다고 생각하는 사람이야. 오랫동안 진심으로 그렇게 생각해왔어. 이비야, 난 여기가 너무 싫다. 충분히 들여다봤고, 충분히 생각했어. 여기는 말이야, 막장이야. 끝이야. 없어. 우리가 먹은 막창은 그냥 환각제야."

헐.

"그럼 네가 쓴 글들은 뭐야?"

뻘쭘해서 말하지는 못했으나 몽식이의 글을 보며 간혹 울기도 하고 코를 풀다가 프린트한 종이에 묻히기도 했던 사람으로서, 이비는 이게 뭔 소리야, 생각했다. 몽식이는 재떨이에 담뱃재를 떨더니, 핀이 슬쩍 나간 얼굴을 하고 노트북을 톡톡 두드렸다.

"이거."

"이게 뭐?"

"내가 쓴 게 아니야. 이게 썼어."

이비는 거실에 있는 정수기에서 찬물 한잔을 뽑아 몽식이에게 가져다주었다. 역시 여자친구가 결혼하자고 한 게 틀림없다. 그렇지 않고서야…… 에히고, 남의 연애사에 관여해서 좋을 건 하나도 없지만, 그놈의 연애. 얼마나 고민이 컸으면 저런 이상한 생각으로 도피하게 됐을까? 몽식이는 이비가 떠다준 물을 벌컥벌컥 마셨다.

"고마워, 친구."

"몽식아, 기계는 창작을 할 수 없어. 예술은 인간만의 영역이라고. 지금까지 숱한 시도들이 있었고, 인간이 여러 가지 재료들, 이를테면 데이터베이스를 입력하면 그것을 조합하고 뒤섞고 재배열해서, 예술처럼 보이는 것을 출력해내는 기계들은 꽤 있었어. 논란이 좀 있었지? 하지만 그건 결국 예술의 모방이고 예술처럼 보이는 것이었을 뿐이라고 나는 생각해. 특히 이야기 같은 경우는…… 불가능하지 않겠니? 기계는 상상을 할 수 없어."

"동의. 네 말이 맞아. 내가 표현을 조금 잘못했는데, 저놈이 창작을 한 건 아니야. 쟤는 번역을 했어."

"번역?"

"응, 번역. 아니지, 리라이팅이라고 해야 하나. 윤문? 하여튼 설명하기가 힘든데, 보여줄게, 봐라."

몽식은 노트북 앞에 다가앉아 'Rose Garden' 입력창에 문장을 토닥토닥 쳐넣었다.

A가 죽었다. A가 죽었다는 사실을 아무도 몰랐다. 쥐들이 A의 몸을 먹어치우기 위해 다가왔다.

몽식이는 입력한 문장을 클릭해 블록 처리한 다음, '편집' 탭에서 '변환'을 찾아 눌렀다. 그러자 프롬프트가 화살표에서 작은 장미꽃 봉오리 모양으로 변하더니, 장미꽃이 활짝 피어났고, 빨간 꽃잎이 나풀나풀 춤을 추며 떨어져내렸다. 블록 속에서 천천히 문장들이 바뀌기 시작했다.

　A의 영혼이 육체를 떠났다. 그 사실을 아무도 몰랐지만, 이미 그런 것은 중요한 문제가 아니었다. 자유로워진 A의 영혼은 살아 있는 동안 자신을 괴롭히던 소외감으로부터 드디어 벗어날 수 있었다. 자신의 몸을 향해 다가오는 쥐들을 보며 A의 영혼은 천천히 미소를 지었다. 남아 있는 너희들의 삶, 평안하길. 나는 갈라트레스로 간다.

　이비는 펄쩍 뛰어 뒤로 물러났다.
　"뭐야, 이거?"
　"보시다시피."
　"뭘 어떻게 한 거야? 이래도 되는 거야? 원래 문장이 없어지고, 게다가 길어졌잖아. 그리고 이건 뭐야? 갈라트레스?"
　"원래 문장은 키를 누르면 얼마든지 복원할 수 있고, 갈라트레스는 나도 몰라. 이 '갈라트레스' 같은 걸 '장미꽃'이라고 해."
　"장미꽃?"
　"응. 무슨 의미인지는 알 수 없지만…… 이런 게 툭툭 튀어나와. 이 프로그램에서는 '핀다'고 하는데, 하여튼 그래."
　"이런 단어 데이터베이스가 이 안에 있는 거야?"
　"그런 것 같아. 이걸 조절할 수도 있다. 봐."
　몽식이는 '도구' 탭을 누르더니 '장미꽃 설정' 메뉴를 눌렀다. '장미꽃의 수량을 조절할 수 있습니다'라는 설명이 말풍선으로 뜨고, '적게'와 '많이'라는 두 단어 사이를 움직이는 바가 보였다. 몽식이는 터치패드를 조작해 바를 '많이' 쪽으로 옮겨놓았다.

"다른 문장을 써볼게."

나는 존나리 찌질한 놈이다. 밤낮없이 술이나 처먹고 있고, 제대로 된 문장이라곤 한 줄도 쓰지 못했다. 친구가 놀러 왔는데 나는 계속 헛소리나 늘어놓고 있다.

몽식이는 문장들을 블록 처리하고는, 똑같은 과정을 반복했다. 그러자 문장들은 다음과 같이 변했다. 아까보다 조금 더 시간이 걸렸다.

나는 성기가 튀어나올 정도로 한심한 놈이지만, 실제로 성기가 튀어나오게 할 수 있다는 점에서는 타의 추종을 불허한다. 내게는 마음만 먹으면 나 자신뿐 아니라 남의 성기도 마음대로 튀어나오게 할 능력이 있다. 마음에 들지 않는 인간이 있으면 엄숙한 자리에서 갑자기 그의 성기를 길어지게 해 웃음거리로 만들 수 있고, 사랑하는 사람 앞에서는 나 자신의 성기를 길어지게 해서 만족감을 주고 강한 남자로 보일 수 있다. 밤낮없이 술을 마시고 있지만 유모 클라라가 몰래 선물한 이돌프라는 이름의 좋은 술은 내게 즐거움을 주고, 제대로 된 문장이라곤 한줄도 쓰지 못했지만 칼리폴리 박사의 경우를 생각해보면 그것은 꼭 나쁜 일도 아니다. 친구가 놀러 왔고, 나는 계속 헛소리를 늘어놓았다. 그 헛소리는 친구를 잠시 웃음짓게 했다. 내 헛소리를 들은 친구는 답례로 카호이모흐이족의 전통 춤을 보여주겠다고 했다.

"저기, 라면 있니."

"웅, 있어. 끓일까?"

"어, 나 갑자기 뜨거운 라면국물 같은 게 좀 마시고 싶다. 맵고 뜨거운 국물."

이비는 카호이모흐이족의 전통 춤 같은 것은 알지도 못했고 출 수도 없었으므로 몽식이가 라면 끓이는 걸 망연자실 지켜보았다. 그들은 라면을 먹었다. 라면국물은 맵고 뜨거웠지만 별로 도움이 되지는 않았다.

"꽝장히 이상한 물건이로구나."

"그렇지."

"번역? 윤문? 근데 부분적으로는 창작 같기도 하고."

"거봐, 헷갈리잖아."

"저런 일이 어떻게 가능하지? 안에 난쟁이라도 들어 있나?"

"몰라. P사 CEO 걔 누구냐, 마르땡 레볼라주를 끓는 기름에 넣고 고문해도 그 비밀은 털어놓지 않을걸."

"저걸 언제부터 쓴 거야?"

"재작년. P사 한국 지부에서 베타테스터 모집을 했었거든. 아직 판매해도 될지 결정되지 않았고, 시험해보는 단계라고. 저거 한정 판이다? 국내에서는 스무 명 정도한테만 간 걸로 알고 있어. 야, 그 때 내가 같이 해보자고 너한테 연락했잖아."

"웅? 언제?"

"재작년 봄에."

"그 얘기가 이거였어? 기억이 잘 안 나."

생각해보니 회사 일 때문에 정신이 없을 때였다. 이비는 P사가 어쩌고 하는 걸 얼핏 듣고는, 몽식이가 무슨 아르바이트 같은 걸 하려나보다고 생각했다.

"지원하려면 픽션, 그러니까 소설을 보내라고 하더라고. 써둔 단편 중에 몇편을 보냈지. 한국 지부에서 그걸 본사로 보낸 모양이야. 그런데 본사에서 읽고 내가 베타테스터로 적합하다고 판단했대. 톡톡 튀는 개성이고, 탁월한 문장이고, 기발한 상상력이고, 뭐 그런 거 있잖아. 책 띠지에 커다랗게 들어가는 말들. 그런 게 메일에 씌어 있더라고."

오오. 이비는 라면국물을 후루룩 들이켰다.

"물론 등단이나 공모전 입상 같은 건 아니었지만, 누군가한테 그런 칭찬을 들으니 기분이 나쁘지는 않더라. 남의 책 띠지에 씌어 있을 때는 괜히 내가 부끄러운데 정작 나는 그런 말 별로 못 들어봤거든. 그런데 공짜로 기계도 주겠다고 하고, 그런 일이 나 같은 인간한테 그렇게 자주 일어나는 건 아니잖아? 게다가 같이 온 모델 사진을 보니, 노트북이 상당히 예쁘기도 하고 말이야."

"그래, 참 예쁘긴 하다."

"그래서 참여하기로 한 거야."

"나한테는 왜 말 안했냐?"

"바쁜 것 같아서. 왠지 나한테만 좋은 일이 생기니까 좀 미안하더라고."

"어이구."

"처음에는 말이야, 아주 넋이 나갔었어. 재미있잖아. 그런데 한 이주일쯤 지나니 뭐 이따위 말도 안되는 작태가 다 있어? 하는 생각이 들기 시작하더라고. 내가 비록 작가는 아니지만 뭐가 예술이고 뭐가 아닌지에 대해서는 생각을 많이 하는 편이거든. 저건 무의미라고 생각했고, 예술에 대한 모독이라고 생각했고, 가장 나쁜 종류의 자기계발서 같은 거라는 생각도 했지. 봤으니 알겠지만, 부정적인 감정이나 정서, 그런 게 다른 걸로 싹 바뀌어. 교정이 되는 거지. 원본 문장은 그대로 있으니까 아예 사라지는 건 아니지만, 어쨌든 해서는 안될 짓이라는 생각이 들더라고. 아무도 모르게 A가 죽었고, A의 몸은 쥐들에게 먹히게 돼. 내가 그렇게 썼으면 그런 거잖아. 그런데 영혼이니 자유니, 소외감으로부터 벗어났다고? 아니, 나는 그런 생각을 한 적도 없고 할 계획도 없었어. 외롭게, 아무도 없는 방에서 얼굴을 일그러뜨리고 죽은 A에게 그런 일이 일어날 리가 있어? 갈라트레스라니, 누구 맘대로 A가 그런 곳으로 가며, 누구 맘대로 괴로움에서 벗어난다는 거야. 그건 불쌍하게 죽은 A를 모독하는 거야. 그렇지 않아?"

"그러네."

"그래서 P사에 메일을 썼지, 지금 말한 대로. 이건 모독이라고, 불쾌하다고, 나와는 맞지 않는 것 같으니 이쯤에서 그만두고 반품하고 싶다고."

"와, 진짜 그렇게 썼어?"

"그랬지. 그러고는 안 보내고 지워버렸지."

이비는 김치 한조각을 집어먹었다.

"예뻐서?"

"응, 예뻐서."

이비는 그만 웃어버렸다.

"그것도 그렇고, 왜 다른 사람들 놔두고 하필 내가 베타테스터로 선정됐을까 하는 궁금증이 들기도 하더라고. 아까도 얘기했는데, 나는 기본적으로 이 세상이 뽀개지기를 매일 가슴 설레며 기다리는 인간으로 살아왔어. 한 열살? 그때쯤부터 쭉 그렇게 생각한 것 같아. 부모도 싫고 학교도 싫고 군대? 말할 것도 없고, 회사? 아우, 지겹고, 먹고살기 위해 온갖 짓을 다 해야 하고, 물론 인간 하나하나를 들여다보면 참 근사하고 멋있는 사람들이 많은데 그들이 모여서 만들어놓은 이 동네는…… 아무래도, 역시, 막장이라고 생각해. 암을 이겨내고 살려고 노력하는 사람들도 있는데, 나는 집안이 가난한 것도 아니었고, 인생에 특별히 힘든 일이랄 것도 없었으니, 어쩌면 막장인 건 나인지도 모르겠지만. 아니면 소시오패스든지. 하여튼 그랬어."

음, 이비는 생각했다. 몽식이가 그런 생각을 갖고 있었다는 것도 (작가가 될 때까지 부모님의 지원을 받을 수 있는 인간이 대체 뭐가 그리 불만이 많을까!), 그걸 여태껏 친구인 자신에게조차 감쪽같이 숨겨왔다는 것도(그는 누구보다 잘 웃고, 다른 사람들을 많이 웃게 해주는 사람이었는데) 그런 생각을 갖고 있으면서 그런 글을 써왔다는 것도 모조리 신기했다.

"하지만 네 글에는 그런 게 하나도 드러나지 않았잖아? 나는 옛날부터 쭉 봐왔으니까 알고 있다고."

"숨겼지. 숨겨야 한다고 생각했어. 숨기지 않으면 좋을 게 하나도 없었어. 쓰는 나도 불쾌하고, 읽는 사람도 불쾌할 테니까. 이게 참 모순인데 말이야, 사람마다 다르겠지만, 나는 아름다운 글이 좋거든. 아무리 세상이 끔찍해도 그 속에서 아름다움을 찾아낼 수 있게 도와주는 글이 좋아. 이비 너는 어때?"

"글쎄…… 아름다움에도 여러 종류가 있고, 꼭 모두가 아름다운 글을 써야 할 필요는 없지 않을까 싶은데. 추한 걸 사정없이 추하다고 말하는 사람도 필요하고, 거침없이 화를 내는 사람도 필요하고, 비정한 세상을 비정함 그대로 전달하는 사람도 필요하다고 생각해. 우리가 얼마나 끔찍한 존재인지 기억하게 해주는 글들도 필요하지. 우린 자고 나면 잊어버리잖아? 그런데 그런 글들을 읽으면, 가끔 마음속에서 뭔가 부서지는 느낌이 들기도 해. 때로는 읽는 입장에서 아프기도 하고. 정말 잘 쓰는 작가는 아프고 슬프게 하면서도 그 이상을 보여줄 수 있고, 읽는 사람 마음속에서 깊은 변화가 일어나게 할 수 있어서, 나는 그런 글도 아주 좋아하지만. 나는…… 내가 못 보는 걸 보여주는 글에 마음이 가. 내가 가진 것과는 많이 다른, 아스라한 뭔가를. 특히 요즘은. 왜냐하면 혼자서는 그런 걸 보기 힘드니까."

"그래, 나도 그래…… 나는 글을 쓰면서, 나 자신보다 나은 무언가가 글로 나왔으면 좋겠다는 생각을 많이 해. 이비 너는 잘 몰랐을 수도 있지만, 나는 어려서부터 속마음을 숨기는 일을 굉장히 잘했고…… 사실은 마음에 굉장히 가시가 많이 돋아 있는 인간이야. 글쓰는 데 필요한 가시 말고, 정말 안 좋은 종류의 가시 말이야. 세상을 안 좋은 곳으로 만드는 가시."

"헐, 뭘 또 그렇게까지 말하냐."

"모른다니까, 너는…… 내 여자친구도 모르고, 부모님도 몰라. 하여튼 난 내가 무서울 때가 많아. 그래도, 아니 그래선지, 나의 비겁함이나, 나의 오염된 부분, 수없이 많은 편견이나, 미움이나, 미친 듯한 적대감이나…… 내 속에 들어 있는 그런 끈적끈적하고 기분나쁜 것들보다는 나은 무언가를, 보고, 느끼고, 만들어내고 싶다는 마음이 있어. 너도 그렇고, 나도 그러니까 다른 사람들도 그렇지 않겠어? 그런데 나는 아름다움을 볼 수도 느낄 수도 없으면서 손으로는 아름다운 글을 쓰려고 했어. 속엔 딴판인 게 들어 있는데 내가 짜증나는 인간이라는 걸 알리고 싶지는 않으니, 손가락만 다르게 움직여서 대충 예쁘장한 것들로 치장을 했던 거지. 호감을 사려고 말이야. 꽤 오랫동안 그랬는데 못 느꼈어?"

음, 그랬나. 이비는 기억을 되살려보았다. 그러고 보니 미세하게 이질감 같은 게 느껴졌지만 습작기의 거친 면이라고 생각하고 넘어간 것 같기도 했다.

"그러다가, 이러면 안되겠다는 생각을 하기 시작했어. 거짓말이잖아. 립씽크잖아. 너랑 내 블로그에 오는 사람들, 그러니까 내 글을 읽어주는 사람들이 몇명 되지는 않지만 그 사람들은 엄연히 내 독자인데, 나는 독자들을 속이고 있는 거잖아. 본심을 드러내고 초초초 포악하게 굴든지, 아니면 운동이라도 하고 식생활이라도 바꿔서 세상의 아름답고 멋지고 재미있는 면을 정말로 보고, 느끼고, 그걸 글로 옮길 수 있는 사람이 되든지. 왜냐하면 나도 사실 대구 막창 같은 걸 먹으면 순간순간 몹시 행복해하는 사람이거든. 근데 그걸 글로 옮길 능력이 없었어."

"야, 대구막창 그건 힘들어. 그런 종류의 행복함은 글로 잘 옮길 수가 없지 않아? 나는 그런 건 그냥 경험으로 소중하게 저장될 뿐이지, 글이 되진 않던데."

"그런가. 하여튼 나는 가능하면 후자가 되고 싶었고, 그래서 선택을 했지. 슬럼프가 오더라. 그거 되게 힘든 일이었어."

몽식아, 나도 그래. 나도 그거 되게 힘들더라.

"그래도 노력을 하니까 조금씩조금씩 되더라. 사람들을 만나도 안 좋은 면과 함께 좋은 면을 보려고 하고, 안 가본 동네도 의식적으로 가보려고 하고, 뉴스를 보면서 이 상황을 어떻게 해야 개선할 수 있을까,를 혼자서 진지하게 생각해보기도 하고. 사회운동 같은 걸 하시는 분들도 만나봤어. 물론 내가 그런 데 가끔가다 한번 가보는 게 얼마나 피상적이고, 수박 겉핥기 같은 일인지 하는 생각이 들지 않은 것도 아니지만, 절대로 아무것도 안될 것 같은 상황에서 뭘 해보려고 그렇게 안간힘을 다한다는 게 어떤 일인지, 자꾸 보니까 조금씩 보이는 것 같기도 했어. 보인다고 생각하고 썼지. 하지만 정말로 보인 건 아니었는지도 몰라."

"으음."

"그런데 P사에서는 뭘 보고 날 베타테스터로 고른 걸까? 그 수많은 지원자들 중에서 말이야. 그냥 별생각 없이 그런 것일 수도 있겠지만, 나는 자꾸만 그런 생각이 들더라고. 이자들은 알고 있는 거야, 내가 보려고 노력은 하는데 잘 보이지 않는다는 걸, 그게 매우 힘들다는 걸, 힘들어하면서 안 보이는데 보인다고 썼다는 걸. 그런

틈을, 내 글에서 읽은 게 아닐까? 하는 생각이."

"P사에 그런 전문 인력이 있어?"

"나는 인간이 아닐지도 모른다고 생각해."

"뭐라고?"

"그러니까 내가 쓴 글을 어떤 프로그램에 입력해서 통과시키는 거야. 어떤 프로그램인지는 몰라. 저 'Rose Garden'과 비슷한 것일 수도 있고, 비슷하긴 한데 방향이 다른 것일 수도 있지. 저런 문장들을 만들어내는 프로그램이 있으니 그것을 위한 보조프로그램도 있을 수 있지 않겠어? 저 머신을 누군가에게 구매하게 하기 위한, 수요자를 찾아내는 보조프로그램 말이야. 통과시켜서, 구매자가 될 수 있겠다, 싶으면 삐- 하고 잡아내는 거지. 어쩌면 인간이 아닌 기계가 더 잘 찾아낼 수도 있지. 기계의 언어는 기계가 더 잘 아니까."

"몽식아, 그건 좀 너무 나간 것 같다. 아무리 네가 '망상 몽식'이라지만."

"그런가? 그런데 P사에서 만들고 있는 물건들이 뭔지 알면 망상이라는 생각도 별로 안 들 거야. 확실하진 않은데 '만질 수 있는 성배'라는 별명이 붙은 뭔가를 개발중이라고 하더라."

"만질 수 있는? 3D를 말하는 건가?"

"그런 것 같아. 3D가 영상 쪽에서는 이미 많이 나왔지만, 그건 누가 만들어놓은 입체적인 영상이 이미 있어서 우리가 안경을 쓰고 보는 거잖아? 그런데 그건 이쪽에서 만드는 거래. 소비자, 유저가 말이야. 아무것도 없는 곳에 손을 넣는다 그랬나? 설계도 그런 것도 필요없대. 그냥 조물락조물락하기만 하면 아주 쉽게 자기 마음대로 가상의 입체를 빚을 수 있고, 그걸 들고 다닐 수도 있다나. 뭐 그렇다고 하더라고."

"대체 어떤 형태의 기계가 그런 걸 할 수 있냐?"

"몰라. 하여튼 P사가, 알고 보니 그런 곳이더라고. 뭐든 할 수 있을 것 같아. 저 라이팅 머신 같은 경우엔, 상용화된다 하더라도 현실적으로 타깃층이 매우 얇겠지. 되게 특이한 일을 하는 기계잖아. 되게 특이한 필요를 느끼는 사람들만 사용할 거고. 일단 글을 쓰는 일이 주된 업무인 사람, 그러면서 자신이 갖고 있는 주된 정서와는 다른 정서를 참고하거나, 받아들이거나, 이용하고 싶은 사람, 글을 다른 어조로 쓰거나, 다른 시선에 대한 힌트를 얻고 싶은 사람이어야 할 거 아냐. 그런 사람이 많을까? 전세계로 놓고 본다 해도, 매우 적겠지. 그런데 P사 걔들은 이런 걸 만들고 있었어. 돈이 목적이 아닌 거지. 투자를 하고, 이런 걸 만들고, 연구를 해."

"잠깐만, 몽식아. 나는 그런 과정을 기계로 해결할 수 있다는 생각 자체가 꽤나 이질적인 것 같은데. 우리는 보통 그럴 때 다른 사람이 쓴 글을 읽거나, 웹써핑을 하거나, 밖에 나가 사람을 만나고 대화를 하면서 깨닫거나, 다른 일을 해보거나, 하여튼 온갖 삽질을 하면서 힘들게 공부를 하잖아. 나는 왜 이렇게밖에 세상을 볼 수 없나? 이 좁아터진 시야를 어떻게 넓히지? 바꾸지? 하고 갖은 고민을 하면서 말이야. 그런데 저건…… 음, 궁금하네. 저게 실제로 도움이 됐어? 저걸로 인해 너의 시선이 뭔가 바뀌었어? 유모 클라라가 어쩌고…… 내가 보기엔 저건 그냥 말장난에 불과한 것 같은데?

어떤 난쟁이가 저 안에 들어앉아 있는지는 모르겠지만, 문장의 뜻을 총체적으로 이해하고, 문장과 문장의 관계를 이해하고, 그것이 개연성있는 허구라는 사실을 이해하고, 은유와 직유와 상징을 이해하고, 거기 담긴 정서를 이해하고, 그 아래 어떤 시선이 깔려 있는지 이해하고, 그것과는 다른 시선을 어찌어찌 만들어내서 리라이팅을 하고, 거기까진 놀랍다고 쳐. 사실 매우 놀라운 일인 것 같긴 해. 그치만……"

그렇게 말하면서도, 자신이 없었다. 이비는 정신적인 것들이 바꾸지 못하는 삶의 방식을 물건 하나가 간단하게 바꿔버리는 예가 도처에 얼마나 많은지 알고 있었고, 그 사실에 두려움과 경이로움을 동시에 느꼈다. 거부감은 아니었다. 단지 그것들을 하나하나 시도해보기엔 돈이 넉넉하지 않을 뿐이었다. 저 프로그램이 다른 기계에 담겨 있다면 느낌이 또 다를 것이다. 조잡하거나 어이없어 보일 가능성이 크다. 그러나 후에 숱한 모방작들이 나온다고 쳐도, 아마 저 프로그램은 P사가 독점 소유할 것이고, 저 머신에 담겨 판매될 것이다. 이를테면 저 은빛 보디 표면에 섞인 장밋빛 입자들이 빛을 반사해 보는 사람의 위치에 따라 다르게 반짝이는 방식. 이를테면 자판을 이루는 키들의 저 미묘한 높이. 그것이 손가락과 만날 때의 감각. 키 하나하나에 새겨진 알파벳들의 서체. 이를테면 저 서양배 로고를 이루는 곡선과, 그것을 채운 어두운 푸른색도 아니고 검푸른색도 아닌, 어렴풋한 꿈같은 빛깔. 이를테면 저렇게 안심이 되는 터치패드. 이 모든 것들의 조합. 플러스 저런 프로그램. 무언가 변화가 일어나지 않는 게 이상한 일일 것 같았다.

"저거 혹시 좀더 긴 글도 되니?"

"응, 장편소설을 넣으면 장편소설이 나와. 물론 매우 다른 형태가 되어서 나오지. 주제도 바뀌고, 구성도 바뀌고. 인물이나 사건 같은 건 변하지 않는데, 조금씩 다른 색채가 가미돼서 나와. 말이 안되는 경우도 꽤 많지만, 나로서는 절대로 쓸 수 없는 이야기가 나오기도 해."

"헐, 미치겠네."

"설정들이 이것저것 더 있는데, 아까 본 건 '울타리 뛰어넘기' '가시 뽑기' '장미와 농담하기' 이 세 개 필터를 깔아둔 거고, 다른 필터들도 있어. '향기에 집중하기', 이건 묘사를 세밀하게 만들어줘. '머리에 장미를', 이건 살짝 미친 것 같은 문장들을 만들어주지. 환각소설이라든가 그런 유 있잖아? 버로스 같은. 우리나라에선 마약이 불법이잖아. 그래서 그런 상태를 맨정신으로 상상하기도 힘들고. 근데 그걸 까니까 그런 게 나오더라고. 상처를 내는 환각이 아니라, 미친 듯 폭주하는데 무지 행복한 환각이야. '모두에게 장미 차 한잔씩을', 이건 좀 긴 글에서만 활성화되는 필턴데, 어떤 인물도 소외당하지 않게 해. 작가가 작품 속에서 어쩌다 인물을 다치게 하는 경우가 있잖아. 그런데 굉장히 교묘하게 수를 써서, 그런 인물이 하나도 나오지 않게 하더라고. 나는 지금 아주 일부만 말한 건데, 그런 필터들이 팔십개 정도 있고, 그걸 조합하는 방식도 상당히 다양해서, 잘만 하면 같은 글은 나오지 않겠더라고. 일단 작가마다 재료를 다 다르게 넣으니까 말이야."

"라면 더 있니?"

"아니, 떨어졌어. 사올까?"

"아니, 됐어. 술이나 좀더 주라."

"믿기 힘들지?"

"응."

"나도 그랬어. 그런데, 그렇더라고. 어쨌든 상당히 여러 가지로 실험을 해봤어. 하지만 결국, 아무래도 그건 내 시선이 아니었어. 내 의도도 아니고, 내 이야기도, 문장도 아니잖아. 인간인지 프로그램인지, P사에 소속된 난쟁이들 머릿속에서 나온 거라고. 나는 내가 혼자서 삽질을 하고, 그래서 안되면 쓰지 말든가, 어쨌든 저놈이 뱉어낸 문장을 이용하는 일은 절대 하지 말자고 굳게 결심했지. 가짜잖아. 그리고 위험하잖아, 되게. 그랬는데."

"그랬는데?"

"그랬는데, 정신을 차리고 보니…… 내가 저기 핀 장미꽃들을, 그러니까 아까 갈라트레스 같은 단어들을 보면서 딴생각을 하고 있는 거야. 갈라트레스? 그게 뭐지? 아무 의미없는 음절들을 참으로 생각없이 조합해놓은 것 같군, 이렇게 생각하면서도, 동시에 갈라트레스? A의 영혼이 갈라트레스에 왜 가지? 가서 뭘 하지? 거기 뭐가 있나? 누구를 만나러 가나? 다른 영혼을? 아니면 대왕 쥐 같은 게 있어서 그놈을 처단하러 가는 건가? 그래서 자기 몸을 갉아먹는 조그만 쥐들은 피식 웃으며 넘겨버릴 수 있는 건가? 뭐 이런 식으로, 수도 없이 하고 있었어, 상상을. 그것도 처음에는 뭐래? 하다가, 점점 더 진지하게…… 아아, 이게 끝이 아닐 수도 있겠다, 다른 가능성이 있을 수도 있겠다, 하고 깊이 생각하게 되더라고. 그러면 뭔가 또 보일 것도 같고."

"호오."

"그치만 내 세계에서 A는 외롭게 죽었잖아. 원래는 다른 일이 일어나지 않은 거잖아. 저놈이 만든 갈라트레스를 긍정하면, A의 외로움에 대해서는 말할 수 없게 되잖아. 이돌프를 긍정하고, 유모 클라라를 긍정하면, 존나리 찌질한 놈이었던 나는 없어지는 거잖아. 어디 먼 나라 부족의 전통 춤을 춰주는 친구도 있고 말이야. 그런데 글을 계속 들여다보고 있자니, 어느 순간부터 이런 생각이 들었어. 그 두 개가 같이 존재하게 할 수는 없나? 이것도 진실이고, 저것도 진실이게 만들 수는 없을까? 갑자기 앨리스의 토끼굴 같은 장미꽃이란 게 떡하니 피고, 그게 내 이야기를 교란시킨단 말이야. 그런데 그 교란을 막고, 내 이야기를 지키고, 인물들을 지키고, 내가 노력해서 내 힘으로 얻은 시선을 지키면서 약간의 도움을 받을 수만 있다면, 뭔가 멋진 게 나오지 않을까? 내가 가진 건 한계가 있는데, 길이 짠 열린다면? 그 길을 그대로 따라가는 게 아니라, 저런 길이 있구나, 하고 생각하고, 놀라고, 자세히 들여다보고, 별거 없으면 말고, 얻을 게 있으면 얻고, 그걸 내가 소화해서 다시 쓴다면? 내가 합리화를 하는 것 같니?"

"으음, 잘 모르겠어."

"그래서 이렇게 해봤어. 우선 내가 쓴 이야기가 있어. 이걸 A라고 치고, 저 머신이 그걸 리라이팅한 걸 B라고 쳐. 전체를 넣기도 했고, 부분부분 잘라서 변환하기도 했어. 그 두 개를 읽고, 생각을 하는 거야. 여러 가지로 생각이 바뀌는 부분도 있고, 안 바뀌는 부분도 있었어. 그래서 C라는 이야기를 다시 써. C를 다시 변환해서 D를, E를, F를 만들어도 봤는데, 변환을 너무 많이 하면 글이 산으로 가더라. 한 번, 많으면 두 번 정도가 적절한 것 같아."

"그러니까 말하자면 합평 같은 거네."

"응, 일종의 합평이지. 그런데 합평회에서는, 나는 이 부분이 마음에 안 들었다, 나라면 이걸 다른 방식으로 써보겠다, 이런 식으로 말들은 해주지만, 실제로 다시 써주진 않잖아? 그 귀찮고 아무도 대신해줄 수 없는 일을 누가 해주겠어? 그런데 쟤는 다시 써줬어. 빨간펜 선생님과는 또다른 것이, 쟤는 뭐가 잘못이라고 말하지 않더라고. 그냥 다른 시선으로 보고, 되게 특이하게, 그리고 매번 다르게, 써낼 뿐이었어."

"그렇게 해서 나온 결과물이었구나, 최근에 쓴 것들이."

"응, 사실 꽤 많이…… 도움을 받았어. 솔직히 말하면 아무리 해도 안되던 마지막 하나가 저걸로는 되는 느낌이랄까, 그랬어. 네가 읽기에는 어땠는지 모르겠다."

"나는, 좋았어. 네 말을 듣기 전까지는 아주 좋았고, 네가 그려낸 세계들이…… 슬프면서도 아름답고, 뭔가 계속 부서지는 듯하면서도 결국엔 무언가가 되살아나는…… 세계라고 생각했어. 그리고 지금은…… 취했으니까 솔직히 말하자면, 조금 묘한 기분이 들긴 하네."

"그러니."

"응."

"내가 잘못한 거 같니?"

"글쎄, 꼭 그렇지는 않은 것 같은데…… 결국 처음과 마지막에 글을 쓴 건 저 머신이 아니고 너잖아. 쟤는 약간의 도움을 주었을 뿐이고. 실용적으로."

"정말 그럴까?"

"후, 아닌 것 같기도 하고. 어렵다. 그런데 뭐가 문제라는 거야?"

"저 머신을 알게 된 다음부터 좋은 시기와 나쁜 시기가 반복됐어. 내가 얘기를 안해서 너는 몰랐겠지만, 아주 미친년 널뛰듯 반복됐어. 좋은 시기에는 저게 나한테 준 도움을 긍정적으로 받아들이고, 용기를 얻고, 이건 인간의 기술이 만들어낸 편리한 툴일 뿐이야, 새로운 기계가 나왔고 나는 그걸 이용하는 거야, 생각했지. 못할 게 뭐 있어? 이용하는 거야. 편리한 신기술이 나왔고 내 손에 쥐어졌는데, 이용하지 않으면 나만 손해 아닌가? 싶기도 하고, 이건 나의 본질과는 관계없어, 싶기도 하고. 좋아, 열심히 해서 기계한테 지지 말자고! 주먹을 불끈 쥐었지. 노트북을 덮어두고 책도 더 많이 읽고, 나가서 조깅을 해도 조금 더 열심히 하고, 그렇게 열심히 살 수 있었어. 이걸로 좋은 글을 써서 꼭 작가가 되고 말자고.

그런데 나쁜 시기가 오면, 나는 기계만도 못한 인간이고, 뭔가 사기꾼이 된 것 같고, 이러니까 작가가 못되는 거라는 생각도 들더라. 어째선지 전국을 발로 걸어 대동여지도를 만든 김정호가 생각나고, 대학 때 동아리 선배들이 생각나고…… 그 선배들, 글 때문에 다들, 피는 아니더라도 굉장히 짙은 가래 정도는 매일 밤 토하고 있을 텐데, 나는 어쩌다가 운이 좋아 저런 악마 같은 기계를 얻었고, 얻었으니 거기에 영혼을 팔았고, 사실 내가 쓴 것보다 저게 써낸 게 좋았던 적이 훨씬 많았고, 실은, 저거 그냥 B에서 끝내고 싶다는 생각이…… 자꾸 들더라고. 잃다,라는 동사가 자꾸 생각나더라. 아침에 일어나면 나도 모르게 '잃었어'라고 중얼거리고 있고. 이비야, 사실은 내가 지켜야 되는 뭔가를 못 지킨 것 같아. 저게 내가 해야 할 고민을 가져가버렸어. 그런데 이제는, 저 머신 없이 나 혼자서는 글을 한줄도 못 쓸 것 같고, B의 도움을 받아 C를 쓰다가 다시 혼자서 A를 쓰라면, 내가 쓸 수 있을까? 자꾸 C가 생각나서, 이젠 저거든 다른 노트북이든 붙잡고 있어도 A가 잘…… 생각이 안 난다? 할 수 있어, 생각하지만 정말로 자신이 있는 건지 없는 건지 잘 모르겠어. 밥맛도 줄어들고, 술만 계속 마시게 되고…… 생각이란 것도 거의 안해. 생각은 쟤가 대신해. 지금은 나쁜 시기야."

이비는 뭐라고 대답해야 좋을지 몰라 가만히 있었다. 한참 생각하다가, 나 말고 또 누가 아니? 하고 겨우 물었다.

"아무도 몰라. 베타테스터 조건이, 리뷰라든가 그런 걸 어디에도 쓰지 말고, 머신에 대해 아무한테도 구체적으로 말하지 말라는 거였거든. 그런데 이비 너는 전부터 입이 무거웠잖아."

어이구.

"그래서 너는 어떻게 하고 싶니?"

"사실은 너한테 줄까, 생각하고 있었어."

뭐라고? 이 악마 같은 놈아, 이비는 생각했다. 아냐, 이건 아냐. 나를 시험에 들게 하지 말라고. 차라리 절대로 빠져나올 수 없는 게임을 권해줘라. 거기까지 생각하고, 이비는 물었다.

"저게 얼마라고?"

"상용화가 결정되면 아마도 삼백만원에서 사백만원 사이가 될 것 같대."

"비싸네."

"비싸지. 그래도 살 사람은 사겠지. 쓰는 사람에 따라 가치는 그 이상이 될 수도 있고, 일원짜리도 안되는 쓰레기일 수도 있겠지. 나 같은 중독자만 양산하고, 윤리적으로 지탄을 받고, 대량 반품돼서 폐기처분될지도 모르지. 그런데 누가 알겠니, 저게 주인만 제대로 만나면 정말로 놀라운 일을 해낼지."

"베타테스터는 너잖아. 다른 사람에게 주면 안되는 거 아니야?"

이비는 필사적으로 유혹에 저항하려 했다.

"나는 이미 사용할 만큼 사용해봤고, 더는 쓰고 싶은 마음이 없어. 글은 이렇게 쓰는 게 아니고, 이대로는 안되겠다는 생각이 들었다고. 실은 저것 때문에 클리닉에도 다니고 있어. 뭔가 계속 불안하고, 여자친구랑도 만날 싸우고…… 이비야, 저게 날 미치게 만들고 있어. 나 좀 도와주라. 네가 옛날에 동아리방에서 그랬잖아. 세상에 대한 미움을 버리고 싶은데 버릴 수 없을 것 같아 고민이라고. 그러니까 혹시 너한테 도움이 된다면……"

"몽식아."

"웅?"

"나 너 좀 때려도 되니?"

"웅, 때려. 맘껏 때려줘."

이비는 주먹으로 몽식이의 뺨을 겨냥했다가…… 손을 그냥 내렸다. 아오, 미치겠네! 친구가 이상해졌고, 점점 더 이상한 말을 하고 있는데, 나는 왜 저걸 갖고 집으로 튀고 싶은 거야?

"장미꽃 자체가 나쁜 게 아닌데."

"장미꽃 자체가 나쁜 게 아니지."

"나는 장미꽃을 좋아한단 말이다. 누구한테 받아본 적은 없지만."

"나도 그래. 저 장미꽃 때문에 잠이 잘 안 올 뿐이다."

"왜 이런 일이 일어나는 거지?"

"이상한 세상이니까."

"재미있는 세상이긴 하다, 진짜."

"말했잖아. 막장이라니까."

"막장일 수도 있겠지. 근데 몽식아, 뽀개자."

"뽀개야 될까?"

"다른 건 몰라도 중독은 나빠. 그것밖에 답이 없어."

"우리가 저걸 뽀갠다고 큰 흐름이 달라지진 않아. 난 아마……
상용화가 될 거라고 생각하는데."

"설령 그리디라도, 최소한 너는 거기서 벗어날 수 있잖아."

"그럴까? 나중에 또 살 것 같아."

"후기를 써서 보낼 때, 냉정하게 쓰면 되잖아. 네가 느끼고 생각
한 거, 문제점이라고 생각되는 부분, 이러저러한 이유로 글은 이렇
게 쓰는 게 아니라는 생각이 들었다, 이것은 팔아서는 안되는 물건
이라고 생각한다, 그런 것들을."

"후기를 쓰고 나서 변환 버튼을 누르고 말 것 같아. 그러면 장미
꽃이 피겠지. 사실 요즘은 일기를 쓰고 나서도 누르고 있어. 그냥

뭐든 쓰기만 하면, 거기서 그치지 않고, 눌러보는 거야. 게다가 말이야, 내가 부정적인 피드백을 보내고, 또 그런 사람들이 많아서 출시가 취소된다 하더라도, P사에서 저걸 다시 가져가진 않을 거 아냐. 그러니 그만둘 수는 없을 것 같아."

어휴, 그 정도란 말이야?

"그러니까 이래도 저래도 뽀개야 한다는 결론이 나오네. 뽀개자. 몽식아, 정신차려. 나도 지금 상당히 흔들리고 있는데, 우리 이러면 안된다고. 창문 밖으로 던질까? 지금 몇시지, 이런, 열두시가 넘었네. 시끄럽겠다. 아니면 드라이버 있니? 분해하게."

"드라이버, 없어."

"아까 부엌에 보니까 그 비슷한 뭐가 있는 것 같던데."

"아니야, 그건 다른 공구야."

"거짓말 마."

"진짜야."

"너 라면 좀더 사올래? 새로 나온 청양고추맛 팍팍!이라고 있어. 그것 좀 사와라. 미니스톱에는 없을지도 몰라. 패밀리마트에는 아마 있을 거야. 드라이버는 그동안 내가 찾아볼게."

몽식이는 잠시 울 것 같은 표정을 하며 미적대더니, 결국 라면을 사러 편의점에 갔다.

이비는 머신 앞에 다가앉아 장미꽃 아이콘을 보다가, 그것을 더블클릭해 화면을 열었다. 텅 빈 백지가 열렸고, 백지에는 아직 아무 일도 일어나지 않았다. 기분이 조금씩 가라앉으며 차분해졌다. 이비는 천천히 자판을 두드리기 시작했다.

한참을 쓰고는, 이비는 쓴 것을 처음부터 훑어본 다음 블록 처리했다. 그리고 손가락을 이리저리 움직여보았다.

몽식아, 미안하지만 나는 지금 집에 간다. 너의 싸움을 도와줄 수 없어 미안하다. 나는 도와줄 수 있는 인간이 아닌 것 같고, 뽀개니 어쩌니 말은 했지만, 이건 네 물건이고, 사실 그보다 이건 네가 결정하고 선택해야 하는 문제라고 생각해. 비겁하다고? 그래, 비겁한 건지도, 욕망 앞에 한없이 약하고 쉬워지는 인간이어서, 그런 나를 잘 알아서 도망치는 건지도 모르겠다. 오늘밤 너와 나눈 대화가 그저 조그맣고 재미난 해프닝 같기도 하지만, 나는 갑자기 엄청나게 고민이 되기 시작했어. 고민이 있으면 뭐든 글로 써서 푸는 게 내 방식이었는데, 그동안 이런저런 이유로 그 방식을 실천에 잘 옮기지 못했어. 못했거나, 안했거나, 어쨌든 그랬다. 그런데 네 얘기를 들으니 다시 해보고 싶어졌어. 지금 이 고민을 집에 가지고 가서 뭔가, 뭔지 모르겠지만…… 써보려고 해.

뭐가 옳은지는 잘 모르겠다. 나는 내가 가보지 않은 나라들이 좋아. 거기에는 내가 밟아보지 않은 길이 있고 상상조차 해보지 못한 음악이 흐를 테니까. 하지만 변해서는 안되는 것들도 있다고 생각해. 지금은 답을 내릴 수 없지만, 쓰면서 생각해볼게.

여러 가지로 힘들겠지만, 몽식아, 어쨌든간에 나는 네 글을 정말 좋아한다. 너는 가짜라고, 네 것이 아니라고 했지만 가짜를 진짜가 되게 하는 게 글쓰는 사람이 할 수 있는 일 중 하나고, 따지고 보면 순수하게 독창적인 것은 사실 하나도 없지만 그래도 또 뭔가를 하나 더 만들어 가만히 놓아보는 게 우리가 할 수 있는 일이라고 생각한다.

너는 나한테 오늘 뭔가를 줬다. 이게 뭔지는 아직 모르겠다. 되게 이상한 모양이다. 모양은 꽃이 아닌데, 느낌은 꽃다발에 상응하는 어떤 것이다. 이런 거, 굉장히 오랜만에 누구한테서 받아봐. 고맙게 받겠고, 이걸로 뭔가 해볼게. 너도 오늘 나한테 한 얘기 잊어버리지 말고, 그걸 끝까지 놓지 말고 뭔가 해봐라. 너는 잘할 수 있을 거야. 이 기계를 현명한 방향으로 쓸 수 있을 거라고. 나는 그렇게 생각한다. 그럼 잘 자라, 친구.

꽤 오랫동안 그러고 있었는데도 몽식이는 돌아오지 않았다. 이비는 가방을 들고 집을 나섰다. 삑- 소리가 나며 번호키가 달린 문이 잠겼다. 잠겼다, 끝. 머리가 핑핑 돌았다. 이비는 잠시 그대로 있다가 비틀거리며 엘리베이터를 향해 걸어갔다. 택시를 잡아타고, 집에 오자마자 뻗어버렸다.

답장은 다음주에, 문자메씨지로 왔다.

　이비야

이비는 '왜?'라고 한 글자로 답문자를 보냈다.

　이사 준비는 잘돼가니

'아니, 아직 방 못 구했다. 너무 비싸, 전부.'

구할 수 있을 거야 좋은 방을

'그래, 고마워. 뭐 이러다가 어떻게 되겠지.'

네가 써준 글 잘 읽었어 변환을 안했구나

이비는 답문자를 보내려다 말았다. 어쩐지 꽤나 쑥스러웠다. 너무 많이 마셨고, 너무 많이 취했었다. 몽식이한테 편지를 다 쓰고, 생각해보니 싸움이니 꽃이니 하는 몹시 이례적인 단어들을 써가며 오버를 한 것도 같지만, 그 말들은 몽식이에게 전하고 싶은 말들이었고, 굳이 변환 같은 걸 할 필요는 없었던 것 같다. 비록 다음날 가장 먼저 기억난 것은 그 머신이 훔쳐오고 싶을 정도로 몹시 예뻤다는 사실이지만 말이다. 그 보디 하며, 그 키감. 하지만 그건 몽식이의 숙제였고, 이비에게는 켜지 않은 지 오래됐지만, 아직 바꿀 때는 되지 않은 노트북이 있었다. 그걸 켜서 글을 쓰는 일이 남아 있었다.

그다음 문자는 약간 시간이 지나서 왔다.

어쨌든 나도 잘 받았어 고맙다 정말로

'괜찮은 거지?'

응 괜찮아 그리고 그 라면 맛있더라

268

'응, 그 라면 맛있다.'

이비는 기억을 떠올리려고 애쓰며 다음 부동산을 향해 걸었다. 방이 있었으면 좋겠다고 생각했다. 꽤 멀리까지 걸어왔다. 이 동네엔 있을까? 이비는 주위를 둘러보았다. 부동산 간판이 보였다. 어느 집에서 저녁을 하는지, 맛있는 밥냄새가 거리로 퍼져나왔다.

이비는 머신에 대해서는 몽식이에게 다시 묻지 않았다. 가끔 P사 싸이트에 들어가봤지만 머신의 정식 출시는 아직인 듯했다.

몽식이는 이듬해 여름 어느 출판사에서 하는 공모전에 당선되어 작가로 데뷔했다. 그는 이비에게 한번 더 대구막창을 쏘았다. 이번에는 둘이서 사인분을 먹었다.

이비는 아직 작가가 되지 못했지만 벌레가 없는 아담한 방을 구했고, 크지는 않지만 분위기가 좋은 회사에 들어갔다. 그리고 직장에 다니면서 가끔씩 그날밤에 나눈 대화를, 그 기계와 몽식이의 얼굴을 번갈아 떠올리며 계속 조금씩 글을 쓰고 있다. 그날밤을 생각하면 이상하게도 권태롭지 않았다.

맘

DAY 38

엄마는 블랙커피를 좋아했다. 초등학교 일학년이던 여덟살 때 소현이 커피 맛을 알아버린 건 그래서였다. 토요일인지 일요일인 지는 기억나지 않지만 정오 무렵이었다. 소현이 방바닥에 엎드려 텔레비전으로 마츠모또 레이지의 「은하철도 999」를 보고 있는데 엄마가 커피 두 잔을 타가지고 왔다. 자글자글한 꽃무늬가 들어간 커피잔이 방바닥에 놓였다. 소현의 커피는 철이가 가끔 쓰는 챙 넓 은 모자처럼 연한 갈색이었고 엄마의 커피는 메텔의 코트처럼 새 까맸다. 어른의 세계를 상징하는 그런 유혹을 앞에 두고 소현에겐 망설일 여유가 별로 없었다. 처음 마셔보는 커피 맛은 달착지근하

면서도 시고 씁쓸했다. 소현이 커피잔을 붙잡고 꼴깍꼴깍 소리를
내자 엄마는 얼레, 애 좀 봐, 잘 마시네, 하며 빙그레 웃었다. 어이없
어하면서도 뭔가 뿌듯하다는 투였다. 선생님도 반 아이들도 몰랐
지만 소현은 그후로 카페인에 중독되고 말았다. 아직 학교에서 단
체로 마시는 흰우유에 정을 붙이기도 전이었다.

엄마는 크림도 설탕도 넣지 않은 까맣고 뜨거운 커피를 물처럼
벌컥벌컥 마시는 걸 좋아했다. 그곳이 백화점 십층 식당가에 딸린
커피숍이든, 길가에 세워진 프랜차이즈 커피 스탠드든 식사를 끝
내고 딸과 함께 블랙커피 한잔 마시는 것을 엄마는 일종의 엄숙하
고도 자부심 넘치는 의식으로 생각하는 듯했다. 종업원이 커피와
함께 포장지에 싼 각설탕과 크림을 넣은 작은 금속그릇을 쟁반에
받쳐들고 오면, 엄마는 언제나 좀 심하다 싶게 큰 소리로 저는 안
넣으니 그냥 가져가세요, 하고 말해서 소현을 무안하게 만들곤 했
다. 넣지 않을 거면 그냥 조용히 받아서 탁자 위에 두면 되잖아, 하
고 말하고 싶었지만 소현은 그러지 못했다. 엄마의 의식을 방해하
고 싶지 않아서였다. 메텔이 왜 늘 그 모자를 쓰고 있는지는 알 수
없지만 철이 또한 더우니까 모자를 벗어요,라고 굳이 말하지는 않
았으니까.

"미안해요, 도움이 못돼서."

노인이 찻잔을 내려놓으며 단호하면서도 정중한 어조로 말하는
바람에 소현은 멍한 상태에서 깨어나 엉겁결에 자세를 바로했다.
노인은 엄마와는 달리 아주 천천히 차를 마시는 사람이었다.

"그래도…… 뭐든 조금이라도 말씀해주시면 안될까요. 장모님

이 사라지시고 벌써 한달이 넘었는데, 경찰도 아무 도움이 안되고, 저희 상황도 지금 절박합니다. 도움을 얻을 만한 곳이라곤 어르신밖에 없어서요."

소현을 대신해 남편이 얼른 입을 열었다. 종종 감정이 격해져 일을 그르치긴 해도 남편은 사람을 직접 앞에 두고 상대할 때만큼은 행동력이 뛰어난 성격이었다. 소현은 그런 남편이 있어 다행이라는 생각을 했다. 특히 지금처럼 어떻게 반응해야 좋을지 알 수 없는 이야기를 들을 때는. 엄마가 돌아오지 않는 게 다른 시간, 다른 공간으로 빨려들었기 때문이라니.

"그 연구소에서 우리한테 최면을 걸어났어요. 최면 알죠? 맨 처음에 시작할 때 어떤 이상한 방에서 침대에 누워 기계 같은 거에 들어갔다 나왔는데 아무래도 그게 일종의 최면이었던 것 같아. MRI 찍을 때랑 비슷한 기계였는데. 지금 이런 얘기까지는 할 수 있어요. 내가 시간여행을 하고 왔다고. 그것도 한두 번이 아니고 수십 번은 했다고. 하지만 언제 어디를 갔다왔고 거기서 뭘 보고 뭘 했다고 말하려고 하면……"

갑자기 따각따각 소리가 났다. 덜덜 떨리는 노인의 손 때문에 찻잔과 찻잔받침과 티스푼이 한꺼번에 흔들리고 있었다. 노인이 탁자 밑으로 두 손을 집어넣고 힘을 주어 맞잡았다. 흰색 헤링본 재킷 밑에 살구색 티셔츠를 받쳐입은 노인의 얼굴이 순식간에 티셔츠와 비슷한 색깔로 물들었다. 노인이 재킷 안주머니에서 손수건을 꺼내 빨개진 얼굴을 닦았다. 연기일지도 모른다, 소현은 그렇게 생각했다. 하지만 대체 누구를, 무엇을 위해 이런 연기를 한단 말인가? 돈 때문에? 머릿속이 새하얘졌다. 논리적인 생각이라고 할 만한 것은 하나도 떠오르지 않았다.

반쯤 남은 노인의 홍차가 식은 것을 본 남편이 종업원을 불러 주문을 했다. 노인이 겨우 고개를 끄덕였다.

"생각해보면 머리를 참 잘 쓴 거예요. 노인들이 이런 얘기 하면 누가 믿어주겠어. 정신이 나갔다고, 바로 치매라고 하지 않겠어요? 그러니까 비밀이 새어나갈 우려가 없는 거야. 그 연구소에 가서 무슨 주사를 맞고 나서 그 방 안에서만 얘기를 할 수 있게 돼 있었어요. 아마 최면을 일시적으로 푸는 주사였던 모양이야. 주사 맞고 세 시간이 지나야 나가게 해줬는데 그후엔 다시 누구한테 얘기를 하려고 해도 할 수가 없더라고. 숨이 꽉 막히고 심장에 통증이 오는 게……"

잠시 무언가를 생각하는 눈빛이던 남편이 입을 열었다.

"글로 쓰는 건 안되겠습니까?"

"글?"

"예, 그러니까 저희가 질문을 하면 여기다 '예' 혹은 '아니요'라고만 써주시면 되지 않을까요. 말씀을 하시지 말고요."

연애시절과 결혼 후를 통틀어 남편이 그렇게 영특해 보이긴 처음이어서 소현은 순간적으로 감탄했다. 소현은 탁자 앞으로 바짝 다가앉았다. 남편이 노인에게 냅킨과 펜 한 자루를 내밀었다. 노인이 주저하는 얼굴로 펜을 받아들었다. 소현은 입 안이 타들어가는 것 같았다.

"정말로 어딜 갔다오셨다면, 언제 어디로 가셨습니까? 지금부터

십년 전보다 오래된 과거인가요?"

남편과 소현의 눈이 노인의 손에 집중되었다. 하지만 다시 노인의 손가락이 부들부들 떨리기 시작했다. 얼굴이 붉어진 노인은 숨을 고르며 어떻게든 대답해보려고 했다. 고개를 끄덕이는 방법, 손이나 발로 신호를 보내는 방법, 눈을 깜빡이는 방법을 차례로 시도해본 후 소현은 틀렸다는 걸 알았다. 되지가 않았다. 질문에 대한 답은 어떤 식으로든 바깥으로 나오기 전에 뇌에 고여 만들어지게 되어 있다. 노인의 말을 믿어본다면 대답을 떠올리는 순간 그가 '최면'이라고 한 그것, 그들(이라지만 대체 누구란 말인가)이 뇌에 심어둔 어떤 코드가 즉각 반응을 가져오는 모양이었다. 더이상 추궁하다가는 노인이 위험한 상태에 빠질 것 같아 소현과 남편은 할수 없이 죄송하다고, 대답하지 않아도 된다고 했다.

"미안합니다."

노인이 또 사과했다. 이쪽에서야말로 미안해질 지경이었다. 사실 소현은 그만큼 젊은 사람들에게 권위를 세우려 들지 않고 예의를 지켜 말하는 노인과 얼굴을 맞대고 대화해본 적이 없었다. 노인은 식사를 대접한 한정식집에서부터 정중했고, 말을 놓으라고 소현이 몇번이나 권유한 다음에야 존댓말 사이에 반말을 드문드문 섞었다. 쌍화차나 유자차 같은 걸 선호할 듯해 일부러 고풍스러운 분위기가 나는 찻집으로 모시려고 했는데 소현의 집 근처에 새로 생긴 와플과 캐러멜티 전문 까페가 좋다고 한 것도 작지만 충격이었고, 홍차에 각설탕을 두 개 넣고 맛을 보더니 굳이 종업원을 불러 설탕 한 개를 더 요구한 것도 의외였다. 대하기 어려우면서 어찐지 안쓰럽기도 한, 연민인지 거부감인지 모를 감정이 막연히 스치긴 했지만 소현은 노인들의 세계에 대한 지식이 전무했다. 이 사람들은 평소에 어떻게 살까. 어떤 생각을 하고 어떤 식으로 하루를 보낼까. 그건 소현의 엄마가 속한 세계이기도 했다.

대화는 띄엄띄엄 이어졌다. 일단 진정하고 나서 노인은 다시 입을 열었다. 차로 천천히 목을 축여가며, 그래도 자신이 아는 만큼은 모두 이야기해주려고 노력했다. 노인이 시간여행을 했다는 곳이 어디든, 거기가 아니라 '이 세계'에 속한 이야기는 할 수 있는 모양이었다. 노인은 일산에 있는 노인종합복지관에서 엄마와 같은 컴퓨터 수업을 들었고, 학기가 끝날 무렵 복지관 복도 게시판에 붙어 있던 한장의 아르바이트 광고지를 보았다. '국가의 과학 발전을 위해 설립된 연구기관' '간단한 부업' '여행을 좋아하는 분 환영' 같은 말이 씌어 있었다고 노인은 기억했다. 소현의 엄마가 그 광고지에 많은 관심을 보이기에 노인은 같이 신청해보지 않겠느냐고 말을 걸었다. 신청은 복지관 삼층에서 받았는데, 일을 원하는 사람이 꽤 많아 마지막날에는 최종 신청자가 천명을 넘었다. 신청자 리스트에 매겨진 일련번호를 노인이 보았다. 그중 백명이 조금 넘는 사람들만 일차 심사를 통과했고, 노인과 소현의 엄마도 거기 끼어 있었다. 두 사람은 같은 날 이차 심사를 받았고 그날 서로 이야기도 나눴다고 했다.

소현은 질투를 느꼈다. 노인이 엄마를, 어쩌면 소현 자신보다 잘 알고 있다는 생각이 들어서였다. 친하셨나봐요, 하고 물었더니 "재미있는 분이셨지요, 심지가 굳고, 씩씩하고, 뭐든 낙천적으로 생각하려고 하고, 가끔 우울해하긴 했지만” 하는 말이 되돌아왔다. 노인의 얼굴에 쑥스러움인지 흐뭇함인지, 그도 아니면 안타까움인지 모를 표정이 잠깐 번졌다 사그라들었다.

우울이라는 단어가 목에 걸려 소현은 입을 열 수가 없었다. 소현은 동화를 읽은 아이에게 묻듯 노인에게 묻고 싶었다. 아마도 대답을 들을 수는 없겠지만. 거기 가셨을 때 마음에 드셨어요? 혹시 돌아오고 싶지 않다는 생각이 드시기도 했나요.

DAY 40

사기꾼임이 분명했다. 말년의 숀 코너리 뺨치게 설득력있는 연기였다. 애초에 소현이 모 포털싸이트의 블로그에 올린 ‘사람을 찾습니다’라는 글을 보고 엄마 되는 분을 알고 있다고 연락을 해온 것부터가 이상했다. 예순일곱 노인이 인터넷을 그토록 자유자재로 다루다니 말이 안되지 않는가.

하지만 엄마도 인터넷은 했다. 복지관에서 컴퓨터반과 인터넷반을 수료한 엄마는 블로그를 개설했고, 남편의 블로그에도 가끔 방문 흔적을 남겼다. 물론 엄마의 블로그는 포스팅이라곤 아무것도 없이 텅 비어 있었지만.

그렇지, 노인들도 인터넷은 할 수 있지 참.

소현은 엄마의 일산 아파트 방 안에 우두커니 앉아 있었다. 엄마와 함께 살던 때는 어떻게든 이 방을 나가는 게 소원이었다. 방을 채운 모든 것이 붉은 담쟁이덩굴처럼 몸을 옭아매고 숨통을 막는 기분이었고, 서울의 학교에서 집으로 돌아오는 길은 마치 열여섯 시간짜리 장거리 비행처럼 느껴졌다. 소현은 대학을 졸업하고 취업한 해에 서울에 자취방을 얻어 독립했다. 회사가 멀어져 더이상 일산에서는 통근할 수 없다는 게 이유였지만, 그건 실은 핑계였다.

노인이 꺼내 보인 주민등록증은 가짜였는지도 모른다. 그날 적 잖이 얼이 빠지긴 했지만 집주소와 주민등록번호를 받아적어야겠 다는 생각 같은 건 대체 왜 못했을까. 소현이 노인에 대해 아는 것 이라곤 그의 이름과 전화번호뿐이었다. 납치일 가능성은 없겠지 만—소현은 납치범의 심리에 대해 아는 게 별로 없었지만 일흔 다 돼가는 사람을 납치하는 건 자식들 집에 재산이 있는지 없는지 부터 확인한 뒤에 하는 일이라는 사실 정도는 알았다—만에 하나 엄마를 납치한 사람들이 그 노인을 내세운 거라면, 이런 식으로 아 무 압력도 넣지 않으면서 직접 접촉해올 리는 없었다. 직접적으로 돈을 요구하거나 협박을 가했을 것이다.

텔레비전이라도 켤까 생각했지만 그럴 기분이 아니었다. 남편은 아무 도움이 되지 않는 걸 알면서도 복지관에서 다시 한번 관계자 를 다그쳐보겠다며 소현을 집에 놔두고 나갔다. 남편에게는 며칠 에 한번씩 들르라고 하고, 소현은 보름 전부터 엄마의 방에서 먹고 자기 시작했다. 해야 할 일들, 당장 막아야 할 원고들이 쌓여 있어 노트북을 들고 오긴 했지만 손에 잡히지가 않았다. 이유는 알 수 없지만 이 집을 떠났다간 어딘가에 있을 엄마에게 좋지 않은 일이 생기고, 엄마가 영영 돌아오지 못할 것 같은 근거없는 예감이 뱃속에서 버섯처럼 자라났다. 하루에 두 번 아침저녁으로 경찰과 연락을 주고받았고 전단지도 만들어 붙여봤지만 실종신고를 낸 후 진전이라고 할 만한 것은 없었다. 무엇보다 그렇게 아무런 전조도 없이 공기 속으로 증발하듯 사라져버리는 노인들이 한둘이 아니라고 했다. 친하던 친구분 없습니까? 친척 댁은요? 치매가 아닌 다음에야 이유가 있어 어딘가 가 계실 가능성이 큰데 혹시 그럴 만한 곳이 없는지 생각 좀 해보시고요. 형사는 티를 내지 않으려고 노력했지만 하루가 지날수록 귀찮아하는 눈치였다.

외동딸로 태어난 엄마는 친척이라곤 없었다. 소현에겐 외삼촌도 외숙모도 외사촌도 없었다. 하지만 여자친구라면 많았어, 소현은 생각했다. 함께 있을 때도 엄마는 늘 여기저기서 전화를 받았고 몇몇 친구들의 이름을 입에 올리며 혼잣말을 늘어놓기도 했지만, 소현의 기억에는 그 이름들은 물론이고 그분들이 무슨 일을 하는지, 언제 엄마를 만나 무엇을 했고 어디를 다녀왔는지 같은 정보는 거의 남아 있지 않았다. 소현은 그저, 엄마가 무료하지 않게 사람들도 만나고 여기저기 다니는 걸 싫어하지 않아 다행이라고만 여겼다.

복잡한 절차를 거쳐 확인한 엄마의 휴대폰 통화기록 속 번호들로 한번씩 전화를 걸어보면서 소현은 누구신지 잘 몰라 죄송하다는 말로 매번 말문을 터야 했다. 서울 분이 여섯, 지방 분이 여덟, 미국에 계신 분도 하나 있었다. 친구분들은 하나같이 자기 일처럼 놀라며 걱정해주었지만, 최근 석 달 사이에 엄마를 만났다는 분은 없는 듯했다. 친구분들이 하는 말은 하나같았다. 얘, 너희 엄마 그럴 사람 아니다. 네가 여기 있는데 널 두고 어딜 가니.

"여보세요? 소현이니? 미영이 아줌마야."

"……네."

"그래, 아직도 소식 없고?"

"……네. 별일 없으셨죠?"

노인 이야기를 할까 하다 그만두었다. 정신적으로 무너져버린 게 아니냐는 걱정은 듣고 싶지 않았다. 엄마가 다녔던 출판사의 까마득한 후배이자 버스로 십분 걸리는 옆 동네에 사는 미영이 아줌마는 엄마와 가장 절친한 사이였다. 엄마가 사라지기 직전이라고 생각되는 지난달 초까지는 이틀에 한번꼴로 통화했다고 했다. 미영이 아줌마는 회사에서 팀장이었고, 오십이 가까운 나이에도 여전히 일더미에 시달리고 있어 엄마를 직접 만난 건 오래전 일이었다.

"나야 별일없지. 네가 걱정이다. 밥 잘 챙겨먹어. 괜찮아, 엄마 돌아오실 거야. 참, 뒤늦게 생각난 게 있는데, 엄마가 한참 전에 지나가는 말로, 복지관에서 요즘 무슨 일을 하고 계셔서 정신없는데 재미있다고 하신 적이 있어. 무슨 일인지는 말씀을 안하시고."

"……그러셨어요?"

"응, 언제부터 언제까지 하신 건지는 모르겠다. 나도 갑자기 회사 일이 바빠져서 신경 못 썼고. 딱 그 말만 하셨는데 이제야 기억났네."

"………"

"엄마가, 너 결혼하면서 좀 기분이 묘하신 모양이더라고. 마음 든든해하시면서도, 그전까지는 자기가 돌봤는데 갑자기 할일을 잃었다고 생각하니 마음이 많이 허탈하신 것 같았어. 왜, 나이 드신

분들이 자식만 보고 살다가 자식 결혼하면 갑자기 없던 병도 생긴다잖아. 그게 다 긴장이 풀려서 그러는 거거든. 너희 엄마도 그러실까봐 내가 복지관에라도 부지런히 나가시라고 말씀드렸던 건데. 열심히 다니신다고 해서 나도 마음을 놨던 거고. 이렇게 될 거라곤 상상도 못했어. 어떡하니."

"………"

"아유, 내가 지금 무슨 얘기를 하고 있지. 애, 너무 걱정 말고, 또 연락하자. 내가 다시 전화할게."

"……네."

잘 구운 빵 같은 가을 냄새가 햇빛과 함께 먼지 쌓인 방 안으로 밀려들어왔다. 주인이 없어진 엄마의 집은 한 달 만에 돼지우리 꼴로 변해버렸다. 뱀허물 모양으로 벗어놓은 청바지며 설거지를 하지 않고 식탁에 그대로 둔 그릇들이 눈에 밟혔지만 손댈 기력이 남아 있지 않았다. 소현은 어릴 때부터 혼돈을 몰고 다니는 성격이었고 엄마는 그런 소현의 뒤를 따라다니며 그것을 열심히 질서로 되돌려놓았다. 하지만, 엄마는 원래 그렇게 깔끔한 성격이었을까, 어지르기 좋아하는 딸 때문에 그렇게 된 게 아니라?

DAY 42

"나야. 밥은 먹었어?"
"응."

거짓말을 했다. 마감은 했어? 하고 물었다. 남편도 거짓말을 하려나.

"오늘 아침에 간신히 써서 보냈어. 전에 말한 검사 친구 있잖아. 그 친구랑 얘기 좀 해봤는데, 그런 기관이 존재했다는 흔적이 있어야 하는데 지금 그게 없어. 아무리 뒤져봐도 나오지가 않는대. 없대. 진짜로 국가에서 세운 기관이었든, 유령회사였든, 종교집단이었든 이미 접었든지 치웠든지 한 것 같아."

"아니, 거기 참여한 할아버지 할머니 들이 엄연히 있는데, 그걸로 어떻게 할 수는 없는 거야?"

"이미 수소문해볼 데는 다 해봤잖아. 아무도 입을 열려고 하지 않았고. 오늘도 몇군데 다시 걸어봤는데 자식들이 받더니 오히려 경찰에 신고하겠다고 펄펄 뛰더라. 확실하진 않지만 뭔가 단단히 겁을 준 것 같아. 그 할아버지만 좀 특별한 케이스였던 것 같고."

문득 노인이 엄마를 마음에 두고 있었을지도 모른다는 생각이 스쳤다. 그렇게 호남형으로 생긴 남자는 엄마 스타일이 아닌데, 하고 생각하니 눈물이 왈칵 터질 것 같았다. 엄마는 어느 쪽인가 하면 쌍꺼풀이 또렷하고, 체격이 좀 왜소하고, 자의식이 강하고, 그러면서도 귀여운 데가 있는 남자를 좋아했다.

"엄마 통장에 찍혀 있는 이건?"

미간에 몰린 뜨거운 기운을 간신히 누르면서 소현은 한 손으로 엄마의 통장을 펼쳤다. '노인미래연구소'라는 이름으로 모두 오십만원씩 여섯 번이 입금되어 있었다. 마지막 입금 날짜는 엄마의 전화가 꺼진 채 연결되지 않기 시작한 날로부터 보름 전이었다. 엄마는 그 다음날 삼백만원을 소현의 통장으로 입금했고, 전화를 걸어 그 사실을 알렸다. 그때 뭔가 이상하다는 걸 알아챘어야 했다. 엄마에게 대체 어디서 돈이 생겼는지 의심해봤어야 했다. 하지만 그러지 않았다. 늘 그렇듯 미안한 마음이 짜증으로 발전했고, 이유없이 화만 내다 전화를 끊어버렸다. 그게 마지막 통화였다.

"무통장입금이래. 은행 쪽도 알아보고 있는데 힘들 것 같아."

힘이 쭉 빠졌다. 제대로 된 곳이 아니라는 뜻 같았다. 피라미드 판매였을까? 피라미드에서는 이런 식으로 선입금을 넣어주고 사람들 피를 빨아먹는 건가? 전화를 끊은 소현은 멍하니 통장을 들여다보았다.

엄마의 통장에서 돈이 들어오고 나간 자취를 눈으로 확인하는 일도 처음이었다. 엄마는 그 반대였다. 소현의 통장을 빼앗다시피 가져가 하루에 한번씩 잔액을 확인하고 통장정리를 했다. 월급은 꼬박꼬박 들어오는지, 소현이 회사를 그만두고 글을 쓰기 시작한 뒤로는 원고료를 제대로 받았는지, 생활비가 모자라지는 않는지 강박증에 걸린 사람처럼 체크하는 게 버릇이었다. 소현이 엄마에게 오백만원을 송금하면 엄마는 며칠 후에 사백만원을 돌려보냈다. 소현이 화를 내면 엄마도 화를 냈다.

엄마의 통장에는 잔고가 이백만원 정도 남아 있었다. 의심이 가는 다른 기록은 없었고 다만 몹시 아껴서 조금씩 썼다는 게 눈에 보였다. 엄마는 십만원을 찾았다가 오만원을 다시 집어넣기도 했고 어째선지 밤 아홉시에 ATM기로 이만팔천원을 입금하기도 했다. 소현의 결혼 비용으로 목돈을 지출한 뒤로는 더 심했다. 소현이 입금한 흔적은 오래전에 끊겨 있었다. 결혼을 하고, 남편과 합쳐 고 정수입 0원인 전업작가 부부가 되고 나서는 벌써 몇달째 생활비를 제대로 보내지 못하던 참이었다. 엄마는 딸이 걱정돼 아르바이트 라도 해보려고 한 모양이었다.

DAY 45

원고 하나를 억지로 마감해 보내고 소현은 한숨을 내쉬었다. 자 판을 정신나간 듯 두드리니 마감은 맞춰졌다. 소현이 마감을 하는 게 아니라 마감이 소현을 부팅했다 껐다 하는 기분이었다. 소현은 전송한 원고를 다시 보고 싶지 않았다. 엉망이면 엉망인 대로, 괜찮 으면 괜찮은 대로. 마음에 들지 않기로는 두번째 이유가 더했다.

—국가에서 취업도 안되고 경제력도 없는 노인들을 불러모아 서 재교육을 시켜준다고 해서 갔지. 검사를 수도 없이 했는데, 나도 병원을 탐탁지 않게 여기는 사람이고, 나중엔 너무 피곤해서 그냥 관둘까 싶더라고. 하지만 노인네들 사이에서 도는 소문을 듣고 보 니 사람 마음이, 포기할 수가 없었어요. 우리가 보통 구할 수 있는 일들에 비하면 보수가 엄청나게 높다는 거였지. 검사라고 해서 뭐 특별한 건 아니었어요. 뭐냐, 그 종합건강검진 받는 거랑 비슷했지. 몇가지 설문지 풀고, 눈 검사하고, 입 벌려서 이가 제대로인지 검사 하고, 엑스레이 촬영하고, 무릎 두드려보고, 그런 거였어.

노인은 그렇게 말했다. 엄마의 키는 백오십에서 백오십오 센티

미터 사이, 엄마의 몸무게는 사십오 킬로그램에서 오십오 킬로그램 사이였다. 소현은 정확한 수치를 짚어낼 수가 없었다. 엄마는 1940년생이니 올해로 예순아홉살이지만, 곱슬이 반쯤 섞인 소현의 머리카락과는 닮은 데가 전혀 없이 고집스럽게 쭉 뻗은 직모를 귀 밑에서 찰랑거리게 단발로 자르고, 정기적으로 칠흑같이 새까맣게 염색해서 결코 육십대로는 보이지 않았다. 게다가 얼굴의 부드러운 인상을 깡그리 제거해버리는 커다란 검은색 뿔테안경까지 쓰고 있었다. 지하철이나 버스에서 자리 양보를 받지 못했지만 아무리 짐이 무거워도 서서 가는 것을 엄마는 오히려 자랑스럽게 여겼다. 엄마는 흰머리에, 연약해 보이는 것에, 노인 취급받는 일에 본능에 가까운 공포심을 품고 있었다.

하지만 엄마는 약했다. 지병인 뇌질환으로 두 번 쓰러진 병력이 있었고, 그 뇌질환 때문에 오른팔과 오른다리를 제대로 쓰지 못했다. 오랫동안 치료를 해서 웬만한 일은 다 할 만큼 나아지긴 했지만 여전히 오른손이 자꾸만 차가워지는 증상이 있어 수시로 주물러야 했다. 오른쪽 눈도 제대로 보이지 않았는데, 얼마 전에는 녹내장까지 와서 치료를 받았다. 육류와 지방질을 먹을 수 없어서 소현은 엄마와 외식을 할 때 생선초밥이나 야채요리를 메뉴로 고르곤 했다. 소현은 엄마의 팔을 붙잡고 거리를 걸을 때마다 속에 든 오징어가 빠져나간 튀김옷처럼 가볍다고 생각했다.

엄마는 이주일에 한번씩 동네 병원에 가서 검사를 받고 약을 타왔다. 소현은 그 병원 이름만 알았다. 엄마는 자기 앞가림을 늘 혼자 알아서 하는 사람이었고, 어디가 아파도 바보스러울 만큼 입을 다무는 사람이었다. 몇달 전에는 소현의 신혼집에 가을 이불보를 갖다주고 나와 집앞 계단을 내려가다가 헐거워진 난간이 흔들리는 바람에 엉덩방아를 찧고 말았다. 소현은 그때 친구를 만나러 밖에 나가 있었다. 다행히 크게 다친 건 아니었지만 그 후유증은 오래갔다. 남편이 이 사실을 알면서도 말해주지 않다가 한참 후에야 이야기해준 바람에 소현은 결혼하고 나서 처음으로 눈물을 쏟을 때까지 남편과 싸웠고 어렵게 마음을 풀었다. 엄마는 밥을 먹고 나서 삼십분 후에 늘 서너 알의 약을 복용했다. 무슨 약이었을까. 물으려다 한번 타이밍을 놓친 뒤로 소현은 결국 묻지 못했다. 병원에는 갔다 왔어? 하고 물으면 엄마는 늘 응, 아무 이상 없단다, 그냥 약만 쭉 먹으면 된대, 하고 대답했다. 어디가 아픈 게 아니라 그냥 이 나이 되면 몸 전체가 말을 안 듣는 거야. 몸이라는 연장을 쓸 만큼 써서 이제 신통치 않은 것뿐이니까 얘! 신경쓸 필요없어.

——몸에 이상이 온다고는 안합디다. 아무 이상 없이 사람 몸을 다른 시간대로 옮기는 방법을 발견해냈다고 하대요. 무슨 원리인지는 나도 알 길이 없지. 과학자라니까 그냥 믿었지. 아직까지 내 몸에 별다른 문제는 없어요. 왜 그 실험이 통째로 실패했다는 건지는 몰라. 하지만 누가 죽거나 하진 않았을 거야. 설마.

문득 뜨거운 것이 치밀어 소현은 휴대폰 폴더를 열었다. 노인의 번호를 눌렀지만 통화 연결이 되지 않았다. 문제가 없다니, 할아버지도 지금 몸이 이상하시잖아요. 이야기를 하려고 하면 발작이 오는데 그게 문제가 없는 건가요. 우리 엄마는 할아버지의 몇배쯤 몸이 좋지 않다고요.

—선천적으로 방향감각이 좀 떨어지는 사람들이 있어요. 생각해보니 나도 그렇고 어머니 되시는 분도 그런 사람이었던 것 같아. 마지막 심사까지 통과해서 최종 합격이 되고 나니까 그 과학자라는 양반들이 물어. 평소에 길을 잘 잃으시죠? 자녀분 집 찾아갈 때도 가끔 헷갈리시죠? 좀 놀라서 맞다고 했더니 이러더라고. 왜, 아무도 모르게 실종되는 노인분들이 많잖아요. 연구에 연구를 거듭한 결과 그분들이 치매에 걸렸다거나 한 게 아니라 실은 잠재적 능력자라는 걸 알아냈어요. 자기도 모르게 능력이 터져나오는 바람에 다른 시공간대로 미끄러져들어가서, 길을 잃어버리고 돌아올 방법을 찾지 못한 거예요. 방법만 제대로 배우면 마음대로 왔다갔다할 수 있는 겁니다. 그 과학자, 말 한번 똑부러지게 잘하는 아가씨였는데 두툼한 책 한권을 내밀면서 읽어보라고 하는 거야. 보통 책은 아니었고 좀 희한한 책이었지. 크기는 백과사전만하고 꽤나 무거웠는데, 한 팔백 페이지쯤 되려나. 처음부터 끝까지 백지였어. 뭘 읽어요, 텅 비었는데? 하고 물었더니 백지로 보이지만 그 속에 글자가 있대. 내가 잠재적…… 능력자인데 그런 사람들만 읽을 수 있는 글자가 씌어 있다는 거였어. 처음엔 기가 막혔지. 하지만 계속 들여다보니까 책장이 조금 반짝반짝하는 것이, 뭐가 있기도 하고 없기도 한 것 같아. 광…… 뭐라더라, 하여튼 뭔가로 글자를 인쇄했는데, 나 같은 능력자가 그 글자들로 이루어진 길을 인식하면 다른 시공간대로 이동할 수 있다고 했어요. 뇌에서 무슨 반응이 일어나서 몸 전체 분자가 어떻게 된다고 했던가. 하여튼 훈련을 하면 된다는 거야. 지금 여기 말고 다른 시간, 다른 장소로 가는 길이 보

일 거래. 그래서 한 일주일 복지관에 나가서 그걸 붙잡고 읽었는데…… 정말로 보이는 거야, 그게……

그날 노인은 거기까지밖에 말하지 못했다. 그가 또 발작을 일으키려 해서 남편이 자리에서 일어나 부축해야 했다. 소현은 답답함이 치밀어올라, 그러고 있는 노인에게 따져물었다. 그래서, 읽으셨어요? 노인이 붉어진 얼굴로 겨우 대답했다. ……읽었어.

택시에 태워보낼 때 보니 노인의 얼굴엔 핏기가 없었다. 그는 택시 뒷좌석에 몸을 기댄 채 조심스럽게 말했다. 너무 걱정 말라고, 꼭 오실 거야.

그러고 보니 엄마가 늘 들고 다니던 검은 천으로 된 가방이 꽤 묵직하던 기억이 났다. 백화점 식품매장에서 엄마와 쇼핑을 할 때면 소현은 습관적으로 엄마의 손에서 짐을 빼앗아들었다. 그 검은 가방만 빼놓고. 엄마는 소현이 아무리 채근해도 그 가방만은 놓으려 하지 않았다.

소현은 부엌 식탁에 앉아 머리를 감싸쥐었다. 거기 그 책이 들어 있었던 걸까?

하지만 엄마는 시력이 나빠진 뒤로는 책 같은 건 읽지 않았다. 소현이 알기로는 그랬다.

DAY 47

엄마는 책이 아니라 소현을 읽고 있었다. 전화로 소현의 기분과 상태를 읽었고, 남편의 블로그에서 딸이 어떻게 지내는지를 읽었으며, 딸이 써낸 첫번째 소설집을 꼼꼼히 읽었고, 관련된 기사라면 모조리 스크랩해 줄을 쳐가며 읽고 벽에 붙여가며 읽었다. 엄마의 아파트에서 소현과 관련되지 않은 물건을 찾는 일은 힘들었다.

엄마는 본래 요리에는 소질이 없었다. 하지만 소현의 도시락을 싸기 위해 요리책을 사다 읽었다. 고등학교 일학년이 된 소현이 좋아하던 푸른 눈의 아이돌 가수가 누군지 앨범 속지에서 읽었고, 그 가수가 내한하던 날에는 담임선생에게 전화를 걸어 집에 일이 있으니 자율학습을 빼달라고 거짓말을 해서 소현을 공항에 보내주기도 했다. 엄마는 소현이 끼고 있는 반지에서 딸이 남자친구와 잘 사귀고 있는지 헤어졌는지를 읽었고, 가끔 남자친구 이름들을 헛갈려 말하고는 크게 웃음을 터뜨리기도 했다.

끝이 없을 지경이었다.

DAY 50

행어에서 하나하나 내려 세어본 결과 엄마에게는 상의가 스물여섯 벌 있었다. 점퍼, 재킷, 라운드넥 티셔츠, 단추 달린 셔츠, 카디건, 사파리, 윈드브레이커, 겨울용 코트를 포함한 숫자였다. 블라우스는 한 장도 없었다. 색깔은 검은색이 열네 벌로 가장 많았고 카키색 계열이 여섯 벌, 데님 소재의 푸른색이 세 벌, 흰색이 한 벌, 그리고 어두운 녹색과 자주색이 각각 한 벌씩이었다. 싸이즈는 모두 100 아니면 105로 몸에 달라붙는 스타일은 하나도 없었다. 엄마에게는 하의가 일곱 벌 있었다. 검은색 진이 셋, 갈색 면바지가 하나, 카키색 카고바지가 하나, 그리고 친구의 아들딸 결혼식이나 친구 장례식에 참석할 때만 입던 검은색과 갈색 스커트가 각각 한 벌씩이었다. 엄마의 허리 싸이즈는 27과 28인치 사이인 듯했다. 체격이 작고 마른 엄마는 어둡고 탁한 색을 선호했고, 남자 싸이즈의 옷을 사서 소매를 척척 접어올려 입는 걸 좋아했다. 이런 게 멋있지 않니? 하고 소현에게 동의를 구하곤 했다. 정년퇴직을 한 뒤로 엄마는 웬만해선 옷을 사려 들지 않았다. 고등학교를 졸업한 후로 소현은 옷 문제에 한해선 엄마를 설득하려는 노력을 포기했다. 왜 그렇게 거무죽죽한 색만 찾느냐고, 밝은 색을 입으면 얼굴이 훨씬 생기있어 보일 거라고 가게 종업원이 하는 말은 단칼에 딱 잘렸다. 어휴, 이 나이 돼서 그런 거 입으면 뭐 해요. 그래서 엄마는 우중충한 스물여섯 벌의 상의와 일곱 벌의 하의로 사계절을 났다.

신발장에는 편해 보이는 검은색 운동화가 두 켤레, 모카신 스타일의 갈색 구두가 한 켤레, 여름용 쌘들이 한 켤레 있었다. 그게 다였다. 엄마의 발 싸이즈는 이백삼십 밀리미터였다. 엄마가 마지막으로 집을 나갈 때 무엇을 걸치고, 신었는지는 알 수 없었다. 날씨가 점점 추워지고 있었다.

소현은 안방으로 가 서랍장을 열었다. 거기 들어 있는 것들을 죄다 꺼내 이리저리 대보고 둘러본 다음에야 알게 되었다. 엄마의 가슴 싸이즈는 75A였다. 서랍장에는 언제 마지막으로 입었는지 알 수 없는, 깨끗한 하늘색 브래지어가 한 장 들어 있었다. 그것만은 밝은 색이었다.

열쇠로 문을 열고 들어온 남편이 방 한가운데 앉은 소현을 보고 물었다.

"이게 다 뭐야?"

DAY 53

"우리 이성적으로 생각해보자. 난 일단 장모님이 다른 데로 이동하셨다는 것 자체가 말이 안된다고 생각해. 시간여행은 타임머신이 있어야 하는 거 아니야? 전에 네가 말했잖아. 광속 이상으로 가속할 만한 에너지가 있든지 웜홀을 만들 수 있어야 시간여행이 가능하다고. 타임머신이 이 세상에 존재했다면 발견되지 않고 넘어갔을 리가 없잖아. 다른 시간대에서 온 사람들도 지금까지 역사에 남아 있지 않을 리가 없고."

"발견되지 않고 묻히는 얘기도 있어. 지금 우리 엄마 얘기가 그렇게 되려고 하고 있지. 아무도 신경써주지 않잖아. 우린 미친 사람 취급당하고 있고. 그리고 어쩌면 광속과는 상관없는 방법이 있을지도 몰라. 그게 **지금 막** 발명된 걸지도 모르잖아. 어떤 원리인지는 모르겠지만 그 책이란 게 타임워프를 보조해주는 역할을 했다면, 그리고 우리 엄마가 정말 능력자였다면?"

"장모님이 좀 능력있는 분이라는 건 알지만, 설령 그게 가능해도 사람의 몸은 그런 엄청난 걸 견디지 못할 거야. 부서져버린다고. 설마 너 지금 그 할아버지 얘기 믿고 있는 거야? 그 노인네가 한 얘기를?"

"우리 엄마도 노인네야. 그전에 사람이고."

소현은 벤치에서 일어나 공원 한복판을 향해 걸어가기 시작했다. 남편이 뒤따라오며 팔을 붙잡는 바람에 발을 멈췄다. 둘은 한 낮의 햇볕이 따갑게 내리쬐는 공원에 마치 오그라드는 사랑싸움을 하는 이십대 커플처럼 서 있었다. 결혼한 뒤로는 이런 장면을 연출해본 적이 없는 터라 좀 우습기도 했지만, 웃기에는 마음이 좋지 않았다. 모자를 눌러쓰고 트레이닝복을 입은 아주머니 몇몇이 소현 부부를 지나쳐 달려가며 호기심 가득한 눈길을 던졌다. 엄마는 이곳 호수공원에서 전화를 자주 걸어왔다. 운동하러 나왔어, 좀 걸으려고. 넌 밥 먹었니? 어디 아픈 데는 없고? 소현은 응, 다 괜찮아, 밥 먹었고, 나 지금 일해, 필요한 것 없어, 하는 식으로 대답하곤 했다. 호수공원은 생각보다 넓고 휑한 곳이었다. 엄마는 이 조용한 곳에서 무언가를 생각하거나 생각하지 않으며 걸었을 것이다.

"지금 장모님이 사람 아니라는 얘기가 아니잖아. 네가 너무 비이성적인 쪽으로 기우는 것 같아서 그래. 정신줄도 완전히 놓은 것 같고. 기운을 차려야 장모님을 찾더라도 찾을 거 아니야."

그래, 그런 것 같기도 했다. 그런데 소현보다 일곱 배쯤 피가 뜨거운 남편이 이성을 이렇게 강조하다니 어울리지 않았다. 다급한 상황에 처할 때만 튀어나오는 반대쪽 인격이었다. 사실 속이 터지게 생긴 건 남편 쪽이라는 사실을 소현은 잘 알았다. 오죽하면 저렇게 혼자서 뛰어다닐까. 엄마는 남편을 아꼈다. 사위로, 아들처럼,

그리고 집에 놀러 온 딸의 친구처럼 진심으로 예뻐했다. 엄마는 남편을 아끼면서 미묘하게 소현을 밀어내기 시작했다. 눈에 보일 정도였다. 심지어 안부전화도 소현이 아니라 남편에게만 걸기 시작했다. 정을 떼려는 것이었을까. 남편은 그런 걸 신경쓰는 소현이 유치하다고 했다.

"국가에서 그런 기관을 세웠다…… 여기 한국에서, 타임워프 능력자를 각성시켜서 다른 시간대로 여행을 보내? 하긴 지금 이 나라 꼴을 보면 일어날 수 없는 일은 별로 없는 동네가 되긴 했지. 그런데 그런 일을 할 이유가 대체 뭐가 있지? 역사를 바꾸려는 거라면 모르겠지만, 네가 전에 그랬잖아. 시간여행자가 아무리 삽질을 해도 역사는 결코 바뀌지 않는다고."

"역사를 바꿀 수는 없어도 거기서 데이터를 가지고 돌아올 수는 있지. 꼭 필요한데 유실돼서 현재는 없는 정보라든지. 어쩌면 그냥 시간여행이 성공할 수 있는지, 이런 식으로 하면 되는 건지 하는 첫번째 실험일 수도 있잖아. 베타테스트처럼."

"너는 어떻게 나보나 몰라. 뭘 가지고 이쪽으로 돌아오는 순간 그 공간에서는 그게 사라지잖아. 에너지 보존의 법칙에 어긋난다고."

방법이 있을지도 모른다고 소현은 생각했다.

"오빠."

"응?"

"만약 다른 시공간대로 마음대로 갈 수 있다면 오빠는 어디로 가겠어? 특별히 가고 싶은 곳이라도 있어?"

"가고 싶은 곳에 마음대로 갈 수 있다고?"

"그 할아버지가 그랬잖아. 글자들 속에서 길을 읽었다고. 정해진 시간, 정해진 장소로 사람을 보내는 게 아니라, 능력자들 자신이 갈 곳을 선택할 수 있었던 거 아닐까?"

DAY 58

근거라곤 전혀 없는 하나의 가설이 세워지자 소현은 자신이 그것을 얼마나 필요로 했는지 알게 되었다. 현재 상황에서 근거는 사치였다.

그 질문은 황당할뿐더러 어렵기까지 했다. 남편도 소현도 쉽게 대답을 찾을 수 없었다. 엄마의 대답을 찾기는 더욱 어려웠다. 엄마의 친구분 몇몇과 다시 통화를 하고, 경찰서에 다녀오고, 블로그에 글도 몇번 더 올렸지만 소식은 여전히 들려오지 않았다. 소현은 대답이 없다면 만들어넣기라도 하고 싶었다. 엄마가 갈 만한 곳, 머무를 만한 시간대를 짐작이라도 할 수 있다면 마음이 좀 편해질 것 같았다. 어쩌면 더 위험한 생각일지도 모르지만.

소현은 가방에서 다이어리를 꺼내 펼치고 펜뚜껑을 열었다. 연초에 사두고 게으름 때문에 닷새도 채 쓰지 않은 빨간색 가죽표지의 다이어리였다.

"모차르트."

맨처음으로 소현의 머리에 떠오른 건 그 이름이었다.

"모차르트라니, 십육세기 유럽?"

"십팔세기야. 천칠백오십육년부터 천칠백구십일년까지."

"머네."

"멀지."

"좀 너무 먼데. 언어 번역기라든지, 그런 건 어떻게 하고? 그 할아버지 횡설수설로 짐작해보면 그런 건 없었던 것 같은데. 십팔세기 유럽 언어를 장모님이 알아들으신다고? 화폐가 다른 건 어쩌고?"

그러네, 소현은 웃었다.

"그냥 생각났어. 엄마, 모차르트 부인이 되고 싶다고 했었거든."

엄마가 밀로스 포먼의 영화 「아마데우스」를 몇번이나 봤는지 소현은 알지 못했다. 분명한 건 소현 자신이 그 비디오를 백번도 넘게 봤으니 엄마가 본 횟수는 그보다 많으면 많았지 결코 적지는 않으리라는 사실이었다. 「주말의 명화」가 아니면 「명화극장」에서 녹화한 그 영화를 엄마는 틈만 나면 틀어놓았다. 보통 사람처럼 쌀리에리에 어느정도 공감은 했지만 엄마는 역시 톰 헐스가 연기한 모차르트를 심하게 편애하는 쪽이었다. 노력을 조금도 하지 않아도 드러나는 그 천재적인 재능, 장난기와 위악, 술과 여자와 퀭한 두 눈과 온갖 망나니짓, 아하하하하 하고 숨넘어가게 웃는 웃음, 그리고 음악. 아, 이 곡 참 근사하지 않니. 저것 봐라, 진짜 귀엽지 않니. 엄마는 종종 그렇게 말했다. 저런 남자가 어쩌면 저렇게 바보 칠푼이 같은 부인을 만났을까. 나 같으면 두들겨패서라도 술이랑 아편을 끊게 하고 작곡을 하게 했을 텐데. 저런 천재가 건강하게 오래

살았으면 세상의 음악이 얼마나 발전했겠어.

소현은 모차르트의 부인 콘스탄체의 잘 알려지지 않은 생애를 다룬 책을 읽은 적이 있기에 그녀가 사실은 그렇게 바보 칠푼이가 아니었다는 사실을 알았지만 아무 말도 하지 않았다. 모차르트는 엄마의 이상형이었고, 아이돌이었으며, 엄마의 삶에 깊숙이 뿌리를 내린 상징이었다. 엄마는 그런 천재를 동경했고 사랑했다. 소현은 이십년도 넘은 옛날 일을 기억했다. 모차르트는 안방에 누워 비디오를 들여다보는 엄마의 몸을 가득 적시고도 남아 방바닥으로 줄줄 흘러내리더니, 소현의 몸 쪽으로 밀려왔다. 그날부터 소현의 이상형 역시 폐병으로 요절한 18세기의 음악가로 굳어지고 말았다. 소현은 음악에는 문외한이었고 바흐나 베토벤이나 말러도 전혀 알지 못했지만, 모차르트의 쏘나타들만큼은 서른셋이 된 지금까지 거의 틀리지 않고 흥얼거릴 수 있었다. 그가 천재인지 아닌지, 인간의 형상을 한 음악인지, 혹은 뮤즈의 불운한 사생아인지 하는 건 중요하지 않았다. 소현에게 그는 엄마가 선택한 사람, 그리고 엄마가 오래된 과일처럼 말라비틀어지지 않게 해준 사람이었다.

먼지는 쌓였지만 비디오는 아직 늘어지지 않고 그대로 있었다. 소현과 남편은 결국 텔레비전 앞에 나란히 앉아 「아마데우스」를 다시 보기 시작했다. 가슴이 훤히 드러난 드레스를 입은 콘스탄체를 보다가 소현은 물었다.

"무슨 생각 해?"

"장모님이 저런 드레스 입으신 걸 상상했어."

신기하게도, 자꾸 웃음이 나왔다. 엄마의 빈약한 몸매로는 절대답이 나오지 않는 옷이었다. 하지만 무거운 책이 든 검은 가방을 들고 어두운 색 옷을 입은 채 이리저리 걸어다니는 엄마보다는 그 쪽을 상상하는 게 좋았다.

DAY 60

방 한구석에서 엄마의 앨범을 발견했다. 소현은 머리를 한대 맞은 기분이었다. 소현이 어릴 적 쓰던 책장과 벽 사이에 콕 처박혀 있어 찾기 어렵긴 했지만, 왜 진작 이걸 찾을 생각을 못했는지 알 수 없었다. 앨범을 한장 한장 넘겨보다가 소현은 기이한 기분이 되고 말았다. 손으로 만지면 휘발되어 사라질 것만 같은 쎄피아톤 사진이 여럿 나왔다. 요즘의 디지털사진과는 닮은 데가 전혀 없이 깊고 멀어서 귀기가 서린 것처럼 보이기까지 하는 수십년 된 필름사진들. 어린시절의 엄마는 꼭 사내애처럼 바가지머리를 하고 있었다. 어릴 때부터 새끼맣게 짙은 눈썹이 심상치 않았다. 남자애라고 놀림도 많이 받았을 것 같았다. 이목구비가 곱고 여성스러웠던 외할머니는 엄마와 전혀 닮지 않았다. 외할머니는 어째선지 사진마다 한복을 입고 춤을 추고 있었다. 무용을 꿈꾸신 건가?

소현은 천천히 기억을 더듬어봤다. 엄마는 1940년에 중국 어딘가에서 태어났고, 어찌어찌 한반도로 내려와 여섯살 되던 해에 해방을, 열한살 되던 해에 6·25를 맞았다. 짐을 등에 메고 머리에 이고 손에 들고 말로만 듣던 그 피난이라는 걸 갔다고 했다. 피난중

298

이었는지, 그후였는지는 모르지만 엄마는 외할머니와 함께 산길을 가다가 호랑이를 만난 적도 있다고 했다. 그러니까, 동물원에 있는 진짜 호랑이 말이다. 불빛 한조각 인기척 하나 없는 밤길을 걷는데, 외할머니가 갑자기 쉿! 하며 엄마를 붙잡고 엎드려 풀숲으로 숨었다. 엄마는 영문을 모른 채 입을 가리고 오들오들 떨었는데, 한참 후에 외할머니가 몸을 일으키더니 말했다고 했다. 번쩍번쩍한 불빛 두 개가 저 앞에서 이쪽을 보고 있더라, 필시 호랑이야 그건.

그뒤로 엄마는 우리나라 이곳저곳을 떠돈 것 같았다. 고등학교는 목포에서 나왔고 대학은 서울로 왔다. 하지만 마음의 고향은 어째선지 또 전주라고 한 것 같기도 했다. 전주에서도 살았던 걸까? 소현은 머릿속에 대한민국 전도를 펴놓고 엄마의 연고지로 짐작되는 곳에 하나씩 점을 찍었다. 하지만 도무지 연결이 되지 않았다. 오차원 우주를 상상하는 쪽이 차라리 쉬웠다. 중국에서 태어난 엄마, 억지로 창씨개명을 해야 한 엄마, '때려잡자 공산당!'이라는 표어를 배경으로 초등학교 졸업사진을 찍은 엄마, 해방과 6·25를 몸으로 겪은 엄마, 외할머니와 함께 호랑이 앞에서 엎드린 엄마, 목포에서 공부를 열심히 해 장학금을 받아내고 그걸로 어렵사리 등록금을 내던 엄마, 서울로 올라온 엄마, 톰 헐스 버전의 모차르트가 이상형인 엄마, 남편의 블로그에 들어오던 엄마, 멀티플렉스로 혼자 영화를 보러 다니던 엄마, 농담따먹기를 하던 엄마, 그리고 사라져버린 엄마, 이게 전부 같은 사람이라고?

앨범을 덮으려다 소현은 멈칫했다. 동그란 뿔테안경을 쓴, 키가 크고 훤칠한 남자의 사진이 눈에 띄었다. 외할아버지였다.

외할아버지는 공부를 꽤 한 분이었는데, 무슨 이유에선지 억울하게 '빨갱이'로 몰린 뒤 누군가에게 끌려간 것 같다고 했다. 너무 어린 나이에 외할아버지와 생이별한 일이 엄마에게는 작지 않은 트라우마가 된 듯했다. 엄마는 소현 앞에서는 결코 눈물을 보이지 않는 사람이었지만, 친구분들께 전해듣기로는 몇번인가, 아버지 생각이 난다며 속상해하기도 했다.

─어느날 아침, 평소와 다름없이 출근길에 나서던 아버지가 집 앞에서 손을 흔들며 갔다 올게, 하고 인사하는데, 이상하게 마음이 좋지 않은 거야. 왜 그랬는지는 모르지만 아버지 가지 마세요, 하고 소리치며 울고 싶어서, 왜 그럴까 왜 그럴까, 말도 못하고 이상하게 만 생각했는데, 그게 마지막이더라. 돌아오지 않았어.

남편에게 전화를 걸어 그게 언제쯤이었을지 물었지만, 나름대로 역사에는 일가견이 있다는 남편도 정확한 연대를 바로 떠올리지는 못했다.

소현은 다이어리에 '외할아버지'라고 적었다.

DAY 68

"장모님이 젊은시절에 출판사에 다니셨다고 했지?"

남편이 앨범을 넘겨보며 물었다. 이제 둘은 편안함에 가까운 어조로 엄마에 관한 추측들을 이것저것 주고받았다. 소현은 그 사실이 가슴아팠지만, 달리 어떻게 할 방법도 없었다.

"응, 잡지사에도 다녔고. 나랑 비슷해."

"기자?"

"응, 기자도 했고, 출판사에서는 나처럼 편집 일이 아니라 디자인 일을 했고. 엄마가 뭘 꾸미고 매만지는 데 일가견이 있었나봐. 그림은 아니고 레이아웃 같은 거. 엄마가 사온 접시들 봤잖아. 저럼 해도 예쁜 걸 좋아해. 엄마가 만든 책들이 꽤 되는데 지금 집에는 하나도 없어. 이 집으로 이사오면서 전부 버렸어."

"그럼 양장점 일은 언제 하신 거야?"

"그 중간 어디쯤엔가 하셨을걸. 마지막 출판사 들어가기 전인가. 엄마가 바느질을 좀 잘했어. 못할 것처럼 생겨가지고. 내가 어릴 때는 재봉틀로 옷도 손수 만들어줬고."

"근데 너는 왜 그 모양이냐? 양장점은 잠깐 하시다가 그만두셨다고 했지?"

"응, 애를 쓰긴 했는데 잘되지 않았나봐. 아무래도 내가 있으니까, 키워야 하니까, 몸이 안 좋아 힘들어도 꾸준히 직장에도 나가고 옷도 만들고 이것저것 다 해보려고 했던 모양인데."

소현의 식구는 이층집에 살다가 단칸방으로 이사했다. 그때 집안 분위기가 어땠는지는 기억나지 않았다. 새로 이사한 단칸방에서 연탄가스가 새어나와 온 식구가 차례로 병원에 실려간 기억은 어렴풋이 났다. 소현은 문득 어지러웠다. 자신의 기억조차 이토록 남의 이야기 같은데 다른 사람의 기억을 어떻게 더듬는단 말인가.

"어릴 때는?"

"책 읽는 거 좋아하고, 글쓰는 거 좋아했을걸."

"장모님이랑 너랑 상당히 비슷하네."

"뭐가?"

"그렇잖아, 인생역정이. 한 일들도 그렇고, 취미도 그렇고. 장모님이 모든 면에서 너보다 훌륭하셨던 거 빼고는 판박이잖아."

"아니, 난 별로…… 왕년에 책 읽는 거 안 좋아한 여자애가 어디 있냐. 그리고, 그래, 난 엄마만큼 공부도 못했어. 얼굴도 다르게 생겼잖아."

"다르긴, 쏙 빼닮았구먼."

이십대까지만 해도 소현은 몰래 일기장에 쓰곤 했다. 엄마, 미안해, 하지만 난 엄마처럼은 살지 않을 거야. 누군가가 넌 엄마를 똑닮았다고 하면 견딜 수 없이 두려워지곤 했다. 엄마처럼 외로움이 가득한 삶을 되풀이하고 싶지는 않았다. 엄마는 매순간 최선을 다해 삶에 부딪혔는데, 소현이 보기에 삶은 엄마의 기쁨들을 차례로 빼앗아가기만 할 뿐 아무 보상도 해주지 않은 듯했다. 엄마는 입버릇처럼, 네가 없었으면 나는 벌써 한참 전에 죽었다, 하고 말하긴 했지만 과연 내가 보상이 될까? 이런 내가? 소현은 확신을 가질 수 없었다.

하지만 시간이 갈수록, 나이가 들수록 소현에겐 소현 자신의 의지와 아무 상관 없이 엄마가 깃들이기 시작하는 것 같았다. 변화는 몸에서 먼저 찾아왔다. 걸음걸이가 비슷해졌고 몸놀림이 비슷해졌다. 물건을 쥘 때의 느릿한 손놀림이 비슷해졌고 허리에서 엉덩이로 내려가는 둥그스름한 곡선이 비슷해졌다. 소현이 콘택트렌즈보다 즐겨 끼는 안경도 엄마의 것과 흡사한 뿔테였다.

"외할아버님 계실 때 말고, 장모님이 돌아가고 싶어하실 만한 시기가 또 있을까?"

"글쎄…… 아마 나를 낳고 얼마 되지 않았을 때?"

소현은 자기 입에서 그런 대답이 자연스럽게 나왔다는 사실에 깜짝 놀랐다. 소현은 아직, 아니 앞으로도 당분간은 아이를 가질 생각이 없었다. 아이를 낳아 키우기에 이 세상은 너무 척박하고 황폐한 곳이었다.

소현은 제 아이의 첫울음을 듣는 어머니의 심정을 알지 못했고, 직접 경험하기 전까지는 앞으로도 알 수 없을 거라고 믿었다. 하지만 적어도 짐작은 할 수 있게 됐다. 이십대에는 할 수 없던 짐작이었다. 엄마의 세계 또한 아무것도 보장되지 않은 황량하고 끔찍한 세계였지만, 그 세계로 소현을 밀어내는 순간 엄마의 눈에서 밀려나왔을 눈물 속에 통증만 있었을 것 같지는 않았다. 그때 엄마에겐 사랑하는 사람이 있었고, 머리를 누일 보금자리가 있었고, 소현이 있었다. 지금 그 사랑하는 사람은 소현에겐 여전히 중요하고도 버릴 수 없는 아버지로 남아 있지만 엄밀히 말해 엄마의 세계에서는 사라졌고, 집은 식구들이 모두 떠나 혼자만의 공간이 되어 있었으며, 소현은 엄마의 기대와는 다르게 철없고 현실감각 없는 삼십대가 되어 나이를 먹어가고 있지만. 그래도 엄마에게는 온전히 기댈 만한 기억 속의 장소가 최소한 하나는 있을 것 같았다. 1976년 7월 소현이 태어나던 날, 지금은 없어진 마포의 한 산부인과. 자신이라면 분명히 그때로 돌아갔을 거라고, 소현은 믿었다.

DAY 72

노인은 지난번보다 혈색이 좋아 보였다. 그동안 연락을 받지 못해 미안하다고 그는 또 정중하게 사과했다. 아파트에서 경비 일을 얻었는데, 수상해 보이는 사내가 들어가려 하기에 제지했다가 대판 싸움을 내고 잘렸다고 했다. 알고 보니 그 사내는 아파트에 독거하는 어느 할머니의 아들이었는데, 행색이 하도 불량해 보여 노인이 따져물었더니 대뜸 "우리집 노인네한테 오랜만에 용돈 좀 받으러 왔는데 댁이 왜 시비냐"는 말이 터져나와 그만 폭발하고 만 모양이었다. 그뒤로는 전기요금 청구서 배달 일을 시작했는데, 원체 길치인데다 여러 번 다닌 길도 제대로 외우지 못해 다른 배달원보다 시간이 두 배로 걸리는 바람에 지금까지 정신이 좀 없는 모양이었다. 지난번과 똑같이 입고 나온 헤링본 재킷은 그가 중요한 날에만 입는 옷일 거라고 소현은 짐작했다. 노인이 굳이 일을 계속 찾아다니는 이유는 늦둥이로 낳은 외동딸 때문이었다. 십년 전에 상처한 노인은 딸이 대학을 다닐 때까지만 해도 반 알코올중독 상태로 건강을 망치며 살았다. 하지만 대학을 졸업한 딸이 삼년 넘게 취업이 되지 않아 힘들어하며 집에만 처박혀 있는 걸 보고 자신이라도 몸을 바쁘게 놀려야겠다고 마음먹었다. 그래서 노인복지관에 나가기 시작했고, 컴퓨터를 배웠고, 할일을 자꾸 찾고 만들기 시작했다. 소현의 엄마도 그러다 알게 되었다.

"그래서, 글은 잘 쓰고 있어요?"

노인이 갑작스레 이쪽 안부를 묻는 바람에 소현은 가슴이 뜨끔했다.

"아뇨, 일단 엄마가 돌아오셔야 일을 제대로 할 수 있을 것 같아서요."

"어머니가 사라지기 전에는 글이 잘 써졌어요?"

소현은 영문을 몰라 얼굴이 붉어졌다. 남편도 좀 놀란 기색이었다.

"어머니가 딸 걱정을 많이 하시더라고."

소현은 뭐라고 할말이 없었다. 엄마에게 징징거린 기억은 없는데, 엄마는 어떻게 알고 있었을까.

"……실은, 옛날부터 써보고 싶은 얘기가 있었는데 아무리 해도 쓸 수가 없었어요. 그 얘기를 쓰지 못하니까 다른 얘기들도 제대로 되지 않았고요."

남편이 그게 뭔데? 하는 눈으로 바라보았다.

"엄마 얘기?"

"네."

"그냥 쓰면 되지 않을까?"

그래서 소현은 지금까지의 이야기를 했다. 엄마가 가고 싶어했을 만한 시간과 장소를 열심히 추리해봤지만 채 열 군데도 찾아내지 못했다는 것, 앨범을 펴고 눈이 뚫어져라 사진들을 들여다봤지만 엄마의 인생 전체가 처음 보는 변수로만 이루어진 외계 수학방정식처럼 보인다는 것, 점들이 무수히 찍혀 있긴 한데 그것들을 어떻게 연결해야 할지 도무지 알 수 없다는 것, 삼십삼년 동안 딸로 살아왔지만 엄마에 대해 거의 아무것도 알지 못한다는 것. 소현의 다이어리 속에는 소현이 만들어낸 엄마의 이미지들만 둥둥 떠다녔다.

"저는 엄마에 대해 쓸 수가 없어요. 엄마의 삶을 읽을 수도 이해할 수도 없으니까."

알지 못하면서 쓰고 싶어하는 건 잘못이라는 생각은 소현도 했다. 하지만 자꾸만 궁금했다. 엄마는 소현에게 가장 가까이 있지만 세상에서 가장 궁금한 사람이었다. 엄마의 아침이, 엄마의 새벽 두 시가, 엄마가 지나온 갈림길들이, 엄마의 욕망이, 엄마가 지하철을 타고 있을 때 하는 생각들이 궁금했다. 소현은 모순에 빠져 있었다. 신경을 쓰고 대화를 한다고, 엄마의 집에 한번 더 들른다고 그런 것들까지 알 수 있는 것은 아니라는 생각 때문에 소현은 그 어떤 노력도 하지 않았던 것이다.

"소현양 어머니도 글을 쓰고 싶어하셨어요. 그건 알죠?"

노인은 홍차에 각설탕 세 개를 차례로 넣고 저으면서 차분한 어조로 말을 빚았다.

"네, 엄마에게도 분명히 글로 하고 싶었던 얘기들이 많았을 텐데. 좀 파란만장하게 사셨거든요."

"그러시려나."

"……?"

"나는 그런 쪽은 전혀 모르는 사람이지만, 만약 나더러 뭘 쓰라고 한다면 난 내가 살아온 인생 얘기는 절대로 쓰고 싶지 않을 것 같거든?"

소현은 이해가 되지 않아 노인의 얼굴을 들여다보았다. 노인은 잠시 입을 다물더니, 차를 한모금 삼키고 잔을 내려놓은 다음에 말을 이었다.

"그렇게 징글맞고 사연 많은 인생 따위 글로 써서 뭐 좋겠어. 내 인생이지만 내가 돌아보는 것도 이젠 지겨운걸. 그리고 그걸 다른 사람들이 읽는다고? 아이고, 끔찍해. 차라리 딴 걸 쓰고 말지. 골프 얘기나……"

"예?"

"몰랐어요? 어머니가 타이거 우즈 좋아하시는 거. 거의 광팬 수준이던데."

그러고 보니 엄마는 추석이나 설에 소현이 집에 들를 때마다 골프 채널을 보고 있었다. 엄마의 아이돌은 언제 또 건장한 흑인 스포츠맨으로 바뀐 것일까.

"하루는 복지관에서 컴퓨터 수업 끝나고 쉬는 시간에 나한테 오시는 거야. 평소에는 별 관심도 없고 말을 걸어도 대꾸도 잘 안해주고 했는데 웬일로 이러시나 해서 나는 좀 가슴이 설렜지. 어머니가 타이거 우즈 사진을 찾아서 자기 컴퓨터 바탕화면에 깔아달라고 하시는 거예요. 얘기를 들어보니 완전히 이건, 골퍼로가 아니라 남자로 좋아한 거더구먼. 어찌나 화가 나던지 순간적으로 끊었던 소주 생각이 다 나는 거라. 근데 나도 자존심이 있는 사람이라 표현은 못하겠고, 다른 반 학생들이랑 공용으로 쓰는 컴퓨터에 마음 대로 월페이퍼를 깔면 어떻게 하느냐, 교양있으신 분인 줄 알았는데 실망이다, 그런 식으로 좀 핀잔을 줬지."

"장모님 상처받으셨겠는데."

"상처는, 우리 엄마는 그런 말은 들은 체도 안했을걸."

"응, 들은 체도 안하시더라고. 내 생각은 조금도 해주지 않고 계속 타이거 우즈랑 그 딸 얘기를 하시던데."

"딸?"

맞아, 타이거 우즈 얼마 전에 딸 낳았어, 하고 남편이 끼어들었다.

"응, 그런가보더라고. 그 딸이 나중에 커서 아빠만큼 훌륭한 골퍼가 될까, 아니면 아빠와는 완전히 다른 길을 갈까 궁금하다고 여러 번 그러시는 거야. 그래서 내가 그렇게 궁금하면 계속 지켜보시면 되잖아요, 했더니 에휴, 내가 앞으로 살면 얼마나 살겠어요, 하시더라고."

소현은 마시던 커피잔을 내려놓았다. 소현이 급히 일어나면서 툭 치는 바람에 다이어리가 탁자 밑으로 굴러떨어졌다. 화장실에 가서 수도꼭지를 틀었다. 손 씻는 물이 그렇게 차갑게 느껴진 건 처음이었다.

왜 그 생각을 못했을까? 시간여행 이야기에 흔히 등장하는, 현재의 자신이 옛날로 가서 더 젊은 자신을 만난다거나 하는 설정은 별로 믿어지지 않았다. 그렇게 되면 하나의 세계에 두 명의 자신이 존재하는데, 우주의 균형이 그런 공존을 견뎌내줄 것 같진 않았다. 그러면 그 사람은 붕괴되어버리지 않을까. 소현은 엄마 때문에 그 이상함을 잠시 잊고 있었다. 엄마가 출근길의 외할아버지를 만나러 가거나 소현이 태어나던 순간을 다시 보러 간다는 건 논리적으로 말이 되지 않았다. 소현이 평소에 생각하던 대로라면 동시에 두 명의 엄마가 존재하는 일을 무언가가 막았을 것이다. 튕겨내는 장치.

게다가, 시간여행 실험을 계획한 게 누구든 이익을 생각하지 않고 그런 일을 할 리는 없었다. 노인들에게 역사를 뒤집으라는 임무를 부여하는 건 무리였다. 그런 게 아닌 다른 이익이라면? 현재의 인류로서는 결코 얻을 수 없는 정보 정도가 아닐까. 알고 싶지만 알 수 없는 것. 소현에게는 과거가 그런 것이지만, 만약 어떤 정치적 목적을 지닌 사람들이라면……

미래.

노인, 미래, 연구소.

소현은 그제야 이해할 것 같았다. 그들이 왜 노인들만을 시간여행 실험에 이용했는지. 할아버지 할머니 들이 정말로 능력자였는지는 알 수 없다. 그 실험이란 것의 정체도 알 수 없다. 하지만 노인들에게 남아 있는 삶은 젊은이들과 비교했을 때 상대적으로 짧다. 삶이 끝난 다음의 미래로 그들을 보내면, 그들 자신의 존재에는 아무런 모순도 불균형도 생기지 않는다. 이 베타테스트는 일단 실패로 돌아갔다고 했다. 좌표 문제였을 것이다. 할머니 할아버지 들이 단번에 정해진 지점으로 찾아갈 수 있을 리 없었다. 그렇다면 타인의 의사에 의해서가 아니라 어떤 이유로든 각자 자신의 몸이나 정신이 이끄는 대로, 혹은 욕망하는 대로 목적지가 정해진다고 해보자. 백명의 노인이 있다면 그들과 '길'로 연결되는 시공간대의 가짓수는 백이 나올 것이다. 하지만 만약 피실험자들 대다수가 과거가 아니라 미래와 연결돼 실험에 성공한다고 가정하면, 나이가 많은 사람들을 이용할 때 더 가까운 미래의 정보를 캐낼 가능성이 크다. 그들이 그걸 기억의 형태로 보존해 가져오면 되니까. 소현은 거기까지 생각하고 나서 자신의 발상이 지독하고 잔인하다는 사실을 깨닫고 아찔해졌다. 커피가 따뜻하고 썼다. 아마 폐기해야 할 발상일 것이다. 전혀 논리적이지 않을뿐더러, 근거도 없다. 그러나 엄마가 걸어오고 또 걸어간 길은 논리로는, 머리로는 찾아낼 수 없는 길이었다. 소현은 가만히 손바닥을 쥐었다 폈다.

소현 자신은 어떨까? 누군가가 시간여행을 하게 해준다면 돌아가고 싶은 과거가 있나?

없었다. 가끔 옛날 일을 돌아보긴 하지만 그저 낭만적인 방식으로 과거의 좋던 날들을 소환하는 건 소현의 취미가 아니었다. 소현은 과거보다는 미래를 보고 싶었다. 소현 자신이 자꾸만 잘못을 저질러도 그게 부끄럽고 끔찍해 죽지는 않는 것처럼, 인류가 끝없이 어리석은 일을 되풀이하고는 있지만 언젠가는 지금보다 나은 세계를 만들 수 있을 거라고 소현은 믿었다. 회한에 젖어 이미 지나간 과거를 뒤적이기만 한들 무슨 소용이 있단 말인가? 먼 미래를 살아서 경험할 수 없다는 게 소현에게는 누 배쯤 아쉬운 일이었다.

엄마라고 그러지 말라는 법이 있을까?

DAY 80

딸의 소설에는 다음과 같은 문장이 씌어 있었다.

'소현의 엄마는 어디 시내에 쇼핑 나갔다 지하철을 타고 돌아오는 것처럼, 돌아오는 지점으로 집이 아니라 일부러 3호선 지하철 대화역을 골랐다. 그날은 개봉영화 정보가 실리는 무가지가 배포 되는 날이기도 했고, 마침 오랜만에 된장찌개를 해먹어야겠다는 생각이 났는데 집에 애호박과 무와 두부가 떨어졌다는 사실도 떠 올랐기 때문이다. 엄마는 돌아오는 지점의 아귀를 제대로 맞추지 못해 생긴 80일간의 오류나, 주위 사람들이 그동안 했을 걱정 같은 건 전혀 모르는 듯했다.'

그래서 소현의 엄마는 그 문장대로 80일 후로 워프 지점을 잡았 다. 반짝이는 글자들로 가득한 책장을 넘겨 '2008년' 항목을 찾고, 사람이 없는 시간대의 대화역을 상상하며 글자들을 읽었다. 그러 자 길이 보였다. 시간과 공간이 산산조각나면서 자그맣고 눈부신 물방울 무더기로 변해 몸을 휘감으며 회전하기 시작했다.

워프.

정신이 좀 아찔했지만 금세 균형을 잡았다. 내리고 보니 1번 출 구 앞이 아니라 승강장이어서, 에휴, 또, 하며 조금 웃었다. 한참 떨 어진 곳에 한두 명이 다른 곳을 보고 서 있을 뿐 승강장 내는 한산 했다.

하지만 몸을 추스르고 계단을 올라가려고 막 몸을 돌리는 순간, 경호원처럼 검은 정장을 입은 젊은 남자 여섯이 우르르 계단을 내 려오는 게 보였다. 순식간에 다가온 그들은 소현의 엄마에게서 가 방을 빼앗더니 양팔을 붙들었다. 한 남자가 가방에서 묵직한 책을 꺼냈다. 지하철이 들어오고 있다는 신호음이 요란하게 울리며 방 송이 나오기 시작했다. 남자가 승강장으로 다가가 막 들어오기 시작한 지하철 바로 앞에 책을 확 던져버렸다. 와그작, 소리와 함께 빛의 파편이 사방으로 튀었다.

열차가 승강장을 완전히 빠져나가자 팔을 붙든 남자가 낮은 목소리로 입을 열었다.

"죄송하지만 더이상 실험은 없을 겁니다. 아실지도 모르겠지만 모든 계획과 일정이 취소됐습니다. 연구소가 폐쇄됐기 때문에 마지막 건 입금은 해드리지 못하게 됐습니다. 그리고 앞으로 이 일에 대해 입을 여시면 안됩니다. 기억하시죠? 그렇지 않아도 지금 소현 어머님 때문에 불필요한 일들이 많이 생겼습니다. 따님을 생각하셔야죠."

팔을 붙잡은 남자가 낮은 목소리로 말했다. 소현의 엄마는, 물론 이미 읽어서 알고 있었지만, 역시 어이가 없어 소리라도 치고 싶은 심정이었다. 아니, 시키는 대로 미래로 가라고 해서 갔고, 가서 보고 들은 걸 이야기하라고 해서 말해줬더니 이제 와서 이 무슨? 물론 오십년 후의 매체에 실린 그 숫자와 이름 들을 잘 기억하지 못한 건 사실이지만, 그건 검사받는 시점에 이미 서로 합의하고 들어간 사실이었다. 기억나는 것만 편하게 이야기하면 된다면서? 하지만 엄마는 소리를 지르지는 않았다. '엄마는 태연하게, 이제 그런 것 따위 별로 상관없다는 듯 팔을 훌훌 털고는 발을 옮겼다'라고 소현이 소설에 써놓았기 때문이다. 팔을 놓아준 남자들이 마지막으로 험상궂은 표정을 한번 지어 보이고는 계단을 터벅터벅 올라가 사라졌다.

딸은 어쩌자고 그런 이야기를 쓴 걸까? 소현의 엄마는 최대한 태연해 보이려고 애쓰며 팔을 홀홀 털면서 생각했다. 처음부터 오십년 후로 가고 싶어한 건 아니었다. 미래로 가라기에 가능하면 현재에서 가장 먼 훗날로 이동하고 싶었다. 이왕이면 사람들이 달로 다 떠나고 인구가 적어져 살기 좋아진 지구라든가, 사진대로라면 보석을 믹서에 신나게 갈아 쏟아놓은 것처럼 생겼을 은하, 그 은하 저편을 향해 정기적으로 발사되는 일반 시민용 우주선 같은 걸 보고 싶었지만 결국 몸이 반복해 착륙하는 곳은 오십년 후 한국이었다. 상상하는 만큼 가게 된다고 과학자들이 말했으니 그쯤이 소현 엄마 자신의 상상력의 한계였는지도 몰랐다. 오십년 후 지구의 수준은 그렇게 화려한 신세계 근처에도 가지 못했다.

타이거 우즈의 딸이 골프하는 모습을 보지는 못했지만, 타이거 우즈의 딸의 아들이 시작해서 대박을 터뜨리고 전세계적으로 유명해진 패밀리레스토랑이 있기에 몇번 찾아가 맛있게 식사를 했다. 미래엔 말로 다 할 수 없을 만큼 달콤하고 아기자기한 잔재미들이 많긴 했다. 정신은 좀 사나웠지만 몸이 부서졌다 다시 붙는 일의 반복에서 오는 피로 따위는 가볍게 잊을 만큼 재미있었다. 뇌에 박힌 이 코드인지 뭔지 때문에 그게 어떤 모습인지 누구에게도 설명할 수 없는 게 한이지만…… 그래도 그곳을 떠올리는 것만으로 가슴에 통증이 오고 숨이 막히는 사람도 있다던데, 그저 관자놀이 부근이 이렇게 살짝 따끔거리는 수준인 걸 보면 젊을 때 앓은 병 때문에 몸이 완전히 바뀌어버렸는지도 모르겠다고 소현의 엄마는 생각했다.

오십년 후 딸과 사위의 모습도 당연히 궁금했지만, 가슴이 내려

앉을 것 같아 결국 다가가진 못했다. 평균수명도 늘어났고, 애가 좀 철이 없어서 그렇지 좋아하는 일도 있으니 분명히 건강하게 잘 살고 있을 거라고 믿기로 했다. 물론 그런 결정을 내리기가 쉽지는 않았다.

대신 멀티미디어 정보관인가 하는 델 가서 딸의 글을 읽었다. 오십년 후에 종이로 된 책들은 거의 사라졌지만, 이야기 자체는 사라지지 않아서 종이가 아닌 다른 형태로 고스란히 보관되어 있었다. 그런데 제목에 호기심이 생겨 고른 어떤 소설에서 소현이 자신에 대해 아주 엉망진창으로 써놓았기 때문에 소현의 엄마는 얼굴이 뜨거워졌다. 동네 창피하게…… 나름대로 노력은 한 것 같았지만 사실과 다른 이야기들만 잔뜩이었다. 그런데 애는 왜 내가 80일 동안 사라져 있었다고 써가지고 일을 이렇게 꼬아놓은 거지. 원래는 떠난 날로 제대로 돌아오려고 했는데 딸이 그렇게 써놓으니까 80일이 지나 돌아오지 않으면 안될 것 같았다. 뭔가 좋지 않은 일이 생기리라는 예감이 들었던 것이다.

무가지는 이미 사람들이 다 집어가고 없었다. 소현의 엄마는 지하철역을 나와 천천히 걸었다. 미래에는 된장찌개가 없었고, 생긴 건 비슷하지만 맛은 영 바보스러운 대체식품만 있었다. 딸이 쓴 '된장찌개'라는 단어를 봤을 때부터 입맛이 당겼는데 오랫동안 누르고 있던 참이었다. 가게에 들어가다가 잊고 있던 게 떠올랐다. 딸의 글에는 그런 문장도 있었다.

'엄마는 당장 휴대폰을 켜서 소현에게 전화를 했다.'

그래서, 엄마는 당장 휴대폰을 켜서 소현에게 전화를 했다.

"엄마? 진짜 엄마야? 괜찮아? 지금 어디야?"

소현이 울기 시작했다. 엄마는 기가 막혀 말했다.

"집앞이지 어디야. 얘, 너 지금 우리집에 있지? 오늘 저녁에 된장찌개 할 건데 먹을래?"

'세계의 끝'에서 시작되는 이야기의 모험

백지연

1. 소설, 미래의 시공간으로 날아가다

윤이형 소설은 환상과 현실의 경계를 허무는 개성적인 문법과 상상력을 우리에게 보여준다. 장르문학의 상상력을 동원하는 그의 소설은 발랄하고 자유로운 이야기의 방식으로 독자적인 영역을 개척하고 있다. 최근 윤이형 소설을 포함한 여러 작가들의 작품에서 판타지, 무협, 추리, SF, 게임서사 등 장르문학의 소재와 문법을 적극적으로 도입하는 경향이 강해지고 있다. 더불어 소설에 등장하는 시공간 역시 과거와 미래를 가로지르며 우주로까지 확장되면서 한층 역동적이고 입체적인 배경들을 보이고 있다. 윤이형은 그중에서도 가장 적극적인 방식으로 장르서사를 활용하면서 소설 영역의 확장을 시도하는 작가라고 할 수 있다.

첫 소설집 『셋을 위한 왈츠』에서부터 이번 소설집 『큰 늑대 파랑』에 이르기까지 윤이형 소설은 현실의 경계를 확장하는 자유로운 시공간적 배경을 소설 속에 지속적으로 등장시켜왔다. 우주적 시공간의 배경과 미래사회에 대한 상상력을 바탕으로 한 그의 소설은 흥미로운 이야기의 설정이라는 즐거움을 주면서도 그것이 담아내는 현실의 문제를 끊임없이 질문한다는 점에서 진지한 고민을 안고 있다. 소설에 나타난 현실과 환상의 경계 탐색은 성장기나 모험담 형식으로 펼쳐지는데, 이는 인물들의 내면적 혼돈과 자의식을 탐색하는 다분히 고전적인 글쓰기의 주제와 연결되어 있다. 환상과 현실을 오가는 소설의 탐색 과정은 현실로 쉽게 입사하지 못하는 불안정하고 위축된 청년세대의 내적 고민을 일정하게 반영하고 있다.

인물들의 자기탐색 과정을 기반으로 하여 장르서사의 문법을 매혹적으로 변주하는 윤이형 소설은 문명사회에 대한 비판적 상상력을 다양한 각도에서 펼쳐 보인다. 그의 소설이 흥미롭게 변주하는 미래의 시공간은 인간과 비인간, 생물과 무생물, 원본과 사본, 남성과 여성의 경계를 초월하는 낯선 타자들의 세계를 자연스럽게 소설적으로 호명한다. 좀비, 싸이보그, 컴퓨터 프로그램 등 인간 주체의 범주를 질문하는 다양한 타자들의 소설적 등장은 기술문명의 폭력성과 제도성을 환기하는 의미를 담고 있다. 자신의 기원을 의심하고 되묻는 낯선 타자들의 출현은 사회체제가 지닌 억압과 한계를 일깨우며 그것으로부터 탈주하고 비상하기를 추동한다. 인간의 존재방식을 입체적으로 사유하게 하는 이러한 타자들의 기획은 미래사회에 소설이 존재하는 방식에 대한 궁금증을 불러일으키며 소설 속으로 우리를 끌어들인다.

2. 장르서사의 활용과 세대적 체험의 발화

이 소설집에서 가장 압도적이고 강렬한 이미지로 시선을 사로잡는 「큰 늑대 파랑」에서부터 이야기를 시작해보자. 이 작품은 환상과 현실의 접합관계, 종말론적 사유와 문명비판적 상상력의 발화, 장르문학적 상상력의 가능성, 인물들이 품고 있는 세대적 감수성의 독특함 등 여러 층위에서 다양한 논의가 이루어질 수 있다는 점에서 흥미롭다.

「큰 늑대 파랑」은 네 명의 대학동창인 사라, 정희, 재혁, 아영이 컴퓨터 프로그램에서 탄생시킨 가상의 이미지 '늑대 파랑'의 이야기에서 출발한다. 재난이 일어나면 세상을 구원하기 위하여 등장하라는 부모들의 주문을 간직하고 있던 늑대 파랑은 도시에 좀비들의 공격이 시작되자 컴퓨터 화면 밖으로 탈출한다. 어머니와 아버지인 사라, 정희, 재혁을 구하기 위해 달려온 파랑은 이미 좀비로 변해버린 이들을 만나게 된다. 좀비로 변한 부모들을 물어뜯으면서 점점 더 크고 강한 존재로 변한 파랑은 마지막으로 아영을 만난다. 네 명의 친구 중 유일하게 파랑을 먼저 알아본 아영은 좀비가 되어 자신에게 달려드는 부모를 물리친 후 파랑의 등에 올라타고 길을 떠나게 된다.

「큰 늑대 파랑」이 주는 이야기의 속도감과 흥미로움은 우리가 익숙하게 접해온 대중문화적 코드들을 발견하는 데에서 기인한다. 좀비 서사, 컴퓨터게임 서사, SF나 공포영화에서 접했던 묵시록적 비전 등 익숙한 모티프와 상징 들이 작품에 고스란히 담겨 있다. 소설에서 도시를 공격하는 좀비들은 근대 문명사회의 악과 불안을 상징하는 낯선 타자들로서 그동안 여러 소설과 영화에 자주 형상화되어왔다. 더불어 컴퓨터를 통해 늑대 파랑의 이미지가 탄생하고 실체화하는 과정은 이미지와 현실의 경계가 무너진 기술문명사회의 현실을 그대로 반영한다. 이미지인 '파랑'이 현실로 뛰쳐나와 좀비와 맞서싸우는 스토리 형식도 흥미롭다. 파랑은 게임 속 전사처럼 전투를 거듭할수록 강해지고 커진다. 파랑이 좀비들을 해치울 때마다 커지고 단단해지는 모습은 한 단계를 통과할 때마다 강한 존재로 거듭나는 게임 캐릭터를 연상시킨다. 더불어 파랑이 자신을 탄생시킨 '인간 부모'를 찾아 끊임없이 달리는 스토리는 싸이보그를 소재로 한 SF영화에서 자주 접하는 내용이기도 하다.

각종 장르서사와 게임서사에서 익히 접했던 플롯과 캐릭터를 뒤섞어놓은 듯한 이 소설은 '늑대 파랑'을 탄생시킨 청년들의 세대적 체험을 생생하게 되살리고 있다는 점에서도 주목된다. 소설의 구체적인 시간 배경으로 설정된 1996년에서 2006년의 십년은 대학을 다니고 졸업하여 사회에 입사한 청년들이 겪는 정체성과 자의식의 혼돈 과정을 고스란히 드러낸다. 파랑이 탄생한 배경 속에 네 주인공이 잠시 목격했던 거리의 시위대 행렬이 있다는 점은 의

미심장하다. 여기에는 현실의 정치공동체에 쉽게 스며들지 못하고 각자의 방에 머무를 수밖에 없었던 아웃싸이더 청년들의 자의식이 깃들어 있다. "길에 늘어선 시위대" 끝자락에 잠시 서 있다가 빠져나와 쿠엔틴 타란티노의 영화를 보고 다음날 심심풀이로 컴퓨터 바탕화면에 그려봤던 늑대의 이미지가 십년 후에 이들을 찾아온다. 늑대 파랑은 가상게임 속의 전투와 유희가 현실의 삶보다 리얼했으며, 거대한 행렬과 함께하는 것보다는 마음에 맞는 소수의 친구들과 취미를 나누는 것이 편했던 이들의 무의식을 들추어낸다.

　정치적 관심사와 공적 토론의 세계에서 비켜서 있던 네 친구는 자기를 감싼 세계가 불합리하다는 것을 느끼면서도 그것을 어떻게 바꿀 수 있을지는 몰랐다. 학교를 졸업하고 그럭저럭 힘겹게 사회에 적응하며 살아가는 네 친구들은 세계를 바꿀 힘이 없다는 무기력감에 시달린다. "이럴 줄 알았으면 대학 때 맑스의 『자본론』이라도 읽어둘걸. 그때는 그런 공부를 하는 사람들을 이해할 수 없다고 생각했지"에서 드러나는 푸념이나 "우리가 뭘 잘못한 걸까? 그사람들처럼 서리로 나가 싸워야 한 걸까? 그때 그러지 않아서 지금 이렇게 되어버린 걸까? 난, 무언가를 진심으로 좋아하면 그걸로 세상을 바꿀 수 있을 줄 알았어. 재미있는 것들이 우리를 구원해줄 거라고 생각했어. 그런데 이게 뭐야? 창피하게 이게 뭐냐고? 이렇게 살다가 그냥 죽어버리라는 거야?"라는 질문에는 취미와 즐거움을 공유하는 상상의 공동체에서만 편안함을 느꼈던 세대의 자책감과 고민이 담겨 있다.

　"부모님이 오래전에 골라놓은 것"들에서 자유롭고 싶지만 '철밥통'의 삶에서 벗어날 수 없어서 꾸역꾸역 살아가고 있는 청년들은 자괴감과 고통을 느낀다. "자신이 하는 일이 언제나 부끄러웠고, 모두가 입술을 깨물며 참아내는 그 부끄러움을 참지 못하고 매번 비겁하게 도망쳐나오는 자신이 버거웠"던 이들은 불합리한 세상이 언젠가는 무너질 것이라는 막연한 예감을 느낀다. 소설 속 아영의 고백대로 "즐겨입는 옷 스타일부터 학력과 직장, 지지하는 정당과 정기구독하는 잡지, 배우자가 될 사람의 외모와 성격까지" 부모님이 정해놓고 훈련시켜온 타율적인 삶 속에서 자신의 뜻대로 이루어지는 것은 하나도 없다.

「큰 늑대 파랑」이 담고 있는 종말론적 사유와 비극적 상상력은 지금 살고 있는 현실에서 그 어떤 희망도 지닐 수 없다는 비관적인 메씨지를 전하는 듯하다. 세상은 쉽게 바꿀 수 없는 "거대한 한계들의 연속"이 된 지 오래이며, 이 거대한 씨스템이 순식간에 '삭제' 되지 않고는 새로운 세계가 열리지 않는다. 소설 속의 아영은 "이해할 수는 없었지만, 언제나 찾아올 것 같기만 하고 정작 오지는 않던 세상의 끝이 어딘가에서 이미 시작된 듯했다. 땅과 하늘 모두가 천천히 죽음에 먹히고 있었다"라고 예감한다. 좀비의 공격이 시작되고 이제 아영이 할 수 있는 것은 부모와 대적한 후 홀로 전사가 되어 길을 떠나는 것이다. 좀비가 된 자신의 부모를 물리친 후 늑대를 타고 먼 길을 떠나는 모습은 그동안 무기력한 주체였던 아영 스스로가 보여주는 가장 큰 변신이다.

"서른한살, 친구들은 철밥통이라 불렀고 부모님은 한심해했으며 자신에게는 그저 꾸역꾸역 삼켜야 하는 반(半)고형 화학물질 같던" 삶은 세계의 종말 앞에서 이제 모험가의 삶으로 변신한다. 어쩌면 아영을 찾아온 '큰 늑대 파랑'은 견고한 외부의 씨스템에 대응하기 위해 그녀 자신이 불러낸 환상인지도 모른다. 그것은 잔혹한 환상 속에서만 스스로를 실현할 수 있는 청년들의 불안과 자기분열을 절실하게 드러내는 상징이기도 하다. 극단적인 경쟁체제 속에서 각자의 '스펙' 쌓기에 몰두할 수밖에 없는 청년세대의 불안과 고통은 이 작품에서 묵시록적 예언으로 발화되고 있는 것이다. 사회에 입사해서도 끊임없는 성장통과 자괴감에 시달리는 청년세대의 고통을 내장하고 있는 이 매혹적인 판타지는 윤이형 소설이 보여주는 환상성이 어디에 뿌리를 내리고 있는가 짐작하게 하는 중요한 좌표이다.

3. 세계의 끝, 유목적 예술가의 탄생

죽음의 기운이 가득한 도시에서 살아남은 주인공은 거대한 늑대를 타고 길을 떠난다. 손도끼를 들고 늑대에 올라탄 주인공은 세상에 태어나서 처음으로 자유로워졌다. 그러나 암흑밖에 없는 그 세상에서 할 수 있는 일은 무엇일까. 세상의 끝이 다가오고 새로운 모험이 시작되었지만, 다시 시작되는 세상에서도 비극과 종말이 반복되는 것은 아닐까. 현재 세계의 타락과 종말을 경험한 이후, 인간 이후의 인간, 문명 이후의 문명은 어떠한 방식으로 존재할 것인가. 윤이형 소설이 담고 있는 묵시록적 사유는 미래사회에 대한 상상 속에도 깃들어 있다. 기술문명이 고도화된 미래사회, 혹은 새롭게 열린 문명세계에서 인간은 더이상 삶의 중심이 되지 못한다. 가상 이미지와 로봇, 싸이보그, 동물과 마찬가지로 인간 역시 소외된 타자로 서 있을 따름이다.

50년 후로 시간여행을 떠나고 (「맘」), 노트북 프로그램이 소설을 써주며(「로즈 가든 라이팅 머신」) 핵전쟁 이후 새로운 인류사회가 생겨나고 (「스카이워커」) 자아 튜닝 씨스템이 가능하며 (「완전한 항해」) 자아와 분리체 간의 결투가 이루어지는 (「결투」) 사회에서 우리는 과연 어떤 고민을 하며 살게 될 것인가. 윤이형 소설이 보여주는 문명비판적인 상상력은 여러 SF소설들이 탐색했던 철학적 주제들을 공유하고 있다. 특히 미래사회를 소재로 한 윤이형 소설에서 중요하게 부각되는 캐릭터는 생명복제시대에 새롭게 탄생한 '기계-복제물'들이다. 작가는 자아가 무한복제되고 확장되면서 원본과 복제물의 경계가 무너지는 현실을 소설 속에 자주 등장시킨다.

기계-복제물은 인간중심주의를 비판적으로 성찰하려는 의미를 담는다. 동시에 이 복제물은 씨스템의 생산물로서 체제를 온전히 초월하지 못하는 비극적인 존재로 그려진다. 「완전한 항해」에서 씨스템이 예고하는 죽음의 운명에서 자유롭지 못한 창과 루, 「이스투아 공원에서의 점심」에서 가상공간에 방을 만들고 끊임없이 대화와 소통을 갈망하는 스팸봇, 「결투」에서 자신의 사본들을 대적해 죽여야 할 수밖에 없는 인간들의 고민은 인간과 비인간 모두 통제와 관리의 씨스템에서 자유롭지 못함을 알려준다.

미래사회는 시간여행을 가능하게 하고 자유로운 가상공간에서 수많은 자아들과 접촉할 수 있는 신세계를 열어준다. 자본이 있다면 타인의 자아를 얼마든지 복제 흡수하여 영원한 생명을 지속시킬 수 있다. 그러나 이 세계를 지배하는 기술문명 씨스템은 인간과 비인간, 생명체와 비생명체를 모두 장악하는 엄격하고 획일적인 통제력을 행사한다. 윤이형 소설은 씨스템 밖으로 탈주하려다 결국 실패하는 비극적인 존재들의 운명을 환상의 형식으로 포착한다. 흥미로운 것은 이들 존재가 열망하는 것이 예술적 가치라는 점이다. 이 세상에 단 하나밖에 없는 자기 자신과 순수한 유희의 쾌락을 열망하는 이들은 기술시대에 새롭게 탄생한 낭만적 유목민들이라고 할 수 있다.

영원한 생명을 거부하고 씨스템으로부터 이탈하는 존재의 운명을 그린 「완전한 항해」는 윤이형 소설이 꿈꾸는 유목적인 예술가의 초상을 아름답게 그려낸 작품 중 하나이다. 주인공 창연은 심리학, 철학, 화술, 언어 등 각 부문에서 가장 완벽한 형식의 자아들을 찾아내 끊임없이 튜닝할 수 있는 재력가이다. 미래사회의 튜닝 에이전씨에 의해 가장 완선하게 통합된 자아인 창연은 50세 생일을 맞이하여 새로운 종족인 '창'의 자아를 통합하기로 선택한다. 튜닝 에이전씨에 의해 죽음을 통보받은 창은 부유하고 새로운 세계에서 창연과 통합되어 영생을 보장받기를 권유받는다. 그러나 루와의 자유로운 비행을 열망하는 창은 창연의 자아에 흡수되기를 거부하고 결국 죽음을 맞는다.

에디션의 운명을 거부하고 고유한 원본으로 살아남겠다는 창의 결정은 정해진 기계씨스템으로부터 튕겨져나와 운명에 저항하는 유목적 예술가의 면모를 보여준다. 창은 완벽한 자아의 삶을 거부하고 유한적인 삶을 선택했다. 그가 죽기 전까지 실현하고 싶었던 일은 루와 함께 가장 멀리 나는 것이다. "루족 역사상 달에 가장 가까이 간 사람, 그리고 가장 멀리, 가장 빠르게 난 사람"으로 남은 창은 기억의 흔적을 좇는 미래사회의 예술가이다. "누군가가 나와 나란히 날고 있어서 그 설명할 수 없는 느낌을 공유하고, 내 눈에 들어오는 것들이 가짜가 아니라는 사실을 알아"주기를 열망하는 창의 마음은 기술문명의 시대에 사라진 아우라를 추적하는 예술가의 자의식을 드러낸다.

씨스템의 획일성에 맞서 예술가적 초월성과 낭만성을 보여주는 '창'의 존재는 윤이형 소설이 주목하는 새로운 존재방식을 암시한다. '창'과 '루'는 '종족의 기억을 물려받지 않은' 버려진 아이들이면서, 씨스템 속으로 스며들지 않는 예외적인 존재들이다. 창의 종족은 출산이 아닌 환생을 통해 종족을 보존하며, 엄지손톱보다 작고 엄청나게 빠른 괴물 비행기를 타고 날아다니는 돌연변이체이다. 그는 인간 주체가 의식하지 못했던 낯선 타자, 괴물이다. '창'이 타고 다니는 루 역시 식물인 동시에 동물이고 생물인 동시에 기계이다. 물론 미래사회에서 이러한 새로운 종족들은 씨스템의 지배자들에 의해 끊임없이 추적당하고 제거되는 비극적 운명에 처해 있다. 창과 루는 씨스템에 의해 결국 제거되지만, 자신들의 정해진 운명을 거부하고 사소하게나마 씨스템의 예측을 뒤흔들어놓는다.

좀비, 로봇, 싸이보그, 분리체 등은 미래사회의 새로운 종족이자 타자로서 소설 속에 부각된다. 윤이형 소설에서 흥미로운 것은 이

종족이 자신의 정해진 항로를 거부하고 예외적인 선택을 한다는 점이다. 핵전쟁 이후의 종교사회에서 트램펄린의 순수한 유희적 욕망을 추구하는 이단자들의 이야기를 다룬「스카이워커」도 이러한 낭만적 유목민의 가능성을 암시하는 작품이다. 루를 타고 날아오르면서 자신의 운명을 시험하는 창처럼 소설 속의 '탕탕' 선수들은 중력을 이기면서 허공을 자유롭게 오가는 '탕탕' 놀이에 순수하게 열중한다. 문명 이후의 종교사회에서 스포츠 기술을 엄격하게 제한당하는 트램펄린 선수들과 달리 '탕탕' 선수들은 중력을 마음대로 다루고 종교적 금기를 넘어서는 즐거움을 보여준다. 소설 속에서 주인공이 열망하는 스카이워킹 기술은 씨스템 속에 포섭되지 않는 자유로운 존재의 실존 욕망을 담고 있는 것이라 할 수 있다.

고유한 자아와 순수한 유희를 열망하는 유목적 존재들의 반란과 비상은 씨스템의 미세한 틈새와 균열을 불러일으킨다. 완고한 현실의 씨스템이 이러한 예외적 타자들로 인해 전복될 가능성은 거의 없지만, 이들의 존재 자체는 현실을 새롭게 바라보는 중요한 가능성으로 다가온다. 작가는 체제 속에 흡수되지 않는 이방인들이 꿈꾸는 세계가 예술적인 초월의 영역과 닿아 있음을 보여준다. 에디션들이 열망하는 자유로운 비상의 순간은 인간 중심의 사회가 지닌 폭력성과 억압성을 되돌아보게 한다. 이 자유로운 유목민의 세계는 도나 해러웨이(Donna Haraway)가 예시한 적이 있는 인간과 기계, 인간과 동물, 물질과 비물질의 경계들을 해체하고 융합시키는 싸이보그의 해방적 가능성을 연상시키기도 한다. 문제는 이들이 열망하는 예술적 가치일 것이다. 예술적 가치추구의 열망이 인간 주체에게만 귀속되는 것이 아니라면, 이 순수한 유희의 열망은 어떤 방식으로 발화될 수 있을 것일까. 작가의 질문은 이야기의 기원을 묻는, 소설의 출발점으로 돌아간다.

4. '맘'의 세계—이야기의 기원을 묻다

영혼까지도 복제할 수 있는 미래세계에 소설은 어떠한 방식으로 존재할 수 있을까. 제도적 형식에 묶이지 않는 자유로운 비상을 꿈꾸는 문학은 어떤 것인가. 메타소설로서 「맘」이 흥미로운 이유가 여기에 있다. 이 작품은 '엄마의 삶'을 쓰고 싶었던 딸의 이야기에서 출발한다. 노인미래연구소에 등록되어 아르바이트를 하던 엄마가 어느날 실종되었다. 엄마는 시간여행을 할 수 있는 타임워프 능력자였는데 연구소의 프로젝트를 수행하다가 사라졌다. 엄마가 과거로 이동했을 것이라 생각한 딸은 엄마를 찾기 위하여 지나간 기록들을 추적하는데 정작 엄마는 딸이 쓴 소설을 읽고 오십년 후의 미래로 공간이동을 했음이 밝혀진다.

미래사회의 시간여행이라는 흥미로운 소재를 빌리긴 했지만 이 소설의 핵심은 소설쓰기란 무엇인가에 대한 진지한 질문에 닿아 있다. 소설을 쓰는 소현과, 소현의 소설을 읽는 엄마가 서로 어긋나는 과정이 흥미롭게 펼쳐지는 이 작품은 전통적인 재현의 의미에 맞서는 소설 창작 과정을 보여준다. 엄마를 잘 이해하지 못하면서도 엄마의 생을 복원해보고 싶었던 딸은 1940년 중국 어딘가에서 태어나 여섯살 되던 해 해방을 맞고 열한살 되던 해 6·25를 겪은 엄마의 생을 차례로 더듬어간다. 그러나 엄마의 삶은 딸이 추적한 기록들 사이를 비켜간다. 그녀가 소설 속에 엄마의 인생을 옮기고 싶을수록 엄마의 실제 삶은 기록을 비켜서 미끄러져 달아난다. 오히려 엄마의 삶을 추적하면서 소현이 발견하는 것은 한때는 엄마처럼 살기 싫었지만 "시간이 갈수록, 나이가 들수록 엄마가 깃들기 시작"하는 자기 자신의 모습이다.

소설에서 '맘'의 세계는 소설이 발생하는, 이야기의 기원이라고 할 수 있다. 딸의 소설 속 상상 여행은 과거로 향하면서 엄마의 자취들을 하나하나 찾아 조립하는 형식으로 이루어진다. 이에 반해 엄마는 육체적인 공간이동 능력을 발휘하여 딸이 찾을 수 없는 미래로 시간여행을 한다. 딸이 재구성하려는 엄마의 역사는 결국 허구적인 것이 될 수밖에 없다. 딸의 쓰기 속에 엄마의 읽기가 스며드는 상호텍스트적인 이야기의 탄생 과정은 작가가 생각하는 우리 시대 소설의 존재방식을 의미하는 듯하다. '맘'의 세계는 이야기가 발생하는 기원이지만, 그 기원은 텅 빈, 미지의 해석 공간이다. 실제의 삶을 찾아 추적하는 딸, 그러나 정작 그 딸이 만들어가는 기록의 세계를 가볍게 미끄러져가는 엄마의 이야기는 전통적인 묘사와 서술의 방식으로 이루어질 수 없는 소설쓰기에 대한 고민을 담고 있다.

흥미로운 것은 시공간을 해체하며 이루어지는 이러한 창작의 방식 속에서 작가가 여전히 기대를 걸고 있는 '창작의 고유성'에 관한 문제이다. 미래사회에 대한 상상을 흥미롭게 펼쳐가는 이 소설에서도 여전히 감지되는 것은 '만들어지는 이야기'의 고유함에 대한 근본적인 신뢰라고 할 수 있다. 한 예로「맘」에서 엄마가 미래사회에 가서 목격한 것은 "종이로 된 책들은 거의 사라졌지만, 이야기 자체는 사라지지 않아서 종이가 아닌 다른 형태로 고스란히 보관되어 있"는 모습이다.

따뜻하고 발랄한 상상력을 보여주는「로즈 가든 라이팅 머신」에서도 문학과 글쓰기에 대한 이러한 고전적인 믿음이 직접적인 서술로 나타난다. 간단한 문장만 입력하면 소설을 써주는 프로그램까지 등장하는 미래사회에서 어떤 방식으로 소설 창작을 할 수 있을까. 주인공 이비는 몽식이 보여준 프로그램의 위력에 감탄하면서도 그것을 사용하기를 주저한다. "문장의 뜻을 총체적으로 이해하고, 문장과 문장의 관계를 이해하고, 그것이 개연성있는 허구라는 사실을 이해하고, 은유와 직유와 상징을 이해하고, 거기 담긴 정서를 이해하고, 그 아래 어떤 시선이 깔려 있는지 이해하"는 기계가 등장하는 시대가 올지라도 예술가와 예술의 고유한 몫은 따로 있을 것이라고 이비는 생각한다. "따지고 보면 순수하게 독창적인 것은 사실 하나도 없지만 그래도 또 뭔가를 하나 더 만들어 가만히 놓아보는 게 우리가 할 수 있는 일"이라는 이비의 발언은 작가 자신의 전언이라 해도 무방하다. 창작자의 정체성을 고집하려는 주인공의 모습 속에는 어떤 시대가 오더라도 '이야기'는 사라지지 않으리라는 순정한 믿음이 담겨 있다. 물론 예술적 가치에 대한 이러한 신뢰는 지극히 소박한, 인본주의적이고 예술지상주의적인 메씨지로 읽힐 염려를 주기도 한다. 어떻게 보면 라이팅 머신을 거부하는 이비의 결정은 그 스스로의 신념을 고수하는 개인적 차원에 머물고 있다. 기술문명이 고도로 발달한 사회에서도 가장 '인간적이고' '고유한 것'의 핵심은 사라지지 않는다는 믿음은 윤이형 소설이 보여주는 중요한 신념이지만, 그것이 장르서사의 실험 속에서 어떠한 방식으로 새롭게 추구될 수 있을지는 작가가 계속 고민해야 할 지점으로 다가온다.

견고한 현실의 장벽에 대응하여 환상의 공간을 한껏 확장시키는 모험의 서사를 선택한 윤이형 소설은 '마법사와 전사와 사제와 도적'을 소설의 세계로 불러들이며 우주의 시공간을 가르는 거침없는 시간여행을 시도한다. 비관적 현실을 응시하는 이 매혹적이고도 신비스러운 로드무비의 세계는 미래시대의 소설이 향해 가는 상상력의 경계를 우리에게 진지하게 되묻는 듯하다. 기술문명이 열어 보이는 신세계 속에서도 예술적 가치에 대한 낭만적인 신뢰를 거두지 않는 타자들에 주목하는 그의 소설은 세계의 끝에서 다시 시작되는 이야기의 모험을 기대하게 한다. 장르서사의 자유로운 변형을 통해 상상력의 영역을 넓혀가면서, 글쓰기의 존재조건에 대한 자의식을 놓지 않는 이 예민하고 섬세한 작가의 활약을 앞으로도 계속 기대하고 싶다.

白智延 | 문학평론가

| 수록작품 발표지면 |

스카이워커 …『문학동네』 2008년 여름호

완전한 항해 …『현대문학』 2008년 5월호

큰 늑대 파랑 …『창작과비평』 2007년 겨울호

이스투아 공원에서의 점심 …『세계의문학』 2009년 여름호

결투 … 서울 테마 소설집(강출판사) 수록예정

로즈 가든 라이팅 머신 … 미발표작

맘 …『문학동네』 2008년 겨울호

큰 늑대 파랑

초판 1쇄 발행 • 2011년 1월 15일
초판 2쇄 발행 • 2020년 5월 18일

지은이/윤이형
펴낸이/강일우
책임편집/황혜숙
펴낸곳/(주)창비
등록/1986년 8월 5일 제85호
주소/10881 경기도 파주시 회동길 184
전화/031-955-3333
팩시밀리/영업 031-955-3399 · 편집 031-955-3400
홈페이지/www.changbi.com
전자우편/lit@changbi.com

ⓒ 윤이형 2011
ISBN 978-89-364-3717-6 03810